西行悟道

徐兆寿 著

作家出版社

▶ 徐兆寿，复旦大学文学博士。现任西北师范大学传媒学院院长，教授，博士生导师。甘肃省当代文学研究会会长，甘肃省电影家协会主席，教育部新世纪人才，甘肃省"四个一批人才"。国家社科基金重大项目首席专家，第十届茅盾文学奖评委。

1988年开始在杂志上发表诗歌、小说、散文、评论等作品，共计五百多万字。长篇小说有《非常日记》《荒原问道》《鸠摩罗什》等八部，诗集有《那古老大海的浪花啊》《麦穗之歌》等三部，学术著作有《文学的扎撒》《精神高原》《人学的困境与超越》等二十多部，曾获全国畅销书奖、全国报告文学优秀作品奖、敦煌文艺奖、黄河文学奖、甘肃省哲学社会科学优秀成果奖、《当代作家评论》优秀论文奖、《文学报》"新批评"优秀评论奖等奖项。

总归西北会风云（自序）

徐兆寿

2010年至今，是我生命中的重大转折期。准确说，是2012年。那两年，我在复旦读书。

2012年之前，我是一个典型的西方文化信徒。尽管我上的是中国语言文学专业，可满脑子都是西方文学。2010年冬天，我重点在看几个人的作品：荷马、乔伊斯、纳博科夫，偶尔会看一下君特·格拉斯、奥尔罕·帕慕克、本哈德·施林克，但看着看着就都觉得太轻了。我要写的是中国的大西北，那里盛满了中国古代盛世的历史，但现在一片荒芜。他们都太轻，太现代，唯有荷马的史诗能与其匹配，但即使如此，我依然还是融合他们写下了《荒原问道》。当然，在书名中用"问道"二字还是试图要回到中国语境中。

在那部作品中，我以西方的方式理解了中国的传统与现代，写了两代知识分子的心灵史。2012年暑假，它基本完成了。但是，也正是完成它的时候，我就转向另一部小说的写作——《鸠摩罗什》，它使我彻底转向中国的传统。故而我总是说，2012年是我转向中国传统文化的时候。

现在已经十年了。

1992年毕业至2002年的十年，是我人生的一个时期，那时候主要写诗。2002年至2012年是写小说。2012年以后到现在的十年是做学术，当然也写小说与散文，散文居多。我曾向作家孙惠芬老师说过，每隔十年，我总是有一个大的转变。她问我为什么是十年。我不知道。那时我无法回答她。现在我基本能回答了。它与天道有关。一个天干轮回一周是十年，很多历史都是以十年为一个转折期，人生也一样。

这十年，我是从上海、北京往西走，先是回到兰州，然后从兰州再往西走，向河西走廊，向古代的西域如今的新疆和中亚走。丝绸之路是我的写作和研究路径。同时，中国传统文化是另一条副线。后来，它们走到了一起。某种意义上说，我的文化研究是走出来的，不是仅仅从书本上得到的。在这一方面，我敬仰司马迁。

这本散文集，是我关于研究西部和中国传统文化的一些文章的精选，取名为《西行悟道》。从哪里向西行？我原来以为是从兰州往西走，后来就发现不是，是上海和北京，更多的是上海。

在复旦的时间仅有三年，其实是两年，第三年是写论文，大多数时候在兰州。在那两年里，我几乎每天都在思考和回答何谓西部、何谓传统的问题。会遇到各种各样的人与我谈西部，或者我会将西部与上海对比看。

大多数时候是出租车司机。他们会问我，从哪里来？在干什么？我如实回答。他们会说，复旦大学啊，好啊，中国最好的大学。然后，有的人说，兰州啊，我八十年代去过，一个小城市，有一条河，河两边有一些楼和其他建筑。他们就是不说黄河。也有司机说，没去过，我最远到过西安，再往西就没去了。他的口气里，再往西便不是人生活的地方。

也有没来过西部的博士同学，他的印象里我们这里全是沙漠和骆驼。那时，我还在旅游学院，我们学院的同事们都曾遇到过相同的故事。总是有人问我们，你们那里有电吗？一开始我们都还有些不高兴，甚至气愤，后来都不生气了，而是微微一笑说，没有。他们便高兴了，问道，那你们是怎么上班的？我们就说，我们西部人，一般没什么干的，所以睡到自然醒，然后骑着骆驼骑着马去上班或上学，去单位后也没什么要紧事做，继续唱歌、跳舞、读诗。他们说，好啊好啊，那你们晚上怎么吃饭？我们说，因为没电，我们一般都是点着蜡烛吃饭。他们便大喊，哇，烛光晚餐啊？好浪漫啊！我们总是自嘲地说，唉，没什么，我们还是日出而作，日落而息。

我知道，很多人完全是靠想象在理解西部，我当然也知道，这是我们宣传的"效果"。我曾在南方不止一次遇到过这样的情景，一如我们一遇到云南和广西的人，就觉得他们都曾站在山顶上唱歌，其实他们跟我们一样都住在都市里，没有山顶可爬，有些人根本不会唱歌。当然也像上世纪七八十年代欧美人对东方世界的想象，萨义德实在看不下去这种妖魔化东方世界的情形，便写下几本书。任何时代任何地区，人们都会因为信息的接收而产生遮蔽，也会不自觉地产生中心与边缘的感受。

另一种情形是我自己的对比。比如，上海人的国际视野、高效、文明、讲实际、讲信义等都是西部人学习的，他们吃你一顿饭，就肯定会为你办一件事，要么就不吃。不像我们这里，饭吃完了，酒喝大了，事情却没说，说也要等着下一次吃饭时再说一遍后去办。酒喝不好是不能说事的。很多南方的商人到这里来多有不适应。我也仔细研究过，从《史记》中所记述的西羌、月氏、匈奴人到现在的西北人，似乎一些根本性的东西并没有变，比如义气，这是西北人所独有的，因为长居西北方，而西北在五行上属金，在八卦方位上又是乾位，天生是英雄生长的地方，看不起小钱，但往往也挣不了大钱。遇到战争时代，西北人就遇到了好时光，可是太平年代时，西北人就像英雄末路。所以我有时候想，很多人都想让西北变成上海，这可能吗？它如果丢了自己的属性，未必就是好事。但在这种义气和英雄主义的背后，藏着的是另一面，是难以诉说的缺点，不说也罢。

在那间孤独且被海风日夜吹打的博士宿舍里，尤其是在寒冷的冬夜，我几乎夜夜都看见自己行走在荒原上。这大概是我写《荒原问道》的原因。而博士毕业后回到西北，我便把自己的目光和行动毫不犹豫地锁定在古老的丝绸之路上，且不再向东，而是一路向西，向古代走去，向天空走去。那里是天地间最高的楼宇：昆仑。

所有思想和情感都是在这种转身向西的过程中写下的。也许有些过于热烈，所以也不免偏狭；有些过于孤独，所以也不免不被理解；有些甚至过于深奥，也不免被人误解。但我接受这样的偏狭和误解。这是我作为一个人的局限，也自足于这种局限。

　　由是我最想感谢的是复旦、上海，和我的老师陈思和先生。没有那几年在上海的学习，我就不可能站在远处看西部，也不可能深入地思考西部，并不断向东部的人们回答何谓西部。尤其是当我住在复旦的学生宿舍里写作《荒原问道》的时候，我似乎就把灵魂完全地交给了西部。地质学家说，在 2.8 亿年前，整个西北是波涛汹涌的古老大海，现在的戈壁、沙漠便是那时的海底世界。真是沧海桑田啊！这样说便令人喜悦。我也心领神会，在我的生命深处，有一片古老的大海一直在澎湃着，汹涌着。正是在上海，它和另一片现在的大海神秘地相遇并共鸣了。我的老师陈思和先生一直给我们讲他的老师贾植芳先生的故事，贾先生曾在新疆工作过，对西部有特别的感情。前些年，陈老师把贾先生的书都捐给了河西学院，在河西走廊的中部建了一个图书陈列室。陈老师曾带着我们一众学生——部分已经是成名的大学者——多次到西部去游学，感受贾先生走过的西部大地。而陈老师的父亲也是在支援大西北的时候仙逝于西北，故而他对西部有着特别的感情。他曾对我说过，中国的西北，有辽阔的山河，那里装满了伟大的悲情和历史故事，是能产生伟大作品的地方。很多时候我在想，我其实是应了他的这句话回到西北的，或者说从上海重新回到兰州的。

　　当然，还有北京。尤其是已故的评论家雷达先生。我的大多数文章，他都看过，甚至向一些刊物推荐过。我在他去世时的一篇文章里也曾说过，我将继续带着他游历古老的大西北。

　　由是，我把这本书献给荒凉的大西北、繁华的上海，献给我的老师陈思和先生，也献给已故的雷达先生。

扫码可收听有声版

目录

第一辑　问道荒原

为古中国辩护　　　　　　　003
寻找天马　　　　　　　　　025
荒芜之心　　　　　　　　　047
高人　　　　　　　　　　　058
点燃中华文明的香火　　　　065

第二辑　草原往事

草原往事　　　　　　　　　077
匈奴远去　　　　　　　　　099
一支歌舞乱天下　　　　　　120
何谓"究天人之际"　　　　136
为大地湾一辩　　　　　　　146

第三辑　佛道相望

佛道相望　　　　　　　　　157
鸿蒙开启　　　　　　　　　159
与佛结缘　　　　　　　　　172
心的礼拜　　　　　　　　　180
何为人之尺规　　　　　　　187

第四辑　敦煌之光

海子的诗歌发现　　　　　　　191
一缕丝绸燃起的命运　　　　　197
三危山上的佛光　　　　　　　205
恩怨是非　　　　　　　　　　215
在青春中国的门口　　　　　　225

第五辑　寻找昆仑

寻找昆仑　　　　　　　　　　233
凉州之问　　　　　　　　　　356

第一辑

问道荒原

为古中国辩护

1

小时候,冬天的早晨,我和二弟从被窝里爬起,便哈着热气跑到院门前看日出。仿佛太阳在召唤我们,我们都应命而起,而出。——日落而息,日出而作。小时候的习惯真可谓天人合一,但后来我们被城市殖民,远离大地,远离自然,甚至远离太阳。不分昼夜地作息,每天在头痛中醒来,眩晕,恶心,伴随着隐隐的愤怒。我父亲至今还保持着我们小时候那样的习惯,很少有过头痛。他睡醒的第一件事就是在大地上漫游,去看看他的庄稼,去看看四野的变化,然后回来吃早饭,开始新的一天。现在每次回老家,我都要睡个自然醒,但也正好是日出的时间,醒来时头脑清醒,从未痛过。所以我常常对父亲说,那院房子就一直放着吧,等我退休后再住,重返大地,重返自然。我还想应太阳的命令起床,去像小时候那样哈着气等着它的伟大面世。

记忆中,二弟总是飞速地冲进厨房,在水缸里掰上一块冰放到嘴里,一看祖母在厨房里做饭,便往外跑,祖母追出来,要他吐掉冰,怕伤了身体,他箭一样飞到了院门外。祖母好像被什么劝止住一样,并未追出来。

我们便看到火红的太阳从神秘的东方迅速跳到大地上,整个凉州大地被一片绯红的色彩掠过,然后就暖和了起来。

这时,一队骆驼从北方缓缓走来,穿过巨大的太阳轮廓,向着凉州城缓缓走去,形成记忆中的剪影,也与无数的摄影作品在漫长的记忆中复制、黏合，重新勾勒，永远变动不居。

下午的时候，那个驼队会从凉州城出发，再经过我家远处的那条路，往北荡去，消失不见了。那个时候，骆驼走过的那条道还是土路。几年后就开始铺石子，又过几年，便成了柏油马路。在铺石子的时候，驼队突然间就好像没了，不知道到哪里去了，代替它们的是一辆辆卡车。很多青年看见卡车过来，就跑去扒车，因此丢了性命。大人们总是成群结队去围观丢了性命的人，回来描述人的身体被卡车碾过后的惨状，但就是不让我们小孩子们前去。愈是这样，我们就愈是要冒险。小时候，我们队里的小孩子都曾跳上过卡车，但还活着。

许多年之后我才知道，那条驼队走过的路是从凉州城出发，穿过民勤周围的沙漠，是往阿拉善右旗汇入阿拉善戈壁的那条隐秘的古丝绸之路的一条小道。我曾穿过那条古道一直到额济纳旗。一路上，除了戈壁，还是戈壁。

也是在民勤和阿拉善，我吃到了当地人的美食：驼掌。当我吃着吃着便想起了童年的骆驼，温暖的骆驼，古老的骆驼，丝绸之路的骆驼，带着某种神迹的骆驼。原来都是被人们吃了。我在喝着那带着酸辣味的驼掌汤时，我的心里五味杂陈。我们是吃着自己的童年长大并老于世故的。我们只能如此。生态的延续并不以我们的情感为纽带，这就是"天地不仁，以万物为刍狗"的天理。我父亲养的羊长大后，他看着羊那肥大的身材赞叹说，呵，这个羊吃起来一定很香。他的赞叹是由衷的，我甚至能听到他的胃也高兴了一下。但我的女儿，他的孙女就有些听不下去了，说，爷爷，你怎么能舍得吃自己养大的小羊呢？父亲诧异地问她，养它就是为了吃啊。那只小羊是父亲的牺牲，也是天地的牺牲，女儿不明白。但我明白。父亲代表的古老的自然的律令，而女儿动用的是人的情感法则。我无法解释，只能各自去体会。

在青土湖畔，我看见广袤的沙漠将大地淹没，一条新修的公路通向陌生的北方。我问朋友，这条路通向何方。朋友说，阿拉善右旗。我的目光消失在遥远的北方，心里喃喃自语，阿拉善，阿拉善，苍天般的阿拉善，到底是个什么模样呢？

也许是因为这好奇，也许是因为这念想，那年秋天，我就去了阿拉善。一个笔会给予了我这个机缘。从阿拉善左旗出发，我们一行十几人顺着一条原始古道往阿拉善右旗奔去，然后又到额济纳旗，一天之内我们跑了六百多公里。一路上，几乎没有别的车。很长时间才能碰到一辆车相向而行。额济纳旗据说是匈奴和西夏民族最早的首都。若从匈奴和西夏人的生活场域来看，这条荒道倒是他们无障碍的天然通道。当我站在中蒙边境策克口岸遥望外蒙古那茫茫荒野时，我便想起古中国那些策马扬鞭的往事。

那是一条很少有人提及的古道。原来它就并列在河西走廊绿洲的北边戈壁上。不为人知，古老而蛮荒。很多地方被雨水冲断，年久失修。跑了很久也遇不到一辆车或一个人。偶尔看见一棵树，孤零零地站在路旁，像是等候多年前失散的情人。有时远远地能看见一两间房舍，姑且称其为村庄，到跟前才发现早已人散园芜，一阵野风占领了它们。

那时，我才意识到，我童年时看到的那些骆驼都是从这条古道上走来的，当时我们并不知道。直到去阿拉善之前，我一直以为丝绸之路是从我家凉州城穿过的那条大道，另一条小道便是沿着黄河与草原的那条通道，人们称其草原丝绸之路，但是，它们从景泰开始仍然要回到凉州这个大通道上。我们从不知道在戈壁深处还有一条生命的通道。

但是，阿拉善人和蒙古人知道这条道，我的先祖们知道这条道。他们曾在这条荒道上谋过命。由此我明白，丝绸之路绝非一条官办的线性之路，而是由无数条民间支流构成的带状之路。

2

河西走廊的西端有一条河叫弱水。第一次听说时，就感叹于古人命名的诗意。大概的意思是它流得很弱，不能载舟，然而又绵绵不断。其从祁连山上生发，一路柔软地漂流过来，喘息着，似乎要断气，然而又活过来，终究在下游积成一片湖泊，一片令人惊叹的生命。人们叫它居延海。

我在居延海上泛舟时，便想起在东海上泛舟的情境。你绝对不会担心东海会突然蒸发，你只会担心东海会侵犯大地，会淹死人类。它有时令人恐惧。但是，你站在这片叫海的水上，你时刻会担心它突然间蒸发，只剩下死寂的沙漠。这靠祁连山上的积雪而融化成的水域因此而显得无比珍贵。仿佛祁连山的鲜血，只是它没有鲜红的颜色而已。

它的四周仍旧是沙漠、戈壁，全是亘古的敌人，从来都是孤立无援，从来都是单枪匹马、孤身犯险，然而又那样情愿，一意孤行，故而它也是沙漠、戈壁的美丽新娘。在对抗中联姻，在握手时相搏。所以，平等、自在。

你不得不相信，额济纳旗成为匈奴发家时的首都，也是情理之中的事。因为在整个河西走廊绿洲以北，确实也只有这里有如此广阔的水域。上世纪在这里出土的汉简，像是专门从地下站出来证明这里曾是繁华的要冲。

我深深地遥望着北方，很久，很久，我不知道那一无所有的茫茫北方是一种什么样的风景。

后来，我便去了那里，坐着车到伊犁河流域的昭苏草原上瞭望。那样辽阔的草原，那么多仍然低头吃草的马匹。像是中世纪的遗民，不知有现代文明，仍然慢条斯理地过着游牧的生活。在那里，我们看见早已绝种于中国的汗血马，我才知道整个中国的北方是一片亘古以来的草场，只是地质的变化使一部分地区形成了戈壁、荒漠。

在张承志动情而举义般书写过的夏台，我又一次看见一条古老的丝绸之路通道。只是，那是一条冰达坂。那是北疆通往南疆的重要通道。于是我根据我所知道的少有的知识，画出了一条古代异常广阔的草原之路。我不知道它的东部在哪里结束，但我猜想它的西部一直到了西亚的美索不达米亚平原的边缘。

回来在地图上查看，在历史中摸索，便知道这就是古代欧亚草原，也可粗略地称之为古亚欧大陆。我看见 2 世纪的古亚欧大陆的地图，东端是汉帝国，西端是古罗马帝国。中间便是迢迢古大陆。古大陆上飘着一条华丽的丝绸，它来自中国。

3

我在复旦读博士的时候，非常关注人的主题。我以为中国自现代以来，就进入一个人学的主题，神学随着"孔家店"的打倒和科学观的确立而覆没，然而，没有了神学的背景，人学的主题一再地进入虚无主义、物质主义或欲望主义的泥淖。人们没有任何信仰，道德的大厦无从建立。文学也一样，文字所指皆为欲望或虚无。人被终结了。人成了一个空洞的符号。

但我的导师陈思和先生希望我研究西部文学。那些年，包括到今天，他对西部文学的关注在中国仍然是众所瞩目的事。他说，中国的西部，地域辽阔，容易产生悲壮之情，精神也会在那里容易生发，文学有大气象，所以，从某种意义上讲，那里是中国文学的希望之一。我便把博士论文的研究对象确定为西部文学。

老实说，因为盲审的原因，也因为当下论文写作体例的要求，我只好将我大量的想法暂时搁置，而把那些人人皆知的东西搬到纸上。整个博士论文的写作是令人颓唐的，沮丧的。然而，我还是有所收获。

在我再一次清理西部文学时，我也很清楚，它同时也是清理我自身的思想场域，确立我自己的精神维度。我清晰地看到了一种当下中国文学很少去提及的现象，那便是在整个西部，恰恰由于经济落后、山川阻隔，古老的原生态文明还历历在目。中国的西北是旅游大开发最后一片风景。浩瀚的沙漠，无边的戈壁，空旷的中国。我看见现代性思维从东南沿海登陆中国内地，像光晕一样一圈圈向中国的中部荡去，又向西部扩张，但到西北的时候被当地的原生态文化有力地回击着。

那是从民间生发出来的一种回声。我以为，那就是古老中华文明的传统回音。儒家文明、道家文化、佛教信仰以及伊斯兰文明的书写，成了西部文学一片独有的情怀。而这正是中国社会所呼吁的传统信仰和精神维度。

它保存了中国文化的元气。可以说，西部是今天中华文化最后的栖息地，原生态的文明还散发着它纯正的袅袅炊烟。

它也是中国传统文化的托命之地。之所以如此说，是因为在这里，有一些作家自愿认领这样的使命。孔子乃周代文明的托命之人，不是哪一个人给过他权杖或什么戒指，也不是像耶稣一样说自己是上帝派来的救世主，而是他精神的自觉。

也许只有文学如此显征地表现了出来。如果说路遥的作品是现代性思维的表现，那么，贾平凹就是道家发出的声音，而陈忠实则是儒家的反抗。陕西的文学仍然很模糊，它与中原文学挨得太近。但到了西北偏西，在昌耀、杨显惠、张承志那里，我们仿佛看见中国文学被撕裂的伤口。他们把蒙在西北社会现实之上的那层纸捅开了。

他们为我们呈现出一个突兀的西北部。一个黝黑的几乎很难让人接受的西北部。但就是这样的西北部，你只要真正地确立了，你就是昆仑，你就是天山。

在甘南草原上有一个女人叫恩贝，她的丈夫被杀害，杀人者按现代的法律规定被关进监狱里，很多年之后又放了出来。恩贝不认同这样的法律。她认同的是古老的律例。于是，她让三个儿子在长大后去了集市，在光天化日之下，将仇人杀了。儿子进了监狱。她一点都不后悔。别人问她为何如此，她反问别人：难道你们忘了古老的律例？杀人必须偿命！

这是杨显惠笔下的甘南。恩贝信的是藏传佛教，她有她的信仰。这篇小说让我想到梅里美的一个小说《马铁奥·法尔哥尼》，主人公因为其独子不守信义而向官方把土匪出卖了，便毫不犹豫地把独子枪毙了。

那枪声一直到今天还没有消失。我的心跳还在加速。他们为什么要这样写？原因只有一个，那就是他们对这个道德丧尽的社会充满了批判。所以，那枪声，那刺杀的行动，也是向着这个不义的时代的。梅里美所生活的时代是西方资本主义初期，与我们今天的时代有共同的特征。人们对道德都视若无睹，而视利益为上帝。

然而，这些书写仍然是在现代性下徘徊的步伐，它仍然拘囿于中国的现实与地理。张承志却不是。他是中国第一个把目光从大西北向着中亚、西亚、东亚、欧洲、非洲投放的作家。他也是第一个站出来与欧洲中心主义文化进行对抗的作家。他由此而确立。但他也同时成为大多数知识分子的敌人，因为那些知识分子是靠现代性的单只乳房哺育的。

张承志是一个异数。顺着他，我看到了从中国西北开始向西方不断延伸的古丝绸之路。先是中亚，越过帕米尔高原，然后向着伊朗高原，向着黑海，然后伸入整个欧洲和非洲。

一条中国的古道就这样在尘封中被打开了。

中国人的元气、自信乃至古老的血性全都在那里一一地闪烁，发出奇异的光彩。但有多少人认识那光焰呢？

4

在黄河以西，便是祁连山脉。古代匈奴人也将它叫天山。它的南麓是青海北部，北麓则是甘肃西部的河西走廊，而整个的河西走廊，又牵制着宁夏和内蒙古的部分地区。这些广大的地区在中国古代几乎统属于一个大的范畴：凉州。整个五凉时代，就是这些地区的人们你争我抢，不断地描绘着这片变幻不定的地图。如今，那些王侯将相在哪里？他们的子孙又在哪里？

谁知道呢？

我就是从凉州开始认识中国和世界的。十八岁那年，第一次出门，就往西去，顺着古丝绸之路，去看天马，去看古道的辙痕。无边的忧愁便吹进了我的胸膛。那一年我写下不少的诗。然后往东，去看现代性支配下的当代中国。再后来，我不断地向东、向南，再向东、向南，看遍了中国。甚至从那里再去看世界。

我看见我在中国的边缘向着中心不断地徘徊着，就像卡夫卡《城堡》里的那个主人公一样，终究进不了中心。但也就在这个时候，因为研究丝绸之路旅游的原因，我开始往西跑。

在废弃的古中国最大的马场上，在被风雨冲蚀得快要消失了的汉长城旁边，在凝固的天马前，在恍如隔世的彩陶前，我曾黯然神伤。它们的声音微弱，甚至在我面前沉默着。有那么一刻，我天真地想唤醒它们。

那尊被确立为中国旅游标志的天马，就是在离我家几公里的地方发掘的。是我出生的第二年发掘的，但我直到十五岁才知道这件事。在很长一段时间，它不曾对我的家乡产生过什么作用。即使在今天，它也未曾真正地在精神上启示过那里的人们。

它飞翔在古老的中国，但它凝固在今天的西北。在这个一切以经济来衡量一个地区文明的势利时代，落后的凉州能带领中国飞翔吗？这是多么令人难堪的提问。

我曾久久地坐在山丹军马场那个废弃的军营里，试图在精神上遭遇一些什么奇迹。我失望了。后来，我躺在那无边的荒凉中，想像小时候那样再看一次雄鹰的翱翔，竟然也失望了。汗血马早已成为传说，难道连我小时候常常追跑的雄鹰也忽然间藏到天空的深处？我在那里写下一首颓唐的诗，回到兰州。

兰州自命为中国地理版图的中心，可谁认你这个中心？它仍然是北京眼里的边地，是上海人心中的荒地，是广州人心中的沙漠。直到2010年的时候，我在上海仍然碰到有人这样问我：你们那儿有电吗？我忍住些许的愤怒说，没有，我们还点着煤油灯。他又问，你们还骑着骆驼上班和上学吗？我就笑着说，不是，我们骑着猪，骑着豹子。他更好奇地问，真的吗？我没有回答。他又说，你们是不是还是几个人穿一条裤子？我无言了。

白岩松在美国一所大学演讲时说，中国人是拿着放大镜看美国的，但美国人看中国时把放大镜拿反了。天下的道理是一样的。在同一个中国，在同样的政治背景下和媒体影响下，西部人看东部是拿着放大镜，而东部的人们看西部是反着的。

世界从来都是如此，这就是势。抱怨和愤怒是无效的。你必须重新寻找新的支点，从而确立你自己的世界观。你不能被别人的世界观所覆盖。于是我明白了张承志为何那样愤怒，明白了为什么他要以西海固为自己世界的中心，而不是以北京、上海或是纽约、巴黎为中心。

在河西走廊的中部，在祁连山北麓的草场上，徜徉着一个稀有的少数民族——裕固族。这个只有一万四千多人的少数民族像一朵鲜花绽放在干涸的河西走廊上，过着与河西土著民完全不一样的游牧生活。随着教育的同质化、旅游的全球化，这个民族充满了表演的色彩，但其内里正在消散。散文作家铁穆尔是那个民族的文化旗手。我在他的散文中，看到一个弱小民族在全球化下行将消亡时的无奈、伤痛，乃至悲愤。最近我们开会又住到一起，他送给我一本台湾出版的裕固族人当代生活的口述史。这本书我暂时还没来得及看，但我对他近来的工作却极感兴趣，他从河西走廊出发，去寻找裕固族人的故乡阿勒泰，然后，从那里，他又寻找到了更为广阔的先祖空间：阿尔泰语系和欧亚草原。他给我介绍了很多这方面的知识。

这一次，我清楚地知道了在我们的北方，其实有一条自古以来就有的文明运河，它与中国从古至今一直发生着各种各样的接触，但我们很少去认识它。我是在新疆的几次考察中隐约认识到它的巨大存在，但因为自现代以来世界的中心在欧美，是从海上抵达那里的，所以，我们会不自觉地总是把目光匆匆收回，越过大洋，往彼岸看去。

去年春天，我邀请文化学者朱大可先生携他新出版的《华夏上古神系》来西北，就他的这部新作与甘肃的学者们进行了一次对话。在朱大可先生看来，整个人类的神话与人种一样，也是从非洲走出来的。它分第一神系和第二神系。第一神系在走向全球的过程中衰减，与当地的文化结合形成第二神系。在亚洲便产生了属于亚洲的第二神系。他认为中国人的神话是从河西走廊这个端口走向中国的。

他的这个观点令研究先秦文学、文化见长的甘肃学者颇为惊讶，我个人也颇受启发。我倒觉得大可先生的观点我们不一定完全去认可，但他将中国文化引入世界文化的这样一个思路彻底地启发了我。

我和他后来有一个对话，我认为，我们要打破过去关于中国古文明的诸多意识形态的东西，要把中国文明在世界文明史上的再造作用找出来，参与世界文明的创造，也只有那样，我们才能将中国真正地融入世界。

长期以来，中国的学者有两个观点深刻地影响着我们每一个中国人，一个是我们中国的文明是自给自足的，它诞生时就自在地产生，存在时也自在地融合着各种文化，像大海一样绵延不断，不会干涸，所以，当四大文明中其他文明都消失或中断了的时候，只有我们的文明始终延续；另一个观点是我们从地理上来说与世隔绝，所以始终拒绝文明西来说，但也从未说我们的文明影响过除东亚、南亚、中亚之外的世界。这与我们保守的、力求发展的弱势文化心态和与西方对峙的意识形态有关。它阻碍了中国人的文化想象，从而也妨碍了中国人的文化创造。

但有趣的是，被认为最具全球视野观的斯塔夫里阿诺斯在其巨著《全球通史》中也是如此认同的。

2006年，我在给学生上西方文化史时，曾经打开过若干本关于世界文明史的书籍。几乎没有一本是中国人写的，而且写得最好最通俗的书是欧美作家或学者写的。有一本全球文明简史是英国一位作家写的，我在里面几乎看不到多少中国文明的叙述。似乎那位作家偶尔抬头时，想到今日之中国，便从虚空里把中国拉进来说一下。完全言不由衷。我较喜欢斯塔夫里阿诺斯的《全球通史》。他与雅斯贝尔斯一样，是真正想放开欧洲中心主义（但实际上在骨子里仍然是），从全球文明的角度来对整个世界进行新的叙述。

他的这个叙述最重要的倾斜在于，过去西方人看世界是以东欧为中心，再向全球演化的，而他的叙述抓住了一个重要的地理位置，即欧亚大陆。尤其是在对公元1500年之前的历史就是以这个地区为中心而展开。通过他的叙述，整个世界会看到一个完全不同于过去的中国。

他说，那时的世界，一端是中国，另一端是罗马或另一些不断崛起的帝国。但中国这头是稳定的，像是风筝的线头，另一端便是不断在飘荡的西方帝国。

他对中国自周以来至明时的文明也了如指掌，且给予充分的肯定，他说的话与我们中国历史学者说的话似乎没有多大的出入，然而，我最终发现，他对中国其实一无所知。我说的一无所知指的是他对我们的文化基本没有切肤般的了解，但我们正浸淫在他们的文明中而不自知，因此我们敢于说我们对他们的文明是了解的，体验着的，而他没有。他也从未来到过中国，所以，他对中国的了解仍然属于纸上谈兵。

他一方面想说明，中国在汉以后参与了整个世界文明的再造，尤其是三大发明（他们不承认我们的造纸术是第四大发明，但承认造纸术是中国人发明的）对世界的影响简直就像阿里巴巴的钥匙，打开了近代历史的大门。但另一方面，他又始终强调中国地理上的相对封闭导致中国与世界运动的相对脱节。

很长一段时间内，我无力驳倒这样的全球视野下的中国观，但是，我又每每感到不情愿。这不情愿，多少有些非理性，也充满了无奈。

在这个时候，我便知道，之所以有那么多人不愿承认文明西来说，是因为内心中的民族自尊心在起反作用。当然，也有那么多留学回来的人支持文学西来说，是想从他们认为的全球史的角度来解释中国，是另一颗中国心在起作用。只是这另一颗心的跳动与过去欧洲中心主义是一致的，若能与斯塔夫里阿诺斯一致就已经非常好了。

这是中国与世界交流的一道心槛。

5

2006 年，我去临洮考察老子飞身之地，在当地听到很多关于老子的传说。当我站在临洮县城附近的岳麓山上时，我就在想，老子为什么要往西走？他为什么要来到这里？他果真是在这里终了的吗？

《太平广记》上说，他涉流沙，要去安息国，为什么要去那里？

去年我听朱大可先生说，他认为老子与释迦牟尼是孪生兄弟，有诸多论据。无论他的观点是否能立得住脚，但有一点是清楚的，即人们都在寻找老子与西域的诸多关系。在我看来，这实际上是在寻找中国学术与整个世界学术的关系。他还认为，墨子是从波斯来的。也是同理。现在的学者没有意识到，那个时候，西域就是中国人参与世界文明的地带。就像今天，我们必须要与欧美打交道一样。

按朱大可先生的推测，老子要么是要回到故乡，要么是按雅利安人创造的婆罗门教的方式去隐居，等待死神的到来。那么，他也有可能隐居到当时还属于西秦的西戎之地。至于老子化胡说，现在看来，纯属道家学者臆造。

那么，老子是真的终了于临洮吗？也不见得。这也仍然属于民间传说。

但是，那一次我参观了临洮的马家窑彩陶。那些至今仍然闪闪发亮的釉彩和先民画下的符号震撼了我。我专门去马家窑村看了一下那里的遗址。除了无边的风和远处的山岚，一切都消失了。这里曾经在距今五千八百年至四千一百年间产生过世界上无与伦比的彩陶。今天我们将其称为艺术，事实上，在先民时代，它们就是先民生活的一部分。我们是否也可以说，在中原文明向西发展的过程中，遭遇了世界文明向东的发展，于是，在临洮的马家窑附近产生了世界文明的一个中心？

但我没发现有这样的论点，因为学者们都否定文明西来说，所以一致强调马家窑彩陶是中原的仰韶文明向西发展的一个突变。但谁能解释为什么会有这样的异彩？从文化学的角度来讲，每一种新的文化的产生或者发展，都是与异质文化交汇的结果，那么，除了中原文化向西发展的这个脉络，来自西方的文明又是什么？

事实上，在那个时候，在距今五千年左右，临洮这个西北偏西的地方到底属于哪个国度，我们现在很难确定。那么，原有的小不点的中国难道不是在向四方扩展吗？难道她不是在参与谁也不知道的全球文化运动吗？我们为什么要否认历史？

从今天来看，很多人都说彩陶产生于美索不达米亚平原。这仍然是欧洲中心主义之论。因为美索不达米亚不但是西方文化"两希文明"的一支——希伯来文明的发源地，而且是自亚历山大以来一直被希腊化的地方。原有的文明就这样被消灭了，今天我们只能看到那文明的残骸：楔形文字、古老的史诗、最早的法典等，但是，是不是要把人类最古老的智慧全都集中于《圣经》诞生的地方呢？这至少应当被强烈地质疑。

在过去，历史学家不大重视欧亚大陆的演变，所以对古老文明的研究便都集中于美索不达米亚这里，然而，我们不要忘了，那片大陆也正是亚洲文明与欧洲、非洲文明交汇所在。也就是说，整个世界的文明在那里得到交汇、交流并发展。她确实是人类文明的摇篮。

然而，我们也不要忘了，在整个的古中国，在这片大陆上，在亚洲的东部，这里是另外一个世界，它也是全球文明交汇的另一片大陆，只不过它比美索不达米亚平原要大得多，而且它的四周确实是艰苦的自然屏障，所以，这片平原上的文明再造便显得过于简单，而且过早地显示了它的统一性和稳定性。这种全球化运动在历史学家那里被忘记了，或者说被今天的现实而遮蔽了。

或者是否可以说，历史学家们过于把战争放大，将战争的符号当成历史了呢？难道中国文明过早的统一是历史的灾难？也许对于文化再造来看，文明常常需要动荡和冲突，但对于人类的追求来看，和平才是永恒的主题，难道它是历史学家的敌人？或者说历史学家不太重视人类的内在追求，而只是片面地描述历史的势力？

这也许是我一个作家的天真疑问，会被历史学家嘲笑，但我总觉得历史学家就是因为重视历史的势力而常常陷入历史虚无主义，因此便看不到生命的真实和宇宙的真谛。历史若是这样，它便是非正义的。这样的历史，我以为必须反抗。

沿着马家窑彩陶，我们很容易看到另一片文化的原始之地，即天水伏羲文化区，再从它出发，往前摸，便看到了大地湾文化。在那里，我们还是会看到彩陶。考古学者认为，这里至少有六个文化层，第一至第三文化层形成于距今六万年至两万年，他们在地层中发现石英砸击技术产品，如石英石片、碎片等；第四文化层距今两万年至一万三千年，他们在那里发现了陶片；第五文化层距今一万三千年至七千年，他们在那里发现了大量的陶片；第六文化层距今七千年至约五千年，主要文化遗物为半坡和仰韶晚期陶片。

如果我们从这些发现出发，就可以断定，这里的先民至少在距今一万三千年前就开始制作陶器。甚至可以追溯到几万年之前。但是，我们千万不要设想这里是最早开始制作陶器的地方。我们会看到，在世界各地都有一两万年前使用陶器的考古发现。哪一个地方都不敢轻易说是陶器的第一个发明者，同时也毫无意义，但是，一个问题便产生了，为什么会在世界范围内产生这样的革命？

它充分说明，在我们自以为是地球上的中央帝国的时候，世界其他的地方，尤其是我们的西端一直到美索不达米亚，再到克里特岛上，正在发生着我们根本不知道的全球化运动。

在大地湾遗址上，我抬头便看到一条早于丝绸之路的古大道。那是先民们在古欧亚大陆上行走的古道。事实上，从《穆天子传》和《山海经》等记载来看，早在丝绸之路被汉武帝开凿之前的约一千年前，周穆王就在开凿玉石之路。那时，玉石是世界上最昂贵的东西，是神圣的祭祀圣品。周穆王在西域会见了西王母。这是我们能看到的文字记载。那么，那些没有文字记载的历史呢？难道不可以言说吗？

在玉石之路开凿之前的几千年前，在中国与整个西域乃至中东，是否存在一条浩浩荡荡但无比艰难的彩陶之路呢？人们将食物装在陶器里，运送到遥远的东方或西方，于是，不仅仅是彩陶技术远播世界，而且粮食的种植技术以及粮食的种子也远至海内外。就像风将一些植物的种子送至世界各地一样，人类曾经一定经历过将粮食的种子、植物的种子运送人迹罕至的地方。生命就是如此流转并得以繁衍。

考古在这个时候是无效的，且是盲人摸象，南辕北辙，离题万里。想象在这个时候显得无比重要，且为人类带来一个诗意的过去。想象是多么美好！

但有一种想象极不美好。那便是以欧美中心主义的方式去想象遥远的还没有被认清的中国。

我过去读好几个版本的全球史时，每当看到伯罗奔尼撒战争和斯巴达三百勇士的故事时，我就深深地为中国鸣不平。在那些史书里，穆天子会见西王母、黄帝和炎帝的阪泉大战固然很难有考古证明而写入历史，但是，春秋时期的那么多战役以及陈胜吴广起义、刘邦项羽大战等这些在我们看来是多么具有里程碑意义的战争都未写进全球历史。好吧，如果说这些战争只是中原王朝争夺王权的斗争的话，那么，汉武帝与匈奴的战争可以说是世界性的吧，我们也很难看到几笔，更不要提少年英雄霍去病了。

意识形态的对抗充分地体现在文化的对抗上。想象在这里显得极为荒唐。从某种意义上说，不是中国需要世界史，而是世界史需要中国。从雅斯贝尔斯的《大哲学家》和斯塔夫里阿诺斯的《全球通史》就可以看出这一点。试想，如果从《大哲学家》中把孔子、老子去掉，世界会是一个怎样不平衡的世界。再想想，如果斯塔夫里阿诺斯在《全球通史》中不描述中国，那么，他的这部巨著将无法完成。因为它一半的历史是在与中国发生关联时产生的。

然而，世界就是如此的不平衡。它是坍塌的，它的沦陷就在于古希腊、古罗马的质量看上去要远远大于秦汉帝国的质量。它的沦陷还在于连我们中国人对古希腊和古罗马的历史、哲学、文学、神话从幼儿时期就进行着全面的教育，而我们的历史则被简单地处理。在夜深人静之时，我们已经没有自己的故事陪伴孩子入睡了。当我在讲亚当、夏娃、普罗米修斯时，我拼命地想搜索女娲、盘古一类的故事，可是，我发现孩子在幼儿园里接受了西方的神话，所以，她对亚当、夏娃的兴趣明显高于女娲、盘古。她们玩的游戏也多是以古希腊神话为题材的内容，她们看的动画片或动漫书则是日本的，而她们崇拜的明星又是韩国的。等到她们大一些可以看电影时，她们当然地选择了美国大片。整整一代人在集体性地接受西方文化，而有选择性地集体遗忘中华文化。

是的，我说的就是这种全面的沦陷。所以，当西方的历史学家将中国的历史置若罔闻时，我未曾听见几个中国的历史学家为自己的历史鸣不平，恰恰相反，我听见很多学者对我们的四大发明充满了质疑，对古中国曾经在世界上与古罗马等帝国遥相对应的存在嗤之以鼻。最近，就有一位历史学家在大谈丝绸之路。他说，中国从来都没有主动地开发过丝绸之路。难道他不知道丝绸之路之前有一条玉石之路吗？那不就是周穆王西征而打开的一条通向西域的道路吗？汉武帝打击匈奴，夺取西域天马，中国与西域通商之路自然洞开。他说中国从未跟西域进行过经贸活动，没有通商港口或海关。那也许与我们中国当时的国策有关，但是，难道官方如此，民间就没有通商吗？他也许应该去重新看看敦煌的文献，重新去看看敦煌附近的悬泉置——那虽是一个驿站，但它简直就是一个百科全书式的古代图书馆。在那里，他会重新思索古代中国的一切。他就不会以今天的思维去要求古人了。有很多人都在转发这篇文章。我看到文章通篇都是对中华文明充满了不信任的诋毁，而对西方文明又那样亲近。我想，这可能就是当今的很多中国学者的立场。

是的，我曾经在很多场合谈陆路丝绸之路可能埋藏着我们民族复兴的梦想时，我听见了嘲笑声。不止一声，是一片。来自沿海，来自现代性，来自工业。那些来自北京、上海、广州的学者们滔滔不绝地讲述着他们对西部的认识，仍然拿着从西方学来的那些东西向西部布道时，我看见他们的眼光从未超过天山、从未看见那块巨大的欧亚大陆，我就知道，他们毫无资格去谈丝绸之路，然而，他们自以为是文化中心的代言人。

尤其是，当他们把西部仅仅作为一种景观和符号大加赞赏的时候，我知道他们的心里是多么的高高在上。我曾经做过一段时间的旅游考察，我发现很多地方的旅游规划都是北京、深圳的专家们来做，他们在当地匆匆观赏两三天，回去后就将西部规划了，而那些规划大都死于行政长官的更替中。即使有修建的，也是不伦不类，与地方文化多有脱节。我还参加过很多文学、影视方面的会议，那些从北京、上海来的专家学者想当然地要对西部的作家们进行扶贫时，我都默默地退出了会场。他们滔滔不绝，一谈就是半小时甚至一个小时，从不给西部作家、学者充分发言的机会。是的，他们是来布道的，不是对话的。我深知这一点。但是，有两次我可以发言，便莫名地冲动，动情地为西部辩护。然而每一次辩护的结果都使我觉得无比孤独，我总是疑心自己可能是错的。在时间的弥合中，信心重汇，激情重聚。我可能又要为西部而辩护。

在此，我要告诉曾经与我激烈争辩的朋友们，我不是与你们为敌，而是与你和我心中都曾有或正在有的欧洲中心主义情结而斗争。有人问为什么，我说，为古中国的尊严，为我们自己的尊严。我在黄河以西的这片土地上生活了几十年，我也曾经全盘接受西方的文化，对传统进行过批判。但是，慢慢地，我发现，我们并未得到自由，并未得到我们想象中的信仰，相反，是虚无，是怨恨，是无边的孤独。是命运让我重新踏上古中国的路程，向西，去寻找儒家、道家向西的脚步，向西，又迎接从西方来的佛教。我知道，我们也应该像汉唐时期迎接佛教一样去迎接欧美的文化，然后将它与中国原有文化融为新的世界文化，那正是世界文化的未来，但是，汉唐时期人们并没有贬低我们自己的文明，现在，我们是要彻底地将它遗忘了。还有什么融合？作为子孙，这是最大的不孝，也是最大的背叛。我以为，我们应当明白，当我们开放国门最大可能地迎接世界的时候，我们还应当反身向古，试着去重新理解我们的传统。我们应当对世界说不，也应当对所谓的欧美世界说，我们所在的地方，也是世界的中心。在这个意义上，我们应当重新去构建新的世界文明史，而不是我们必须去欧美那里，站在远处看中国和整个世界。

我们为什么不能站在中国看世界？

6

2011年冬天，我坐着飞机从上海飞往兰州。由于劳累，在窗户边，一坐下便睡着了，根本来不及察看天上到底有没有神仙。快到兰州时，我醒了。就听有人看着下面说，这怎么没有一点草啊，光秃秃的，好荒凉啊。立刻有人附和着说西北有多么不适宜人居。

我却莫名地热泪盈眶。出去一年多时间，回来时竟然如此地想念我的荒凉的山川。一位朋友曾给我讲过一个故事。有一位诗人第一次去青海，当车子在无边的戈壁上奔跑时，他突然对师傅说，请停一下。他下了车后，立刻跪倒在戈壁上，然后，他深深地亲吻着戈壁，久久未曾起来。当他上车时，眼里都是泪水。有人就笑他，你真的太性情了。他说，我从未见过如此的大美。我相信那位诗人是真诚的，因为我也是第一次体会到我对荒凉竟然有这样深入骨髓的爱。

年龄是非常微妙的。四十岁以后，我就不再那么陶醉于青山绿水了，而是倾心于荒漠。我看见戈壁、沙漠以及那些光秃秃的山梁时，便格外亲切。我再也不认为青山绿水是生态，而荒漠就不是生态。荒漠是另一种生态。世界上的信仰多是诞生于荒漠与半荒漠地带。犹太教如是，伊斯兰教如是，佛教亦如是。海拔越高的地方、荒漠化程度越高的地方，信仰就一定更坚定。

　　故而我认定，在中国，唯有西北这样辽阔而苍茫的地理才能产生伟大的精神。恰恰是，也只有在西北，在丝绸之路上，佛教、伊斯兰教、基督教从西向东传来，而儒家文明、道教又从东往西而去。世界上所有的文明都在河西走廊以及以西的地方汇聚，重新生长。在五凉时期，河西走廊不仅是中国儒家文明最昌盛的地方，而且是佛教翻译中心之一。从敦煌文献可以看出，在汉唐时代，中国与整个世界的来往就是通过这条丝绸之路。

　　我家的门前就是它的一条斜岔古道。我一直觉得在 20 世纪 90 年代之前，凉州人还过着魏晋隋唐时代的生活。如果 1958 年不把凉州大地上的那么多寺庙拆了的话，那么，你会疑心来到了古代中国的某个门口。即使到了今天，凉州人的生活节奏依然很慢。一个酒场从前一天相约，第二天十点就坐到一起，然后边喝边吃一点，喝到下午五点，然后再要吃的，继续喝，直到夜里四五点。不把每个人喝倒似乎是不能离场的。"凉州美酒夜光杯"，"胡人半解弹琵琶"。美酒是有，但开放的美人已经不在。美人早已被儒家礼教拽到厨房里了。但后来我发现，凉州的女人还是比其他地方的女人能喝。若是男人不行，女人就会上场。女人一旦能喝酒，三个男人也不在话下。我每次回家都怕喝酒，但好在大家都知道我不胜酒力，所以常常是看客。

　　我一直在想，从秦岭以西，尤其是黄河以西，就早已是西域的地盘了。整个河西其实与西域的关系更加密切。它是整个欧亚草原以南最为富庶的地方，所以，历史上所有的强悍的西北民族一定要先将这块地方打下来，才能问鼎中原。匈奴如是，西夏如是。我们家乡的风俗一半是汉文明的，另一半则是西域文明的。我们家乡的人从古至今一直在西域盘桓，很少去东部的。这种现象直到今天仍然如此。我老家村子里的小伙子、姑娘们都愿意坐着火车去新疆，却不愿意坐着汽车来很近的兰州。因为在新疆，他们总是能找到自己的亲人。

　　每次回老家，总会遇到我那些没有读好书的侄子们。我问他们在哪里打工，他们几乎是异口同声地回答，新疆！我问他们，为什么不去兰州、西安或北京、上海、广州？他们沉默一下，然后笑着说，那边我们不熟，新疆熟了，再说，那边武威人也很多。于是，我便知道，他们是依着古道在行走。我在新疆昭苏去考察天马的时候，发现那里生活的人们两千多年前是生活在凉州和整个河西走廊的。也就是说，河西走廊与整个新疆是一个民族大迁徙的场域。这种迁徙几千年未曾停息过。我的曾祖父们就一同坐着古代的那种大马车去了新疆，只留下我爷爷一个人。我父亲总有一种冲动，想去新疆寻找那些亲人们。我唯一的姑妈就去了新疆伊犁的巩留县。这种冲动也似乎遗传给了我。我曾经根据老人们的记忆和一些家谱的印象在网上寻找过那些亲人，但都未有结果。我父亲曾经在五十多岁时去看过一次他的姐姐，也就是我的姑妈。他在那里待了一周，回来后说，原来新疆的土地比我们这里要多得多。那话音仿佛是后悔当年未曾与姑妈一起去新疆。我母亲也说，1970年那年，我二弟刚生下不久，凉州又一次闹饥荒。那时我父亲和母亲总是吵架，父亲总是打母亲，母亲便有一冲动抱着二弟领着我去新疆的念头。可是她怕未曾到新疆就把我和二弟饿死了，故未遂。

而我们这些读书人，是向着东方，向着北京、上海、广州，或者更远一些说，是向着大洋彼岸的欧美。这种向度是在北宋之后就有的，进京赶考，去遥远的中原或江浙做官，是我们这里读书人的理想，但是，自北宋之后，长安以西就基本上不出文人了。我的家乡凉州算是甘肃出状元、进士或文人最多的地方了，但比起江浙一带来讲，就是那里的一个小乡镇而已。有人统计过，到了清代，整个甘肃的进士数量不如江浙有些地方的一个村子。但我们还是不断地向着北京、上海的方向在读书，在行进。

准确地说，应当是在三十六岁之前，我的目光一直向着东方，但三十六岁之后，我就开始不自觉地把头转向了西方，转向那个我的先人们自觉迁徙的大路上。那是我开始研究丝绸之路旅游的时间。

十多年来，只要有机会，我就莫名其妙地想去更西的地方看看，所以常常到新疆去寻找什么。我在前面说过，在我长期生活的兰州，是中国地理版图的中心，它的西边是中国三分之二的版图，可是，在北京、上海人的心里，它已经是边疆了。仿佛我们走几步就到了外国。这种感受从来没有被我们认真地对待和分析过。

事实上，假如从这种感觉出发，我们就应该相信，我们常常说的中国其实就是黄河以东的广大地区，而黄河以西始终是中国与世界再造的版图。河西走廊以及新疆、西藏、内蒙古是那个古中国版图中时有时无的地区。在这里，恰恰是北方和西方少数民族不断聚居和迁徙的地区。尤其是新疆，它是整个世界在东方的交汇地。为什么我们总是把美索不达米亚讲成世界文明的中心之一，而不把黄河以西的另半个中国当成世界文明的交汇之地呢？当我们说讲述希腊与美索不达米亚之前的诸多战争甚至在讲希腊岛上的诸多战争时，就认为是在讲述世界，而我们在讲述中国的诸多战争时就被认为只在讲述中国而不是世界呢？

一大半的中国人从未踏上过兰州以西的土地，所以，他们根本无法体验中国之大与中国就是东方的世界，所以，大多数中国人的世界观就是中国之外的世界，而把中国这样一个广大的疆域缩小为连古希腊半岛都不如的小地方。如果斯塔夫里阿诺斯能踏上古丝绸之路的半个中国，他对世界的感受就会是另外一个样子。

如果我们把中国也当成一个世界的话，那么，我们就会有另一种世界观赫然树立。那么，我们就会承认，中国在与北方的大漠、草原，与西方的欧亚大陆从古至今发生着深刻的交流。世界在源源不断地流入中国这片大陆，而中国也通过丝绸之路或北方草原参与在每一次的全球化运动之中。比如，中国对匈奴的战争，成吉思汗对欧亚草原与大陆的征服，都是全球性的战争。它们都深刻地影响了世界的进程。还有四大发明对世界文明的影响，等等。同样，整个世界也在不断地再造着中国。从有文字记载的文明史来看，北方欧亚草原从西周时就开始影响中国，然后历经汉时的匈奴、南北朝时的北方诸族、隋唐时的突厥、五胡乱华、西夏、辽国、金国，再到元朝、清朝，甚至近代的日本、俄罗斯等，这些民族和国家都在不断地通过欧亚草原侵袭中国，然后多与中国的文明融为一体，成为中国文明共同体的一分子。

而这片东方世界的历史从来没有被欧美历史学家看作是世界文明的一部分。这是因为，他们从来没有把中国文明当成另一个中心来看待，他们仍然是将中国看作是欧美中心的一个还没有被认识的边缘地带。即使是近些年来影响很大的萨义德的东方主义概念中，他也没有把中国纳入这个文化概念中。他的东方仍然是中东与印度。这是因为他生活在美国，他仍然是以美国为中心点来划分世界的。

我一直觉得，在汉唐时代，世界是有两仪存在的，一仪在西方，即古罗马帝国，它由遥远的从美索不达米亚迁徙而来的犹太教演变而成的基督教为信仰，以古希腊哲学为理性，加上斯巴达和古罗马的野蛮血性而缔造为一个强大的帝国。

另一仪在东方，即汉唐帝国。它由从西域传播而来的佛教以及在本土逐渐兴起的道教为信仰，以儒家精神为理性，加上秦帝国的野蛮血性和源源不断从北方草原民族借来的原始本性而缔结成为另一个强大的帝国。

它们的中间不断地有一些帝国出现，但都未曾将世界的这样一种平衡打破。即使是到了伊斯兰世界的崛起，基督教文明仍然与中国文明横亘在东西方，而中间地带是伊斯兰文明，世界仍然是平衡的。从印度生发的佛教很快在印度消亡，但在中国兴盛。它的命运犹如犹太教和基督教，总是在遥远的国度产生永恒的魅力。

而在那些时代，无论是基督教文明世界，还是伊斯兰文明世界与中国，各自都有着强烈的文化自信。然而，自现代以来，世界慢慢地向着欧洲倾斜，伊斯兰文明世界与基督教文明世界形成对立并居于衰落状态，中国则被列强瓜分，古代文明被西方文明渐渐取代。整个世界的平衡被彻底打破了。伊斯兰世界与中国都失去了强大的文化自信，尤其是中国。

这是可怕的，对古中国文明也是不公平的，对整个世界也是不负责任的。因此，我始终在想，我们还能不能寻找到世界的另一仪，从而保持世界的平衡。而那另一仪，必然是对古中国的重新思索、评估，重新叙述和抒情。

这样做的结果并不是像有些人所担心的我们不要自由、平等、民主等这些人类的普遍价值。那是二元对立思维的结果。恰恰相反，我们是要在这些价值的基础上，重新改造我们的古代文化。

而这一切的开始，就是从重新认识古欧亚大陆或欧亚草原开始。

扫码可收听有声版

寻找天马

1

十八岁之后，我就执拗地认为，我的祖先一定是马背上仗剑生存的。十八岁那年秋天，我第一次出门远行。天空变得高远，仿佛是被鹰的翅膀一下一下抬上去的。绿色开始撤退，田野上铺陈着一曲旷古的歌子。我不懂那大地之歌，我太年轻。顺着祁连山粗粝的北脊，一路向西，我第一次坐着火车，第一次看见在凉州平原之外，有如此浩大而旷古的风景。那是亿万年的光阴，始终不动，任何什么伟大的事件发生，也不过是在那里瞬间化为乌有。我是新鲜的光辉，闪动着翅翼。我来不及品味那时空，只是看到火车把大地和时间远远地甩向身后，就有一种莫名的眩晕。很多年之后，我还记得那十八岁的眩晕，记得那莫名的兴奋与恐惧，记得那浩大的悲伤。

我去的是山丹军马场，是武威的邻县，实际上相距一百多公里而已。但已与我之前生活的平原两重天地。雪山、草地，碧蓝的水库、凉爽的山风，古老的被荒草盖住的丝绸之道。第一次知道汉代名将霍去病曾在那里养马，并在那里与匈奴大战。据说，那也是汗血宝马奔腾的地方。原来，天马就诞生在这里。我出生的第二年，我家南边不远的地方，挖出来了一匹青铜铸就的马，人们称之为天马，因为它脚下踏着一只惊恐的飞燕，于是取名为马踏飞燕。那匹马的故事一直沉寂在我的生命里，现在它被激活了。但是，让我无限伤感的是，马场的人都说，汗血马早已消失，马场已经难以为继。我失魂落魄般地回到故乡。天马再次在我的生命里沉睡过去。

那一年，我生命中一个未知的世界轰鸣般洞开。原来我脚下的每一块土地，都有历史的细节与英雄的鲜血。它的辉煌曾经染红了夕阳。不知道是什么时候，我开始从一位汉民倾向于自己是一位匈奴的后代。我向往在马背上狂饮高歌，刀剑纵横，心藏正义。

二十岁，当我第一次在兰州看见黄河时，我失望之极。我久久地立于那可以横渡的河流面前，欲哭无泪。它与我十九年的期待相差太远了。我又一次感到天马不在的那种彻骨的荒凉。那一年，我写下很多文章，最多的主题是怀念英雄。

二十一岁那年，我写下很多诗，取笔名为"海子"。四月时分，诗人叶舟来到我的宿舍，告诉我，一个叫海子的诗人在昌平卧轨自杀了。我便不再用"海子"这个笔名。海子就这样进入到我的生命里。他是最后一个想当英雄的诗人，但他自杀了。他是引导我真正思考生命的意义与价值的诗人。天马的失去，诗人的自杀，对于我来说，是那个年代最大的两个事件。那是1989年。

2

2004年，我又一次造访山丹军马场。那时，我开始研究旅游。当地政府请我们几位专家去考察山丹军马场。昔日的草场已经成了无边无际的油菜花地。远望过去，盲目的花海从天边漫过来，一直粗暴地冲向祁连山的腰间。正午的阳光将祁连山上的雪峰映照得像一团被冰冻的光芒，在阳光下闪着寒意。一些羊群在漫无目的地游荡，像曾经战死的英雄的魂魄依然眷恋着这丰美的洒过鲜血的草场。那浩大的繁花先是让我无比地惊喜，但很快地，我就又一次陷入寻找天马的失意中。

马场已经彻底地衰落了。自从有了汽车、火车与飞机，马的存在就成了疑问。这个曾经是中国最大历史最悠久的马场，现在拥有的马已经很少了。马的功能被工业消灭之后，就变成了卖血和卖肉的牲畜。它的血能用来制药，它的肉则供人类食用。这是多么残忍的事实。

当我坐着越野车在几个小时都跑不出去的油菜花海中奔驰的时候，我的眼前立刻出现万马奔腾的古老景象。那时的马背上立着少年英雄霍去病和飞将军李广，可现在呢？多么广阔的一片草场啊，曾经是诞生英雄的地方，现在变成了被人欣赏的花海。马场和山丹县的领导都在极力想将其开发成一个旅游景点。后来，当我登上高高的焉支山时，我的耳边便想起那首响彻历史的悲歌：

失我焉支山，令我妇女无颜色。
失我祁连山，使我六畜不蕃息。

那一刹那，我又被一种来自历史甚至浩荡宇宙的狂风顿时熄灭。我的思想突然间停止了。我不知道如何来消化这历史。只有悲伤是不够的。因为我的耳边立刻响起疑问：你为什么悲伤？

但我的确有种悲伤。在这座有生命的山上，匈奴人曾在这里载歌载舞，匈奴的妇女们曾在这里采摘胭脂。但我徘徊于焉支山上时，竟找不到一种花朵可供人施粉。

我仍然是被一种无名的悲伤裹挟着回到了兰州。开发那里的念头没有继续。后来我又去过那里数次，每一次，我都从永昌县的一些小路上直接穿行去马场。马场的路总是不平，车在颠簸中奔跑。远处是汉长城的影子。它立刻将我唤进古风浓重的汉唐岁月里。然后在扁渡口去祁连县，至青海，进入唐蕃古道。文成公主的传说到处都是。悲伤逆流成为倒淌河，思乡之情幻为日月山。无边的油菜花是很多人的美景，我也以此来给友人介绍，但我每一次去那里，似乎不是为那花海，而是为着天马之魂。

在祁连山的那一侧，也是同样的景象。高高的大冬树山上，牦牛垂挂在危险的山崖上吃草，我总担心它不小心掉下山崖。游客们纷纷用相机拍下它们的剪影。就是没有马。没有了马，还会有英雄吗？

3

后来我算了算，在我十七岁那一年，也就是1985年，从我家附近挖出来的那匹铜奔马被学者和艺术家们认定是天马的艺术再现，并被国家旅游局确定为中国旅游标志。但我不知道，在乡下没有人告诉过我。也许政府在尽力宣传，但我们自认为是中国最落后的地方，不可能出现代表国家形象的宝贝，国家离我们太远了，国家大到几乎忽略了我们村子的存在，我们个体微不足道，所以，任何宣传都未进我们的头脑。

那一年，我上了武威师范。我骑一辆自行车从九公里外的乡下平原上，迎着金风来到武威县城。有一天，我们去了一个类似于博物馆一样的地方，我第一次看见很多古老的宝贝，但到目前为止，我的记忆里非常奇怪地只剩下两样东西：一把生锈的宝剑，一匹空缺的铜奔马。那把宝剑后来我再未看到过，那匹马那天也未曾看到，因为马到国外展览去了。

我的心似乎动了一下，或许根本未动。我现在怎么也想不起来。直到去了山丹军马场，我才知道，我家乡出土的那个文物就是传说中的天马。但在我的印象中，老百姓从未因这匹马而有任何的骄傲，至少我没听到任何一句开心的话。直到我上大学后，每次从兰州回到武威时，我才知道，荒原的凉州始终凝固着。它有一个自己的传统，人们在那个固有的文化系统里繁衍生息，自我循环。它与外界似乎不愿意发生联系，也少有冲动。那个时候，才对家乡的落后萌生出悲哀来。

不知道是什么时候，武威的广场上立起一尊天马的雕塑，那也许是武威动起来的时候。兰州火车站的广场上也很快有了一个很大的天马造型。直到那时，我才真正意识到，武威出土的那匹天马代表了某种精神。我逢人就说，那是我家乡出土的。可是，我对它又知道多少呢？说真的，它对我来讲，是一片知识的黑洞。直到2010年，当我第一次有意识地对天马文化进行研究时，我才发现一个悲哀的现状。这个代表中国向外输出的文化艺术形象，居然没有几个人去认真地解读它的文化内涵。天马文化的解读者始终都是几个具有乡愿情结的武威作家，它的文化圈还是凉州那片土地，中国一流的学者、作家都未曾去认真地解说过它。它曾远赴海外，它曾四处访问，它的艺术价值据说价值连城，但谁曾在乎过？谁曾解读过它背负的中华精神呢？据说，我们的学术成果已经跃居世界前列，但这样一个国家形象的研究竟然是一片处女地。我们学术的虚空可见一斑。

也是在那时，我才认真地去研究为什么中国从周穆王到汉武帝一直都有一个关于天马的情结，为什么从武威出土的这样一匹青铜奔马能成为国家精神的象征？它到底象征什么？

对天马的研究开启了我对丝绸之路这条文明运河朝拜的第一步。我像浮士德博士一样，从书斋里走了出来，向西部逆行。那时的整个中国，无论是政治、经济、文化，还是学术，都是向着东南沿海，向着海拔最低的地方高速迈进。我又一次发现，我所要面对的是荒芜很久了的丝绸之路的浩荡长河，是逆流而上。这条荒芜的大河，是中国在南宋之前甚至说是明代之前一条辉煌的精神之路。一路向西，海拔慢慢升高，而信仰也越来越纯。在那里，你先是发现在几次政治运动中仍然被保存下来的民间文化和信仰，萨满教的影子随处可见；然后你会发现世界文化的几条大河都在那里汇集：佛教、伊斯兰教、基督教、儒家文化、道教，它们在西北的边陲之地被命运之神保存着，涌动着，在民间焕发着不可思议的力量，等待着厚积薄发的新的文化命运；最后，你会在昆仑之丘发现中华文明的起源地，那里诞生了西王母和创世神话，而据朱大可的研究，那也是整个世界神话的创始地。

站在西北民间的立场上，来看中国文化的未来，就绝非现在的那种声色犬马，它们与上海、北京、广州等地的热闹、繁华形成了巨大的落差。那条曾经背负着中华民族腾飞的丝绸裹身的巨龙，在黄沙中睁开它难以捉摸的眼睛，打量着整个世界。当我在被视为荒原的西北大地上行走时，我不时地能感觉到它在苏醒，在发出低低的怒吼，在抖动身上厚厚的尘埃，在开始蠕动，我便不自觉地担负了某种使命。我知道，在如此荒凉的古道上，不止我一人在逆行，也不止我一人接受了神秘的使命。

从2004年开始至今的十几年间，我不停地驱车向西，不停地寻找着天马的神韵和汉唐时代乃至上古先民的神迹。越是寻找，就越是感到那条道路上埋藏的众多秘密，也就越是痴迷。我与一些专家探讨，在丝绸之路开通之前，中国与中亚、西亚之间肯定有交流的通道，于是，我从周穆王拜访西王母的传说中发现了玉石之路。后来，我发现，我的想法早就被一些学者印证了。但是，那些陶器从哪儿来？世界上最美的彩陶产生在中国，而目前发现的第一个制陶器又在美索不达米亚平原。那么，在玉石之路之前有没有一条彩陶之路呢？还有，在我与朱大可先生交流时，我们同时在想，世界上的神话有些是共同的，只不过在传播的过程中发生了诸多称谓上的变化，那么，在上古之时，有没有更为古老的文化之路，也就是神话之路呢？

虽然这些研究我都未能写成文章，我总是想以文学或其他艺术的方式来呈现它，但是，这样的研究与玄想让我对这条大道越来越有了难以自拔的迷恋。今年，由于一些原因，它终于促使我开始书写，于是，我的第一站便选在凉州，而这个文明的码头的第一个文化符号便是天马。天马成为我开启丝绸之路的钥匙。我将研究的成果写成了四集纪录片解说词，我想告诉人们，天马代表了中华文化中最为浪漫、最具神采的美学精神，就是那天马行空的哲学意蕴。

就在写完的那一天，我动身准备去北京。在飞机起飞的刹那，收到友人邱华栋的一条微信，邀我去新疆伊犁的昭苏采风。我通过手机在网上迅速查了一下，一行字赫然将我攫住：牧歌昭苏，天马故乡。

4

我们的知识总是很有限。我竟然不知道还有昭苏这么个地方也有关于天马故乡的说法。正好昭苏附近的巩留县有我唯一的姑妈。我父亲只有这一个亲姐，再无兄妹。父亲常说，有时候遇到事连个商量的人也没有。我不能体会他的那种无助。我姑爹和姑妈是1970年左右去新疆的，五十多年来他们只回过一次武威，当时我正在上师范。他们走后，我祖母便去世了。祖母去世后不久，我姑爹也在新疆去世。留下我父亲和姑妈,一个在武威,一个在几千里外的新疆。姑妈到武威时和我们常说,他们生活在中国的边境,夜里一眼就能看见苏联人的灯火。那时苏联还未解体。所以,我觉得非常非常遥远,此生花很大的力量能去一次就不错了。他们来武威时据说坐了几天时间的车到乌鲁木齐,然后又坐了几天几夜的火车,总之花了七天七夜才到武威。到武威时,人都傻了,坐在我们炕上时,还一直摇晃了好几天。

我一直好奇,在我们武威,有很多人都去了新疆。据说,我们家本来不姓徐,也不是本地人。从老人们低得不能再低的谈话中,我听说我的祖先武功高强,在中原一带或是哪里杀了人跑到武威徐家老庄子隐姓埋名生活了下来。我的曾祖父那代人都有很高的武功。传说我一个排行老三的曾祖父,在当地都叫他三爷。那时,村子与村子之间常常为浇水而"战斗"。他能一个人把一个村子的人打败,能把三百斤重的石碾子夹在腋下架到老树上,能一跳就跳到房顶上。在《少林寺》之后,我一想起我的祖先就异常怀念他们,但我们都不会武功。据说,他们都坐着大马车顺着丝绸之路那条大道去了新疆。后来,我读了一些文献才明白,河西走廊与西域之间就一直有一种难以割舍的情感。遇到困难时,甘肃河西的人一般不往东走,都在往新疆流动。这种自愿的迁移在两千年来始终未断。我在复旦遇到一位研究历史的学者,他说他在新疆发现,有一个地方的人说的话完全就是武威话。他非常好奇。他的发现进一步印证了我的一些猜测。我母亲告诉过我,1970年,武威又遭遇一次大饥荒,那时她刚生下我的二弟,肚子饿得不得了,父亲脾气又暴,经常打她,她便好几次想抱着我和二弟往新疆跑。我们周围有很多人在那时都去了新疆。我三叔的大儿子和二女儿就跑去了那里。几十年里也回来过几回,每一回仿佛都是为死而做准备的,就觉得与亲人见一面就可能再也见不到了。所以,每一次他们走时,亲人之间互相抓着手不愿意放开,泪水流了一地,于是,全村人都站在村头流泪。

我三叔在七十多岁时想念大儿子和二女儿,觉得无论如何要去看看他们到底生活得怎么样,于是,他坐上了火车。到了鄯善时,火车停了一下。他看见一群美丽的女子一边跳着舞一边叫他,他就下了火车,跟着那群女子走了。越走越远,火车什么时候走的,他也不知道。他看见一位女子给他水喝,他就拼命地喝,后来发现他在拼命地咬着芨芨草或什么植物的根。他迷路了。他在戈壁滩上一个人绝望地走着,不知道哪是北,哪是南。大约第四天的时候,他终于走到了一条大路上,拦下了一辆大卡车。谁也不清楚他是怎么从新疆回到武威的,他后来多少次想给子女说清楚,都未成功。他看到了真正的海市蜃楼。总之,他在子女们发疯般寻找他的第七天下午,回到了家里。光着脚,头发像蒿草,身上的衣服千疮百孔,脸上全是污泥。他的老伴也就是我的三娘,一见这个讨饭的就转身回去给他拿吃的,却见他跟着她径自往上房里走,就喊他。他们这才相认。三叔自从那次之后,就神情恍惚,没过多久就过世了。

我父亲下了很多年决心终于在2000年左右去了一趟新疆的巩留县,去看他的亲姐姐。我父亲对风景不感兴趣,他回来只是说,新疆很富饶,姑妈他们的地很多,不用我们发愁,反倒是我们这里人多为患,贫穷为患。曾经有一度,我们那里的人始终不相信逃到新疆的人会比我们富有,我们确信他们很贫穷,因为他们到了中国的边疆。我们那样一种心理跟北京上海人看我们是一样的,总觉得兰州已经到了中国的边疆,就一定很荒凉、很贫穷。从地理的几何版图上看,兰州才是中国的地理中心,武威距兰州两百多公里,也在中心不远的地方,那么,从武威到我姑妈家就相当于到了北京或上海那里,甚至更远。没有到过西北的人不可能意识到中国的辽阔,在他们的意识中,兰州、敦煌、乌鲁木齐这些地方就是北京与天津或上海与杭州那样是一个地区,所以我的那些朋友们常常在喝上一些酒后,高兴地说,什么时候去兰州,顺便去看看敦煌,我只能说,好,一定。他们哪里知道,从兰州到敦煌,相当于从兰州到北京的距离。

但距离再遥远,也阻挡不了亲情。我父亲在我买车的那年就说,什么时候你们开好了车,我们就去趟新疆。我说,好啊。我也真的那样想。可一算路程,那得开多久啊!从兰州到乌鲁木齐近两千公里,乌鲁木齐到巩留县又是近一千公里,总共近三千公里的路程。第一天到张掖,第二天到敦煌，第三天才到哈密，第四天到乌鲁木齐，那还得拼命去跑，第五天、第六天去伊宁，第七天到巩留县。在那里玩个两三天，最多也就两三天，再往回开。得半月以上的时光。遥想当年我的曾祖父们不知用了多长时间才到达那里。一个半月？不止，恐怕在两个月左右。路上还不知死了几人。我常常感叹古人总是有大把的时间，那时路程那么遥远，他们总是能到达，现在，我们总是没有时间，现在我们的交通多么方便啊，可我们始终未曾达到那一个目的地。

父亲的这个心愿我一直想帮他实现。前年暑假我曾想过这个方案，后来轻易地被否决了。这一次我一个人去。坐飞机去。我告诉了父亲，他立刻就把新疆那边表兄表弟表姐等人的电话让小弟给我发到了手机上。我取了五千元钱，准备给我的姑妈。

5

在乌鲁木齐的机场上，我在想一个问题。如果把中国的首都迁到新疆，也许整个中国的发展就成了另一个模样，中国中西部的发展就大有希望，中国的民族问题可能会有根本的改变。但我立刻反问自己，这可能吗？我不知道。我只是希望中国变得更好，我的家乡变得更好。

我还在想，在中国六分之一辽阔的版图上，曾经是多少民族、文明弥漫的疆场，它的命运说变也就因为一些原因很快变了。我们任何人也无能为力。历史就是这样吊诡。历史学家找到了很多促使它改变的原因，但有一个根本的原因没有发现，那就是，那些历史事件的发生到底又是谁在后面推动？我在机场上到处乱转，看着那些色彩丰富的服饰，有些疲倦了。我坐在一个角落里，开始上网看昭苏的各种介绍。

牧场。天马。与我父亲说的巩留县的大片田野似乎不一样。但昭苏与巩留的最大特点，仍然是马，是草原。从资料中可以看出，昭苏原来就是巩留县的一部分，后来分出来成为一个县的，也就是说，它们本就是同一地理板块。我想起多年之前看过的诗人周涛写的散文《巩乃斯的马》和诗歌《野马群》。写的可不就是汗血马，可不就是天马吗？可不就是我要去的这两个地方吗？我想，父亲大概是被贫穷吓怕了，他的心里只有土地，没有草原。可我的心里为什么草原大于土地呢？我的梦里为什么始终有匹马呢？

在飞往伊宁的飞机上，我始终在观察伊犁的旷野、群山、草原。天山山脉仍然横亘在这片天地中，雪山从高空中往下看有些凄凉。那一刹那，我对飞机这个交通工具产生了厌恶。小时候，我们在晴天的早晨，总是向南遥望祁连山的雪峰。那是我们生命中最为洁净最为崇高的一部分。现在，它到了低处，我变成了崇高的那部分。这是多么荒谬的一件事！

天山！天的山？可以与天比高的山？最接近天的山？祭天的山？要知道天在古代中国是多么重要的存在。在西北，几乎所有少数民族都崇拜天。有学者认为，天山是指祁连山。祁连山可能是匈奴语，确实是天山的意思。也有学者认为，腾格里和阿拉善也是天的意思。还有学者认为，黄帝就是从天山上下来，征服了几个少数民族后才向中原地区进发的。因为那时都是游牧民族，将黄帝局限于一地肯定是有问题的。如果传说中的天山指的是我脚下这座山，它原是多么神圣。它活在崇拜中，活在神话里，可现在……我突然想，黄帝时骑什么马？

"时有神马出生泽中，因名泽马：一曰'吉光'，二曰'吉良'。"《轩辕黄帝传》里是这样说的。虽然此书出自唐，有伪作之嫌，但仍然可以玄想，黄帝之时，马已是最为神速的交通工具了。马是人类最早驯服的动物之一，是游牧民族最亲密的伙伴。如果说黄帝真的是从天山上游牧去中原的，那么，他所得之神马还是从天山这儿来的。

我闭上了眼睛，睡了过去。还没睡着，就到了。九百公里在空中只是刹那间的事。昭苏县委宣传部的小冉在那里等我和湖北著名作家陈应松老师。我们在县城的一个小餐馆里吃一种当地的面食，叫手擀过油肉拌面。一进门，一个五十岁左右的男子就冲我说道，这个饭馆里饭特别好吃，面很筋道。我对他的热情多少有一些戒备，有一句没一句地应酬着。但他始终说个不停。他问我从哪里来，我本来不想说，后来一想，说了也无妨，就告诉他甘肃的兰州。他一下更兴奋了。他说他去过甘肃的平凉，还去过张掖。他清楚地记得去平凉经过了靖远。我知道他走的是哪条道了。那条路我也走过无数遍，因为我岳父家在靖远。我觉得他的口音很熟悉，便问他是哪里人，他说他父母是陕西人，他很小的时候就到新疆了。这一下我再也不怀疑他了。我们聊得很开心。他热情地向我介绍昭苏的吃的、玩的以及各地的风景。这是我多少年来第一次遇到如此好客的人。我想起周涛笔下伊犁草原上帐篷里的人都是这样。他临走的时候对我说，这个饭馆里的饭真的不错，也便宜。

我们坐着小冉的车从伊宁往回走，那时已到晚上八点半了。随行的有他的爱人和岳母。他告诉我，部里没有车，让我们受委屈了。不多久，我们开始爬一座山，天也下起了雨。小冉的岳母非常遗憾地对我们说，如果是白天，这座山可美了。我问是什么山。小冉说，乌孙山。

噢，这就是传说中的乌孙山，乌孙国不就在此吗？我的眼前立刻出现张骞第二次出使西域的情境。乌孙国献上良马数十匹，汉武帝一看，大喜，赐名"乌孙天马"。难道这就是真正出天马的乌孙？

我一下也遗憾了起来。从《史记》《汉书》等史料中可以看出，我出生的地方武威在汉武帝时代属于匈奴之地，据说现在的武威前身名姑臧，姑臧是匈奴人建的。其城址一说就在现在的地址，一说在民勤。两者相距一百公里。不算远。说明那时祁连山上的雪水非常丰沛，整个武威和民勤都是好的草场。在民勤还有苏武牧羊的传说，有苏武山、羊道等地。与武威相邻的张掖和更西的酒泉也是匈奴人的所在地。

再往前说，匈奴人来这儿之前呢？是谁在居住呢？有学者认为，先秦之时，张掖以东属于月氏人所居，也就是说，如果我的祖先是武威人的话，他们先秦时的先人便是月氏人。他们就曾放牧在山丹军马场。那时，乌孙国、月氏国也是西域诸国中的大国。但月氏人又是从哪里来的呢？

据一些学者认为，月氏人属印欧语系。那就是说，我们的先人有可能就与现在的欧洲人同属一个祖先？我并没有想与欧洲攀附的意思。因为我想起2011年参加的永昌县罗马村的一个学术会议，在那次会议上，来自永昌县的一些作家、学者们认为，罗马村就是罗马时代的一个军团在西亚的战争中失败而逃难到中国最后被安置在永昌的罗马人,他们列举了大量的资料,其中还有现在人的脸谱证据。但是,兰州大学的一些历史学家认为,这个说法不科学,他说,当时在永昌、武威、民勤等地生活着月氏人,而月氏人就可能是印欧语系。我当时并没有去研究他的这种说法,可是现在我突然觉得,也许他说的是有道理的。

我曾带着从北京来的一些学者去永昌县考察,一路上,他们惊讶地看着迎面而来的永昌人说,这不都是罗马人吗?你看他们的头发、鼻子,看他们深陷的眼睛。在永昌县,当时的县长接待我们时,学者们又一次惊呼,县长,您的长相就是罗马人啊,您是从哪里长大的?县长笑道,张掖啊。当他们惊呼的时候,我冲他们笑道,我们这一带的人都长得这样啊!我那样说的时候,我的心里也起了疑惑,是啊,我们老家那个村子里的人不也长得像罗马人吗?我的眼睛也有些深,头发是微黄的,上大学第一天就有人说我长得像外国人。年岁大一些时,我发现我的胡子也是黄的。难道我们也是罗马人的后代?显然不是。

然而,现在,我突然觉得月氏人、匈奴人甚至乌孙人也许就是我们的祖先。当然,这不能说生活在永昌县者来村的那些人就不是罗马人。也许恰恰是罗马人觉得生活在武威、张掖一带的人与他们有共同的一些容貌、生活特征后,就愿意留在那里。也许汉代的皇帝也觉得那些罗马人与河西走廊上的匈奴、月氏、乌孙人有某种渊源而将他们置于那里。这都是历史的悬案,谁也难以说服谁,可是,另一个共识倒是达成了,即广大的武威一带人与月氏、匈奴和印欧语系人种有天然的联系,不然,他们的长相为何如此相像?

难道这就是武威、张掖一带人总是往伊犁河流域迁移的深层原因?难道我这次来不仅仅是寻找天马的,还是来寻根的?

匈奴人将月氏人从广大的武威地区赶往伊犁河流域后,又将乌孙人迫至酒泉以西。他们在陇西最富庶的地方居住了下来。我们的血液里肯定也有匈奴人的一分子。那么,我们还能称自己是汉人吗?人类本来同出一源,后来在不断迁徙的过程中产生了团体、部落、国家,有了不同的文化、信仰,最后这些不同的文化群体被我们今人命名为民族。同样,不同的民族又是在不断的迁徙中融合、混同。霍去病首次打败匈奴人就是在这附近。武威就是汉武帝向匈奴和西域三十六国耀武扬威而定的地名，酒泉是霍去病首次破匈奴后将汉武帝赏赐的御酒倒在一泉水中，和战士们共同庆祝胜利而得名。那时的乌孙、月氏与匈奴之间与三国时的曹魏、蜀国、东吴一样，常常相互征战，又相互联合。在汉武帝快出生的前二十多年间，公元前177年至前176年间，在冒顿做单于时，匈奴进攻月氏，失败的月氏不得不迁至伊犁河流域。此后，匈奴又与乌孙合力再次进攻迁往伊犁河流域的月氏，月氏被迫再次南迁大夏境内。乌孙便乘机摆脱匈奴的控制，从敦煌一带迁往伊犁河流域。那是汉武帝出生前五年的故事。相比之下，水草丰茂的伊犁河流域比流沙之地的敦煌就富饶得多了，也辽阔得多。

这就是传说中的乌孙国了。《汉书》（卷九十六下·西域传第六十六下）是这样记录乌孙国的："乌孙国，大昆弥治赤谷城，去长安八千九百里。户十二万，口六十三万，胜兵十八万八千八百人……东至都护治所千七百二十一里，西至康居蕃内地五千里。地莽平。多雨，寒。山多松。不田作种树，随畜逐水草，与匈奴同俗。东与匈奴、西北与康居、西与大宛、南与城郭诸国相接。"

这段简练的文字说明，乌孙国的地盘在当时很大，其首都赤谷城在今吉尔吉斯斯坦伊塞克湖州伊什提克城，说明乌孙国至少是今天昭苏的数倍之大。

史书上，天马与汉武帝、张骞、大宛、乌孙、匈奴的关系最为密切。张骞第一次出国访问，走的是丝绸之路的南向。这是一次极为有趣的出行。他本来的目的是去出访月氏国，想与月氏国共同对付匈奴。那时的月氏国正好就在伊犁河流域，是强国之一。但他走到河西走廊附近，大概可能就在我家附近，就被匈奴人抓住了。他被送往王庭，也就是现在的呼和浩特附近。在那里，他被迫娶妻生子，待了十年。十年内，国际局势发生了大变。月氏国被乌孙国打败，去了大夏国的地盘。也就是说，乌孙国占领了月氏国的位置。于是，他后来从匈奴逃跑后，没有北上去乌孙国，而是经天山南麓，过和田，逾葱岭，来到了一个叫大宛的国家。

在那里，他看见了世界上最好的马，汗血马。这似乎成了他此行的最大收获。

他回来给汉武帝最大的信号便是，那里有一种叫汗血马的宝马，不但能日行千里，而且它奔跑时肩膀附近的位置会流出像血一样的汗液，非常神勇。这信号仿佛今天所说的航空母舰一样。因为在那时，匈奴在军事上的最大法宝就是拥有良马。汉朝要胜过匈奴，马是首要的军事要素。

早在刘邦之时，汉朝就有"白登之围"的国耻，之后不得不与匈奴采取和亲的政策，并且每年送给匈奴大批棉絮、丝绸、粮食、酒等，以换取边境的安宁。文景之治虽然使国家变得富裕，但并不强壮。还缺一样，那就是良马。十六岁登基的汉武帝雄心勃勃，对匈奴的欺负早就意气难平。过了六年，在公元前134年的一天，二十二岁的汉武帝又一次召集群臣，商议如何和亲。大将王恢献上"马邑之围"的良策。血气方刚的武帝立刻采纳了这一计策，决定利用一位商人引诱单于到马邑，然后进行围攻，但这一计谋在半路上就被单于发现，而且大将王恢临阵脱逃，致使这一计谋失败。马邑之围的结果导致匈奴对边境的骚扰更加猖獗。

汉武帝的意气与匈奴的强势形成了对峙。他深深地知道，要打败匈奴，英雄良将是必需的，但战马也是必需的。于是，他将飞将军李广调至边境，一边守卫边疆，一边开始养马。他还出了一系列政策鼓励养马。

就在那时，张骞回来告诉汉武帝大宛国藏着世界上最好的战马，汗血马。汉武帝不禁又一次将头转向西方。汗血马在世上并不多见，但它可以来改良中国的战马。它是世界上最好的种马。它是西域的精气神。

要得到那种马，首先要扫清通往西域的道路。这进一步激发了汉武帝的雄心。当马匹养足的时候，汉武帝得了那个时代世界上最了不起的英雄：霍去病。英雄出少年。霍去病那时才十七岁。他随舅舅卫青直入漠南。那股青春的鲜血将少年及其率领的八百骑兵带入无法想象的神勇之境。那是英雄的荷尔蒙在草原上驰骋，如旋风般灿烂。他的胜利被鲜亮地载入史册。十九岁时，英雄已完全成熟，被拜为骠骑将军。他胸腔里的鲜血一直在往西怒吼，和汉武帝的胸腔产生了共鸣，于是，汉武帝迫不及待地命令这位天造的英雄，率领骑兵向陇西奔去。汉武帝也许觉得是他的另一个自己出发了。他每天都登上长安的城关向西观望。

英雄不负众望。一剑挥去，他砍断了匈奴的右臂。汉武帝大喜，将凉州之西命名为张掖。汉朝的臂膀终于张开。

但那匹马仍然远在大宛。它的背上仍然空着。它仍然在等待一位英雄。汉武帝也许认为，他应该就是那位英雄。所以，在霍去病打通河西走廊之后，就立刻派张骞再次出使西域，这次的目标是乌孙国。张骞也深知英雄之心。他回来时带了数十匹好马，汉武帝大喜，命名它们为"乌孙天马"。

6

我们去昭苏的时候，昭苏的天马节刚刚结束。我们一行很多人都有些遗憾，尤其是我，没有看到万马奔腾的情景。要知道，我可真是奔着天马而来的。

第二天，在我看来，我们就开始了寻找天马的旅程。一出昭苏县城，就是天大地大的景象。刚走不远，就到了一块叫喀拉图拜的湿地。在一座大桥时有人叫停，我们被那里辽阔的湿地所吸引。我看见远处似乎有马的影子在动，隐约一点一点闪着。为我们解说的是临时找来的一位文化干部，她说现在县上还没有专门的导游解说员。但这也更好，说明她的解说会更具原汁原味。那条河的水很大，河面也较宽。我问那位文化干部，这是什么河。她想了半天才想起来，是特克斯河。她说，在昭苏，这样的河很多，有二十多条。于是，我玄想，在一片巨大的戈壁上，有二十多条很大的河纵横交错，戈壁也就变成了草原。但事实上，在两千多年前，在乌孙人占领这里时，它已经拥有如此众多的河流了，说不定比这还要多。这才是游牧人追逐的"水草丰茂"的草滩。也只有这样的地方，才能产出良马。

我们每个人都穿着外套，都觉得天还是有些凉。我却心想，这样温差大的地方才能有天马。天马一定生长在高海拔且天凉的地方，这样才可能飞跃葱岭，驰骋天山。传说当年康熙带领大军征伐噶尔丹，骑的是蒙古马，那些蒙古马在翻越天山时就开始吃不消，纷纷吐血。那时，康熙就想起了汗血宝马，只可惜汗血马在元代之后就消失了。昭苏在清代属于准噶尔部，必然也是康熙平定的地方之一。这不，到了乾隆之时，准噶尔部达瓦齐再次叛乱，乾隆再次派大将平乱，并在昭苏的格登山上立下一块碑，像是道教的一道神符一样，永久性地将江山判定。

那时，据说天马已失传。伊犁河流域奔跑的是天马的子孙伊犁马。可现在乌孙山下的昭苏怎么会有天马呢？这里又怎么成为天马的故乡？

我查了一下百度，"昭苏县地理坐标为东经80°10′～81°30′、北纬42°～43°15′，为中亚内陆腹地的一个高位山间盆地，海拔在1323～6995米，属大陆冷凉型气候，冬长无夏，春秋相连，被誉为新疆有名的'避暑山庄'。地势特征为西高东低。特克斯河横贯全境"。噢，我已抵达中亚。这些气候是符合天马汗血马生存的，但它的马种又是哪里来的呢？

这就不得不又使我们回到历史中的那场战争中，为了一匹马而进行的两场著名的战争。

汉武帝在乌孙得了马，虽也名唤天马，但他仍然相信张骞的信息：真正的天马的种马藏在大宛的一个名叫贰师的城中。我们不得不猜想，在当时整个西域，也许流传着一个关于马的传说，即汗血马的种马在大宛国，其他各地的汗血马都是它的子孙。这样，汉武帝便得陇望蜀，一心想得到那匹种马。

我在昭苏时，听一位当地的人说，当地人若得到一匹种马，将像亲人一样对待它，给它最好的吃的喝的，即使到了它不能配种时，也要给它养老送终，像对待自己的父母一样。人们是绝不会杀了种马吃它的肉的。这样一种风俗使我相信，大宛的那匹种马昭然若揭，西域诸国应该人人都听说过。

于是，汉武帝先是派使者车令带黄金二十万两及一匹黄金铸成的金马，长途跋涉，涉流沙，越葱岭，到达大宛国，求取汗血马。大宛国王叫毋寡，他怎么可能把国宝汗血马送给别国，再说，他想大汉国远在天边，来一趟也不容易，便断然拒绝。我汉朝使节一看，一个小小的国家竟然敢拒绝大汉，便破口大骂，并把金马击碎，掉头想去，这一下激怒了毋寡。他不但杀了使团的人，还夺了金银财宝。汉武帝大怒，立刻命小舅子李广利任贰师将军，发兵数万远征大宛。李广利是位纨绔子弟，哪里懂得打仗。但汉武帝还是把这个事交给了他。

关于这一节历史的悬案，史学家们争论了很久，小说家们也演绎过很多次。人们不解，为什么汉武帝一定要让这样一个不懂打仗的人去做这件事呢。原来与李广利的妹妹李夫人有关。关于李夫人，这里不说也罢。总之，汉武帝对其宠爱有加，李夫人死后，汉武帝还要请巫师将其灵魂招来与其相聚，其死后以皇后之礼进行下葬，后来还追封为孝武皇后。李夫人死时，向汉武帝托付了两位哥哥，一定要让他关照。李夫人的一位哥哥受了宫刑，再也无法提拔，还剩一个哥哥就是不会打仗的李广利。

汉武帝心想，区区一大宛国，探囊取物而已。于是便有了私心，派了李广利率三千骑兵和几万步兵，向大宛国进发。一路上，李广利不懂用兵之法和外交政治，所以，路过一些小国时竟然也被人家拒之门外，有辱我大汉威名，兵士们饿死病死无数，到了大宛国时，就剩下几千人了。他们先是攻打大宛国的都城郁城，但攻了两年也攻不下来，便撤回，走到敦煌时，被汉武帝按住马头，不准入关。此时，正值赵破奴失利，朝中大臣不愿意再打仗，但是汉武帝是何等帝王，他岂能受如此之辱！他将反对他的大臣入了狱，然后增兵数万，将所有能打仗的囚犯、强盗等人都派了去，竟然也有七八万人。这还不够，他又用了一系列方式，动员全部国力在河西驻兵数万，以便随机进发西域。第二次，他让小舅子带领庞大的军队冲入西域。汉武帝如此动作，吓坏了西域诸国，他们纷纷打开城门，送食送水，加以慰问。只有一个小国硬是不开城门，李广利便将其屠城。西域之门在这样的利刃之下终于豁然洞开。大宛国见势，举国皆惊。先是紧闭城门，然后便觉得这样也无望，贵族们起来把国王杀了，牵出宝马送给李广利，说之前是国王的错。李广利此时也已损兵近半，赶紧见好就收。他让人选了数十匹汗血宝马和三千匹中等良马，浩浩荡荡往本土而来。

天马归来，大汉威震西域，四海皆服，丝绸之路一直向西铺去，直至罗马帝国。汉武帝终于可以给小舅子封侯奖赏。帝王之雄心与私心皆可见于此。汉武帝高兴，作诗《西极天马歌》：

天马来兮从西极，经万里兮归有德。
承灵威兮降外国，涉流沙兮四夷服。

大概做臣子的都不懂，在汉武帝看来，天马，乃天之马。天之马在西域，西域便无法降服。同时，他贵为天子，乃天之子。他不得天马，谁得？得天马便是得西域，得西域，匈奴便不足为患了。事实上也是如此。天马一失，西域尽归。

武帝得了大宛之天马，做了一件非常有意思的事。《史记·大宛列传》上载："初天子发书《易》，云'神马当从西北来'。得乌孙马好，名曰'天马'。及得大宛汗血马，益壮，更名乌孙马曰'西极'，名大宛马曰'天马'云。"

也就是说，汉武帝对天马有两次命名。乌孙也是天马，但不及大宛天马壮，便改名"西极"。于是，有一个问题便出现了，西极是不是天马的一支呢？也就是说是不是天马的后代呢？

马史专家研究得出，今天世界上有三种纯种马：汗血马、阿拉伯马和英国马，而阿拉伯马和英国马都有汗血马的血统和基因。汗血马从古至今繁衍生息，并未消失于历史，在今天的土库曼斯坦、俄罗斯、哈萨克斯坦、乌兹别克斯坦都有它的身影，据说全世界它的总量为三千匹左右，其中两千多匹都在土库曼斯坦。昭苏县委宣传部的邓副部长说，中国境内此纯种马十匹左右，都在昭苏。

可以看出，汗血马的血统虽然在世界各地都可能有，但它的纯种只能生活在中亚地区。在中国，元代之后它就基本上消失了。究其原因，一是它乃中亚地区之魂魄，所以适应于中亚地区。相反，在中亚地区，那些体形大而壮的马可能不适宜生存，比如前面所说的康熙率领的骑兵在翻越天山时，他们骑的蒙古马就有些不适应了。二是它数量本身就少，往往都是为了改良内地的马而存活，而且体形不壮，最后不得不让位于蒙古马和其他的马。也就是说，它不适于在内地生长。

从这个角度来看，昭苏因为那几匹纯种的汗血马和汉武帝的首次命名而被国家相关部门重新命名为"天马的故乡"也是实至名归。

7

辽阔的昭苏，是一个天然的马场。到处都是一望无际的草原、油菜花，以及一唱三叹的那些群山、雾霭、白云。白云之下，山峦之上，总有一匹马在悠闲地吃草、瞭望、呼吸、思想。每一次，我都不由自主地问，这是汗血马吗？回答是否定的。那样的场景出现得多了后，我们都有些疲倦了。美也会令人疲倦。

第三天傍晚，我们住在了夏台古道上的一个温泉宾馆。张承志在那里采风并写下著名的《夏台之恋》。我在昭苏的很多地方都看见一张照片，在汗腾格里雪峰之下，一群马在那里或奔跑，或散步。腾格里是天的意思，那雪峰也就是天山雪峰。雪峰是神圣的，天马也是神圣的。它们成为整个昭苏的名片和最美的风景。但第二天一早我们赶到雪峰下的一个草场时，竟然没有看见马。我们都有些失望。在回来的途中，才看见几个人骑着马奔驰而去。我还是问别人，那是汗血马吗？回答仍然是否定的。

据说，汗血马只能到马场去看了。那是在昭苏的第四天下午，我们来到了马场。马场上修了一个很大的看台，看台的前面则是一个比我们操场大一些的赛马场。在一楼的围栏里，我们去看将要出来向我们展示的名马。有两匹马被介绍说是汗血马。一匹有些灰，一匹则是枣红马。我站在那匹枣红马前，看见它一双明亮的眸子在看着我。它一动不动地盯着我，仿佛在向我诉说着什么。我被击中了。我从来没有如此亲近地看一匹马。它不是那种健壮的马匹，而是那种俊美的身姿，腿长，健美，有力。我们曾在前两天看过它的一些变种。人们称其为伊犁马。在去水帘洞和看草原石人的路上，曾经有几匹马闪电般掠过我的身旁，刹那间已经到了远处。它们奔跑的时候，身子微微侧斜，像是故意给我们展示它的飘逸似的。但那些马都与我无缘，它们都与我擦肩而过，不做任何交流，这一匹不一样，它比那些马要俊美得多，也要亲近得多。

别的人都走远了，我还站在它的前面。一刹那间，我真的有一种与它像是失散多年的兄弟般的感情涌出。我从来没有对哪一种动物产生过如此的情愫。顿时，我确认自己的血液里一定有游牧民族的血统，也许我就是月氏人的后代，也许就是匈奴人的后代，也许，我就是乌孙人的后代。我是来寻根的。

我很想摸摸它，很想再近一些看看它的眼睛，也许，在那明亮的眼睛里，藏着什么我与它的秘密。但我们中间隔着文明，隔着无数荒废的岁月。我不再是英雄了，我不会骑马。而它，似乎还在等待一位英雄。刹那间，我为自己不能善骑而深深地失落。

同来的一位女记者把手伸了过去，轻轻地抚摸着它，而它一直在看着我。我突然间想哭，不知为什么。幸好，多年来的矜持使我将泪水的情感轻轻地咽了下去。大概是它对我失望了，转过了头。我不知怎么办。我站了很久，但它再也不转过身来。我失落之极，但又深感无奈。我落寞地往前走去。还有很多名马，有两匹看上去非常强壮，也有特别小的走马。我都不喜欢。

看过了所有马，就知道汉武帝为什么那样喜欢汗血马了。它代表了一种美的高度，一种其他的马无法企及的单纯之美。

我是怀着一种难以名状的失落之情离开马场的。不是因为没看到盛大的赛事，没有一睹马的风采而失落。那些对我来讲已经不重要了，我不是来看其他的马，我是来寻找天马的。可是，我不是看到它了吗？它也不是那样忧郁地看着我吗？对，我突然间觉得它的眼睛里有一种难以觉察的忧伤，甚至是忧郁。它转身的刹那，那忧郁之情便突然间弥漫开来。那情绪影响了我。

我想，它也许并不喜欢这样的方式来展现自己。它喜欢荒原，喜欢孤独地在草场上闪现。它并不喜欢人类。人类喜欢它多半是因为战争，是要让它打仗，或是做种马。昭苏的一位领导向我们介绍，天下的种马都在昭苏，每年有无数的人拉着马来这里配种。这自然是新的马产业了，也是昭苏发展的新机遇。但是，这样的天马，它现在只能做种马的事业吗？在没有英雄的年代，它只能如此荒诞地活着？它眼里的忧郁代表了什么？

我想，它也许是在等待一个知己。它的美，它的力量，它天生的高贵，并不一定要在战争中显示，而是在孤独中，在传说里，在与英雄的相恋里。

我不是那个英雄，我们这个时代也没有那样的英雄。他辨认了我一阵，便决然转过身去了。但是，从它的眼神里我不断地在发问，难道我们这个时代不需要英雄？

我本来还想去看看我的姑妈，去看看巩留县的巩乃斯马，但没有时间了。我不得不返回。但它也使我有了再去伊犁的念想与缘由。

在从昭苏回到兰州的二十多天里，我一直在问自己，我所见的那匹汗血马真的就是汉武帝见过的天马中的一匹？它与西极到底有什么不同？还是它就是西极？它还可以被称为天马吗？

如此一问，我便明白了一件事，从十八岁之后，我一直在寻找两个意象：一个是英雄，一个是天马。二十岁不经意间看到的那柄生锈的宝剑似乎一直背在我身后，我从未将其拔出过。我没有找到真正的天马，即使汗血宝马就站在我面前，那样忧郁地看着我，我仍然因为自身的不足而无法认定它就是天马。即使它就是汉武帝所说的天马或西极天马，可因为历史赋予它太多的想象，因此于我很难这样轻易地确认它就是我心目中的天马。最重要的是我还在寻找英雄。

汉武帝寻找天马，是要打通中国与西域乃至整个世界的道路，是要开疆拓土，征服西域。他得到了天马，并为其命名，因为他是大汉天子。而我呢？我如此长久地寻找天马，是要做什么呢？那天，那匹被认为是汗血宝马的天马就站在我面前，而我又失落返回，到底是什么原因呢？从周涛的诗文，从今天难以计数的写汗血马的小说，以及从汉武帝之后无数人对天马的想象中，我们已经培养了一匹想象中的天马。凉州的那匹青铜铸就的奔马也是想象的天马。

我忽然间明白，天马已经活在历史中了，活在我们的想象中了。它不仅仅是一个个体的精神之梦，还成了整个中国的国家理想。过去，它生活在中亚，代表了中国最为强盛的意志与美学，代表了中国向西开放的自由奔放的姿态，从此之后，它越长越美，越来越难以描述，但是，天马之梦在每个西部人的梦中，也在中国每一个帝王和英雄的梦中。

　　我又一次想起汉武帝的那首诗：

　　　　天马来兮从西极，经万里兮归有德。
　　　　承灵威兮降外国，涉流沙兮四夷服。

荒芜之心

1

那年夏天，我坐在从阿拉善到额济纳旗的车上，一路盯着几百里的黑戈壁，没有一点睡意。不知为什么，四十岁之后不再爱青山绿水，只喜欢这荒芜之象。读博期间，每次从上海飞到兰州，看到那连绵不绝的大荒山时，从我内心的深渊里便突然涌上一股古老的泪水来，仿佛不是来自我的肌体，而是从那荒芜山河里生发的，被我硬生生咽下去。是的，我竟然爱上了这荒芜。人世间真有我这样的感情？所以，当众人遇到死海一般的黑戈壁时都昏沉沉睡去，唯有我在欣赏它的孤绝之美、空无之美、荒芜之美。

黑戈壁，多少民族湮灭的海洋。匈奴、西夏、月氏……李元昊的影子若隐若现。每一座荒芜的山头都能让人浮想联翩，跌入迷惘。

我们行走的这条小道据说也是古老的丝绸之路上的一条小径，从汉唐到明清，僧侣、胡客、商贾、土匪不断地像时光的黑影一般闪过，就像空中的飞鸟一样划过，留不下丝毫的痕迹。偶尔能看见一棵或两棵最多也就三棵树立于浩茫的天地之间，孤独，悲壮，然而也平凡，渺小，心中涌起莫名的感动。想起庄子笔下的那棵无用之树。中途，忽然有人睁开了眼，说，太荒凉了。我却在心中说，太美了。

司机害怕自己也睡着，便放起《苍天般的阿拉善》。我泪流满面。在复旦读书期间，我日夜在写一部长篇小说《荒原问道》。每当我要休息时，便放起一个女生唱的这首歌。这个女生比德德玛唱得更让人动情。

在听那首歌时，我便觉得整个大西北都是荒芜的戈壁、沙漠，一个村庄都看不见，一个生灵都看不见，突然间，驼队出现了，父亲出现了，女儿出现了，但都那样古老而孤独。有几个夜晚，我一边听，一边跟着唱，而泪水在我四十多岁的老男人脸上纵横汪洋。

但我还是不能让司机看见。我把眼睛闭上，把在巴丹吉林沙漠买的帽子扣在脸上，借以遮挡我不争气的脸。多少年来，我都一直在克服这感性的脾性，也的确在人面前从未流过一滴泪。但在无人的夜里，在这荒凉的途中，我竟然不能自已了。

然而，我不知这是为什么。

2

在那之前，我们去了巴丹吉林沙漠看海子。我们坐着吉普车，在沙漠里奔跑。小时候，我生活的凉州的西北部是一片戈壁。青色的细碎的小石子密密麻麻铺到天边，无边无际。那时候以为，整个世界都是戈壁。后来知道，在这些戈壁的北边，就是无穷的沙漠。刚开始听说的时候心中怀着战栗，但等到看见沙漠时，又觉得亲切。那细细的沙子可不就是我们小时候最心爱的玩具。我们将它们捧到手里，然后捏住，看着它们从拳头的最下面一点点流走，最后竟然一粒沙子都握不住。无论多大的力量都做不到。那是我们觉得最神奇的地方。老人们说，这就是生命。我的理解就是时间。

有一年秋天去敦煌，我坐在鸣沙山上看夕阳西下，不愿离去。手里捏着一把沙子。回来后发现身上一直有沙子，洗了很多次衣服，还有。找不出它们藏在什么地方。仍然觉得它神奇。

二十岁那年听说有人徒步穿越腾格里沙漠，便与人相约去试一下，结果未遂，心中一直有个遗憾。现在，坐着汽车奔跑，虽然有些变样，总想下来跋涉，我不想轻易地就把沙漠穿越，但听说沙漠无边无际之时，就放心了。吉普车以时速三十码左右的速度颠簸时，就感觉已经像高速公路上的一百八十码了。沙漠啊沙漠，也许我上辈子曾在大漠里做过土匪还是放牧者，此生便一心对你念念不忘。连绵不绝的沙山，偶尔有几株绿草。司机开始耍起了技术。他突然间加大油门，飞速冲到一座很高的山顶。在山顶，我看见整个世界都是沙漠，寸草不生，蛮荒无际。但我喜欢。这时，司机告诉我们，再翻越过几座沙山后就能看见海子。我渴望。于是，他高兴地从陡峭的山顶冲下山去。我们都觉得车要翻了，但他自信满满。车里的女人们尖叫着。

然后不久，我们来到了一个海子旁。沙漠中的一小片汪洋。干渴中的救星。生命的奇迹！人们都下来跑到水旁边，将手伸进那清澈的水里。我则徘徊于远处，盯着它看。我想看到它的一些本质来，但我看到的是一片片小小的涟漪。从远处看，它一片寂静。它在这广大的沙漠里处女般宁静而又诱人。

但司机说，这不算最好的海子。在整个巴丹吉林沙漠里，这样的海子大概有一百多个，最大最美的海子在沙漠深处。我说，那就去看吧。他笑了笑说，这次不行了，那个海子还得走一百多公里，过去汽车进不去，人们都是坐着骆驼进出，一个来回要六七天。

我不禁好奇，问道，那个海子旁有人生存吗？

他说，有啊。

我问，多吗？

他笑道，肯定不多，有几户人家。

我迷惘地嗯了一声。司机又说，那个海子旁，不仅有人家，还有座庙，叫巴丹吉林庙，那个海子叫庙海子。

我惊问，庙？几户人家还有庙？

他说，是啊！人都需要信仰嘛！

是啊！信仰。即使是几户人家，也需要安顿生死。我又问，那是什么时候建的呢？

司机说，有一些专家去过，考察了一下，据说是乾隆时期建的，但让他们惊叹的是，那个庙是怎么修建的。因为沙漠里没有修庙的那些材料，而去一趟那里至少要坐着骆驼三四天，又是为了那几户人家。

我也惊叹道，那是怎么修建的？

他说，听那些专家说，修庙的人是从巴丹吉林沙漠周围的银川、武威等地雇来的，有木匠、画匠、泥匠，很多人，石头是从西边的雅布赖山运来的，木材是从遥远的新疆驮来的。问题在于，用骆驼运送石木非常艰难，他们的骆驼并不多，是怎么驮运的？用吉普车跑，也要整整一天的时间才能到达。

我也好奇。他说，牧民中流传着一个说法，说牧民赶着羊到沙漠以外的地方购得木材、石料后，让数量庞大的羊群驮到一百多公里外的沙漠深处。

我说，这得几天啊？

他说，可能也得三四天吧。

我还是好奇，便问道，为什么要住到沙漠深处？是为了躲避什么？

他说，不知道嘛！据说以前那里人还是很多的，寺庙鼎盛时期就有六十多个喇嘛，现在的人都不愿住在那里，搬出来了，所以，现在就剩下几户人家。

那天，我们要赶路，便没能去成庙海子。回去的路上，我不断回头遥望沙漠深处。那个海，是生命需要的，而那个庙，也一定是生命所需要的吗？如果那些人是因为避世而去了沙漠的深处，但那已经没有战争，没有灾难，甚至任何制度都没有，可他们仍然需要信仰吗？

3

巴丹吉林沙漠的南边，就是民勤。一个快被沙漠淹没了的人类故乡。二十多年间，我曾去过五六次。几乎是每三四年就要造访一次。刚开始是因为我的朋友许斌和邱兴玉在那里的缘故。

大学刚刚毕业时，我感到孤心难守，必须去一个遥远的且有朋友的地方，一方面把心放牧到边疆，另一方面则是边疆的陌生带来的莫名的冲动和兴奋感能浇灭我生命中燃烧的诗情。对我来讲，民勤就是一个心的边疆。于是，揣着几块钱，从兰州出发，颠簸过高高的乌鞘岭，昏昏欲睡中已到了武威。走了整整一天。武威是我的老家，但我此刻心里全是逃避，一点都不想回到家里。在武威城里找了个朋友家休息了一晚，第二天便坐车去民勤。所剩的钱只能买一张汽车票。但很早之前就已经书信告知朋友，我会在哪一天到达民勤，让他在车站等着我。我确信他会等我。

去民勤的路上，我第一次看见那么大的沙漠，也是生平第一次看见那么多的沙枣树和红柳丛。太阳显得格外炽热。下午一点钟时，我终于到了车站，远远地看见许斌在那里等我。我不名一文地握住了他的手，他则激动地对我说，我昨天就到了城里，今天早早地就过来等你。

然后，我们坐着车去他家里。一路上，没有从武威到民勤路上那么荒凉了，但仍然无比荒凉。快吃晚饭时，我们终于到了他家。伯母给我抱来一个西瓜，让我下着馍馍吃。我第一次吃，觉得那样美味。但不幸的是，我的肠胃受不了，一小时后就上吐下泻，去附近的诊所。晚上停电，我正好睡觉。那一晚睡得实到没有做一个梦。第二天起来后，肚子好了，许斌又把我带到瓜地。我忍不住又一次在西瓜地里吃起了瓜。那是我生平吃的最甜最凉爽的西瓜。仿佛把大地最凉最甜的那部分吃进了胃，很多年来一想起来就觉得胃里凉凉的。

忘了下午是如何度过的，似乎是帮着干农活。但晚上又停电。我第一次觉得那里的傍晚是那样重，那样稠。真的感觉到了人类的边疆，再往外走一点就会走到非生命的地域。突然间感到莫名的恐惧。我不断地走出许斌家的院子，到院外去呼吸一阵再回去。大概许斌觉得我是无聊，他没法感受我那种心的闷憋。于是，我和他走出了村子，去附近的村子找另一位朋友。我们在沙地里走了很久，还是看不见村子，但远远地能听到狗的吠声。我叹道，你们村子与村子间的距离太远了。他笑道，是吗？我没觉得。

我们终于到了另一个村子，找到了另一位我听说过的朋友。那位朋友据说也在写诗。于是，我们像亲人在黑夜里相遇。但那个村子也停电。大家似乎都没有点灯或蜡的习惯，总之，我们在黑得不能再黑的夜里谈着海子、骆一禾以及昌耀。黑夜里，有人在炕上睡去，打起了呼噜。突然间，我们觉得该分手了，于是，我又和许斌在黑夜里往回走。记不起来是怎么走回去的,但就是觉得很漫长,到处是沙丘。奇怪的是小小的河流也随处可见,我们不停地绕道而行。

第三天下午,我和许斌骑着自行车去看望诗人邱兴玉。黄昏时的夕阳将一个个沙丘照得红红的,又将它们的阴影处照得格外神秘,我们的身影也被拉得很长很长,竟然能盖住好几个沙丘。我突然想撒尿。我们俩把自行车扔在沙漠边缘,解开裤带撒尿。一瞬间,我双手丢开裤子,任凭裤子掉在地上,而解放双手,让它们在空中挥舞。我甚至觉得应该赤裸着身子在沙漠上撒尿,奔跑,一切服饰都显得多余,羁绊。沙漠解放了我。也只有那一次,此后多少年我撒尿都规规矩矩,一副文明人的举止。

我们走了很远的路,才到达诗人邱兴玉家。他正在收拾麦子。他们家也停电,屋子里全是黑夜和西瓜。我们谈着诗,不停地吃西瓜。现在,我再也想不起那一晚是在哪里度过的,但我想起那些黑夜比我过去和后来经历过的黑夜都要更黑更浓更令人惆怅。我在谈话的中间总要不停地走出院门,瞭望无垠的夜空,倾听四野的蛙声,确认我还在人间。

那是我第一次体验到荒芜之重。

4

因为许斌,我在第二年又一次去了民勤。没有什么事,就是彼此想念了。他写信说他在那里很孤独。我觉得他需要朋友,而那个朋友非我莫属。这一次,我刚刚毕业,每个月的工资远不够花,仍然空手而去。那个时候的朋友,真的是以心换心,任何心外之物都似乎多余。

那是1992年春节前的一个下午。我前脚到了民勤,风后脚也就到了民勤。我是从南边去的,它是从北方沙漠里来的。在那之前,我认识很多风。在凉州辽阔的大地上,我度过了无边无际的童年和青少年时期。现在,我想不起来多少学习的痛苦经历,能想起来的全是在戈壁和大地上的奔跑,天上的雄鹰,散漫的羊群,无边的油菜花,新垦的散发着潮气的大地,高高的杨树,清凉的溪水,熟睡着的村庄,永无止境的游戏,黑夜里对于鬼神的讯问，等等。再就是风，各种风。有一种风已经成为空气。那是冬天和春天时，在旷野上行走，阳光明亮，但仍然有一股强大的风在大地上运行，轰隆隆地走过，但你看不到它吹起任何的尘土。早年时以为那就是天底下一样的晴朗天气里的一种表现，后来在外地生活了经年回去后才发现，那是一种在高空中夜以继日运行的风，只有在中国的河西走廊上才有的风。也是后来才知道，凉州以西的安西原来是世界风库。但即使是那样的风，我们也习以为常了。

然而，在民勤的那一天，我感到了陌生的风。

本来晴朗的天空突然间刮起了一阵风，刹那间，那阵风便带来更大的一场风，一下子把街上吹乱了。接着，所有的人都像战争期间那样突然间忙乱地收拾着往家里跑。我看见年轻人都纷纷骑着摩托车，裹着军大衣，在街上拼命地按着喇叭。喇叭声响彻一片，使街上更乱。我看见风把那些小商小贩们的摊点粗暴地掀翻，瓜果滚满了街道；把那些店商们摆着的锅碗瓢盆一脚踢翻，任凭小贩们满街乱拾；把孩子的双眼突然吹瞎，与母亲分离，呼喊声凄厉一片。然后，风把街上所有的自行车都踹翻，把各种纸做的、塑料做的东西扔到空中，四处乱飞。

也许，寒冷的风让我们感到恐惧之外，这场风则让我们感到陌生和疑惑。它像一个大盗一样，把整个民勤城顷刻之间抢劫了。我问许斌，怎么会这样？他告诉我民勤的冬天总是那样。

1993年的一个春天的下午，诗人许斌看到，在民勤城的北方，突然间天黑了。大家都不知为什么，正在议论时，那黑暗已经裹着风沙将他们包围。那比我曾经感受到的黑夜还要黑暗的白昼，他们竟然看不到两米之外说话的人。他们这才意识到是一场从未见过的黑暗。他们只好摸索着回到家里，并摸到手电，但那手电也只是照到两三米之内的地方。他们终于恐慌了，一生都没有遇到过这样的恐怖。那时，正好是孩子们放学的时刻。兴高采烈的孩子们被这黑暗吓哭了，他们再也看不到前方的路，只好摸着黑暗一边哭一边走。就这样，很多孩子走进了不远处的水渠里，没有多久，稚嫩的双手和绝望的哭声便再也听不见了。

那场黑风越过民勤，不久便吞没了武威。那时，我父母正在武威乡下的家里干活。母亲觉得好好的白天怎么突然黑下来了，就在心中疑惑。说时迟，那时快，只见那黑暗顷刻间就把整个天空吞没了。母亲觉得什么都看不见了，就像眼睛突然间瞎了一样。她恐慌地往一间屋子里摸索，去把手电筒拿来，想寻找父亲，可是，父亲不知去了哪里。她便喊父亲，父亲的声音在几米之外，但怎么也看不见。母亲后来告诉我，在那场黑暗降临之时，很多人一下子吓傻了，平时闭着眼睛都能找到的家那时怎么也找不到了，相反，几乎大部分人都去了相反的方向。有孩子在放学的路上掉进了井里。

那场黑暗后来也漫延到兰州，并一直吹向上海。人们给它命名为"沙尘暴"。它像撒旦一样，从腾格里沙漠和巴丹吉林沙漠里钻出来，站在半空中，然后，携着死神向民勤、武威、兰州、西安、上海一路进发，只是当它肆虐到乌鞘岭时，佛陀便伸出了援助之手，将死神的喉咙牢牢地扼住了。

关于这场风的传说，都是在后来听说的。但除了民勤人之外，似乎没有太多的人在意它的存在。2004年冬我到日本时，导游告诉我，很多日本人都在给敦煌和民勤那里捐款，敦煌是文化保护，民勤则是生态保护。我还是惊讶了，我说，远在东海的日本，也能感受到沙尘暴？导游说，偶尔也能感受到。这使我想起兰州的我们几乎每隔几天就能被沙尘暴挡住去路，却并没有为它做些什么。我不禁感到羞愧。我们中国人的生态意识太弱了。

似乎是，那场黑风后来去了内蒙古的东部，于是，春天的时候，它又去北京城作案了。北京发现了它，并开始发出逮捕令。于是，在过了十四年春秋之后，时为总理的温家宝才想到必须去民勤看一看。温家宝早年做地质工作时，曾经是民勤沙漠里的常客。这一次，他直奔曾经在他记忆里仍然汪洋着的那一片海子：西海，也叫青土湖。

此时的青土湖已经被当地人治理了近十年了。民间的力量太有限了。他看见一湾浅浅的水在沙漠的旋涡里荡漾，仿佛上天一颗慈悲的泪。他忍不住也要悲痛了。几十年前，他来这里时还是碧波荡漾，现在则到处都是裸露的沙丘。细碎的贝壳到处都是。

于是，他发下大愿：绝不让民勤变成第二个罗布泊。

2009年的秋天，又是应许斌邀请，我们去了民勤。我们也去看了一眼青土湖。那时的青土湖已经被治理得很有规模了，据说最大湖面能达到十一平方公里。我们都在湖的周围徘徊着，都担心它忽然间不见了。为了这些水面，我的老家凉州也做出了难以想象的努力。据说，在整个古羊河治理过程中，对农业的治理是一个极大的工程。它要求农民不要再种粮食，而是去种一些耐旱的作物。政府填了很多大地上的水井。但是，我的父亲不大理解这样的政策，因为他只会种粮食，他不会种其他作物。他老了。于是，那一年的土地就被荒置着。大风一起，整个凉州北方一带大地上的尘土也被带起来肆虐。但我父亲最不能容忍的就是让大地荒废，这是他的农民心在起作用。于是，第二年，他们冒着粮食可能被渴死的危险种上了粮食。我无力解释，也难以解释。因为我看见民勤的农民在那些年丰收了，家家都富了。

从民勤回到兰州后，我的心里便一直荡漾着那一湖的沙漠碧水。这是整个荒漠里的一线希望。

5

难以忘怀，青春时第一次去民勤的公共汽车上，我看到连绵不断的红柳和沙枣树满身沧桑地站在沙漠的边缘时，莫名其妙地想哭。荒芜总是令我如此。母亲曾经告诉我，小时候我总是在黄昏时分看着夕阳发呆，眼睛里全是伤感。当我能够记事时，便记得在戈壁上放牧的情景。浩大的戈壁仿佛万年前被屠城的王城一样，它的铜墙铁壁被推倒，便成了我眼里神秘的戈壁。神在流浪。夜晚，当我抬头凝望一直向西升高的戈壁时，便看见鬼火缭绕，影影绰绰，繁星下凡到地上。戈壁与天空竟然是一个世界。而在白天，我们都忘记了这些。天空升为天空，戈壁降为荒漠。在那里，我们追逐着绿色，但凝重的乌云总是倒挂在天上，使天地总是在顷刻间变得悲壮、凄凉。我的童年和少年便在时而宽广无边时而狭窄压抑的天地间穿越、奔逃。我记得雄鹰被迫在我的头顶上盘旋。如果天晴时，我们在黄昏时分赶着羊群从高高的戈壁上向着低处的大地彼岸移动时，我便看见所有的村庄被夕阳烧得火红，那辉煌的情景不仅没有激起我无比的兴奋，相反，我曾莫名地伤感。大学时候，我的心灵一片荒芜，每当我午休起来看见宿舍里仅剩我一人时，便想放声恸哭，但我努力地克制着自己，仅任泪水在脸上激荡。有人说，我天生就是一个诗人。我却对自己不屑，我并不想如此"软弱"。无奈，我年轻的时候到底成了一位多情的诗人。也因为诗歌的缘故，我坐在了去民勤的汽车上，与那荒芜的沙漠结缘。

　　世界上很多人都认为，只有绿色才是人们需要的生态，是真正的生态，而戈壁、沙漠不是生态，是荒漠。这种人类中心主义思想就是今天人们治理大自然的主导思想。我年轻的时候也这样想，但现在不是了，我甚至以为此乃大谬也。世界上的生态有江河海洋，有高山平原，也有沙漠戈壁。江河海洋以及平原从来都没有什么异议，因为它们带给人们富足，但事实上，黄河曾经如沙漠一样成为中国人的大害，这才有大禹及其父亲鲧治理黄河的故事。高山之巅因为是雪域，它化为雪水哺育人，对人有益，但荒山仍然存在，却没有多少人说它不是生态。戈壁、沙漠可能对人类的生存构成威胁，但它仍然是大自然的一种存在。在更高更广的地理和天文概念中，戈壁、沙漠的存在仍然是非常有意义的。我知道，人们一定会质问我，它有什么意义？在大沙漠中，能存活的生物极少。但我说的不是对生命的实在的意义，我说的是对生命存在的另一重意义：虚无的意义。

　　虚无在这里只是一种不得已的借用。老子在认证虚实存在的意义时说：实为利，空为用。车轮的车轴是实的部分，其中虚的地方才是真正有用的部分。一个人白天在忙碌，是实，晚上需要休息，是虚。一个人挣钱是实，花钱为自己的亲人和所爱的人则是虚。一个人感官能摸得着的物质世界是实，用心能感知到的情感世界则是虚。如果只有实的存在，而没有虚的部分，可以想象，这个世界和人都将不复存在。实与虚是相互依存的。大地是实，天空则是虚。只有大地，没有天空，我们会怎样？对于绿色的生态来讲是实，荒芜的生态就是虚。

我的一位老师调到西安工作后的第一年，因为没有朋友，工作又忙，他每周必须做的一件事就是开着车，出了西安城，到白鹿原上站着，望着虚空，抽两支烟，然后回家。我每年回家的第一件事不是去看望我病中的舅舅，而是迫不及待地去一趟童年时奔跑的戈壁，在那里看一看，发一阵呆，回忆一会儿，然后再回家，看亲戚。有时候，我甚至先去看望戈壁，穿过戈壁再回家。刚开始没意识这是为什么，后来便意识到这不仅仅是童年的意识在起作用，还是那"虚空"对生命的召唤。

生命中必须有一块地是荒芜的，它不是供我们来用的，而是供我们实在的心休息的，供我们功利的心超越的，供我们迷茫的心来这里问道的。整个世界也一样。世界不过是我们的放大体而已。

也许，我常常以为，我们那颗现代之心就深藏在荒芜之中，它需要我们去发现，去呵护。

高 人

那一日到凉州，本是车马劳顿，再加上大雨倾盆，众人吃过了传说中的三套车，都只愿看看附近的百塔寺，然后休息。更何况，热情的朋友说，寺里的住持在那里等待多日了。可说这话的时候迟了。

在此之前，一个电话打进来，是金昌的一位朋友打来的，说了一大堆热情的邀请，我们就是不愿再动弹，然而他突然说，永昌县圣容寺的住持在那里等我们呢。我对众人说，这个住持可是位奇人。众人便问我，怎么个奇法？

我说，听说他原来是一位京城的官儿，上世纪80年代的一次政治事件后不愿再做官，从京城向西而来，犹如老子避世。云游至此，看到祥云缭绕于古丝绸之路上的一个被废弃的驿站上空，煞是好看，好似绕着他的心尖不走。再定睛细看，原来是一座寺庙。问附近的村民，有知道的，说是唐代修建的，还是皇家寺庙。再一问村里的老秀才，便寻得一段古史。然后，他就留在了这里，至今已有二十五年。

我还要往下说时，师母已然决定，那就去拜访一下这位住持吧。我朋友不悦，这才说，百塔寺的住持已经等了好几天了。他显然很不满。但我们已然起身，因为师母对这个住持充满了好奇。我告诉朋友，师母皈依了佛家。朋友还是不理解，但已然无法解释。

原来说路上十分泥泞，大概要走几小时，谁料一路顺利，且雨消云散。这个圣容寺，我已去过三次。每一次，都是祥云迎接，所以，每一次，回来后收获了无数蓝天祥云的照片。一路上，长城的残垣站立两旁，使这里的时间突然间变得古老而缓慢。说时迟，那时快，已然到了圣容寺下面。

有朋友问我，此山叫什么山。我抬头一看，这一次没有祥云。我说，名曰龙首山，此峡名曰御山峡。又问，为何如此命名？

我说，这里有一段因果。北魏时期，有个叫刘萨诃的和尚云游至此，大概也是看到了祥云。那时，这里是丝绸之路上的一个驿站，你们看，前面有河流过，山下面可以建房子，而这条路是人们通往敦煌的必经之路。人们要在这里休息，补给，然后上路。刘萨诃也到了这里，他看了看这里的山势和风水后说："此山有奇灵祥光，将来会有宝像出现。宝像出现时，如残缺，预示着天下离乱，黎民饥馑；如宝像肢首俱全，预示着天下太平，民生安乐。"说完后，和尚带着徒弟们向敦煌而去。

八十六年后，当数代人都逝去，和尚的预言也隐约在人间消散之时，山谷里忽然狂风大作，然后山崩地裂，北边悬崖上现出一尊石佛瑞像。那已是北魏孝明帝正光年间，有老人忽然想起先人们的传说。他们跌跌撞撞爬去一看，吓了一跳。

瑞像上没有头。

灾难接着发生。预言使灾难更为恐怖。这场灾难持续了四十年。四十年间，方圆之地天灾人祸，连绵不断。河西人总是说，三十年河东，三十年河西。确实是三十年，不，是四十年后的一天夜里，在距此两百里外的武威城东七里涧，突然祥光四照，人们都去观看，原来是一尊石佛像头。

这一次，人们记得清清楚楚。预言被灾难擦得比黑暗还亮。那已经到了北周时候。于是，人们赶紧把它迎送到御山，举行了祈祷仪式。传说，当众僧侣敬捧佛首放于原来的古佛肩头的时候，佛首"相去数尺，飞而暗合，无复差殊"。于是官民"悲欣千里"，礼佛庆贺，瑞像寺因此而建。今天的我们，说什么也无法想象那样的圣迹，但它记载于敦煌的壁画上。说也奇怪，从此以后，天下太平。

然而，这只是开始。还有另外的因果。

北周武帝建德初年的一个夜晚，瑞像佛首忽然自行落地，僧侣官府一片惊恐。这可是天的预言？官府马上报告了皇帝，皇帝最为惊恐，专派大臣举行仪式，但令人震惊的是，白天安好，夜晚即脱落，反复十余次，已然不能安好。果然不久，便遭北周武帝焚寺灭佛，天下的寺院都遭了祸，瑞像寺岂能独存？

刘萨诃的预言又一次响彻天地间。乱世开始。

然后，法轮再转，天地间的因果继续轮回。话说已到了隋朝。佛法再兴，瑞像寺重建，瑞像身首再度一体。为了使这预言从此停止，不再轮回，隋炀帝西巡河西之时，亲往拜谒瑞像，并将瑞像寺改名感通寺。

突然有人问，是否之前龙首山不叫龙首山，御山峡也不叫御山峡？

我蓦然跌入黏稠的历史时空中。也许，应当是这样。是这样一个历史中的昏君、暴君点亮了这里。他依然需要国泰民安，依然为此千辛万苦。他修改了这里。不久，他就永远地成了历史的罪人。唐朝的史家、后世的史家将他打入地狱。也许是对的。但这不能更改寺庙的伟大。

还是那个伟大的让人恐惧的预言在起作用。

于是，便来到了伟大的唐朝，光灿灿的唐朝。唐朝的帝王们其实和其他的帝王们一样做着永恒的梦，但感觉上，他们的梦更为光辉，更为真实。后世帝王们的梦像是假的。这是唐朝在历史上的幻象。说它是幻象，是因为它仍然不能改变历史的劫难。

那也是轮回的劫难。历史学家对历代王朝的统治时期倒背如流，每一次背诵中总有错愕，因为那些王朝的没落总有冥冥中的定数。阴阳家从风水学上曾经给予过玄学上的解释。理学家给予过义理上的解读。其实，历史仍然在人们心中是一片迷雾。人性的轮回，道德的轮回，天道正义的轮回，帝王们总是看不到，历史学家也似乎看不到。那才是冥冥中的定数。

于是，这片山河曾经被吐蕃征服，正是在那个时候，它被命名为圣容寺。

故事讲到这儿，我们已经看到那尊瑞像。以前，有人告诉我，"文革"时，人们找不到瑞像的佛首，后来发现，被当成猪槽使用。"文革"结束时，人们才把瑞像安放到佛身上。

众人盯着佛首看。那则预言在空中轰鸣。

在轰鸣中，我们转过身来，被引向那个传说中的住持房间。一路上，我在想，这个我们要见的人是否也是先被山上的祥云拉住，最后是被那预言感召而永留于此。他来的时候，佛首如何？是已经安放于其上，还是随便扔在哪里？是他拭去那佛首的污垢，并跪于那伟大的信仰前泪若滂沱？还是他一如我们怀着茫茫疑问，虚无地安顿着自己的灵魂，然后在日复一日的颂经中领悟宇宙的真理？按照佛教的思想，或许他在一千六百多年前就已经与刘萨诃有某种约定，才在今生奔赴此处？

或者，他就是来守住那随时可能掉下来的佛首的护卫？谁能说得清呢？

我们中没有人问他。似乎也不必问，不应问。应当想象。

想象中他是那样一个人。虽然形容不上，但一走进他那昏暗的禅房时，就知道他与我们的想象不符。他个子很矮，不是历史上那些高僧大德的大个子形象。他算起来已经六十多岁，但看上去也就五十开外，没有一点胡须，与金庸笔下的少林高僧大相径庭。他的声音也是那种阴性的，木质的，没有内功和上乘的武功。他不像那种宽容一切的世外高人，更像是一个怀着古老情怀而以愤青面目出现的教师。但是，他的另外一些言谈使我们大开眼界。

全是一帮北大、复旦来的名满天下的知识分子。他们自认为头顶中国文化的命运。在他们谦虚的外表下，深藏着一颗颗狂傲不羁的灵魂。他们进去的时候我去寻找厕所了，而当我十分钟后进去的时候，他们已经对谈了。我不知他们最初是如何开始的，我只看见，他全然不把他们放在眼里。不知为什么，忽然间，大家都是以问道的方式向其讨教，再也不是高高在上的全知者。也许是庄严的寺庙迫使这些名教们低下他们高傲的头来。自然，那个穿着灰色僧衣的小个子住持的身后是辽阔的佛教历史、牺牲的大德精神、精深的超越时空的真理背景，是那些早已深深植入我们生命中的敬畏之情，以及佛陀的经典。还有刘萨诃的预言。

记得我进去的时候还有些轻佻，带着世外的喧哗，可当我迈进去两三步后，就感到了自己的唐突、轻狂。没有人注意我的微笑，甚至此刻，他们似乎厌恶我的微笑。空气中有一种力量抑制住了我的一切。我只好收起那浅薄的微笑,悄悄坐在一个空着的木沙发上。

我听见他对众教授说:为什么要说人的价值?

一位教授说,现在价值观混乱,人们缺乏精神信仰。

他说:价值是一个经济学的术语,为什么要用在人的身上?这个时代最大的问题就是把人经济化了、商品化了。

我们一时愕然。他看着我们,仿佛在一一压住我们惊讶的大脸。他继续说,这是一套西方的术语,不适用于我们。我们解释世界时有我们自己的理解,但我们忘记了。

他讲了一大堆中国的文化。跟我们接上气了。此时,又有一位教授振作精神,谈起了当下生活中的种种不快,大抵的意思是我们不快乐了。他突然说:

快乐,不就是很快就失去的乐子吗?短暂的乐子有什么意义吗?今天我们谈论这些有什么意义吗?

他又一次用目光一一"抚摸"着我们或惊讶或会意的笑容。然后,便有一位文学教授问他,那么,当下我们怎样去西方化、殖民化呢?

他说,从语言文字开始。每一个文字中,都包含着无穷的深义,我们需要重新去解释那些汉语。只有那样,我们才能抵挡外语的侵入,才能拥有我们自己的信心。

何尝不是呢?有人接着他的话说,台湾用的就是繁体字。话音未落,他立刻说,不能说是繁体字,应当说是正体字。那里面一笔一画代表着我们刻画世界与真理的道路。每一笔都是道路。现在我们用电脑来输入,尤其是用拼音来输入,就是对汉语的放弃。我们已经离世界的本源太远了。我们还能得到什么真理吗?

有人好奇地问他,您也用电脑吗?

他有些好笑地说,当然用了,我每天都要看网上的消息。

我们中有人感叹道,上网上得多了就迷茫了。

他说,当然了,你失去自己了。你要守住自己才行。

这个时候,师母才缓缓说道,大师,我有一个疑问,我们一起修行的人中,拿着各种各样的经书,当然,好多是浅显的能入门的,到底是我们要看经典呢还是可以看这些?

我们都屏住呼吸。这已经不是我们这些教授们的精神生活了,但我们也想知道。当下整个人类的精神生活不也如此吗?

他说,当然要读经典了。

师母又问,我们修行,是否要把一些名山名寺都拜一下?

这似乎也是我们的疑问。多少人都潮水般涌进山寺,而山寺已然不是我们想象中的圣地。

他笑道,那不就成了宗教旅游了?

众人愕然。

他们又谈了很多修行的问题。我们一一在心中默记。忽然,我还是开了口,我问,大师,您对台湾南怀瑾的书怎么看?我在台湾的时候,很多人都很崇尚南怀瑾,大陆也有很多人崇尚。

他边思考边说,他的书只能算是通俗读物,他对佛教的认识也很浅。

我又问,那么您对星云大师的人间佛教怎么看?

他说,这是佛教的退步。如果什么都依了世俗,没了戒律,那还是真正的佛教吗?这个时代就是没有了戒律。

我笑道,大师言之有理。

似乎再也难以探讨下去了,因为每个问题他似乎都思考了很久,在这边塞之地已经澄清了。我们再问下去,也只能是让他嘲笑。我们都在想着怎样收拾我们的自尊。他似乎也感到了谈话的无趣,所以对我们说,那就这样吧。

他似乎是在送客,实则我们已无话可谈。我们精神的海拔太低了,而他则在高山之巅。我们相距太远了。

出得门来,与他告别。突然有人提议与他合影。他自谑道,合什么影啊,我们的人都很快就消失了,照片有什么用?

我们笑道,对我们而言,有意义。

告别那个预言和住持,我们上了车。一时间,大家都沉浸在自己的思考中,在无穷的时间里挣扎,相互没有什么话语。很久之后,突然有人叹道:高人在民间。

我问师母，您觉得如何？

她说，的确是高人，这种修行很难，是知识分子的修行。他的门难进。不过，地藏菩萨的修行又是一种，是适合于普通民众的修行。地藏菩萨的门易进，是顺着凡俗之人的愿望将人拉进了门，然后循循善诱，教导人行善积德，最后不知不觉间让人熏染了他的地藏精神。知识分子的修行有时只是为了其个人的圆满，但地藏菩萨的修行是利于大众的，是牺牲个人成就他人的。

前者像是道家，后者像是儒家。原来佛教就是这样走进中国人的心灵的。

当我们回到凉州时，已是傍晚，又是微雨蒙蒙。路过北街时，我看见新修的罗什寺内空空如也。新起的大殿超过了罗什塔。在我童年的记忆里，孤独的罗什塔高耸入云。何时它变矮了呢？

我想起塔底下鸠摩罗什的舍利：三寸不烂之舌。那可是吐出真理的舌头。它原来也长在一位高僧的嘴里，从遥远的佛国圣地来到凉州，藏于凉州十八年，然后到长安吐出《金刚经》。历史上记载着他被权贵们凌辱的细节，却未曾记述那时的知识分子们是如何向他问道的。

也许有，我们未曾看到过。在时间的风里，我们都是空空的过客。

点燃中华文明的香火

1. 一个礼仪的缺失

今年七月，去北京开会，正好周末两天无事可做，突然想，何不去一趟曲阜？这可是十年来的一个夙愿。查了高铁，又查了曲阜的住宿等情况，便匆匆离开流着汗的北京。

当晚临睡前，我从网上下载《史记·孔子世家》，又读了一遍。这篇一万字左右的文章，我快背诵下来了。但即使如此，每读一遍，都有不同的感受。去年冬天的一个夜晚，当我再次读完后，一个人坐在书房里伤心流泪。为他的不被世人理解，也为和我一样的书生的单纯、耿直、心灵的流放。人们认识的那个孔子，是百年来人们重新塑造的世故的孔子，不是真的孔子。他替历史背了黑锅。因此，从那时起，我就一直想写一本书《为孔子辩护》，而十年来给学生讲孔子使我一直渴望能隆重地到曲阜拜见一次孔子。未承想，我竟然如此草率地来到这里。

第二天，先去了孔庙，然后到孔府，最后坐着电瓶车进了孔林。当我在二十万座坟茔中穿行时，第一次被清风朗日所震撼。那些坟茔每一个都不大，像是随意凸起的小土堆，密密麻麻，一个连着一个。上面长满了青青的嫩草，像一行行《诗经》中的古诗。茂密的树木将阳光分隔成一束一束的。清风踩着那些阳光在欢快地跳跃。没有一点点的阴气。这浩大的坟场在世界上绝对是奇迹。它没有中国帝王陵墓的雄浑、高大、阴险与阔气，也没有埃及国王那样的永恒雄心，期望灵魂不死。它与我们中国每一个普通老百姓的坟茔一模一样，从泥土中来，又回到泥土中去。但是，当二十万座姓孔的坟茔浩浩荡荡排在一起时，便显示了人世间从未有过的一种伟大：文明的胜利。我们再也找不到哪个帝王能与孔子的伟大相比，也找不到哪个宗教领袖能有如此繁盛的子孙。

天地之间，唯有孔子，这个人性道德范式的创立者。

然而，当我站在孔子墓前要参拜孔子时，发现没有人行礼。原来坟前有要求，希望参拜孔子以鲜花敬献。也许是为了生态安全着想。人们束手无措，因为都没有准备鲜花。那时，我突然间想到民国时辜鸿铭曾嘲笑一位西方人的故事来。那位西方人嘲笑中国人的上坟方式，竟然要上香、献水果、食物，还有阴间流行的钞票，便问他，你们的祖先能吃能用能拿到那些东西吗？辜鸿铭反问道，你们的先人能闻到鲜花的味道吗？

也许管理者的出发点是好的，他们一定未曾读到过辜鸿铭的那个故事，他甚至可能认为这才是文明的举止。但是，少了一炷香，多了一个鲜花的要求，就把所有中国人与自己的圣人隔离开了。

天地之间，缺少一个跪拜，少了一炷香。但这一缺，便使人无法无天，毫无规矩了。世道就是这样暗下来的。

虽然孔子在世时还不曾有佛教传来的燃香仪式，那时还是用点柴火升烟来祭祀，但后世儒家祭拜先祖都是用上香的方式。人们相信，那缕青烟是绝对不能缺失的仪式。这是中国人的礼仪。它与科学观和是否有鬼神无关。它是一种文化的传承。鲜花代表了一种西方的仪式。作为一个中国传统文化的传播者，我宁愿为孔子燃一炷香。

我在曲阜流连忘返两天，大街小巷晃悠，想寻找司马迁来朝觐时看到的礼容，却未曾见到。我也在孔庙、孔府里想寻找一些礼器，也失望而回。

回到兰州后，我一口气写了近四万字的长文《壮哉！文学青年孔子》，以怀念这位圣人。我暗暗发誓，从此后少讲文学，多讲孔子。继绝兴灭，吾辈有责。

2. 三种文明的兴亡

最近，有香港地区的师生去敦煌朝圣，路过兰州与我们的师生交流，他们要我讲讲中国传统文化与丝绸之路文化，我第一时间便想到了钱穆先生。钱穆先生是新儒家的代表，他曾在香港大力提倡中国文化，创办新亚书院。新亚书院也就是现在的香港中文大学的前身。他坚持香港中文大学应以发扬中国文化、以中文为授课语言、第一任校长必须为华人担任为宗旨。我不知道现在香港中文大学是不是如此，也不知道香港中文大学的学生们对中国传统文化有多少了解，但我想，他们对钱穆是不陌生的。

钱穆将人类文化分为三种文化：农耕文化、游牧文化和海洋文化。今天，游牧文化基本上快消失了，只剩下农耕文化和海洋文化。农耕文化以中国文化为中心，海洋文化即西方文化，钱穆也称其为商品文化。香港是一个岛，用钱穆的观点看来，她的文化趋向于商品文明，这也是她在现代以来成为国际大都市的重要原因。香港是海上丝绸之路的重要都会。兰州是一个内陆城市，是古丝绸之路上的重镇，从地理文化上来看，她是游牧文明与农耕文化的交汇地。因此，站在兰州看香港与敦煌所代表的文化非常有意味。

百余年来，香港在中西文化的交流中起着非常重要的作用。一方面，各种西方文化从香港源源不断地涌向大陆，1949年前和20世纪80年代以来都是如此；另一方面，中国文化向外传播的重要口岸也是香港，从香港再往海外。但敦煌就有不同的命运。她是文化殖民者斯坦因从印度进入中国的西大门，以盗取大量文物的方式在欧洲传播开来的。她因此成为百年中国学术的伤心史，也由此揭开了海洋文化向农耕文化全面殖民化的一页。

这使我不禁想起六百多年前的一些往事。一个叫郑和的太监带领六十二艘战船、两万八千人，向海外浩浩荡荡地驶去。这是人类史上第一次伟大的环球航海，所不同的是，农耕文明崇尚的和平精神使郑和未曾想到将他所走过的地方全部殖民化。那时的中国不但可以自给自足，还可以救济他人。这种精神并未得到世界的认可。世界精神已经被以侵略为主要特征的海洋文化为主导，它表现为急功近利的社会进化主义。直到今天，中国有相当多的社会进化论者还在批判这种和平的精神。

与此相应的是，在郑和下西洋两百多年之前，从中国北方草原上，一支铁骑顺着丝绸之路向中亚和西亚挺进。按钱穆先生所言，因为游牧民族"逐水草而居"的内中不足和不稳定心理，这些草原上的民族带着掠夺的天性向着一切文明展开其野蛮的侵略。这就是成吉思汗的蒙元帝国。这一次，战争将中国的文明传播到世界，四大发明在一定意义上催生了欧洲文艺复兴和世界地理大发现。有人说，造纸和印刷术传到欧洲后，促进了《圣经》和罗马文化的传播，也就催生了文艺复兴，而指南针和郑和的造船技术则使欧洲人有了航海大发现的保障，火药则武装了列强的殖民活动。也是有一定道理的。

使郑和未曾想到的是，大约一百年左右，在哥伦布航海成功之后，西班牙和葡萄牙便疯狂地扑向那片新大陆。古老的印加文明、玛雅文明、阿兹克特文明一一被毁灭。海洋文明的内中不足和长期向海洋掠夺的生活造就了其文明的天性——侵略性。可以想象，当日本侵略中国后，中华文明便不复存在。日本虽然先前崇尚的是中国文化，但其骨子里仍然是海洋文化，所以在后来脱亚入欧。

再往前推。在少年英雄的汉武帝时代，他派出张骞、霍去病等大臣，一文一武向西开拓，抵御游牧民族匈奴的侵略，结果打通了古欧亚大陆，这就是举世闻名的人类交流的动脉——丝绸之路。中国与整个世界的相互影响就是这样展开的。汉长城显示的是汉帝国农耕文明的特性。意思是，长城以外你可以胡作非为，长城以内则是我汉家江山。

今天，我们就站在丝绸之路的黄金地段，向西瞭望。这条道路在今天被德国人李希霍芬命名为一条文明的交流大道——丝绸之路。它显得那样华丽而柔软，富有魅力。仿佛这条文明的运河上一直风平浪静、浪漫古今。事实上，它从来都是一条用战争推开的道路。

文明的传播中，战争是最大的推手。

人类的历史始终告诉我们一个事实，永远都是野蛮的力量在毁灭文明，从而推动旧的文明向着新的文明发展。在伊朗高原上生活的游牧民族，不满于自己贫瘠的生活，于是，他们纷纷冲向平原，古巴比伦文明被毁灭了，古印度文明被毁灭了，最后连古埃及文明也被它毁灭。人类三大文明就这样被野蛮的力量顷刻间化为传说。古爱琴文明也是被外来的蛮族所毁灭，中国南方的农耕文明炎帝一族被同样是被北方的游牧民族黄帝一族所征服，继而黄帝又继承了农耕文明，成为中华文明的领袖。

三千年来，来自北方和西方的野蛮文明始终在不断地侵略着中国这片文明的沃土，然后又融入其中。最重要的原因在于，人类始终在追求以农耕文明所代表的稳定、和平、友爱、包容、永恒的正面价值，所以，即使野蛮的力量暂时战胜文明的力量，但最后那些野蛮也被文明所化解。这是人类文明的轮回，也是人性的心理需要。事实上，在我看来，人类的文明也需要那些野蛮的力量来激活已经僵化的生命。中国两千年来的文明未断，一是因为自给自足、和平、中庸和包容性极强的农耕文化特征是人类文明追求的永恒方向，二是因为外部野蛮力量不断地在激活中华民族这个古老的肌体。

3. 人类文明的轮回

人类的文明史还告诉我们一个事实，任何文明都有僵化的一天。中华文明从明清开始就已经走向僵化。所谓"存天理，灭人欲"，灭掉的恰恰是人性中富有创造力的那部分，所以，国人的体魄不再强健，国人的意志变得软弱，国家也就很容易被人欺负。八国联军都曾凌辱过她。这些海岛上的饥民热切地期盼将中国变成第二个新大陆。

用《全球通史》的作者、美国历史学家斯塔夫里阿诺斯的观点来说，五百年之前，世界一直是欧亚大陆在起作用，而在近五百年来，也就是海洋大发现之后，世界便开始被海洋所左右。所以，这也就告诉我们一个文明的事实，在海洋未被发现之前，整个世界是被侵略性极强的游牧文明所侵略、毁灭和再造。在海洋大发现之后，世界则是被同样富于侵略特征的海洋文明所侵扰、毁灭与再造。

老子说，天地不仁，以万物为刍狗，圣人不仁，以百姓为刍狗。我们都是天地万物的一种。文明的运化是天地运化的一部分。文明不可能一成不变。不变的文明必然会灭亡。这是人类的苦难，由不得自己。这也是中国古老哲学《易经》的思想。中华文明之所以是所有古老文明独留下来的伟大文明，就是因为她从来都是在求变或被迫改变的过程中绵延不绝的。周穆王西巡、汉武帝西征、汉明帝迎请佛教、唐太宗再请玄奘西方取经、清末民初知识分子西洋求法都是主动求变，同样，自炎帝以来，中国备受外来游牧民族和西洋文明的侵略，从而被动改变。

今天，是西方文明主导世界的时代，然而西方文明也面临诸多困扰，比如，在文化方面，面临形而上的哲学困境，面临知识的困扰与信仰的危机，学术开始走向自娱自乐，宛如中国明清时期的那种僵化模式，用福柯的话说，就是知识终结了人本身，开始异化人；在社会发展方面，面临着资本统治世界时难以克服的诸多困难，技术主义、城市中心主义、物质主义已经成为不可克服的难题，而其天性中的侵略性与野蛮性以社会进化论为宗旨，正将它引向无名之路；从人的发展来看，个体的人面临被过分商业化和物化的倾向，人性的分裂日益扩大，人本中心主义需要克服；等等。

正如中国文化的诸多问题无法完成自我克服，需要向西方文化学习一样，西方文化所面临的诸多问题，也不是其自身能够克服的，它恰恰需要中国乃至东方的思想和文化去改变。

中国有句古话，说五百年出一个圣人，意思是五百年乃一种文化演变的周期和轮回。孔子五百年后，司马迁意识到了这个问题，汇百家而成《史记》。司马迁是董仲舒的学生，他与董仲舒的思想一脉相承。在《史记》中，他讲得很明白，百家都有长短，故而取长补短，形成新的学说，正是他和董仲舒共同的心愿。在这个时候，汉武帝起了决定性的作用，尊儒而抑百家。也就是说，儒家是中心，其他百家是四维。但后世所理解的"罢黜百家，独尊儒术"与司马迁的记述有十万八千里。不管怎么说，国家走向统一和强大，且能抵御外侵。

司马迁和董仲舒五百年后是佛教融入中国的时期，鸠摩罗什和玄奘将大乘佛教引入中国，从而使佛教成为中国文化的一部分。再五百年后，朱子创造理学。又是五百年，王阳明合儒释道为一体创立心学。如今，五百年已经到了，恰好中国也开始将传统文化尤其是将儒学开始发扬光大的时候。这是历史运化的结果，也是吾辈人承担复兴中华文化大任的时候。

如果按中国人的这个逻辑来看，西方文化兴盛也已五百年，也已经到了僵化的时刻。虽然西方文化在马克思等批判学派的影响下不断地在修正自己的文化，但是，其天性中的内中不足导致的侵略性，使其商品文化无法克服垄断的品性。虚拟经济是在商品经济的基础上诞生的一种新的经济，更是以残酷的方式将经济推向不可知的深渊。百年来很多经济危机都是虚拟经济引发的。文化也一样。这可以从他们的学术体制中看出一端。大量的引论和注释不正是虚拟经济的另一种表现吗？大量自娱自乐的小圈子不正是学术死亡的前兆吗？

4. 东方是对西方的克服

前不久，国际知名传播学者、加拿大西门菲莎大学国家特聘教授赵月枝女士来我所在的学院讲生态社会主义思想。她是政治经济传播学者，所以，她自然地站在马克思批判学派的立场上，历数了西方学术的种种问题，批判了资本主义社会目前存在的各种弊端，提出解决目前人类问题的主义是生态社会主义。那么，什么是生态社会主义呢？我听了后得出一个结论，即把中国道家的思想与西方社会主义思想结合到一起而得出的一个新观点。她还说，她已在她从小长大的浙江的一个村子进行这方面的调研与实践。

我暂且不去评论她的出发点、观点以及实践，我要说的是，作为一个在西方从事学术的中国籍学者，无论她在世界上获得了多少真知灼见，但她的本根仍然在中国文化中。她之所以与道家结合，就是因为她的村子据说是黄帝炼丹的地方，童年的生活使她心心念念还是要回到中国。中国文化给予她智慧，给予她新的信仰。

她的心里始终燃着一炷中华文明的香火。

那一天中午吃饭的时候，我们讨论了很多中国传统文化复兴的问题。她反对唯中国传统文化是举的观念，我说，我也反对。现在，在中国有一种奇怪的现象，一旦你提倡发扬中国传统文化，就好像是要与世界作对，就好像是要提倡专制、封建、三纲五常。我不断地强调，提倡中国传统文化，是要以中国本根的文化为中心，而不再是以西方文化为中心，但又要以西方文化的平等、民主、自由等价值来补充、改造中国传统文化，使中国文化成为世界上最为优秀的文化。人们总是问我，中国文化能给予世界什么？我说，中国文化不是发展的文化，而是关于自由、和谐、永恒的文化。当商品经济和世界一体化时，人们需要的是什么？人们一定不会再需要带有侵略性的文化，相反，人们需要的是包容、多元共存、和谐、自由、天人合一的文化，这正是中华文化的特点。

认识到这一点，全球化在这个时候才可能达到真正的共鸣和共赢，而不是西方对东方的殖民。认识到这一点，东方和西方才有可能以平等的姿态开始交流对话，而不是一味地跟着西方走，丧失文化自信。基于这种认识，那么，我们便可发现，先前说的西方文化那一系列问题恰恰是东方文化可以克服的。

比如，儒家是科学主义、技术主义最好的中和者，将为它们安装一颗人道主义的心脏。

比如，道家的天人合一正是克服人本中心主义、建立生态社会的不二法宝。人本中心主义是强调人乃自然界最高主宰者，自由便确立了以人为中心的生态观。近代以来人类社会对大自然的过分掠夺就是这种思想的极端实践。道家认为，人是万物之一种，人应当遵循"人法地，地法天，天法道，道法自然"的宗旨，人与天地便和谐相处了。

比如，佛教是打破西方知识与逻辑等理性主义障碍的金刚经。福柯所批判的近代以来考古学、人类学、心理学将人学推向知识的碎片，最终使知识终结了人本身的问题。

而这一切的传播汇聚地，正在古老的丝绸之路上。季羡林曾在一篇文章中说，在当今世界上，人类所有伟大的文明共生的一个地方，就是以敦煌为中心的西域。作为一位汉语写作者，一位中国传统文化的传播者，我有理由和责任回应来自世界的种种疑问，我也必须以这样的方式打破西方中心主义的话语霸权，把话题引到中国，再引向丝绸之路这个古代欧亚交流的广阔场域中，来重新探讨中国与世界的命运。

曾经的敦煌就是今天的香港。全世界的人都在那里喧哗与骚动。那里曾经是世界的中心。今天，我依然认为，它还可能是世界的中心。只要我们愿意，只要我们敢于担当。当然，我也反对那种将中西文化对立起来的言论，反对那种唯中国文化是举的褊狭观念。中国文化的复兴一定是以西方文化的融入为前提，否则就是复古主义。同样，我也深信，西方文化要走出今天的种种困境，仍然需要向中国文化学习。

这需要时间来证明。现在，且让我们在心中为中国古老的文化燃起那炷清香。

第二辑

草原往事

草原往事

1. 远古之渴

烈日炎炎。

一根草发出嘶哑的挣扎：渴……渴死了……

十万根黄草发出烧焦的声音。北方草原上已经很久没有雨水的浇灌了。曾经的河流走着走着就停止了，然后就死了，剩下僵尸般的河床，横亘于辽阔的草原。

一匹母马发出悲哀的嘶鸣。它的眼前是刚刚死去的幼马，而幼马的主人是草原上的小王子。他悲伤地问自己的父亲，我们何时才能找到永久的水源？

他的父亲，便是北方草原上伟大的共主，共工。

共工再次看着南方，他仿佛看到了绿色和水源，舌头在嘴里不禁动了动。随着感受到的一丝虚无的香甜，他发出了坚决的命令。打！于是，黄帝一族与共工一族在黄河之畔进行旷日持久的战争，一直延续到黄帝不知多少代的孙子大禹才将共工之相柳，斩于昆仑之北、柔利之东。那里血流成河，黄昏与大地相连，分不清哪是天、哪是地。其血有毒，所流之地不能种五种树。

连丞相都如此厉害，何况伟大的共工。这便是传说中的共工一怒。

早在相柳之死数百年前（这上古的时间很难计算，至少，似乎不能用我们现在的方法来计算），共工与黄帝大战，结果失败了，共工大怒，一头撞向天地的柱子，不周山。可怜一座大山，竟然禁不起共工这么一撞，天崩地裂，山倾西北，地陷东南，洪水滔天，泄往东南。不周之山倒，西北便失去了护佑，于是不周之风从遥远的西伯利亚吹来，再也没有大个子顶着，直接越过天山，在戈壁上又聚集起更多的风子风孙，从广袤的安西一路向东奔来，经过凉州时又纠集起腾格里沙漠的狂风，浩浩荡荡向东杀来，仿佛共工之阴魂。但被高高耸立的乌鞘岭一剑斩断，力量顿减。即使如此，不周之风有时仍然能吹到秦岭之界。

那里是黄帝建都之地。

这一切都记录在华夏第一部地理山水志《山海经》中。司马迁时，汉之边界在泾水和渭水之边，他未曾踏上过黄河以西中国辽阔的西北部，那里有中国三分之一的天下，所以没有感受过新疆吐鲁番和甘肃安西的狂风，所以他视《山海经》里描述的西北地理皆为神话鬼怪，未曾信焉。在那里，一年三百六十五天，有三百六十天都有风，其中八十多天是大风吹兮沙飞扬。四岁的李白曾从那里经过，记忆很深，后来有诗云："明月出天山，苍茫云海间。长风几万里，吹度玉门关。"这便是后来中国史书中不断被书生们想象的不周之风。今人称其为沙尘暴，而把安西称为世界风库。为了利用和减弱这共工带来的狂风，人们在安西和河西走廊立起无数的发电机。每一片叶子就像一座火车的车厢。它们在安西排成一道壮丽的风景。不知共工从远古中醒来，会有怎样的感慨？

到底是后来科学家所讲的地球上最年轻的青藏高原的不断挺起和古老的帕米尔高原之间的神祇相撞，大地震撼，一座名叫不周山的高山顷刻间倒塌，同时高原上的冰川融化得更快，大洪水暴发，而此时，南方的黄帝一族和北方的共工一族恰好大战于高原之间的广阔草原，他们目睹了大山的倾倒和大洪水的来临，所以有了《山海经》等古老典籍里的传说。还是这一切都发生在不同时期，而后世人们为了纪念这两位大帝，尤其是为了颂扬黄帝而把这一切都附会上去的呢？

总之，在蛮荒的过去，在古老的时间里，南北之战在不停地打响，杀伐之声从未断绝。甚至于黄帝，这位古老的神祇，其实也是游牧的先祖。也许他也曾像共工一样发动过一场南北战争。只是他很早就战胜了炎帝，并统一了华夏。这种统一，不仅仅是地理上的，而且是文化上的。

炎帝是稼穑之先祖，农耕文明的开创者，尝百草，制农业，黄帝传说中的很多贡献可能是炎帝的，但后来大都附会到黄帝身上了，这也可能是黄帝胸怀广阔，不仅很快接受了农耕文化，还发展了农耕文化。也正是因为这样，黄帝便成为伟大的圣王。

事实上，也可能是黄帝把当时的游牧文化和农耕文化进行了一次伟大的融和与创新。派仓颉道法自然，以天地万物之形象创立文字；与岐伯、素女交流修行之法，以道法自然、天人合一的阴阳五行原理创立中医学说；让大挠氏学习游牧文化，借鉴星相学创立天干地支与历法……

中华文明的序幕以这样伟大的融和与创造拉开了。这也许才是真正的阴阳之道。当农耕文明每走过一段时间时，就变得自足，自足便容易故步自封，犹如文弱书生，而此时的游牧文明恰好是犹如蛮荒岁月沉淀着的洪荒之力，这恰恰是生命本身的元气所在。前者为阴，后者为阳，两者相合，才能融和创造出新的生命。

事实上，此后数千年中华文明的命运皆为此通变。游牧文明一次次输送的正是处于衰败中的中华文明所需要的元气。也有人称其为血气。

2. 大禹之镜

共工之相柳被大禹所杀之后，大禹开山导水，按天帝的样子定九州。这大概就是《山海经》最后几句话所写的意思吧：帝乃命禹卒布土，以定九州。

此处的帝，便是舜帝。舜在尧时还是帝位继承者的考察对象时，便将禹的父亲鲧治水无功而杀之，同时又向尧举荐禹继续承其父亲的志业。这种杀伐果断哪像传说中的蔫不唧唧的舜。禹用了十三年开山理水，战战兢兢，三过家门而不敢入，才治好了山水，分天下为九州，拥有大功。禹此时为诸侯之伯。舜继帝位后，禹又与益和后稷、皋陶等一起辅佐舜帝，成为舜帝之股肱，颇有大德。于是舜向天帝推荐禹为天子。

鲧之死是一面镜子，禹时刻都拿着这面镜子，一直看了十三年。十三年后大功告成，禹才放下这面镜子。先前是带着恨和恐惧，镜子里照出的只有自己，但十三年后，镜子竟然发生了奇异的变化，照出的不再是自己，而是天下，是日月山水，还有杀父之人舜。令他奇怪的是，慢慢地，生父鲧不怎么出现了，而舜不知在何时代替了鲧的位置。恨与恐惧消失了，代之而起的是敬畏。

这就是司马迁磨出的圣人之镜。如果是今人之网络剧编剧，恐怕又将圣人写成了宫廷剧中的权谋之争了，一定会呈现一面小人之镜。司马迁只是冷静地叙述历史，将远古圣王之言行一一擦亮，使这面铜镜看上去锈迹斑斑。小人便一眼看见权谋，而修德之人则会细细擦拭，会看见那小，但慢慢地便看见了那广大。

父虽有过而不殃及子孙，相反，仍然重用其子，并将其子以父之过为镜子磨炼其子，使其成为一代圣王。这便是舜之伟大。父之过，子担之，不怀私恨，不存私心，天下遂拥之。有功若无此德，则天不佑；有功更有此德，便一切圆满。

故有舜向天帝推荐禹。禹成为考察对象。十七年后，大德之舜崩，禹仍然学习舜，并不敢接天子职，而是把天下交给舜的儿子商均，自己则隐居起来，但大臣们并不管这些，仍然把他找出来，向他汇报工作。在这种情况下，禹才登上天子位。

这难道不是真正的民主吗？

天下拥护之圣王，必须要有大功铸其阳，又要用大德养其阴，失其一，则不能恒久。拥有武功得天下者比比皆是，但往往没有大德，比如始皇帝，所以秦只有二世即亡。此天亡其也。拥有盛德、盛言却无大功者，比如孔子、司马迁者，终不能为王，此为缺憾，故而后人司其庙，续其香火。此天欲恒其也。善哉，古之圣王是真正的功德圆满，后世则难出一也。

这样说，岂不是厚古而薄今？当然是，今是一定要薄下去的，只有厚了古，我们那个来处才显得伟大、饱满、厚实。那面镜子才需要我们时时去寻找、擦拭、照亮。相反，如果今很厚，古很薄，岂不会沾沾自喜、自大狂妄，以功而自居，将道德轻视，天则不佑，他还会长久吗？甚至无功而自居，功德皆虚，天下会拥戴他吗？

这也许就是华夏历史真正的开端。禹是那面浑厚的历史之铜镜。

3. 北方苍狼

但这面铜镜被一个叫孔甲的子孙摔碎了。

从夏后启至孔甲前,大禹之德行一直像太阳一样烛照着夏朝,但是,其光辉越来越弱,到孔甲时便只留下天下,留下这功,德不见了。

孔甲便"好方鬼神,事淫乱"。历史老人替天断曰:"夏后氏德衰,诸侯畔之。"(《史记·夏本纪》)好鬼神,是把一切都交给鬼神的一种做法,大概是古之巫术,是阴气重的象征。巫术本是人以特定的方式寻求鬼神的庇佑与引导,德薄的人则只寻求庇佑,看不见引导。所以,古之大法中至少有两个方面的存在。一个是让鬼神保佑来趋吉避害,图功利。这个方法可从商代甲骨文中的卜辞中看到。那些在现代开示的卜辞,诉说着古之帝王每遇见大事都要问鬼神的日常,久而久之,人的智慧便封闭,一心听命于鬼神之启示,而他们不知道,鬼神此时也开始圈地运动,开始混战。

但另一个存在是孔子告诉世人的。他从鬼神的启示中发现了人的智慧。这便是道德的追求和中庸之道的方法论。在今天的互联网上可以轻易看到,《周易》除了卜辞之外,还有义理,就是告诉大家该如何自处。六十四卦中,每一个卦象都是吉凶并处,没有一个卦是只有吉而无凶。乾卦是六阳,是极为阳刚的卦象,但这同时说明容易折断,所以便有上九第六爻的"亢龙有悔"。这种启示告诉人们,凡事一定要持中庸之道,不可走极端,否则等待你的便是悔恨。再比如"火水未济"这一卦,是极为不好的一卦,一切都不到时候。好鬼神的人便要寻求鬼神来催促成功,结果呢,可能是一时成功了,但等待他的是后来的悔恨。孔子说,此时一定要安心修身做事,要认真梳理还有哪些事没有做好,有哪些方面的道德还不完善,要去补功课。同时,这一卦还说明只要你愿意去努力,还有很大的空间去发挥,而你期望的结果也在等着你。只是那个结果也仍然是短暂的,转瞬即逝的,所以依然需要通变。而不变的是什么呢？就是一个人对德行的追求，就是中庸的处世方法。

显然，孔甲是历史上第一个用天干地支来命名的帝王。他之前和之后的夏之帝王都用康、予、皋、发等美好的词来命名，只有他和桀用天干中的词汇来命名。甲是十天干的开始，癸是结束。夏桀恰好名为履癸，标志着夏朝的结束。这难道不是天要亡夏？

公元前1600年，商王汤率领各方国的军队，在鸣条一带进行了一场大战。战争的结果是夏桀大败，在穷途末路之下，率残部逃到了今天安徽寿县附近一个叫南巢的地方后，被商军俘虏并放逐。

《尚书》曾这样记载这场大战：有夏桀弗克若天，流毒下国，天乃佑命成汤，降黜夏命。

司马迁曾写道，夏朝从孔甲时开始失德，诸侯就不尊重天子了。孔甲和履癸有两个共同的特点，一是迷信鬼神和占卜术，趋利避害；二是荒淫无度，不理朝政。这与后来的商纣王是一样的。所以，在司马迁看来，两个王朝是因为失德而亡的。在民间看来，则是天要亡之，当然，天要亡之的原因自然也是失德。商纣王到女娲娘娘的庙里祭祀时，竟然不尊重女娲，有淫语，于是，女娲娘娘便派人扰乱朝政，使其灭亡。这是民间的意志，很形象。

后来，到周公时，夏之遗民被安排在杞国，商之遗民被安排在宋国。孔子经过宋国时，说宋国的音乐是淫乐，意思是道德基本上失尽矣。那么，杞人呢？

史书上说，夏桀被汤流放到了鸣条，年后便死在了流放地，他的儿子淳维（又作熏育、獯鬻、熏粥、荤粥）则带着夏王朝的遗民逃到了北方草原野地。他们被后世称为匈奴。

4. 历史正义

一个叫司马迁的书生，在游历了江、淮、沅、湘、汶、泗之地，又去齐、鲁之都观孔子遗风，后来又做官去了巴蜀以南，一直到了彩云之南的昆明，但他未曾到过黄河以北的无垠草原，自然也不曾抵达泾渭以西辽阔的华夏大地。说实话，他只是去了小半个中国，大半个中国他是靠想象和书本体认。所以，《山海经》中所涉及的昆仑之西和阴山之北他都不能理解，视其为洪荒之地的蛮夷。

于是，黑夜里，不，在监牢里，他微闭眼睛，用思想环顾华夏之广后，犹豫地写下这样一段话：

> 匈奴，其先夏后氏之苗裔，曰淳维（獯鬻、熏育）。唐虞以上有山戎、猃狁、荤粥，居于北蛮，随畜牧而转移。

《史记·匈奴列传》中的这段话，成了后世研究匈奴的权威论断。原是圣王大禹的后代，现在竟然沦为夷狄。这该是多大的讽刺！可见，天下的正主绝非血统的继承，而是道统之承续。这正是孔子的再传弟子（五百年后）司马迁所确立的。也许孔夫子还执着于衰颓的周天子依然被诸侯敬上，孰不知周天子的衰退首先是道统的崩塌。

《春秋》中未能阐发清楚的道理，司马迁在《史记》里讲得清清楚楚，明明白白。尧让帝位于舜，舜并未敢接，而是让位于尧的儿子丹朱，也就是让位于血统，但诸侯并不去觐见丹朱，事事还都是来请求舜，老百姓有偷鸡摸狗的官司也来找舜，舜还是得辛劳于这些案牍之中，民间又编了很多歌谣颂扬舜，在这种情况下，舜只好继天子位，这就是《史记》里强调的天命，就是司马迁树立的历史正义。这也是中华之正义。

所以，舜又让位于大禹，大禹仍然不敢接，而是让位于血统，但诸侯仍然不去拜见舜的儿子商均，还是来见大禹，于是，大禹只好接天子位。等到大禹之后，伯益是当时的贤者，本来要接天子位，但他仍然学习舜和禹的做法，让位于大禹的儿子启。因为启摄政时间短，同时启的德性高，所以诸侯只见启，并不去见伯益，于是，启继天子位。这是血统与道统的统一。周公苦心孤诣想要经营的就是血统中要灌满道统，但这样的理想闭上眼睛就能知道是多么危险，多么自私。

历史之正义永远属于道德，这就是人类的正义，而非动物之正义。孔子著《春秋》，讨伐了三十六位弑君者的暴行，令乱臣贼子惧，但是，假若君王德衰，以暴力奴役臣下，难道也要让这样的暴力在人间延续吗？所以，孔子也犹豫了，他明白，要让"君君，臣臣，父父，子子"，首先是都得让大德周流于人间，一旦为上者德衰，则此伦理将乱，所以，他说，后世赞誉我者，因这本书，诋毁我者，也将因这本书。这个问题始终未能解决，直到司马迁出世。

他并没有指出自己的导师孔夫子的难处，但是，在导师的《春秋》一书的指引下，写下皇皇巨著，将六经注于历史，用历史来演绎六经，完成了儒家学说的历史正义。与此同时，也完成了中华文明的中原中心主义思想体系。当然，我们也可以深知，这样的思想体系是人为的，这样的历史正义也仍然是人为的。尽管司马家族是负责天文地理的，是易学的继承者，同时也是百家思想的和合者，但是，如此进行大一统的思想建设，必然对边缘是一种剥夺。

东夷、南蛮、西戎、北狄，这些边缘的存在者，在汉语里，就已经被剥夺了某种正当性，失去了某种力量，被迫披上了兽衣树皮。所以，当匈奴——这些大禹的后代们，扛着血统的正义，嘶哑着与后来的江山统治者——后来道统的正义继承者——进行辩论的时候，他们一定会历数他们曾经的先祖是这里的主人，他们一定会强调他们才是这里真正的主人。可是，江山已经换了好几个血统，如此辩论还有意义吗？

意义是生成的，总有人会给他们提供强有力的支撑。比如关于人性与血统的证据。《括地志》等古书不是说舜囚禁了尧吗？同时，也会有人说是禹囚禁了舜才得到了帝位。更多的人会认为舜与禹一定是假意让位于前任天子的儿子，而后又利用各种手段谋取了天下。似乎我们这个世道是不会轻易相信道德能胜过人性的道理，所以宫廷剧人人爱看，而圣教则人见人烦。

时代之浅薄和人性之恶是如此的鲜明，仿佛有一面旗帜正迎风招展。

孔子和司马迁是逆人性而动者，天下也许会以为他们是绝顶聪明的傻子，要么就是把世人当傻子。性善论者有之，但性恶论者更众。所以，在历史的正义中，匈奴就是天生的恶者。他们需要中原文明的礼仪教化，是的，是教化。故有"圣人以神道设教，而天下服矣"的自信观念。众人都以为人之初，性本恶，但圣人则不然，他以为，人之初，性本善，所以圣人才设教以化四方。

性善论者设了教，性恶论者立了法，这是古代圣人与王者的区别。今天，在科学主义面前，众人既不相信性善论，也不相信性恶论，但有两样东西都在用，一是教育，人们都相信教育可以使人性善；另一样则是法律，人们也确信，法律可以约束人性之恶。但终究是圣人之教乃灵魂，法律只是其术而已。这便是司马迁和其老师董仲舒的新儒家，集百家之长，合于儒家。《太史公自序》中写得清清楚楚，明明白白，但世人并不去理会，只是听从几个街头混混的呐喊，说董仲舒只留下了儒家，而百家血流成河，被灭了门。可见，众人都是盲从者，并非明理者。

所以，圣人设教之后，有一段时间是相信人性为善，至少是向着善的，但走着走着，圣人被人忘了，教坛之主早已是他者，慢慢地，就像是白天来到黑夜一样，人们相信了人性为恶，人人都是自私的，人人都有害人之心。他们大呼，这就是人性！

此时，你会看到文学家们写的全是人性之恶。他们纷纷都站到了圣人的对立面。他们手上高举着一块牌子，上面写着四个字：人性万岁。圣人被埋葬，神坛被毁去。有人惊呼，此乃人类之末世。但哪里有人相信？

其实，狱中的司马迁早已刻下一面镜子，他在旁边留着一张纸条，上面写着：德衰则亡天下，天下将有大德之人继承。这便是历史的正义之镜。

可惜的是，镜子常常被人抹黑，那张纸条也被人换了，上面写着：强者为王，败者为寇。

5. 匈奴之仇

既然是大禹之后代，他们必然会想，总有一天，我们要回到故乡。故乡，这是多么神圣的汉语。读之，如有泪水滚下。但故乡的历史上，他们已成匪类。一群非正义者。

首先，他们是德衰者的后代，是夏桀之后代，并非大禹之后代。但这多么矛盾！匈奴的血液里，流淌的依然是禹王的血液啊。显然，司马迁在这里要强调的是道统，否定的恰恰是血统。

这些夏朝的遗民带着被放逐、被驱逐的屈辱，到草原上并未放下仇恨。这仇恨，史书上只字未提，史学家一定认为此仇并不存在，因为没有考古和考据的证明，可文学家一定会觉得它确定无疑，一方面这是人性使然，另一方面后世的历史在不断地印证这个仇恨。

从安定的中原来到半干旱的草原上，他们也从农耕文明转向游牧文明，逐水草而居。而那里本来就生活着草原的共主共工氏的后代们，他们也对黄河之南的氤氲之气充满了向往，他们虽然曾败于大禹，与大禹之间有不共戴天的仇恨，现在又与仇人的子孙生活在了一起，他们现在有了一个共同的仇敌：中原共主。虽然这个中原共主也在不停地发生着改变，从夏到商再到周，从周到战国再到秦，现在则是汉。

从商到汉，经历了至少一千五百年。时间是伟大的教主，它把存留于人类乃至万物心中的仇恨甚至爱都化解了，或者进行了转化。比如，共工的后代们本来对中原之主充满了仇恨，后来就转化为对来自东南西北各方面草原部族的斗争，关键是夏禹的后代们也被驱逐到草原上来了。这仇竟然被别人报了，岂不是上天之手在操纵着善恶轮回。但不管怎么绕来绕去，去中原成了草原上诸王的共同梦想。

在这片古老的大陆上，在黄河南北，数千年来，战争从未停息过。但书写历史的人在南方，他们用汉语写下如斯之诗：

靡室靡家，猃狁之故；
不遑启居，猃狁之故。

诗是一个民族走向文明的标志之一。没有诗，怎么能开启一个民族的灵魂之光呢？没有诗，一个民族就始终在黑夜里漫游。这是学会说话的教材。其次则是礼。这是学会与人交往的教材。再次是乐。这是神秘的语言，是神之语，由巫师掌握。巫师还掌握着巫术，在中原叫易，在草原上叫萨满。最后则是史。无论是口头史还是文字史，都代表着一个民族或部落的一切，它在回答"我是谁""我从哪里来""我到哪里去"的问题。那些盲目的马和盲目的主人们，都得倾听这来自先祖的训导。我们能够猜想，那些草原上的民族与犹太人一样，他们内部一定流传着至长至广至深至大的史诗。

只是书写历史的人在中原。他是孔子，是司马迁。他们听不到那些风中的野蛮史诗。他们只听到汉字的风声。他们对四夷的认识来自于想象。同时，作为一个史学家，他们还承担着以史"治世"的大任。那时，他们的任务就是构建大一统的中原文明中心说。这是一个道统的中国，不是一个皇统和血统的中国。皇帝和百姓一样，都要遵循这来自天地的大道，否则，皇帝就要被上天惩罚，百姓就要流离失所。

所以，为了完成这样的中心学说的建构，就不惜留下汉语的赞扬、埋怨和愤怒，也必然会失去遥远的边缘的哭泣。这就使我们不难理解近五百年以来欧洲人建立起的全球化历史，必然是以他们为中心而进行书写，而伟大的汉唐帝国竟然在他们那里成了边缘，连哭泣声有时候都没有。

但此时，中国是天下之中，天下是一个以中国为中心的湖面。天子在湖面投下一石子，波纹便向四周荡漾开去，有时候还没到边缘时，波纹就消失了。汉武帝看见过这个湖面。石子就是中央的文件。诸侯们听不到。诸侯们也学着向湖面投下一石子，同样在向四周荡去，有时还波及了中央。边缘之水面宁静如月，仿佛是岁月静好，其实藏着无穷的暗黑。

孔子时的周天子已经没有石子可掷了，天子的周围平静如虚无。可天下之四周不断会有人掷石子，那些人都是诸侯。有的波纹晃到了别的区域，那里也在掷石子，两圈相遇，必起战争，所以各国比力，而少有比德者。孔子便起来呼吁道德，并呼吁以礼来重建道德。司马迁认真地进行了统计，写下结果：春秋之中，弑君三十六，亡国五十二，诸侯奔走不得保其社稷者不可胜数。

乱世就是这样来临的。德衰则礼失，礼失则天下乱，诸侯死，百姓亡。

6. 牧马之家

公元前821年，是周宣王七年。庚辰年。庚是天干，辰是地支。庚在西方，五行属金，利于兵。辰是土，土生金。干支相合。

那时，北边应当是月氏人，史书上叫禺知人。他们还算安稳。但西边的羌人——那时也叫西戎——他们是十分的不安。今天偷鸡摸狗，明天杀人放火。边疆不安。《山海经》中那里是雍州。雍是和谐、安稳的意思，现在十分不安，现在是壅塞的意思了。穆天子曾率七萃之士挥兵西进，斩获五王，雍塞通，兵进昆仑山下。穆天子与西王母会见，获得祭祀用的玉石无数，回到中原，但此后不知是哪一代天子失德，又失了雍州。

当时，穆天子的驾车人叫造父，是牧马人。嬴姓。其祖先据说是伯益的九世孙。司马迁记载着这位牧马人的功绩："穆王使造父御，西巡狩，见西王母，乐之忘归。而徐偃王反，穆王日驰千里马，攻徐偃王，大破之。乃赐造父以赵城，由此为赵氏。"

100多年过去，穆天子的天下又断了右臂，雍州又失去。公元前821年，周宣王终于忍不住了，有一天，他叫来一个嬴姓的人，给了他五千兵马，让他去攻打西戎。这位领兵者卜了一卦，利于兵。果然，他用七千士兵大破西戎，斩首无数。因为伐戎有功，凯旋的他被封为西垂大夫，宣王还将他征服的犬丘（今天甘肃天水市礼县附近）的土地赐给他，叫他建国。

他就是被后世称为秦庄公的嬴其。那年，是秦庄公元年。那年，周宣王向西戎宣威广德，同时也宣布了秦国基业的开始。应了一个"宣"字。那年，是中国历史上非常重要的一年。

过了九年，周宣王死了，他的儿子姬宫湦继位，为周幽王。一个幽字，似乎预示了某种结局和处境。幽，说明他想独处，不想理什么朝政；幽，说明他守的是阴位，不是阳位；幽在北方，在冬天，四季中属于最冷的时候,带有结束的意味。老子说,知其白,守其黑。他大概是只知道有黑,也是只守黑的人。

所以他娶了一个叫褒姒的女子后,就废了原来的皇后申后。关于这一段故事,历来是文学家津津乐道的,自然也是史学家一直要求取证据的历史细节。据说褒姒的出生是因龙涎流到宫中,变成了一只黑蜥蜴。这只黑蜥蜴碰到一个七八岁的宫女,宫女在成年后无夫自孕,就生下了一个怪孩子。宫女害怕,就把她扔在了郊外。一对夫妻恰好经过,可怜她便把她带到了褒国,后来进献给了周幽王。周幽王爱之若己,不,远比自己更甚。司马迁说,他为了博得美人一笑,不惜点燃烽火戏弄诸侯,后来,他又废了太后和太子,立褒姒为后,并立其子为太子。

前面那段故事不知是由哪位文学家或历史学家植入历史的,从后世看来,它必然是带着对女性的深刻污蔑和对皇室血统的跪拜,但是,就是这样一种意识,司马迁也未能完全认识到。他意识到的是作为天子的周幽王的失德。他并非褒姒一人之天子,而是周朝之天子;天子并非单纯以血统来继承天子位,而是以道统正义。这是他要强调的,要书写的。

公元前771年,岁在庚寅。庚为金,寅为火,火克金。地火将焚烧天金。地火是百姓,是民意。天是天子。周幽王十一年。申侯联合西戎打败了周幽王,并在骊山将其杀掉。西周灭亡。

历史的因果并未就此断裂,而是有力地回应着。为周天子复仇、保护周天子的诸侯,恰恰是秦庄公的弟弟秦襄公。他立刻召集自己的全部军队向犬戎发动了进攻,大败犬戎,并将他们赶出了周朝的土地。申后的儿子,原来的太子周平王继位。他封秦襄公为诸侯,使秦国正式有了争霸的地位与身份。然后周天子迁都洛邑,东周开始。但东周之天下,是从天子失德开始的,这也宣示了天子无德之后,诸侯便上位了。一个乱糟糟的时代开始了。最终,由暴虐的秦始皇收拾了这个烂摊子。后来的知识分子将它美化为一个美好的时代,一个思想迭出的时代。

呜呼!大德失,思想出。百家争鸣,谁为正义?

7. 匈奴列北

公元前 770 年，辛未年。周平王在秦襄公的护送下去了洛邑，把整个西北给丢了。这份由周穆王挣下的基业到底还是要丢掉。雍继续塞。

那里，便成了月氏人的天下。那时的史书里写的是禺知。月氏人据说也是三苗的后裔，《西羌传》上说，月氏人的服饰、饮食和语言与西羌相同，所以古人认为月氏的语言很可能是汉藏语系。梁启超、胡适、杨建新基本上持此说。历史学家翦伯赞认为月氏人是夏族的一个原始民族西行的结果，是古羌族的一支，最早住在鄂尔多斯一带（今内蒙古伊克昭盟）。还有人认为他们是塞人的后代。不管怎么说，他们算是河西人的先祖吧。

他们经常骚扰周朝，使周之疆域只能抵达泾渭之水。东周时的中国是个兄弟们打架的时代，谁都要争着当老大，结果，无暇也不可能一致对外。倒是月氏人也没有多大的雄心，一直安居在河西。几百年一直看着邻居的院子里打架。突然有一天，从东边来了一支人马。他们名叫匈奴。

公元前 174 年，丁卯年。匈奴在一个叫冒顿的单于带领下大败月氏，杀其王，拿其头当酒杯。月氏人看了害怕，逃亡到了新疆伊犁河流域及伊塞克湖附近。一部分留在敦煌一带，被称为小月氏。他们本来是怀着巨大的仇恨的，所以汉武帝才派张骞出使西域去找大月氏。等到张骞找到大月氏时，他们已经迁到了阿姆河北岸（今乌兹别克斯坦地区），但使张骞怎么也想不通的是，他们竟然没有了仇恨。张骞回来给汉武帝汇报说，他们在那边太安逸了，忘记了仇恨。其实，武人张骞不知道的是，月氏人已经信仰了佛教，在佛教的教化下，他们已经放下了仇恨。后来，月氏人征服了阿姆河南岸的大夏（即今阿富汗北部等地），建立起与汉帝国同样强大的贵霜帝国。

但对于以中原为中心的汉帝国来讲，他们只知有汉，不知有贵霜。另外，他们知道在黄河以北，有一个强大的敌人，他的名字叫匈奴。

在司马迁的笔下，匈奴人是失德的，或者说没有道德和人文礼仪的教化，真正属于蛮族。比如说，他们没有文字，只以"言语为约束"；他们随的不是土地之仁德，而是畜业之游牧之性，其天性是人人"习战攻以侵伐"；他们打仗，有利则进，无利就退，逃跑时丝毫没有羞耻之心；他们是"苟利所在，不知礼义"……

班固抄袭了司马迁的文章——那时的学术规范还不严格，还允许那些不可改变的东西可以抄袭——但他进一步写下匈奴的野蛮习俗，而那些就是他们与大汉不同的地方。比如，他们贵壮健，贱老弱，没有孔夫子的老有所终、鳏寡孤独皆有所养的仁德；他们在父亲死后，就娶其后母，这是典型的违背人伦、大逆不道；他们的兄弟死后，都可娶其妻子，也是失去礼序；等等。

这是对整个匈奴文明的定义，它符合中国人对四野之地的看法，且极具典型。而最典型的是冒顿单于这个个体。

那时，匈奴是头曼单于的时代。头曼将冒顿作为人质送去了月氏。当时，"东胡强而月氏盛"，说明月氏依靠河西肥沃的草场而异常繁华。当冒顿到达月氏的时候，连他也没想到的是，父亲头曼单于的突袭大军也一并达到，月氏在头曼的突袭下损失惨重。月氏王气呼呼地要将冒顿杀掉泄恨，犹豫了一下，没想到冒顿夜里偷了一匹马逃回了匈奴。

死里逃生，便是另一番境界。那时，头曼单于宠幸小阏氏所生的儿子，准备废长立幼，但冒顿一直表现优异，没有犯错，无故废掉冒顿的太子位，会遭到匈奴内部的反对。于是头曼单于在小阏氏的枕边风下，很快想到借月氏之手杀掉冒顿的主意。冒顿当然很快就明白这个出自父亲的阴谋，所谓置之死地而后生，冒顿立刻便有了新的计划。

在冒顿的要求下，头曼单于给他一万多骑兵，让他负责训练，并且给他承诺将来一定让他做匈奴单于。冒顿表面涕泪涟涟，顿首如捣蒜，但心底里复仇的种子已经破土而出。得到军队的冒顿很快展现出了杰出的军事才能，以前的匈奴军队虽然善于打仗，但组织纪律一塌糊涂，打顺风仗的时候个个奋勇争先抢钱抢女人，一旦遇到败仗立马作鸟兽散，一溃千里。冒顿得到这一万军队后，首先就从组织纪律训练上下手。他发明了一种名为"鸣镝"的响箭用来指示目标，和今天的曳光弹效果差不多。

在训练这支部队前,他这样给他们训话:我的鸣镝箭射向哪儿,你们必须射向哪儿,否则斩无赦。

他首先将鸣镝射向野兽,将没有射野兽的士兵全部喂狼。不久,他又将鸣镝箭射向了他心爱的战马,同样,那些没有执行的士兵也被喂了狼。最后,冒顿将鸣镝箭射向了自己最宠爱的妻子,士兵们傻眼了,当然,没有执行命令的士兵也被喂狼了。

自此,冒顿将自己的军队打造成了一支没有自己思想,绝对服从于鸣镝的军队,犹如一把有所操控的利剑。公元前209年,冒顿突然将鸣镝箭射向他父亲,那支绝对服从的军队没有丝毫犹豫,将他们的头曼单于射成了刺猬。那一年,匈奴历史上影响力最大的单于冒顿成为新的匈奴王,他的鸣镝不光在草原上呼啸,还即将在广袤的亚洲大陆上破空飞行。

弑父自立的冒顿受到了匈奴内部许多人的暗地谴责,许多有实力的王侯也貌合神离,冒顿急需发动一场大的战争来转移国内矛盾。与被他杀掉的头曼单于先打西边弱小的月氏不同,冒顿单于将目光投向了东边实力强大的东胡。

东胡在先秦时期就存在,并在春秋战国期间和匈奴一道侵扰过中原,在匈奴头曼单于时代,他们占据着蒙古高原西部和今天河北一带,实力比匈奴雄厚。东胡王凭借自己实力,侵占了许多匈奴人的土地,掠夺他们的土地和牲口。在冒顿即位之初,东胡王向冒顿要钱要粮,还要走了冒顿最喜爱的女人。冒顿犹豫了一下,便给了。冒顿和他父亲的不同,在于他会伪装、会示弱,和当年白起示弱赵括,李牧示弱匈奴一样,冒顿一开始也示弱东胡王。这似乎是一切专制且伟大的帝王的特性。他们的身后,始终有一片辽阔得没有边缘的暗地。他的人在身体里与人说话,其实他自己一直站在荒地里,在观察,在衡量,在决定。

公元前206年,在东胡王陶醉于自己的强大之时,冒顿在夜空里又射出一支鸣镝,几乎一战就将东胡灭国。逃散的东胡人一支逃到了乌桓山,建立了一个叫乌桓的部落联盟。在三国时期被曹操率军击溃,融入汉族。另一支东胡人则逃到了鲜卑山，成为后来横扫历史的慕容鲜卑氏和拓跋鲜卑氏。

然后，又一个漆黑的夜晚，鸣镝再次响起。在西边河西走廊一带生活了六七百年的月氏人迎来暗黑时刻，月氏王被杀，冒顿以他的头颅当酒杯。这哪里是人间的王，简直是地狱里的魔鬼。月氏人赶着牛羊逃到了新疆，后来又逃往大夏，在那里建立月氏国。几十个不起眼的小国家纷纷投降，匈奴一统北方草原，建立起东至大兴安岭，西至河西走廊，北接西伯利亚，南邻长城的庞大草原帝国。

冒顿常常勒马南望。他多么想再射出一支有力的鸣镝，一直到达无穷处。他想将刚刚统一起来的汉家江山一举拿下。那时，他就是天下的共主，伟大的天子。他怎么也不会想到，后世有一个叫司马迁的人和一个叫班固的人，他们并不把他的成功当回事，相反，他们将他进行了道德上的谴责。

一个叫娄敬的汉朝官吏这样评价冒顿：冒顿杀父代立，妻群母，以力为威，未可以仁义说也。

8. 白登之围

当然，即使冒顿知道后世汉家历史是这样写的，估计他也不在乎。匈奴人口传的史诗告诉他，唯有强者才可以被永远记住，所以，他在汉家江山的边缘徘徊着，等待一个人。这个人叫韩王信。

韩王信是战国时期韩国的王室成员，本名韩信，因为与楚王韩信同名，后人一般称他韩王信。他跟随刘邦平定天下，因为战功显赫被封为韩王，封地几经变化，最后定在了太原郡。那里与匈奴接壤，是冒顿要攻破长城的首选地之一。韩王信到任后将王都设在了太原郡一个叫马邑的地方，到了匈奴的鼻子底下。

韩王信当时这么选择是经过充分考虑的。在他看来，匈奴人始终是大汉帝国的严重威胁，他将都城迁到马邑，对自己的汉帝国来讲，一旦强大后进攻匈奴，他可以立首功，而一旦匈奴强大，他在汉帝国的境遇不好时就可以率军投降匈奴,可以自保。这一切,冒顿都很快就了如指掌。

公元前200年的一个夜里,冒顿射响了那支鸣镝。

顷刻之间,马邑被匈奴大军团团包围。刘邦得知消息,迅速派出了救援大军。冒顿一看,立马撤军了。不费一兵一卒就解了马邑之围,这对汉军来说无疑是天大的好事,毕竟打仗始终是要死人的,现在没死人,难道不是匈奴人害怕我们吗?虽然整个汉军都在庆贺,但刘邦却显得忧心忡忡,作为王朝的统治者,他更关心手下的人是否在暗自搞阴谋。他已经杀掉了许多跟随他一起打天下的武将功臣,他要让血统一统天下。韩王信是异血,自然也在消灭的黑名单里。他将韩王信分封到太原郡,也是想借匈奴之手铲除这个异姓王。但冒顿并没有如他所愿去攻打韩王信,相反,在他的援军还未到达时,就游戏般地撤军了。这反常的举动让刘邦认为韩王信和匈奴一起配合唱了出双簧。

于是刘邦给韩王信写了一封信,指责他在匈奴围城期间不主动出击。

韩王信收到信后,知道刘邦是在逼迫他和匈奴厮杀,一旦斗得两败俱伤,刘邦就会像对付其他异姓王一样轻易地消灭他。能列土封王,韩王信自然不是傻子,他甚至更高明,他不会像楚王韩信那样对刘邦抱有幻想,他跟随刘邦多年,很了解刘邦是一个为达目的不择手段的人。那是一个绝对自私的人。这一点,后世都在谴责。

在收到刘邦的指责信后,韩王信反了!

韩王信的反叛对冒顿来说是一次千载难逢的翻盘机会,作为草原上最杰出的枭雄,他自然和先前的历任单于粗暴的军事进攻不同,他从大月氏死里逃生后,就学会了伪装,学会了阴谋,凭借伪装,他实现了杀父自立,灭掉东胡,赶跑了大月氏。先前,他兵围马邑,也是一次阴谋,他自导自演了一次无功而返的军事行动,看客刘邦和韩王信都如约上了他的当。

所以,他听到韩王信带着兵马来投降时,内心狂喜如醉。得到了韩王信,中原的大门就打开了,万里长城从此形同虚设,更重要的是他发现"兵者诡道"比直接的军事进攻更有效果,在后来的汉匈战争中,他对玩诡计乐此不疲，并一度取得很大成效。

几个自私自利、道义缺失并几近疯狂的人在拿自己和天下人的病游戏着。上天在看着。

韩王信决定反叛后，为了向新主子表功，自告奋勇当了冒顿的先锋，他率领自己的军队攻打了自己的封地太原郡，并带着匈奴人将自己的封地抢得一干二净。这是怎样的疯狂心理才能支配的行动啊！上天在看着。

韩王信攻打晋阳的时候，刘邦的征讨大军出发了。他带着樊哙、周勃、夏侯婴等武将和三十万大军出发了，还有一个重要的谋士陈平，他将在这场大战中发挥重要作用。

刘邦的大军轻而易举地打败了韩王信的军队，连带把冒顿派来支援的左右贤王也一并收拾了。冒顿看到气势如虹的汉军将匈奴人又赶回长城外，曾经的宏图大业也将成泡影，又想到了先前屡试不爽的"兵者诡道"。

他利用汉军连胜轻敌的心态，让匈奴军连连败退，诱敌深入，将汉军引入了自己的包围圈。而刘邦此刻也正想通过一场大战彻底解决匈奴大患，如今冒顿带着主力南下，也正是他一劳永逸消灭匈奴的大好时机。在对匈奴发动决定性进攻前，他也玩起"兵者诡道"。他佯装要与冒顿讲和，派了很多人去冒顿的营地传话，顺便刺探军情。每次打探的人回来都说，冒顿的匈奴兵斗志全无，营地里也多是老弱残兵。

得到消息的刘邦大喜过望，带着大军向匈奴大营杀去。为了能抓住冒顿，他将全部的骑兵集中起来，自己当突击队长，带着骑兵自信满满地杀将过去。

冒顿肯定是设置了埋伏圈，但也没有信心可以吃掉三十万汉军，尤其是在他见识过汉军的惊人战斗力后，对打赢自己精心筹划的这场伏击战已经不抱什么信心。他本想，如果有危险，就带领几十万骑兵掉头就跑，那些用腿跑的汉军是无论怎样也拿他们没办法。当属下告诉他刘邦亲自带着几千骑兵脱离大军来抓他后，他似乎不敢相信上天会给他送来这么大的礼物。他在确定这不是刘邦的诱敌之计后，迅速指挥四十万高机动的骑兵将刘邦围了起来，而三十万大军还在后面奔跑，在荒原上循着鸣镝之声奔去，但他们再怎么奔跑，也感到了徒劳，感到了无奈的悲伤。

据说，那时，楚汉相争，死伤了大半的马，刘邦在国内要找八匹同样毛色和大小的白马来拉他的皇车都很困难，这三十万大军靠的全是人力。他率领的自然是骑兵，所以他首先进入了冒顿的包围圈。

刘邦一觉醒来，发现自己身处数十万匈奴骑兵的围困之中，在付出巨大伤亡后，他带着残部抢占了平城附近的白登山。刘邦让骑兵下马当步兵，在狭窄的白登山上修筑防御工事。这位曾经在楚汉战争中经历无数挫折与失败的帝王，在看到山下冒顿的骑兵后，心底也升腾起无限的寒意和失败感。

当时冒顿将围困刘邦的骑兵分为四队，北边是清一色的黑色战马，南边是清一色的赤黄马，东边是青色马，西边是白色马。如果刘邦是在阅兵的话，他一定会觉得这是他帝王生涯中最得意自豪的事情。马是那时战争的利器，就像今天的导弹、航空母舰一样。匈奴是何等的强大啊！刘邦在心底暗下决心，要打败匈奴，只能大量养马，发展骑兵，不然汉朝在这场战争中不可能取得胜利。或许他想得太远了，眼前他急需要思考的是如何在几十万整饬大军的包围下突出重围。

蓦地，他想到了那场鸿门宴。他感到有些脚下不稳，但他趔趄几步后便魂魄上了身，他想，一定会有办法脱身的。正在他一筹莫展之际，谋士陈平求见。他立刻召见了这位跟随他走过楚汉争霸血腥岁月的谋士，向他请教该如何破解眼前的危局。

他们共同想到了当年离间楚王与亚父之事。那时，汉王给陈平四万金，给亚父，劝楚王下荥阳，汉王才出荥阳入关。现在又到了陈平出面的时候了。

然后，陈平带着大家身上所有的金银玉器，去见冒顿的阏氏（匈奴王后）。匈奴常处苦寒之地，即使是阏氏，物质生活上的阔绰也只是体现在牛羊肉随便吃，中原王朝那种珠光宝气的奢侈生活对于这位此时正被冒顿宠幸的女人来说，充满了诱惑。她收下了那些珠宝玉器后，对陈平提出让她在冒顿耳边吹吹风，放汉家天子一马的要求犹疑起来。在她看来，男人一旦选择了事业，女人只是他们的消耗品，今天可以得宠，明天也可能重蹈死在冒顿鸣镝箭下的前任阏氏的覆辙。而且，匈奴规定女性不得干政。

阏氏的反应完全在陈平的意料之中，他不紧不慢地从怀中掏出一张美人的画像献给阏氏。

阏氏看到画上是一个绝代风华的美女，便问陈平何意。

陈平回答，汉主刘邦自知不得脱，准备将汉帝国最美丽的女子献给单于，求得一线生机。阏氏便想一试，她得金玉，单于得美女，各有所得，岂不美哉。果然，在枕边，冒顿答应了。冒顿答应不是说单纯地被美女和每年将送来的无数绸缎金钱所诱惑，是因为他的军队并没有做好打仗的准备，加之时处隆冬时节，草枯马瘦，粮草补给困难重重，他再耗下去，有可能被刘邦的救援部队来个反包围。如此一想，冒顿便答应了汉使，下令将包围圈扯开了一个口子。

被围困了七天七夜的刘邦，此时粮草耗尽，兵疲士乏，也到了极限。但要从敌人四十万大军故意放出的一条通道中通过，刘邦也需要极大的勇气，谁知道这是不是冒顿的阴谋。如果他们离开白登山被四十万大军围在平原地带，不论是多么勇猛的步兵，都挡不住匈奴骑兵的冲击。

好在刘邦被围白登的时候是冬季，北方常有大雾，陈平去行贿阏氏的时候是趁着大雾去的，刘邦要从四十万匈奴军中溜走，也得趁着大雾走。除了那些埋骨白登山的将士，剩下的不论是带伤的还是饿得皮包骨的，都拿起被血污了的剑，举起被砍得斑驳不堪的盾牌，将他们的天子围在中间，在浓重的雾气中穿过了那片死亡地带。

回到大军中的刘邦，先前与匈奴决一死战的勇气早已烟消云散。将士们嚷嚷着要打，他低低地吼道，拿什么打？我们有马吗？

没有。

没有，还怎么打？现在回去做的第一件事就是养马。

司马迁写到此处，对刘邦失去了敬畏。虽立《高祖本纪》，然终觉大义未显，秦之暴政的推翻者，并非只有刘邦一人，还有楚霸王项羽。在楚王身上，倒是能看见豪情满怀，能看见历史之正义的风尚，故而立《项羽本纪》。

而回首看匈奴之性，唯利是图，不见正信，难有正义。是为野蛮。呜呼！边缘之谓野蛮，非人种本身之野蛮，也非离中原之遥远而为野蛮，实乃天地大道与人伦教化之不到。同样之远的鲁地，那时正是礼仪教化之圣地。故而，在司马迁和班固以及整个大汉的贵族与知识分子看来，向匈奴开战，或者征服匈奴，是文明对野蛮的战争，是正义之战。

这是基于中原文明中心说展开的古典叙事。

匈奴远去

1. 序曲

事实上，中华文明以中原为中心的文明体系是自夏、商、周以来慢慢建立的，经过秦始皇的野蛮草创，直到汉武帝、董仲舒和司马迁的精心谋划和对周公、孔子学说的继承，历史的叙述便基本完成了。

从远古神话来看，中国最早的文明中心不在中原，而在一个叫昆仑的地方。至少那里曾经是一个中心。那里，曾经是巫师们出入的地方，西王母和祭祀用的玉都在昆仑山上。那里，曾经鸾鸟自歌，百鸟云集，百姓吃着凤凰产的大卵，喝着上天降下的甘露，生活从不用发愁。后来，那里发生过很多事：黄帝与共工大战，共工败，怒触不周山；大洪水来临，女娲补天……从《山海经》上来看，轩辕氏也并不在陕西，而是在昆仑山以西。《山海经》的最后一句话——"帝乃命禹卒布土，以定九州。"——告诉世人，这部山川地理志是大禹和其儿子启的作品，九州从此始。但从《山海经》的叙事中，很多山川都是以昆仑山为中心，尤其它是整个西方和北方叙事的中心。

而黄帝建都在了轩辕之丘，也就是中原。这是中原文明中心说的开始。到底是在几千年前，目前传说是五千年，但拿考古来证明还不太好说。但如果说起考古，我们即会发现早在仰韶文化之前，中原的四周就已经有了文明，比如在其东方的山东大汶口文化，其南方的良渚文化，其北方的红山文化和更早的兴隆洼文化，还有其西方的大地湾文化、马家窑文化，都是与其同时或早于其的文化。它说明从黄帝开始构建的中原文明中心并非一开始就是这样，而是逐渐完成的。开始的情况是各地都有自己的中心。从马家窑文化、齐家文化和马厂文化的分布来看，至少早期在西方存在过一个以马家窑文化为中心的地域广阔的文明。有人说，这就是黄帝建立的一个文明中心；也有人说，这是夏代的文明中心。这都是一些猜想而已，与我们看到的史料中的中原文明中心说是有距离的。

但无论如何，它都说明，从周以来的历史，在完成中原文明中心说，完成大一统的文化建设之后，就基本上屏蔽了四周的文明。

所以昆仑到底在哪里，始终未有定论，但张骞从西域归来说，昆仑山就是今天的于田南山。那里盛产玉，且有一些大泽，与传说中的一致，但是，传说中的西王母已经迁往条枝国了，也就是今天的两伊之地。从穆天子会见西王母到张骞寻找昆仑山，中间隔了将近一千年的茫茫历史。其间，到底发生了什么，已经无从知道了。汉武帝听后，既惊喜于张骞终于找到了传说中的昆仑神山，又失望于不能像历代圣王如黄帝、尧、穆天子一样与西王母相见。后来，他终于站到了崆峒山上，遥望云烟里的昆仑，自叹时运不济，回来后，便在四处修建王母宫。这已经是后话了。

如果没有现代科学尤其是地质学家的帮助，我们现在也很难去理解中国神话中的大洪水时代。从现在新疆和河西走廊的干旱情况来看，昆仑山附近基本上是干旱地区，岂能看到有洪水来临。但地质学家告诉我们，青藏高原是地球上最年轻的高原，活力四射，每年以7至10厘米的速度升高。最初，青藏高原上是冰川覆盖，同时地壳运动频繁，后来融化形成了大洪水时代。在伊朗高原那边，也有一个大洪水时代，且有诺亚生活了八百年之久的传说。在我们这边，有轩辕氏长寿的传说，不寿者也要达八百岁。在这边，有天帝的传说，但天帝同时还有妻子。在那边，只有天帝，没有妻子的传说，于是天帝就成了上帝。

其实也可以简单地说，青藏高原和紧挨着的帕米尔高原以及伊朗高原上共同经历了一次冰川融化的大洪水时代，而东部的昆仑山上的传说成了中华文明的原初记忆，西部的伊朗高原上的传说成了两河流域的原初记忆，且成为犹太人的圣经。

但在我们中国人的记忆里，洪水与黄河有关。女娲就是补天的人，而大禹是那个治理洪水的人。这大概也是中原文明中心说在建构之中的更换。它是以黄河流域为中心。长江不在它的视野里。

大禹本是起于西羌。他在甘肃的积石山这些地方劈下第一斧，至今，一个叫大河家的地方还流传着大禹的传说。黄河仍然从一座山的边缘汹涌而过，而那座山像是刀劈了一样，笔直地立着。这边的山，大概老百姓慢慢将其移平了，已经看不到刀劈过的痕迹，但是，在数千年前，或者在几百年前，这里肯定是刀劈的锋利山势。张骞在昆仑山也就是今天的于田南山观察了一阵，看到盐泽的水说，那里的水渗进另一座向南的山，那里就是黄河的源头。

那时，他还没有去看今天的青海和甘南一带。等到他从月氏国返回长安时，为了躲避匈奴人，便踏上了西羌人的王国，但他到底没有走到一条叫大夏的河流那里。如果当时他走到那里，甚至说走到湟水那里，不知他对黄河的猜想又会怎样。大夏河的两岸，生活着的全是羌人。这使人不得不猜想，也许他们才是大禹的族人。《山海经》上讲，青海与新疆整个西北方位的山神为人面羊身，这不就说的是羌人的形象吗？今天仔细去看藏人的面相，多少有点像是羊头的形象。

而四千年前出现的齐家文化，基本上就是在青海、甘肃、宁夏、陕西一带的一个文化圈。这难道是大禹最早建立的大夏王国？也就是《史记》里所讲的起于西羌？

比它更早的还有马家窑文化，比马家窑文化更早的是大地湾文化，与其相连的便可能是伏羲文化。大地湾是今天以考古形式发现的文化，而昆仑山是我们一个民族的古老记忆，它们都在西北，要远比中原文化早得多。这就说明在中原文明中心说建立之前，在西部本身就有一个文明的中心。以此为例，在良渚、山东大汶口以及内蒙古的兴隆洼一带，也有一些文明的中心。

统一是迟早的事。这与中国的地理环境相关。它诞生了中国人的世界观和方法论。中国最早不是一个国家的称呼，而是天下之中。所以中国人是天下观，不是国家观。头顶是天，脚下是大地。星空是九宫形，大地也应当是九宫形，人当然更是九宫形了，所以，天下就可分为九州，这是以天的形象来进行的，这就叫地法天。而人也是九宫形，这就是针灸学和中医学的基础。所以说人法地。那么，天又法谁呢？自然。

自然并非我们所讲的大自然的科学概念，它只是其中的一部分。自然是对整个世界的存在状态的一种概括，它的事物包括所有能见的、不能见的、可知的、不可知的，还包括一切思维活动。当然，我们能理解的就是天地运行法则和大自然的活动，我们不能理解的是这种自在的状态是如何形成和运行的。这就是道。

在这样一种思维下，中国就必须得统一，因为它是天下。西方是岛屿国家，一个岛屿是一个国家，所以它要求人们早早地集合在一个城市中，形成国家的最初形式。那些国家与国家之间并没有统一的认识和思想，所以他们不断地联合，不断地融合。融合到一起时便开始寻求统一，因为这是人们的文化的内在要求所决定的。

如此复杂的叙述，是要证明一件事，即中原文明中心说是后来形成的，是天下观不断运行的结果，是自然地理起作用的结果。

2. 凿空西域

夏桀是大禹的后代，德衰而亡天下，天命也。天于是让其流亡于北方草原上。

一千多年后，不知道他们还记不记得自己是谁，即使知道，也要如孔子所说的正名，而这个名是道德之名。

从冒顿的弑父来看，匈奴虽强大，但没有道义。其确为北方的野蛮人。这为大汉后来讨伐匈奴提供了强大的道义支持。这一点，我们后来的中国人都记得，但怎么也不想承认那些被我们赶到西亚和欧洲的匈奴有可能是我们的兄弟。

如同刘邦死后很久少年刘彻做了汉家天子一样，冒顿单于死后很久，军臣单于成了匈奴的王。但那时，匈奴人中还流传着冒顿单于的故事。刘彻听了几个俘虏来的匈奴说冒顿单于把月氏人赶到西边，并拿着月氏王的头颅来喝酒，感到不可思议，但好在那个魔鬼已经死了很久，而月氏人应当还记得那个耻辱，所以，他就生出一个想法，派一支人马去遥远的西北，与匈奴人的仇人月氏取得联系，一同把匈奴人赶到外面去。

汉中人张骞揭了皇榜，带着一百多人浩浩荡荡出发了。当他们刚刚渡过黄河时，就被匈奴人围攻了。

张骞大喊，我们是汉朝的使者，要出使月氏国。

匈奴人一听，说，那好吧，那你就跟我一起去见我们的单于吧。

于是，沿着黄河，他们到云、代一带见了匈奴单于。那时，匈奴分为三部分。从北到南来说，左边是东部，全是左贤王管辖的地方；中部，就是今天的内蒙古、山西、河北、陕西以北的地方，以云中、代地为中心的广大地区，由单于自己来管辖；陕西西北、宁夏、内蒙古西部、甘肃的河西走廊、新疆部分地区是右部，全由右贤王管辖。河西走廊是匈奴的右臂，过去曾是九州之雍州的一部分，也是中华之右臂。这就是后来汉武帝把河西走廊至新疆部分地区的匈奴赶走后，从酒泉郡中分出一部分，命名为张掖，意为断了匈奴之右臂，而汉帝国也张开了自己的右臂。

此是后话。当少年天子刘彻阅读着《山海经》，一一辨认当时的山水，并确定远古之九州时，他发现后来的文人们和汉人们都不清楚的一个天下。那就是大禹王确立的天下观。那时，是河图洛书的思想开始盛行的时候，也是以九为数来治理天下的时候，所以夏朝的天子之乐名《九歌》，天下分为九州。这有什么道理吗？至今我们也不能解释清楚。但宋代的学者们提供了一个河图洛书的样式。那样式原来是古代天文学或星相学的地图。洛书就是八卦图的形状。最北边就是北极星的位置，是"天一生水"的地方，是坎位；最南方是九所在的位置，是太阳最热的时候，是离位，是百姓待的地方，所谓"离离原上草"说的就是这个意思。皇帝坐北朝南就是坐在太极位，面对的是百姓。他的东边是春天，是万木生长的时候，是震位，也是文官们站的左边。智慧出自东方。而皇帝的右手也就是西边属金，所以是武将们站的地方，是兑位。除了这四个方位外，东南西北四个角又是另外四个方位。单数为阳，在东南西北四个正位上，双数为阴，在四个角上。

这是我们看到的在古代院落里用的方位图。河西走廊东部的凉州人的那些土房子几乎都是这个式样。北京的四合院大体也是这个式样。房子如此，人也一样。天下的中心在中原，其北方是北极星的地方，左臂伸开就是东北，一直到朝鲜半岛，右臂伸开就是西北，一直到葱岭。我们现在忘记了天空，其实人、房子和国家的样子是按天上的星相图建立的，至于我们为什么现在拼不出天空的九宫图来是另一回事，因为我们对天文学的认识已经模糊了，但是，地法天，地是按天上的样子设立的，这就是九州，房子是九宫图，人自然也是。

这就叫天人合一。

当匈奴向南陈列铺开自己的版图之时，他们也是把中心放在了想象中的中原，否则，我们就不能说占有了河西走廊就断了匈奴右臂。这说法实在太牵强。但是，如果把匈奴的北边天下和汉朝天下合起来看，便是大禹的九州版图。

不能说匈奴就没有天下观，不能说大禹的失德的子孙们就没有九州观念。他们一定也想重新恢复九州的格局。青春的汉天子则太想了，这就是他几十年要实现的梦想。他不但要把北方的匈奴打败，还要把西南角打通。天下观和九州观一直在他的思想里激荡着，行动着。

所以，他派出了张骞。但张骞被俘后送到了军臣单于跟前。军臣单于对他礼敬有加，希望他投靠匈奴。张骞不愿意，单于便给他妻子，后来还生下儿子。单于对他说，你现在要从我家门口堂而皇之地过去，与我的仇人联合起来要打败我，如果是你，你愿意这样做吗？

这是司马迁的《史记》里记录的几句历史上真实的话。从这些情形来看，军臣单于不像是一个不讲理的人，也不像冒顿那样残暴无度，像个魔鬼。

但张骞是个重信义的人。在中国历史上，如此重信义的有几个。一个是俞伯牙，因为钟子期死而不再弹琴，世上没有知音了。一个是高渐离，因为荆轲刺秦不成而亡，他复击筑再刺秦而亡。还有几个。但现在这个张骞，被认为是臣子对皇帝的忠诚——当然可以这样说，这样说才是历史之正义，但是，在张骞没有揭皇榜时，他们并不认识，谈不上忠诚，而在他们相识之后，根据后来张骞描绘的那张世界地图以及带来的各种种子可以确信，张骞对少年天子有一种难以用君臣关系来形容的情感。

我们可以猜想，在张骞出使西域之前，他们肯定有一次彻底的交心。汉天子的雄心大略和对他的信任征服了他，使他可以在匈奴营里不顾老婆儿子而逃跑了。要知道，他在匈奴那里整整待了十年左右。匈奴人对他的好，他是看在眼里的，但他的心，则仍然在汉天子那里。他愿意把生命给那个人。最重要的是，他如此忠诚，军臣单于并不是不知道，相反，他们是非常敬重张骞的。从这个记载来看，匈奴人并不是不讲情义。

我们无法知道当时张骞是怀着一种怎样的情感和决心去西域的，但一定是将生死置之度外的，一定是认为自己和汉天子一样可以创造历史的。要知道，在历史上，他是第一个去开凿西域的。这是何等壮伟的事业！

在一个平常的日子，也只有平常的没有风的日子里，张骞才可以扔下妻儿，悄没声息地从匈奴那里逃跑出去。他带的是匈奴人甘父，说来这两个人真是历史上了不起的人，甘父竟然也没有重新回到匈奴那里，而是心甘情愿地跟着张骞乱跑。他们一直跑到了乌孙。乌孙人告诉他们，月氏人早已去了大夏那边。于是，他们又千辛万苦地去了大夏，月氏人把大夏人赶走后，在那里建立了自己的帝国。在佛教的影响下，他们竟然放下了仇恨，不愿意再与匈奴打仗了。

作为桥梁的仇恨竟然被月氏人抽走了。张骞在那里苦待了将近两年，把附近各地各国都弄清楚后，只好回国了。本来他们是要走羌人的路，可不知怎么又被匈奴人发现，又被俘虏了过去。幸好匈奴内部动乱，他才带着匈奴妻子和与匈奴妻子生下的儿子回到汉朝。

前后十三年。这是一种令今人无法想象的忠诚和毅力。他回到长安后，已经有些老了，汉家天子见他时都有些动容。他们畅谈了三天三夜。他把在国外见的一切都一五一十地汇报给了天子。

这是中国历史上第一次被真正认可的见过世界的人。他给汉武帝和整个汉人描绘了一个世界图景,他的这些话被司马迁记录了下来。他也同时令人迷茫,天下并非大禹描绘的九州,九州之外,还有另一个天下。那个天下名叫西域。

于是,他的这次出行,被史学家形容为"凿空西域"。

3. 和亲止战

说起娄敬,便得说和亲。这在中国的文化中,叫以柔克刚,或以亲止战。发生在汉朝。

在此之前,其实已经有大规模的练习了。那就是春秋战国时代,再往大和远里说,就是皇帝与有权力的大臣之间互相以姻亲来联合,形成联合政权。外观世界其他各国,似乎也一样。恺撒和埃及艳后联姻,恺撒拥有了埃及和美丽的女人,而艳后也有了靠山。到底是人,国家与国家之间,也可以用血缘来维系。毕竟国家的主人是一个有血有肉的人,不是一堆理念。

先说一件有辱汉朝的事。是冒顿干的。用今天的话说,那真是一个流氓,一个二杆子。那是在刘邦驾崩西去之后,公元前195年,他给吕后写了一封信,大意是说,我,冒顿,草原上孤独寂寞的君王,多次到达汉朝的边境,真想一览中原之盛。陛下您呢,君王失去了,现在您就是君王,也是孤独寂寞,一个人居住,我们两个寡居,都不快乐,无以自娱,不如我们结合起来,就不寂寞了,怎么样啊,我这个主意不错吧?

吕后刚刚失去丈夫,还在悲痛中,十六岁的儿子才刚刚继位,还不知道怎么办,但她不是一个弱女子。在后宫的花园里,当她听官员念这封信时,眼前就出现刘邦当年白登被围之事。堂堂大汉天朝,怎能受这般屈辱。她一把将茶杯砸在了官员身上,她以为那个人是冒顿。官员吓得扔掉了信,赶紧把袍子上的茶水和茶叶抖掉。只听吕后愤怒地说:

这个蛮夷! 杀,立刻把那个使者给我杀了!

此时,花园外面不远处早已候着好几个大臣。他们已经在大殿里听了这封信的内容，十六岁的皇帝很愤怒，但他不知道怎么办，所以就让大家来给吕后汇报。他们的愤怒是随着吕后的茶杯而飞出。他们都跑过来说，请皇后立刻颁旨，我等必效犬马之劳而报此大辱。

当大家异口同声时，吕后倒有些平心静气了。她看着大家愤怒的样子，有些怀疑。此时出阵，朝廷这边怎么办呢？皇帝刚刚才死，新帝刚立，有不少力量在暗流涌动呢。有宫女端来新的茶杯，她又喝了一口。

此时，季布求见。吕后立刻说，宣。她不知道这个人来能说什么。这个人原是项羽的人，后来投降做了郎中。季布不慌不忙地进来，作了揖，然后看了一眼还在愤怒中的吕后，不说话。吕后便望了他一眼说，你为什么不说话呢？

季布说，等您喝完茶，消了气再说。

吕后说，你是来给我消气的，还是……

季布说，当然是为了您的大汉的长治久安来的，是消气的。

吕后便说，那你说说吧。

季布便说，臣已经听说了北方匈奴单于的信了，刚开始也很生气，恨不能立刻请旨带兵去打仗，但转念一想，我这不是吹牛吗？我们靠什么来打赢匈奴呢？当年先帝白登之围回来后就说一定要养马，只有有了马，我们才能与匈奴决战，否则我们没有胜算的可能。我若去，只有一死。我自己死不要紧，虽可说是报答了先帝与太后对我的信任，但是，与我同去的那些士兵他们愿意就这样去白白地送死吗？今天来的各位大人，肯定与我一样，都是能为太后您献出生命的大臣，可是，请问哪位大臣敢打包票说能打赢匈奴呢？

有位大臣说，士可杀，不可辱。大将军樊哙愿意领兵十万，横扫匈奴。

季布说，是啊，我起初也是这样的义气。但是不是就意味着要与匈奴宣战呢？那么，我们有信心打赢禽兽一样的冒顿吗？我相信都没有这样的信心。所以我对自己说，光有决心是不够的，还在权衡利弊，因为我们不是在个人打架，而是拿整个朝廷在打仗。如果此时宣战，先帝刚去，我们就又要打仗，怎么打？外面尚且没有把握呢，再说此时打仗，内部呢？现在我再来说说大将军樊哙的话吧。我觉得在这个时候，大将军能这样挺身而出当然显示了他的忠心，但他真该斩首。他这是蛊惑人心，巴结逢迎太后啊。当年，他是跟着先帝一起在平城被围的，当年四十万大军尚且不能胜匈奴，现在他想用十万大军横扫匈奴，这不是在吹牛吗？

吕后听到此时，甚合其心，便放下茶杯说，那么，依你之见怎么办呢？

季布说，示弱。

在场的大臣一听，全都跳了起来。吕后却冷静地说，大家就按季布说的办。于是，这封回信就写成了这样：尊敬的单于，感谢您还没有忘记敝国，还赐我以书信，我朝上下都诚惶诚恐，严肃以待。只是我已年老气衰，头发牙齿都已脱落，走路也不稳，不值得单于您为我屈尊玷污自己，敝国没有做错什么，还请单于宽恕。

随着这封信，一起走向北方的还有丝绸、金银、车马等贡品。

冒顿是何等人物，一阅此信，便知吕后非常人，其朝中大臣也不弱，小皇帝虽刚刚登基，但看来也没有危险，大权还牢牢地掌握在吕后的手中，看来是没有开战的可能了。于是冒顿便回赠礼物，答应和亲。

吕后为什么会听季布的话呢？一方面是有道理，另一方面是有另一个故事撑着。

话说当年刘邦从白登山狼狈回来后，就在考虑如何对付匈奴的问题。将军们自然是义愤填膺，个个愿意领兵打仗。刘邦对此只是苦笑不已。他的眼前一直浮现的场景是匈奴十万骑兵在白登山下森林般地延伸和腾跃，那可是战争的核心武器。现在他没有那样的武器，纵然有几十万大军也是枉然。有一天，娄敬来见，于是就问他对策。娄敬说，陛下，要听真话还是假话。

刘邦说，真话怎么说，假话又怎么说？

娄敬说，我先说假话。

刘邦笑道，好。

娄敬说，如果要说假话，那就向您表忠心，表打仗的决心。就像那些主战的武将和文官们，个个都好像为您要报仇雪恨，个个都愿意抛头颅，洒热血，甚至要为朝廷献出生命，但是，他们明明都知道您并不是这样想的。他们这样说只是想取悦陛下，只是扰乱陛下的思想而已。这难道不是假话吗？对朝廷对老百姓有什么真正的贡献吗？

刘邦瞪了他一眼，说道，你也太刻薄了，有些将军应当是真心要去杀敌立功的吧！不全都是说大话假话吧？

娄敬明白是把话说过了头，但仍然严肃地说，陛下，我所说的假话是指没有任何用处的话，是头脑发热说出的话，是要让您高兴的话。现在我再说说真话。真话就是要真实地不加感情地分析敌我双方的力量、特征和实情，然后得出一个真实的结论。这些话有可能会伤您尊严，但绝对是有利的，真实的。您愿意听吗？

刘邦说，白登山上那样的耻辱都受过了，还有什么不能听的，说。

娄敬于是说，我朝连年战火，实际上从东周之后这火就烧起来了，各国之间你打我，我打你，没有一天消停过。然后是暴秦统一六国，死伤了多少人啊？暴秦未有几天安宁日子，咱们又起义了，然后就是天天打仗。您想想，已经多少年了？几百年了。不光是人死了很多很多，马都快死光了。所以，我们在平城之战中就显出我们的弱势来了。我们没有马，只有几千匹马，您领着前面跑了，后面大部队得用双脚走，根本赶不上。这是我们失败的主要原因啊。这说明匈奴很强大。他们拥有的是什么，一是马，二是广阔的草原，我们一旦打过去，他们就往后退，消失在草原上了，我们是白打啊，这两个特征大家都看出来了，但第三个特征没人说。

刘邦说，噢，是什么？

娄敬说，野蛮啊！您看他把自己父亲杀了，自己当了王，娶了自己那么多的后母，靠武力统一了草原。我们的文臣们说要用仁义道德去征服他们，这是把自己看得太高了。他们是什么人？是野蛮人，从不讲仁义道德，只讲暴力。所以，文臣们的意见也不能用。

刘邦说，那用什么？

娄敬说，只怕您做不到。

刘邦说，你说，没有我做不到的，只怕想不到。

娄敬说，这世上的人，与人为邻，和好关系只有几个办法，一是让他臣服，这就是武将们要求做的事情，打架，让邻居害怕；二是用文臣们说的办法，用道德来感化他，让他心服口服；三是做他的领导，让他不得不尊重你。现在前两个办法已经不成了，只能用第三个。

刘邦诧异道，这怎么可能？我们怎么可能做人家的领导啊？

娄敬说，您看，陛下，您要是看上哪个有前途的将军或是文官，将来要用他，除了给他官和封赏外，还能用什么办法让他牢牢地效命于您呢？

刘邦说，我想不到。

娄敬说，当然是把女儿嫁给他啊，让他做女婿。

刘邦笑了。娄敬继续说，做臣子的呢，也想把女儿嫁给您，让您做他的女婿，这样他也就在某种意义上成了您的领导——噢，这当然是不能说出来的，实际上他们就是这样想的，所以他们就有了靠山。

刘邦笑了。

娄敬说，现在，您把长公主嫁给冒顿，把他的心笼络住。匈奴不就是咱们的女婿了吗？他还不听咱们的话？再说了，如果生下儿子，那就是单于的继承者。那是谁啊？您的外孙子。哪有外孙子打自己外公的？

刘邦沉重地点着头说，有道理，有道理。

于是，刘邦就要把鲁元公主嫁给冒顿，但吕后不愿意。吕后哭着说，冒顿，那是个野兽啊，他连自己的父亲都敢杀，都把后母全娶了过去，什么事情不能做呢？我现在只有一个女儿，怎么忍心让她去受这样的伤害呢？

娄敬听了后，对朋友说，看来这朝廷还是私人的天下，孔夫子说得对，是家天下啊！我们做臣子的连命都愿意搭上，甚至连全家人的性命都搭上，可是，她连自己的女儿都舍不得。这怎么能令人服气呢？

正当他叹气的时候，圣旨到。刘邦要派他去送公主和亲。他问道，皇后不是不愿意把公主嫁过去吗？太监悄悄地告诉他，咱们大汉，漂亮的女子多的是，匈奴单于不就是看了陈平给他的画吗？咱们派一个国色天香的宫女，封她为公主不就行了吗？

娄敬叹口气说，对人不诚，必有后祸啊！

但不管怎么说，这是他的使命，他还得认真完成。他带着新封的公主去见了冒顿说，尊敬的大单于，这是整个汉朝最美丽的女子，也是我们的公主，是我们国家的大宝。我们的皇帝正在全国给她找个有本事且长相帅气的将军或才子呢，一直没有称心的，我们的皇后为此都得了病，感叹说，看来天底下是没有人能配得上我们的公主了。我说，不一定，也许上天会派一个了不起的人，那个人还没有被我们发现而已。过了很长时间，上天还是没有派人来。皇后就问我，我说，也许那个人在天上吧，可能是某个神仙呢。正说着，我们的皇帝就和您见面了，有人就给送了我们公主的画。看来这是上天安排的良缘啊！也只有您这样的伟大的英雄和国王才配娶她，不，是她才配得上您这样的伟大英雄和国王。

冒顿一听，非常高兴。娄敬回到长安，对吕后说，也许能太平一阵子吧。至于您说的他娶后母的事，我问了匈奴的兵娃子，这是他们的乡俗。父亲死后，除了生母外，后母是必须要娶的。哥哥死后，兄弟必须娶嫂嫂为妻。这是要养活她们，是乡俗。

吕后骂道，这难道不是野蛮吗？

娄敬道，拿我们的礼仪来判断，当然是野蛮。

4. 河南之战

在张骞还未返回到长安的前两年，也就是公元前128年，汉武帝元朔元年，匈奴军臣单于决定再次举兵攻击长城防线。

匈奴大军分三路入侵，其中，东路大军攻击了汉朝的辽西郡，中路大军攻击了渔阳郡，军臣单于自率西路大军攻击雁门郡。在匈奴骑兵的攻击下，三郡损失惨重。辽西郡太守被杀，渔阳郡韩安国部几乎全部战死，雁门郡汉军战死一千余人。

在匈奴大军的凶猛攻势下，汉朝边境纷纷告急，但长城防线依旧牢牢掌握在汉军手中，军臣也知道，匈奴骑兵野战尚可，要攻破坚城林立的长城防线，一时间尚难办到。他在攻打完三郡后，还像以前一样等着刘彻上门求和。

但军臣没有等到刘彻的求和团队，等来的是汉朝反击大军。军臣单于不明白，到了刘彻之时，汉朝已经有了六十多年的中兴。在刘邦受辱之后，汉朝就知道了自己的短板，所以一是文景二帝发展经济，与匈奴采取和亲政策，韬光养晦。二来大力发展养马产业，使马能够供给战争。到了汉武帝时，他为了鼓励养马，甚至出了历史上"令人发指"的政策，说养一匹马可以抵三口人的兵役。从某种意义上讲，一匹马与三个男人是等同的。此政一出，天下养马成风。此乃二也。三是武帝在位时，首先整顿了吏治，天下都听中央的声音。四是通过一系列的政策，把文景之治兴旺起来的大地主的财富大半归于国库，把个人强大变为国家强大。五是通过董仲舒的"罢黜百家，独尊儒术"统一了思想，完成了中国自先秦以来的大一统思想。此一思想在后来经过司马迁的历史解读便建立了强有力的中原文明中心说。

在这样的基础上，汉武帝一方面不得不迎战匈奴，另一方面则开始布局如何彻底打败匈奴，解除千年以来北方骚乱的隐患。所以，当军臣单于还拿以往的经验来逼迫汉武帝的和亲政策时，他没想到竟然遭到了拒绝。而且，汉武帝把反击的目光投向了匈奴防守薄弱的河南地。

河南地就是今天的河套平原，那里地势平坦、水草丰茂，既可以耕作也可以放牧，现在仍旧是国家重要的粮食产地。而且，河南地的战略位置十分突出，它距长安不足千里，一直是匈奴前沿保障基地。因此，一旦汉军夺得河南地，匈奴不仅将失去最重要的产粮和牧区，还将失去战略前进基地。

公元前127年（元朔二年），匈奴左贤王率军攻击了汉朝上谷、渔阳两郡。汉军初战不利，被迫退守。

汉武帝却暗中开始部署收复河南地的战役。一方面，为了实现出其不意攻取河南地的战略，汉武帝让韩安国部向东移驻右北平，造成汉朝全力防守东线的假象，吸引了匈奴大军。另一方面，刘彻让车骑将军卫青和将军李息带领汉朝精锐的五万骑兵经榆溪旧塞，出云中郡，采取马蹄形的大迂回攻击路线，兵锋直指河南地。而且为了保质保量地实现汉武帝的大迂回战略，卫青和李息在出云中郡后，先是向西北急进，到达高阙，再向南折回，然后又沿黄河与贺兰山麓返回陇西。这种大迂回的战略不仅达到了出其不意的突袭作用，还有效隔断了河南地匈奴和高阙以北匈奴大军的联系。

在完成对河南地的包围后，卫青和李息对驻扎在该地的匈奴白羊王和楼烦王两部发动了猛烈进攻，一举击溃了匈奴军，俘虏数千人，牛羊百余万头。白羊王和楼烦王率领残部向北逃跑，卫青和李息率军追击，连战连捷，一举收复了河南地。

这一战，汉军收复了河南地，断绝了匈奴主要的粮草基地。最重要的是，这一仗是汉朝和匈奴开战以来，汉朝取得的第一次大胜，极大地鼓舞了军民士气。同时，汉朝夺得了河套平原后，将防线北移到了黄河沿岸。为了巩固边防，汉武帝在河南地设置五原郡与朔方郡，招募十万流民移民到朔方进行屯田生产，修筑边防，河南地成为汉朝反击匈奴的重要桥头堡。

5. 漠南战役

失去河南地之后，匈奴单于在阴山南麓的单于庭就直接暴露在了汉军的矛头之下。为了消除这一威胁，匈奴发动了多次反击战，试图夺回河南地，但是汉军坚强地顶住了匈奴大军的进攻。

公元前126年那个寒冷的冬天，军臣单于在失去河南地的忧愤中去世了。而他儿子於丹正准备登单于位的时候，忽然得知了他的叔父左谷蠡王伊稚斜谋反的消息。这位年轻的王储根本不是老狐狸伊稚斜的对手，很快在伊稚斜叛军的打击下失败了。最终，於丹带着残部投降了汉朝。

汉武帝看到匈奴内乱，心中大喜。他封於丹为涉安侯，准备借着为於丹争回单于位的名义发动对匈奴的新一轮进攻。可是军事计划还未实施，於丹就死了，这一计划也随即胎死腹中了。伊稚斜反叛上位后，虽然得到了许多匈奴贵族的支持，但匈奴内部依旧有许多人对其谋反篡位议论纷纷。为了转移国内民众视线，伊稚斜决定主动向汉朝进攻。他先后多次发兵攻打代郡、雁门郡、定襄、上郡等地，给汉朝造成重大损失。

面对伊稚斜的屡屡进犯，刘彻不得不重新组织对匈奴的第二次大反击。这次，他把目光投向了匈奴右贤王。

那是在张骞返回长安之时定下的大计。张骞是在匈奴内乱时逃回来的。他向汉武帝描绘了匈奴右贤王这边的情况，所以，汉武帝的计划变了。

公元前124年，刘彻让卫青带领十万大军突袭了匈奴右贤王部。

同样为了达到声东击西的奇袭效果，汉武帝派李息和张次公先大张旗鼓地攻击匈奴左贤王，吸引了匈奴全部注意力。而卫青和他的精锐骑兵则悄无声息地出塞七百余里，在一个月黑风高的夜晚逼近了匈奴右贤王的大帐。当汉军发动攻击时，右贤王才被部下从床上拉起来，出门一看汉军已经包围了自己，便立即带着妻儿一溜烟跑了。右贤王跑了后，他的部众大多放下武器投降了。

战后打扫战场，卫青发现这一仗斩获颇丰，俘虏匈奴一万五千多人，牛羊牲畜数百万头，可谓大胜。汉武帝接到战报后，大喜过望，派使者带着大将军印到军中封卫青为大将军，食邑六千户（一说八千七百户）。

右贤王势力被摧毁后，伊稚斜依旧不断率部侵犯汉朝防线。刘彻为了巩固战果，索性来了把大的，派卫青率大军直捣伊稚斜的单于庭。双方正面交战一番后，卫青退守到了定襄。数月后，卫青带领休整后的军队再次逼近阴山地区，双方交战后，匈奴左贤王率领的援军忽然出现在了战场上，包围了汉军的赵信和苏建部。一番鏖战，汉军前军损失严重，原为匈奴降将的赵信一看局势不利，就索性率领本部八百骑兵投降了匈奴。

卫青只好率军全力营救苏建部，在救出苏建后，卫青又打败了左贤王，伊稚斜只好引兵撤退。卫青也只能撤兵。

这一仗，汉军斩杀匈奴近两万人，但汉朝自身也损失严重。最为严重的是，投降的赵信对汉朝经济、军事和政策相当了解。战后，伊稚斜听从了赵信的建议，率部离开了阴山，退到了大漠以北，修建赵信城，等待着劳师远征的汉军。

6. 河西之战

公元前123年的一天早晨,一个少年拿着张骞描绘的地图,带领着一支一万人的骑兵团悄悄地沿着渭水西进,在兰州渡过黄河,翻越乌鞘岭和焉支山,在一天夜里如天兵神将降临到了河西。睡梦中的匈奴浑邪王和休屠王赶紧起身迎战,但已经迟了。

霍去病的骑兵犹如割草一样,斩首近万匈奴兵,夺取了匈奴休屠王的祭天金人。汉军这种大纵深、大迂回的包抄战术,一时间让匈奴损失惨重,也让汉朝大军备受鼓舞。

这次霍去病出征,刘彻的初心是检验下这个毛头孩子的能力,他要是能深入匈奴腹地后,还能全须全尾回来,汉武帝就心满意足了。但令他吃惊的是,年轻的霍去病不仅带兵转战千里,还一战灭掉了匈奴如此多的军队。大喜之下,在霍去病凯旋后,汉武帝刘彻加封霍去病两千两百户,并给他安排了一次更大规模的战役。

那年夏天,霍去病再次出发了。他带着数万精锐骑兵从北地(今天甘肃宁县附近)出发了。为了给他补给,汉武帝还有一个后手。他派老将合骑侯公孙敖率领大军从陇西出击,准备在祁连山附近与霍去病会师后,一起发动对匈奴的总攻。

谁知公孙敖的部队在茫茫大漠中迷失方向。霍去病倒是一路顺风顺水,渡黄河,翻贺兰山。他向北进军到居延海后,又顺着额济纳河南下,攻下酒泉,在张掖举行了盛大阅兵。在转了一圈后,他率军到了祁连山,这里是他和公孙敖约定的会师之处。他不知道公孙敖还在沙漠之中转圈,在等了许久后,他知道公孙敖是指望不上了,于是便带领自己的军队独自向匈奴发起了进攻。没想到一战便斩杀匈奴三万多人,稍后他又率军接受了浑邪王、休屠王的投降,完全掌控了河西走廊。

失去河西走廊,匈奴就失去了右臂。匈奴人赶走月氏人后,在这里已经生活了六七十年,好几代人了,这里已经是他们的故乡。所以,失

去河西走廊的匈奴人赶着羊群一边向漠北走,一边哭着唱道:

"失我焉支山,令我妇女无颜色。失我祁连山,使我六畜不蕃息。"

当时为了帮助孤军突进河西的霍去病,刘彻又命令博望侯张骞和郎中令李广率军从右北平出发,对匈奴左贤王展开了进攻,并成功地吸引了伊稚斜单于的主力,为远在河西的霍去病解除了后顾之忧。

但是这次出击,张骞也遇到了和公孙敖一样的困境,竟然迷路了。所以,当李广的四千骑兵到达约定地点的时候,直接被左贤王部四万余骑兵包围。"飞将军"李广只得率军与敌人拼死攻杀,等到第二天张骞援军到达的时候,李广的军队几乎都拼光了,在张骞的护送下余部急忙退出了战场。

四路大军班师回朝后,汉武帝隆重地表扬和封赏了霍去病。李广虽然神勇,但他把部队都拼光了,只落得个功过相抵。而迷路的公孙敖和张骞,则直接被一贬到底,削职为民了。汉武帝瞪着张骞说,别人迷路还犹可说,怎么连你也迷路了呢?张骞匍匐在地哭道,是啊,这真是天大的罪过啊!我怎么能迷路呢?可是我就是迷路了啊,这是上天在惩罚我,感谢陛下不杀之恩,让我以后还能报效国家。

汉武帝看着张骞的背影,也在沉思,是啊,他们怎么会迷路了呢?

但他立刻拿起张骞给他描绘的西域世界地图,指着整个河西走廊说,这下,断了匈奴的右臂,我们的右臂则张开了。所以,他指着河西走廊的几个地方说,这里就叫酒泉郡吧,以纪念汉军打败匈奴;这里就叫武威郡吧,以张扬我汉军的军威,哈哈,也就是耀武扬威吧;这里是河西走廊的中间,就叫张掖吧;这里还是叫敦煌吧,那地方非常广大,以后也是经略西域的最前站。

于是,从公元前106年开始,从东往西,依次设武威、张掖、酒泉、敦煌四郡。

7. 封狼居胥

在中国历史上,恐怕再也找不到第二个与霍去病能够相提并论的少年将军了。他仿佛一道闪电,划过历史的夜空。他更仿佛是天降大任,专门为汉家天子来战胜匈奴的。当汉武帝要为他考虑成家时,他说,匈奴未灭,何以家为?当汉武帝要他学习兵法时,他说,打仗主要看胸中有无韬略,不在于学习古人兵法。他平时说话很少,但一旦说话,敢作敢为,有勇气,有担当。相比他的舅舅卫青来说,他似乎缺少一些情商。他不会周全左右,总是只顾打仗。他有时也不顾士兵饥饿,只顾自己的感受。卫青就不一样,他总是能周全万有,以柔顺来取得皇帝的信任,但是,天下只颂扬霍去病,并无人赞扬卫青。

但这样一个用情用力专一的人,就像历史上那些天才一样,都早早地陨落了。霍去病,这个名字听上去自带吉祥,但事实上他英年早逝。

公元前119年,汉武帝刘彻在霍去病攻取河西的基础上,准备发动漠北之战,跨过千里黄沙阻隔,攻打伊稚斜的单于庭。

千里远征,刘彻知道这是一次极为险峻的战役。为此,刘彻进行了战争总动员,集中了大量的战争资源,不仅建立了一支数十万人的后勤保障军队,还从民间征调了十余万战马,建立了强大的骑兵部队。

但最为重要的是领兵的将领,这一次,他动用了西汉最耀眼的两个战将——被誉为"双子星座"的卫青和霍去病,并为他们配备了最强悍的副将。卫青的右路大军包括了李广、公孙敖、赵食其、曹襄、常惠、遂成等出色的将领。霍去病的左路大军囊括了赵破奴部、安稽部、卫山部、李敢部、因淳王复陆之部,路博德部、渔阳太守解部,以及投降过来的楼专王伊即靬部等。

从配置上看,霍去病左路大军的骑兵实力更为强悍,实力也更加强大,几乎都是"敢力战深入之士"。霍去病也是刘彻这次战略里最锋利的战刀,承担着一举歼灭匈奴主力的责任。

根据战前侦察到的情报,匈奴的主力在西边,所以刘彻安排霍去病从西路进军,而卫青则进攻东部。

但霍去病刚到前线,就抓到了几个匈奴人,从他们口中,霍去病得知匈奴单于在东部。刘彻得知这一情况后,没有做进一步的侦察核实,一拍大脑就立即调换了卫青和霍去病的攻击方向。这一改变,对后来的战局产生了极大影响。

话说，伊稚斜单于得知汉朝发动漠北之战后，一时间也惊讶不已。但他还是听信了赵信的建议，不主动出击，等待着汉军远涉沙漠后，再以逸待劳，对其疲惫之师发动攻击。

而向西进攻的卫青，也很快从俘虏口中得知伊稚斜单于就在西部，根本不在东边。这时候，再调换攻击方向已经来不及，他只能带着他的辅助军队承担起了主攻任务。

他让李广及赵食其率军从东边进攻，从侧面攻击匈奴。自己则带领主力千里跃进，正面攻击伊稚斜的大本营。然而这次，李广、赵食其和前面的公孙敖、张骞一样，也迷路了，未能按期到达。卫青只能率军和伊稚斜面对面开战，双方激战至黄昏，都不分胜负。正在相持阶段，忽然大漠上刮起了猛烈的龙卷风，卫青见状，立刻从本部大军中分出两部分执行本应该李广及赵食其负责的侧翼包抄任务。匈奴军队正面交战尚可，一发现自己被包围，立刻乱了神，纷纷败下阵来。伊稚斜单于见势不好，带着身边卫队就跑了。

卫青急忙带领军队一路紧追不舍。第二天，卫青部已经斩杀匈奴近两万人，但还是让伊稚斜单于跑掉了。卫青带人焚烧了赵信城后，押着俘虏和牛马高高兴兴地凯旋回朝了。大军回到漠南的时候，卫青才看到姗姗来迟的李广和赵食其。卫青派人责备他们：仗都打完了，还来干什么？要不是你们贻误战期，伊稚斜也不可能跑掉。

飞将军李广当时已经是百战老将，一生未封侯的他，想在退休之前实现自己的封侯梦想，而现在非但没有实现梦想，还惹下如此大的祸事。白发苍苍的老将军提着剑在帐内徘徊，叹息着时运不济，命途多舛。他对手下的人说，他不能承受被年轻将领责备的耻辱，遂拔剑自杀了。

而原本担任主攻的霍去病，在阴差阳错下承担起了攻打软柿子左贤王的任务。对霍去病来说，这又是一次辉煌的战争艺术表演。

这一次，霍去病将骑兵运用得连匈奴人都佩服不已。他完全抛弃了后勤，轻装急进两千余里，一路追着左贤王跑。他追过了鸡侯山，渡过了弓庐水，兵锋到达今天蒙古国乌兰巴托以东的狼居胥山。这一仗，霍去病斩杀了北车耆王，俘虏了屯头王、韩王等小王，斩杀匈奴兵七万多人。霍去病看到左贤王部的土地上已经找不到人影了，就到今天的呼伦贝尔湖散散步后，带兵回朝了。

那时，年轻的霍去病，突然萌生了一个念头。他学着汉武帝到处祭山的方式，在漠北也进行了一次封禅活动。在狼居胥山祭拜了上天，在姑衍祭拜了地。从某种意义上讲，这就把匈奴的信仰之路给断了。从夺得祭天金人到现在的封禅，霍去病完成了自己的天命。

这场漠北战役汉军共消灭匈奴军九万余人，使其实力大损。但西汉亦损失兵力数万人，马十万余匹。此后，双方暂时休战。漠北之战后，汉武帝派人修筑了光禄城、居延城、今居城，又招募大批贫民向北屯田，充实边防。

经过这次大决战，危害汉朝百余年的匈奴边患已基本上得到解决。从这个意义上说，漠北之战实为汉武帝反击匈奴战争的最高峰。

不久，天才的霍去病病死了。这名字并没有保佑他。他死了，汉武帝命人为他立冢，冢象为祁连山。他的魂魄又回到了河西走廊。那是他飞翔驰骋的地方，是他犹如战神降临的山川。

一支歌舞乱天下

1

在中国历史上，有一个人注定是要千番万般地解读，拆碎了又和合，合久再碎去。人还是那个人，事也就那点事，可峰回路转，世事轮回中，她又百媚千态，或是妖孽万状，奉迎万千世情。

她就是杨玉环，杨贵妃。一个把中国五千年历史切碎为两半的人。以最柔软的腰肢和娇喘把盛世帝国一把推向悬崖。一缕丝绸则一直挂在历史的窗前，风吹不落，欲止又惊。

陪着她的，是盛世帝国的皇帝，一位亲手缔造了开放包容、万国集于长安的天朝帝国的男子。谁让他是一位天才的艺术家呢？在他的时代，中国历史上最伟大的诗人李白、杜甫在帝都徘徊，最伟大的舞蹈家杨玉环在他身边，最了不起的画家、书法家都被上天派到下界，为他描绘壮丽山河。他则是一位身怀绝技的音乐家。他亲自走到舞场，敲响时代的巨鼓。

这一切，都太华丽了。但乐极生悲，物极必反，盛极而衰，这是天理，是道，谁也无法扭转。历史从不去思索这其中的无奈，现实中的人也无法知道他们正活在历史的巅峰，他们以为，历史还可以向上生长，帝国还可以更为宏大、坚固和长久。

但一切都戛然而止。谁来为历史赎罪呢？李隆基？杨玉环？是的，谁都谴责他们不该有个人的情爱与私好，不该有为己的艺术。反正历史的高墙轰然倒下，总得有人顶着。

然后，便想起一支舞曲——《霓裳羽衣曲》。

2

要说《霓裳羽衣曲》，恐怕得先说《韶乐》的传统。

黄帝和炎帝时不知有什么音乐，今天已然不知道了，尧有什么音乐也不清楚了，但舜有一支伟大而壮阔的乐舞，即《韶乐》，这是歌颂尧的美德的，被孔子和很多人所赞赏。孔子在齐地听了《韶乐》，三月不知肉味，沉吟道，此乐尽善尽美。

《韶乐》是国乐，说得再专业一些，就是宫廷乐。只有天子才能奏响的音乐。其实也不单单是音乐，而是诗、乐、舞的全称。诗歌和音乐乃天然的合体，直到唐代时，诗也是要被唱出来。可后世诗和歌就分开了，诗是诗，歌是歌。现代以降，更是如此。当诗没有歌的陪伴后，就失去了约束。没有了约束的诗，被称为自由诗，也叫现代诗。当现代的自由诗越来越失去歌的调性后，自由也就成了放纵，成了沧海横流，无法无天，自然是到了死亡的边缘。反过来讲，没有了歌的吟诵与身体的舞蹈赞美，诗就降格为世俗之物。同理，乐和舞如果没有诗的金声玉振，又哪里有灵魂？

所以，当《韶乐》奏响，诗人歌唱，巫者蹈之，同向上天赞颂和祈祷，数百人集体在天地间合唱、共舞，洪荒宇宙中的诸神被唤醒，天地山川间的珍禽异兽也神秘地现身，妖魔鬼怪被这盛大庄严的音乐所震慑降服，万类共鸣，万物齐响。一切都被和合统一。这便是音乐的力量。如果说礼有一些对人性的约束，人心还不齐，现在音乐一响，便神秘地和合了。心与心相通了。

现在来讲，这样的音乐不是谁都能奏的，也不是谁都能承受的，只有天子，且是大德天子才能奏响。诸侯是不能的，也是不该的。诸侯们做的是对自己那片山川万类的和合。百姓是离火，是草木，是万类，是纷纭，是繁复，是奔腾的河流，是辽阔的边疆。他们只能歌唱自由、追求自我，却不能有伟大的力量奏鸣天地。这便是孔子对音乐的理解。

《韶乐》一出，天下正。

《山海经》中说，大禹的儿子在昆仑山的天穆之野中获得了《九歌》，这便是禹乐。天穆之野，在河西走廊西侧的昆仑山上。因为大禹起于西羌，西羌之西便是昆仑山，是天帝所在的地方。《九歌》响起，鸾鸟自歌，凤鸟自舞，凰产下很大的卵，民食之，天降下甘露，民饮之，百兽相聚，所有的生灵都自由自在地生活。这地方叫大沃野，也在昆仑山下，在河西走廊之西。《九歌》是天帝之乐，可令万物相安。屈原说，夏代的太康不明白音乐的力量，用《九歌》以自娱，所以天下乱。天下之乱，首先在于属于雍州的河西走廊之乱，也在于与这片草原天然一衣带水的北方之乱。

正乐，德不配者将乱天下。

所以，周公在成王得天下后开始制礼作乐。一首乐舞，他竟然用了三年才作成，可见，天子之正乐，不是随便就能完成的。没有大德，怎可操控宫商之调？

但周公之后，能作正乐的大德与帝王实在太少了。秦始皇没有作。汉武帝作了《郊祀歌》，算是正乐，其中还有《天马西极来》之歌，后又由扬雄作《十二州箴》，想完成天下九州的大统，但缺凉州，后将《雍州箴》改为《凉州箴》，算是勉强圆满了，实际上仍然缺雍州，所以后世不断地增设雍州、金城，以补五行中的西方之缺。这些音乐，怎可比《韶乐》《九歌》？

此后，能合天地之德的正乐便不在了。音乐失德，人心失怙。六经便失去了《乐经》，只剩下五经。音乐再也未能登上中国文化的大雅之堂。伎同妓的时代来临了。所以，今天我们听到《凉州伎》时，不免隐隐有一种道德上的欠缺感。

唐时，最伟大的帝王应当是太宗皇帝了，他也未能得到这样的音乐。太宗皇帝在一众大臣的怂恿下，欲去泰山封禅，却被耿直的书生魏征拦了下来。魏征说，您当然有这样的功德去封禅，但是，天下刚刚安定，长久的打仗毁坏了这个国家，老百姓需要安居乐业，如果您要去的话，又要动用大量的兵士甲车，要耗费大量的物资和钱财，国家承受不起，时机还未到。太宗皇帝便取消了这个伟大的计划。

而他的儿子李治和曾孙李隆基却接连实现了他的伟大抱负。这两位都有一些特点，第一当然是对于国家有大功德，李治时中国的版图非常大，李隆基时国力强盛到世界之巅峰；第二是都有一个女人为伴，李治时是武则天，后来天下姓武了，李隆基时是杨玉环，天下虽然没有姓异姓，但天下分裂了。

这并非女人的错，是他们自己的问题。李治是能力不足，而李隆基完全是德行的问题。其中之一便是作乐。

完成了封禅这样的大事之后，天下大定，但国家之乐未定，仍然是未竟的事业。此时整个国家有一位了不起的音乐家，他自觉承担了这个重任。他就是李隆基。

相传李隆基特别喜欢西域的打击乐，尤其喜欢打鼓。他打废的鼓槌也是国宝，被锁在几大箱子里。别的不说，光看那些打坏的鼓槌就知道这个人一定是个槌迷，是乐迷。孔子说，知之者不如好之者，好之者不如乐之者。如做学问一样，真正能做学问者，是在学问中找到快乐的人，且乐于在学问中度过一生者。所以说，李隆基的天然之事业应当不是做皇帝，而是音乐家。

他偏巧又碰到了杨玉环这位天才的音乐家、舞蹈家。

3

李隆基于开元十三年十月在泰山封禅，那时，杨玉环才七岁。杨玉环的祖父在隋朝时做过大官，被李世民所杀，父亲做过蜀州司户，所以她在蜀州长大，十岁时父亲去世，来到任河南府土曹的叔父杨玄璬家，在洛阳学习诗词、音乐、舞蹈，尤其擅长胡人的乐器琵琶。十五岁时，偶遇寿王李瑁，其才情和美貌顷刻间征服了李瑁。不久，被唐玄宗封为寿王妃。李瑁的母亲武惠妃是玄宗最宠爱的妃子，她死后，唐玄宗终日郁郁寡欢，后宫无人能开天颜。

此时，有人对唐玄宗说，杨玉环"姿质天挺，宜充掖廷"。进言者心中无人伦，只是想让天子欢心，谁知天子也无人伦观念，竟然将儿子的老婆召入后宫之中。这似乎是整个唐朝的风气。我后来常常想，为何有这样的风气？有人说是来自胡风。胡风中确有哥哥死弟弟娶嫂嫂和父亲死娶后母的风气，但父亲娶儿媳妇的还未曾看到。可能有人觉得胡风就是乱，没规矩，这是对胡人的大不敬，是中原文明中心说的自负。其实胡人也有胡人的规矩，并非没有规矩。

但一朝之乱从此开始。那时，杨玉环十八岁，可谓出水芙蓉。李隆基呢，五十二岁。音乐、美色、权力成为牢固的三角形。他们一夜之间便心意相通，水乳交融，如胶似漆。白居易说，从此君王不早朝。他们在干什么呢？他们沉浸在一种艺术的乐园里。他们共同创作了天子之乐《霓裳羽衣曲》。

全天下的音乐都被他们悉数纳入其中，可谓真正的包容并蓄，是当时世界真正的最大的交响乐团；数百人翩翩起舞，羽衣遮天蔽日，蔚为壮观；而全世界最大的帝王在挥动鼓槌，全世界最美的舞蹈家也是第一夫人在舞动腰肢。整个世界为之倾倒。全世界的黄金在大唐之都流淌。全世界的脸在长安微笑，叹服。

全世界的使者都坐在观礼台上叹为观止。

啊！这就是大唐！

浮士德也在这时欣然叹道，啊，真美啊！

于是，魔鬼靡菲斯特趁机就收起了他的灵魂。上帝慢了半步。大唐的鼓槌戛然而止。竖琴之弦突然崩断。琵琶折断，胡舞摔倒。

安史大乱天下。

4

有人认为，安史之乱，其实是音乐先乱。音乐之乱，乱在胡音，因为大汉之音不在正位耳。

即是说，你拥有了世界，享有了全世界的荣耀；你心中有胡人，有整个天下；你把全世界的乐器都纳入你的乐池，令整个世界的声音在长安响起；你把胡腾舞从西域借来，代替了汉舞……这不就是今天中国人向往的世界吗？不就是想让中国变成那样的天下吗？……但乱你天下者恰恰就是胡人，就是会跳胡腾舞者，就是那异域的二心，就是你包容之心养大的异族——安禄山。

无论是音乐，还是舞蹈，正音和正位都交给了胡音和胡舞，中国二字此时也变成了天下，汉音和汉舞没有了位置。主导的力量失去了，喧宾夺主的是胡家力量。

这便是儒家的解读。是啊，天子之乐本来是要安定天下的，可现在成了李隆基显示个人艺术天才的时候，成了乱人伦者杨玉环显示美色和才艺的时候，成了大唐向天下显示包容、华丽、美色、权力、才情的时候。

唯一缺的就是大德。在这个中国故事中，天子失德，大唐失音。

天下怎能不乱？

本来，《霓裳羽衣曲》不是国家和天子的正乐，它是一首法乐，是心向佛道之教的乐舞，是佛道两教的大乐，但是，现在却被当成了天子正乐，儒释道三教，儒家退场了，佛道晋级了，况且这音乐来自胡乐，也可以说是汉乐退场了，胡乐占了主位。

一切的乱，就从这种乱开始，是天子之心的虚妄与失去自我的天下观之乱。

5

但谁又能阻止大唐心怀万邦的宏阔步伐？

谁又能阻止整个世界的黄金越过葱岭，蹚过河西走廊，流入大唐长安的富贵之路？

大唐长安，就像一块磁铁一样，把全世界的黄金、美女、乐舞、宗教、文明都统统吸了过来。

黄金与黄沙相伴。佛教与儒家并行。色与空交错。这便是河西走廊与传说中的西域。

经历过魏晋南北朝之乱后，中国的鲜血被换了一次。其实，中国的源远流长就在于每过五百年甚至一千年要换一次鲜血。还在炎帝之时，黄帝从北方冲下，游牧文明与农耕文明进行了一次交融，中华形成。此后从北方又冲下来共工族，大概是最早的匈奴吧，或是匈奴的先祖。《山海经》中已经有"匈奴居西北"的说法了。共工族败，黄帝和大禹胜，九州立。夏代后期，从太康失德开始，九州破，主要是西北的羌戎叛乱，雍州缩退到泾渭之河。羌乃西羌，而戎便是月氏人、乌孙人、塞种人和西北的各种部落。他们往往带来异质文化，以其剽悍的血性冲击着已经凝固并开始衰败的中华，也往往是这种冲击，才重新以猛烈的生死抉择振奋古老的中华得以新生。

每一次的新生，都有一股原始的力量在中华的血液里流淌。这便是北方输入给南方的原始野蛮的新鲜血液，是古老的蛮荒力量，是自然与人文的新一次交合。《易经》第十八卦是蛊卦，上艮下巽，意思是山下有风。风行不止，为乱。各种风都有，使人无法辨清方向，故为蛊，但是，终究因为山的阻挡而停止下来，拨乱反正。蛊的本意为事，引申为多事、混乱，指器皿久而不用就会生出虫子，所以需要打扫器皿。从国家的角度来讲，指一个国家因为长久安逸而导致疲惫、腐败，表面看起来繁荣，其实千疮百孔，需要革故鼎新，振疲起衰。于是，往往是长达百余年的动乱、战争。然后又赢来新的世界。

6

但凡普通人，甚至帝王，都不会想到音乐与个人道德和国家兴亡的关系。只有圣人才明白这个道理，所以舜、禹、周公、孔子重视音乐。音乐在这里不是单纯的为了娱心，而是要正心，其实也就是教育。这大概也就是佛教中所说的"降服其心"的意思。

我读《新唐书》，读到《礼乐十二》卷时，始知关于雅乐与俗乐的分别始自隋代，清为雅，浊为俗，清者在上，浊者在下，但俗乐皆出自雅乐。到第四小段时，开头一句便震撼了我：

"周、隋管弦杂曲数百,皆西凉乐也。鼓舞曲,皆龟兹乐也。"

我在凉州长大,后每年返回数次,从未觉得凉州的音乐有什么好的,或有什么独特的,如果不是读史,大概只能知道曾经有《凉州词》的边塞诗,而不知还有西凉乐也。即使现在知道了,也不能辨出哪些是出自凉州也。可见,音乐的丧亡和流失一如流云一样。我小时候听得最多的是秦腔,已属于秦音。犹记得春节时,我们从舅舅家回来,幼小的身体穿过无穷的大地,而大地空旷,长风浩荡。几乎每个大队都有一个戏台,此时戏台上正在上演《窦娥冤》或《周仁回府》或《铡美案》。那哀怨、悲凄、绝望而又不甘心的唱腔和同样哀伤、悲壮、绝望但又不罢休的胡琴从高音喇叭中传出,然后被长风送到大地上,在每一个沟壑、每一个小土块上回荡,犹如撕裂的天空倾斜、六月间的漫天飞雪,在我小小的心里热泪滚烫般地穿过,一股从千年以来就不绝的悲壮之情从我骨头里慢慢地渗出。我至今无法理解音乐是从哪个神秘的角落响起的,仿佛是人心角落,仿佛是大地深处,仿佛是天空之上,总之,无论再幼小的心灵都在接受那般的悲剧洗礼。那撕心裂肺的声音一直在我心的角落里隐藏着,时刻等待着某种情景或声音的唤醒。而大地和我竟然无泪。啊,那巨大的悲伤啊,有时竟然变成巨大的欢乐!

故而我无法认领盛唐乐池里那华丽、浪漫的管弦乐竟然出自凉州。我在凉州大地上一步步地走过,也从未听到过那样的交响,连它遗落的音符也未曾看到、听到。现在,它竟然在盛唐的历史中上演了。它将我一把推进历史的宫殿去重新辨认凉州和河西走廊。

有琴工犹传楚、汉旧声及清调,也有晋、宋之曲,甚至还有商人夜歌……但这些对于大唐来讲,实在是太陈旧了,太狭隘了,太不世界和国际化了。大唐自有新曲。

7

唐玄宗最初并非后来人们看到的沉溺于声色之中的昏君,而是创立中国历史上最伟大、最辉煌节点的明君。

当初起家时，他自潞州举兵，夜半诛韦皇后，民间有人便制夜半乐、还京乐二曲。玄宗乃音乐家，自不尽兴，又作文成曲，与小破阵乐合作奏鸣。大唐之宫雅乐始有华丽、辉煌。此时的唐玄宗可谓开明之主，在铲除韦皇后和太平公主这些异己力量之后，江山稳固，江海平静，于是，他便开启了改革开放的宏图大业。

经过魏晋南北朝三百多年的分裂、战乱之后，隋朝一统山河，其疆域一时之辽阔竟然超过了以往的商周秦汉，据《资治通鉴》记载：

是时天下凡有郡一百九十，县一千二百五十五，户八百九十万有奇，东西九千三百里，南北一万四千八百一十五里，历代之盛，极于此矣。

什么概念呢？在东北地区到辽河一带；北方到五原、定襄等阴山以北；西至青海湖及西域东部；西南到南宁。

唐朝时的版图至今没人能说清楚，而说不清楚似乎也表明了唐朝之大之变动不居。《新唐书·地理志》上云：

太宗元年，始命并省，又因山川形便，分天下为十道：一曰关内，二曰河南，三曰河东，四曰河北，五曰山南，六曰陇右，七曰淮南，八曰江南，九曰剑南，十曰岭南。

这是当时的版图，此后又不断东征西讨，"唐之盛时，开元、天宝之际，东至安东，西至安西，南至日南，北至单于府"。按照《通典》之解，这里所说的安东、安西，都说的是安东都护府、安西都护府，日南指的是日南郡，在今越南中部地区。疆域之大，有人说达到一千六百万平方公里。也就是说，到玄宗时为最大。

大在什么地方呢？《通典》上说，"南北如前汉之盛，东则不及，西则过之。"意思是主要在西边之大。大到什么程度呢？早在贞观四年，唐太宗派大军击败突厥，控制了整个西域和蒙古高原，八百多个小蕃国的国君齐聚长安，共举太宗皇帝为"天可汗"，即天下共主。也就是说，从唐太宗时，天下的中心就在长安，国际法则由长安出，各国君主由长安册封。有人说，天可汗是一个虚名，其实不然。从《唐会要》中可以看到，西域诸国每到正月、二月或三月，要来长安汇报工作或进行贡赋。而朝廷在各国都有驻军，即都护府。

那么，西域都护府到底在哪里呢？史书上说是西海。而西海又在哪里呢？《北史·裴矩传》中记载：

> 发自敦煌，至于西海，凡为三道，各有襟带。北道：从伊吾经蒲类海、铁勒部、突厥可汗庭，度北流河水，至拂菻国，达于西海。其中道：从高昌、焉耆、龟兹、疏勒，度葱岭，又经钹汗、苏勒沙那国、康国、曹国、何国、大小安国、穆国，至波斯，达于西海。其南道：从鄯善、于阗、朱俱波、喝盘陀，度葱岭，又经护密、吐火罗、挹怛、忛延、漕国，至北婆罗门，达于西海。其三道诸国，亦各自有路，南北交通。其东女国、南婆罗门国等，并随其所往，诸处得达。故知伊吾、高昌、鄯善并西域之门户也，总凑敦煌，是其咽喉之地。……诸蕃既从，突厥可灭。混一戎夏，其在兹乎。

西海大概便是今天的里海。这就是玄宗时的版图。当年汉武帝没有实现的宏图大略，唐玄宗轻易地实现了。在那个陆地文明时代，所谓世界图景，更多的是指面向欧亚大陆中向西的图景。那里拥有世界的财富，也被称为羁縻地。唐时这样的地方有八百五十个之多，大多在东北和西北之地。我们可以想象，数百个国家的使团和商团从中亚缓缓而来，翻越帕米尔高原，涉过流沙之地，到达敦煌，穿过酒泉、张掖、武威、天水、宝鸡，最后汇流到长安这个大海。

长安该是多么的繁华而又拥挤，但长安喜欢这样的拥挤，喜欢那么多高鼻梁、深眼窝、白皮肤的西域人带来黄金、香料、歌舞。玄宗尤其喜欢。

8

他完成了古代帝王们未竟的梦想,所以当他做完这伟大的事业后,也如古代帝王一样,想要做永久的梦想。那便是寻求长生不老之术,同时,也要享受富贵之乐。

此时,也是他开始发挥音乐家的天才之时。

此时,恰好是他失去武惠妃新得杨玉环之时。一个帝王变成一个音乐家,一个天下人的共主变成了一个女人的情人。

整个天下由此而旋转。

因为追求长生不老之术,便好上神仙之事,诏道士司马祯制玄真道曲,茅山道士李会元制大罗天曲,工部侍郎贺知章制紫清上圣道曲。他还建太清宫,太常卿韦绦制景云、九真、紫极、小长寿、承天、顺天乐六曲,又制商调君臣相遇乐曲。

这哪里能够?他于是亲自上场,制作法曲。选坐部伎子弟三百人教于梨园,声有误者,他必听觉而正之,号"皇帝梨园弟子"。梨园弟子由此始焉。有数百宫女,都为梨园弟子,居宜春北院。又置梨园法部,更置小部音声三十余人。

那时,贵妃在骊山,生日时,玄宗命人从南方由快马送荔枝来,累死好几匹骏马。又命小部众人奏乐,恰好奏的是一个新曲,没有名字,太监端上荔枝时,玄宗便喜上眉梢,说,有名儿了,就叫荔枝香吧。

贵妃软在玄宗怀里,玄宗雄性大发,仍觉不足,恰好有河西节度使杨敬忠献上《霓裳羽衣曲》,便扶起贵妃,研究改编成他们自己的乐曲。从此,天下名曲皆暗,唯有《霓裳羽衣曲》从天而降,光华耀天宇。

这仍然不够。玄宗又好上了羯鼓。他常常对人说:"羯鼓,八音之领袖,诸乐不可方也。"羯鼓,本是西域之乐,龟兹、高昌、疏勒、天竺部皆用之。早在开元二十四年,玄宗已升胡部于堂上,到了天宝年间,音乐皆以边地名,于是便有了《凉州》《甘州》《伊州》。后又诏道调、法曲与胡部新声合作。那时,凡乐人、音声人、太常杂户子弟都隶属于太常及鼓吹署,总共有数万人之多。宁王和大臣们都喜欢音乐,都可横笛奏乐。所以，唐朝诗人中多因音乐而作诗，白居易的《琵琶行》和众诗人诗中的胡笛、羌笛、胡姬、胡腾舞都可为证。

这仍然不够。玄宗又令人找来骏马百匹，盛装之后分成左右两支，令壮士们抬着三重榻，令人于榻上歌舞，偶尔杨玉环献舞一支，但往往这样的歌舞要多达数十曲。他还命人找来乐工少年姿秀者十数人，衣黄衫、文玉带，立左右。场面之宏大，乐舞之华丽，恐怕商纣王复活也会感叹弗如。

这还不够。每当盛乐奏响，必令金吾引驾骑，北衙四军陈仗，列旗帜，被金甲、短后绣袍。太常卿奏响雅乐，每部数十人，中间有很多胡夷之人上来耍杂技，然后上演马戏，还有人牵着大象、犀牛入场，名曰拜舞。这样的场面如果是罗马皇帝们悉数到场，也会甘拜下风。他们终会觉得自己粗鄙、太没文化了。

然而，就在宫廷里奏响《凉州》《甘州》《伊州》和《霓裳羽衣曲》时，安禄山反了。第二年，凉州、甘州、伊州皆陷于吐蕃。

这是何等的讽刺！

然后，玄宗携贵妃出逃。半路上，马嵬坡下，香消玉殒，霓裳扑地，羽衣染血。山河尽失，西域顿时属于番邦。

音乐的尺度到底没能把住，江山的调性终究未能调正。

9

究竟起来，唐朝的音乐来自周隋，而周隋之乐除了一些散佚的旧声外，新声皆来自凉州，所谓"管弦乐皆自西来"。唐朝所做的曲子《凉州》《甘州》《伊州》所指之地也基本上是汉时凉州的范畴。《霓裳羽衣曲》的原曲亦由河西节度使杨敬忠所献。

犹记起汉武帝时，有一犯了过错的官员在敦煌充军，有一天看见一群野马神骏至极，便抓来献给汉武帝，汉武帝作《天马歌》，意指西域将定，天下大同。

现在，玄宗也意在西域，喜好法曲，河西节度使杨敬忠便献上《霓裳羽衣曲》，结果天下大乱，大唐崩盘。

汉武帝时，西域未定，作天马之歌，意在武备，把指挥棒向西而指。玄宗时，西域既定，天下大同，玄宗应当做的事是像亚历山大的希腊化运动一样将西域中国化，而他恰恰是将中国西域化。音乐便是一个鲜明的征兆。所以，天下必乱。

《霓裳羽衣曲》据说名唤《婆罗门曲》，而此曲的散序部分据说是由玄宗创作。乐曲《婆罗门曲》产生于印度，有人考证它就是天竺国的古佛曲《迦陵频迦》，经西域传到河西走廊，到了凉州杨敬忠那里。白居易在《霓裳羽衣舞歌》中也说："由来能事皆有主，杨氏创声君造谱。"不过，这"创声"二字说明《婆罗门曲》在凉州已经被重新创作，这也是有学者认为《霓裳羽衣曲》出自西凉伎的缘故吧。

当然，也有道家附会。《碧鸡漫志》中说："其一申天师同游，初不得曲名；其一罗公远同游，得今曲名；其一叶法善同游，得《紫云回》曲名易之。"《开天传信记》中说："上曰：非也，吾昨夜梦游月宫。诸仙娱予以上清之乐。廖亮清越，殆非人间所闻也……此曲名紫云回。"这是与李唐宗室信奉的道家结合在了一起，这都说明此曲高妙不同凡品。

但不管怎么说，将此曲当成宫廷乐舞中的主乐，而放弃了汉唐文化传统中的正乐，则是大错特错。在儒道释三教中，儒家始终代表的是政治，关心的是世俗生活，而道佛两家始终是方外之教，是出世之教，虽然管的是生死之教，但终究不能作为国家的主流价值。这与西域国家和南北朝时期的北方国家是不同的，这些地方有政教合一或政教合作的机制，高僧是国家的国师，是掌管国家礼仪和宗教的大臣，主宰着国家的精神文化走向，相当于中国古代政治中的儒家。所以《婆罗门曲》在西域诸国，包括前秦、后秦、北魏都可当成宫廷乐，但唐朝就不可以了。

在进行科举考试和以儒家为核心价值的唐朝，虽然道教颇受国家重视，佛教也在唐时中国化后形成了禅宗，但毕竟在中国文化中它们仍然属于次要的价值。

现在，宫廷里所奏之乐皆以西方之声为主，西域文化日炽，而西域之国也渐渐失去了臣子之心，滋生出二心，而唐朝上上下下也以西域文化为好，汉文化怎能不卑下？纵使拥有天下，纵使被尊为天可汗，但文化的正位让出来以后，天下怎能不乱？

一曲破天下。此曲可谓矣。

呜呼！天子之乐，乃安天下之乐，非天子个人之乐也。天子不能有私好，一旦有私好，则天下便有不安。天子除了安天下之大才外，不可有其他异才，一旦有，则天子之才便成为一人之才，则天下不安也。故而，自从孔子六艺之《乐经》亡佚，天下之乐便乱矣。

这便令人想到此后不久韩愈主导的古文运动，人们称其为"文起八代之衰"。韩愈起的是什么？无非儒教也。

10

然而，对于凉州来讲，《霓裳羽衣曲》或《婆罗门曲》作为凉州的西域人或信仰佛教的民众的音乐，则是再恰当不过。它唯一不能成为天子之乐。

当然，它也不是大人之乐或小人之乐，它属于方外之乐。经过五凉时代的儒家文化，凉州人从农耕方式、日常生活至学校教育乃至官场礼仪，都与中原文化同为一脉。这是凉州与河西走廊从五凉之后长期稳定的内在原因。唐时，这种教化自然是更进了一步。因为，它是天朝帝国面向西域的文明走廊。

然而，随着西域都护府的建立和唐朝对西域诸国的经营，使唐朝西域化了，却未能使西域中国化。儒家的脚印还停留在五凉时期李暠经营的敦煌，在新疆诸地，竟然没发现一处唐家办的学校，儒家礼教也未能西去。相反，西来的音乐、舞蹈、杂技、物华、商贾在河西走廊源源不断，昼夜不息。

"凉州七里十万家，胡人半解弹琵琶。"岑参这两句诗的前一句写的是凉州经过数百年的经营，已经繁华一时，成为当时唐朝的外贸大都市了，所以便有了后一句的潜台词，这里到处都是胡人在经商，甚至在生活。他们带来了音乐和生活。

胡腾舞第一次出现在诗歌之中是在元稹的诗中,也是在凉州。此诗名为《西凉伎》:

吾闻昔日西凉州,人烟扑地桑柘稠。
蒲萄酒熟恣行乐,红艳青旗朱粉楼。
楼下当垆称卓女,楼头伴客名莫愁。
乡人不识离别苦,更卒多为沉滞游。
哥舒开府设高宴,八珍九酝当前头。
前头百戏竞撩乱,丸剑跳踯霜雪浮。
狮子摇光毛彩竖,胡腾醉舞筋骨柔。
大宛来献赤汗马,赞普亦奉翠茸裘。
一朝燕贼乱中国,河湟没尽空遗丘。
开远门前万里堠,今来蹙到行原州。
去京五百而近何其逼,天子县内半没为荒陬,西凉之道尔阻修。
连城边将但高会,每听此曲能不羞?

此时的诗人经历的是安史之乱后的凉州,各种情绪一言难尽。凉州的繁华仍在,但凉州已不再是汉唐之凉州,而是吐蕃之凉州。整个河西走廊全部沦陷。河西走廊,作为汉唐帝国经略西域的口岸,也从此时突然间进入暗夜时刻。

此前,正如前面所述,西域数十个国家的使团此起彼伏地往来于河西走廊,而更多的商旅则行住于河西走廊,在凉州留了下来。他们在那里开酒肆,置乐舞,为往来的西域使者、商贾、将士提供必需的休息和娱乐,甚至于很多人可能就永远地留在了凉州和河西走廊,与本地人结婚生子。凉州的物华使人们流连忘返,不愿归去,正如元稹诗中所写的那样:"乡人不识离别苦,更卒多为沉滞游。"

这些经济活动在一定程度上改变了凉州和河西走廊自五凉时代开创的儒家文化,胡风也随着大唐的气象日盛。岑参在诗中称凉州的天气为

"胡天八月",可见当时胡人之多。所以,凉州的繁华得益于汉唐丝绸之路的开拓,得益于帝国之强大。而凉州与河西走廊的衰败也因为唐帝国的衰败以及丝绸之路的阻塞。

从安史之乱开始,河西走廊就不断地被吐蕃、西夏、蒙古占领,汉文化不断地被冲击,这种现象直到明代闭关锁国之后才停止,但是,凉州之繁华不再,河西走廊之开放不再。丝绸之路被黄沙掩埋。

一支浩大在歌舞还在历史中上演,在长生殿回响。

何谓"究天人之际"

司马迁的墓地就没有黄帝陵那样热闹，我们去的时候也已经下午四点多，很多游客已经走了，整个墓区就我们和不多的几位游客。这正是我们所希望的。

我在司马迁的塑像前点了三炷香，恭恭敬敬地鞠了三个躬，并站在那里良久才离开。我很想跪下磕三个头，但终究还是未跪，因为我已经给两位学生说明了我为何不跪的原因，不是不能跪，而是为了调和礼的方式，可是我又觉得这样做欠了对司马迁的一份真诚，便在那里站着，希望他能开示我一二。我看见西斜的太阳正浓，把悠悠上行的香烟照得格外好看，仿佛某种圣迹。我在心里对司马迁说，也许别人不明白你那句"究天人之际"是什么意思，后世只是追慕你那后一句"成一家之言"，所以言语没有根脉，修辞远离大道，多呈本色之情，多显浮夸浪荡，我过去也是那样啊！那是因为人们不知道你的学术之广之深、思想直追圣人的缘故啊。请原谅我吧，现在虽然我已经半百之年，才能通晓一些圣人的大道，但总还不算晚吧，请你多给我一些启示吧。

我默念后又待了一会儿，才离开。我看见学生师子西和魏倩坐在不远处的石椅上等我，看我过去，两人站起来给我让座。我看石椅上太挤了，举目一望，不远处有一个石桌，周围有四把石椅，便对他们说，我们去那边坐着喝点茶吧。

子西肩上背着一个包，里面有相机，还有我和他的水杯，手里则拿着一个三脚架。我们一坐下时，他就开始摆弄这些东西，要给我们拍段交流的视频。

魏倩问我：老师，为什么司马迁说要"究天人之际，通古今之变，成一家之言"？

我看着不远处的一棵树问她：

这个问题古人问过吗？这是我们首先要去弄明白的一个事情。如果我们查一下后，就会发现，古人也问过，问得最多的是天到底是什么，天如何向人发话，人如何与天沟通。那么，我们再查一下今人为什么一直会有这个问题，是因为我们在"五四"以后没有天了，因为传统文化没了，古人设置的天被否定了，所以我们按照自己的想法在理解天是什么。这是古今之间的异同点。

那么，我们现在来回答这个问题，首先也是要解释什么是天，要解决古人的天和今人的天的异同。要回答这个问题，首先我们要了解另外三个人，两个是他的老师，即董仲舒和孔安国，一个是他的父亲司马谈，从职务上来说就是他的前任。

董仲舒和孔安国代表了他的学术的两个来路，而他的父亲司马谈则代表他的家学渊源和他的天职所在。把他们的大体思想弄明白了，说司马迁就基本差不多了。

先来说董仲舒。我们对董仲舒有很大的误会，这误会就来自他提出了"罢黜百家，独尊儒术"的政治主张，且被采用了，而"五四"以来主要是打倒这一独裁专制，解放百家，所以，他成了历史的罪人。当然，因为他信奉的又是儒家，那么，真正的罪魁祸首当然是孔子。那时是不分青红皂白，先打倒了再说。其实"五四"与"文化大革命"有共同之处，都是青年人造反。虽然说鲁迅那时已经三十多岁了，不再属于青年，但他的思想属于青年，所以他成了《新青年》的主将。陈独秀也一样，他是青年人的导师。胡适则是真正的青年。这些人是导师，真正革命的力量实际上是青年，且是文化青年。"文化大革命"不一样的是文化青年变成了所有的青年，更为广泛。这就有一个问题，即对学术的问题是眉毛胡子一把抓，先都打倒了再说。这就导致我们重新来说孔子和董仲舒很难，因为把已经砸坏了的想要重新修补好总是有裂缝的，这裂缝是很难修好的，需要细细地理。

那么，董仲舒为什么要提出这样的主张呢？这就要说说当时的社会背景。很多人说，董仲舒一生经历了四朝皇帝，其实是三世。后少帝死后的第二年，他才出生，但很多人说他生于后少帝之时，恐怕有误。他生于文帝之时，长于景帝之时，成于武帝之时。大家都知道，文景之时是汉帝国养精蓄锐之时，武帝之时是国家奋发图强之时，两者是相辅相成的，没有前者，就没有后者。国家发展也像一条河一样，没有上游，哪里会有中游与下游之水呢？

所以，很多人认为董仲舒是直接切断了历史，重新换了一种思想。这显然是不对的。汉武帝是在登基六年后向天下征求治国方略的，真的是诚信治天下啊。让大家共同想办法。这时候，汉武帝二十二岁，董仲舒呢？四十五岁。

汉武帝从小想改变一个现状，即皇帝弱、诸侯强的国体。他出门的时候，是瘦马，但诸侯们来朝的时候，一个个是香车宝马，最重要的是一个个都不安分，想夺皇位的人比比皆是。而在过去二十二年间，他已经看透了当时的意识形态的种种问题。黄老道家特别适合个人修养，它只有在整个国家都贫弱的时候来休养生息，一旦有人富足起来，就出现动乱了，因为这些富足起来的人并不像老子所说的那样甘于屈于下游，小国寡民，鸡犬相闻而老死不相往来。不会的，那些人秘密地积聚力量，在想如何夺皇权。所以，对于汉武帝来说，他必须改变这种现状，否则皇位不保，性命不保。

所以，他一直在找这样的理论。而另一方面，董仲舒是五经博士，一直又在进行儒学的学习与教育，这就说明当时虽然倡导的是黄老道家学派，但儒学和其他百家都存在，这同样也符合道家的特点，不会把任何学派轻易消灭，那么，可能就会存在一个问题，即各家都像春秋战国时一样，大家一争长短，都想做天下的主人。所以，董仲舒在一面讲授《公羊春秋》，一面也在学习其他四经，并研究其他百家之长短。所以，等窦太后一经离世，武帝便重新起用先前被罢免的丞相，大局已定，此时，当武帝再次向天下征召治国方略时，董仲舒便应声而出，抛出著名的《天人三策》。

你们现在说说，在你们的理解中，天是什么？人又是什么？我问他们俩。

老师，过去我曾以为天是天空啊，星星啊什么的，现在当然不太一样了。魏倩说。

有哪些不一样呢？我继续问。

过去不相信头上三尺有神灵的说法，现在有些相信了。她说。

这是你学习了古人的一些东西后的认识吧？我说。

是的。她说。

那么，子西呢，你认为呢？我问道。

我觉得天就是天啊，过去我曾认为是上帝住的地方，现在则觉得有些不一样了。子西犹豫地说道。

有哪些不一样啊？我继续问道。

现在不是学了很长一段时间的中国传统文化嘛，就觉得中国的天空肯定是中国的神灵在主宰，但我还是不能确定是否有玉皇大帝。他笑道。

所以，你会觉得天空就是我们眼前看见的自然，是吧？我问道。

是啊，很多时候都会这样认为。他笑道。

好，我们现在来看看董仲舒认为的天是什么。在孔子之时，他就总是说天，《史记·孔子世家》中我记得有三次说到天。一次是他被匡人围攻，弟子们害怕，他说道，文王以来的文化全在我这里，如果我死了，这些文化由谁来继承？天怎么会这样做呢？另一次是他在前往宋国的时候，宋国的一个司马叫桓魋的想要杀孔子，他力气很大，把孔子他们乘凉的一棵大树都拔起来了。弟子们说，咱们赶紧走吧。孔子说，怕什么，上天把德行降生在我身上，他能把我怎么样？说到这儿我停了下来，举目看着正在西垂的太阳，似乎看见了孔子高大的形象，叹道，孔子真的是一身浩然正气啊！

就像耶稣一样，他自认是上帝的儿子，所以不怕死亡。子西笑着说。

是啊，他有坚定的信仰。那时候人们都信天，老子也信，但主要是道，可孔子对天是有人格般的感情的。这是他们不同的地方。我说道。

原来是这样啊！那很多人还认为孔子是不信神的。魏倩说道。

他们哪里能知道孔子的胸襟，孔子是敬鬼神而远之，他认为人是非常伟大的，因为在弘扬上天的精神，没有人，上天也会无力的，所以他说，人能弘道，非道弘人。有一次孔子就说到神，那是孔子被卫国的人胁迫盟誓，说不再去卫国的国都了，但转过身又要去，子贡就问他，难道订下的誓言可以违背吗？孔子说，被迫订的誓言，神是不会理睬的。

魏倩说，我就说他们是没好好读书嘛。

我说，他们不是没好好读书，他们是按自己的意思在理解孔子，他们总是不能放空自己去充分地理解他人，不能知人论世。比如，还有一段公案也被人们常常说起，就是孔子见南子的事。那是在卫国时见的，是南子要求见孔子，孔子实在没办法就去了，他并未见南子，但听见南子在向他行礼时的声音了，回去后子路就不高兴，他说不是他好色，是实在没办法才去见的，但子路还是不相信，他便说，如果我说的不是真的，就让上天厌恶我吧。

那老师你觉得孔子是不是子路说的那样？子西问道。

当然不是。孔子当时还说过一句话，那是他被安排和卫国国君、南子一起出城时说的，他被安排到最后，因为孔子是名人，所以孔子感到了羞辱，他说，我还没见过爱好德行胜过好色的人。所以他就离开了卫国。又说远了，刚才我们是说孔子一直在说天，他也信天。到孟子时一直在提天道二字，发展了孔子的思想，甚至发展出民贵君轻的思想，这是了不起的。所以到了董仲舒他们这些五经博士时，对天的认识虽然不及孔子那么渊博深邃，但也一直想理解天，于是，他就借用了阴阳家、道家甚至墨家的鬼神之说，想把天彻底人格化。

也就是想把天树立为与上帝一样的存在，是吧，老师？子西问道。

差不多，但也不完全一样，所以我形容董仲舒这种对天的理解是准宗教，还没到宗教，但已经有那么个意思在里头了。我说。这就是董仲舒所说的天，他能够洞察一切，这可以从一个故事说清楚。你们知道他这样的人为什么后来没有被重用吗？历史上这样的人总是很多，都因为他们不愿意变通，所以他们没有能够得到应有的社会地位和权势以及功劳。当时，汉武帝对他非常看重，但正好有一件事发生了。董仲舒有个朋友，叫主父偃。他去看董仲舒，看见董仲舒刚给汉武帝写好的一份奏折，拿去交给了汉武帝，汉武帝一看就大怒，罢了董仲舒的官。

为什么呢？这与董仲舒的圣人思想有关。他是想约束皇帝。当时在皇帝祭祖的地方长陵高园殿和辽东高庙发生了两次大火，董仲舒就想这是个劝诫皇帝的最好时机，于是就以此来规劝汉武帝实施仁政。他说，"天人感应"一方面"君权神授"，另一方面也是"神权"高于皇权，所以，天下若出现灾异，那就是天与君王和人在进行对话，说明国家将有失道之行，要及时修正法度，君王也要加强自身的道德修养，以此来敬告上天；如果不知自省，就会连续出现怪异来惊惧之；如果还不改正，任性而为，那么，上天就会降下其他灾难来伤败君王的国家，让别人来代表你。这就是天人感应，也是受命之符。相反，如果"天下之民同心归之，若归父母，故天瑞应诚而至"，那不就非常好吗？

你们说这样的话，让一个年轻气盛的皇帝如何能接受？而且皇帝一定还会认为，这样的人留在身边，会天天唠叨，烦都烦死了，所以不用董仲舒。

真的可惜了。师子西说。

魏倩觉得呢？我问在一旁沉思的魏倩。

我觉得吧，老师，按照佛教的说法，一是他命定如此，没有高官厚禄，这一世就是来做罢黜百家、独尊儒术这一件事的，这是他前世的因缘所决定的；二是他太信任他朋友了。

嗯。你们说得都有理，确实感到可惜了，历史上有很多人都为他抱不平。我们来分析一下。魏倩说的佛教的说法是一个原因，但这个原因往往是人不能证明的，我要说人能自证的几个原因：一是董仲舒自己可能并没有对自己的命运太过惋惜，他可能有所准备。孔子、孟子的命运他很清楚，他的心中就是做孔子那样的人，他自知不能得到重用，因为他的志向太高远了，要远远高于皇帝的志向。这个他应当有自知之明。同时，他是讲《公羊春秋》的人，他应当能把自己的位置摆得很清楚，他不是为命运活着，不是为功利而委曲自己，他是为道，为天而这样做，所以虽然有所不快，但也能自我解脱。

二是如果董仲舒也懂《周易》的话，他应当能算出自己的命运，所以临危不乱，仍然坐听雷鸣。

三是他确实道德的修为和对幽明的认识不到位，这说明他对《周易》和阴阳五行还没研究透彻。为什么这样说呢？他给汉武帝那样重要的奏折怎么能轻易让他的对手——当然也是朋友——看到呢？这是不慎。他太刚，还不柔，修为不够。在后来的京房看来，兄弟、朋友在功名面前，一般都不是帮手，而是对手，所以京房在研究六爻的关系时，就把兄弟当位作为一个人占卜功名时的大敌，这个时候，只有他上面的权贵、子孙和妻财才能够帮他。这个道理董仲舒也可能懂，但作为儒家士子，他可能更相信朋友之义了，而这个义在这时候往往对于小人来说是最不靠谱的。所以他就不被重用。

四是其实这样最好，一方面正如魏倩所说的那样，是命运如此，所以一任命运之船向前驶去，他则逍遥自在，坐看云起云落，岂不是大自在，当然，这就是董仲舒要能明道；另一方面，他如果真要待在皇帝身旁，可能是一不小心就掉脑袋了，是长久不了的，所以，这对他岂不是更好。后来，汉武帝不是又把一个硬骨头让他去啃了吗？派他去做胶西王刘端的国相。据说刘端这个人身体有缺陷，精神有问题，用今天的话说有虐待狂症，也想造反。汉武帝想让董仲舒用圣哲思想教化他，但董仲舒战战兢兢干了四年就赶紧称病回家了。

所以，我的意思是真正得道的人是随遇而安，安贫乐道，就会自由自在，灾难就不会轻易地落到自己头上来了。否则，就是妄求。那些打抱不平的人都是妄念啊。我叹道。

嗯，老师这样解释，使我又一次明白，儒家的礼和道德教化都是可以得大自在的，可以救人的。魏倩说道。

当然是的。这就是司马迁得到的第一笔财富。第二笔财富是从孔子的后人孔安国身上得到的，其实也是孔子的遗产。他主要修的是《诗经》和《尚书》。你们看，汉代尊崇的是五经博士，哪五经呢？这两部是，前面董仲书的《春秋》是，还有《周易》和《礼记》，没有《乐经》，看来礼乐只能传下来礼了，乐就没有了。司马迁从董仲舒和孔安国处共学得三经，剩下的两经没有师傅，应当就是自学了。这就要说说他的家学。他从十岁开始就诵习古文《尚书》《左传》《国语》《系本》，基本上都是史书。后来游历各地，一一去印证前代圣贤的学问圣迹，但他最尊重的仍然是孔子。

他父亲司马谈就是史官，临终前对他说，我们的祖先是周朝的太史，远在上古虞舜夏禹时就取得过显赫的功名，主管天文工作。大家注意，是天文工作。这个细节被后来很多人忽略了。天文是什么？就是对天体的观察和总结，就是五行、八卦、天干地支思想。这是他们家的家传。

他父亲对他说，这样的一种事业后来衰落了，难道要断送在我这里吗？当然不能，所以你要继为太史，继续我们司马家的事业。这就是孝。天下称颂周公，是说他能够歌颂周文王、武王的功德，宣扬周、召的遗风，使人懂得周太王、王季的思想以及公刘的功业，以使始祖后裔受到尊崇。这就是对历代宗亲的歌颂。每个人至少可以歌颂他以上的三代宗亲，这是我们中国古人过去的传统，所以上坟的时候要给三代宗亲都要上坟。司马谈说的就是这个意思。

但是，周幽王、厉王以后，王道衰落，礼乐损坏，这时候孔子就出世了，刚好离周公五百年，孔子整理六经，就是要重振王道，重兴礼乐制度，现在又已经五百年了，礼乐已废，史书已断，王道不兴，你的任务很重。这就是司马迁说的五百年出一个圣人的原因。过去孟子也说过这个观点。

所以，从这里面，我读出一个不被人重视的秘密，就是《周易》和阴阳五行甚至天干地支的历法，这些天文学是后来司马迁主要学习的内容，而《周易》就在孔子这里，阴阳五行可从阴阳家那里学习。这就是司马迁所说的天，与董仲舒显然不同了。

不同在什么地方呢？魏倩你说说。我对魏倩说。

老师，是不是司马迁可以用这些方法来看出天道是什么？魏倩有些拿不准地试探我。

子西认为呢？我又问子西。

我不知道，老师。过去我会觉得他像亚伯拉罕、摩西一样，信仰星空，就是在呼唤上帝，要与上帝见面。但自从跟你学了这么多中国传统文化后就觉得中国人是不一样的，他要观察星空和大地的变化，以此来明白道的规律，这也就是我们所说的上天的规律吧？子西说道。

我站起来，向着司马迁塑像的方向拜了一下说道，看来，你们身临其境后，会被这里的气氛所感染，也会产生更深的思想。你们说的是对的。司马迁认为，上天并不是像董仲舒所认为的那样不可把握，无法言说，而是有规律可循的，那就是天道，天道首先是要从天上得来，而《周易》、阴阳五行、天干地支这些都是中国古人的天道观。司马迁在《五帝本纪》中就一次次地说，五帝在某一时刻派某人去定星星的位置，以此来为大地确立季节，这不就是天文学上的内容吗？他用天干地支来纪年，说明他对这个历法较为熟悉。他又总是在寻找朝代更替的原则，用的也多是五行之法，而他对孔子关于礼方面的论述，又多采取孔子的阴阳方法，阳的多记述，而里面藏着阴，也是孔子所说的敬鬼神而远之的做法。

这样一来，人的力量就被突显了出来，与董仲舒所讲的要被天来约束就更让人自己能理解了，而这个方面就是道德的力量。这就是人。这样的话，人若有足够的智慧和道德，就可以通天，也可以通古今之变。我说道。说真的，过去我也没有这么透彻地理解司马迁，而站在他的墓地，竟然能这样清晰地辨认清楚。我看见夕阳把司马迁的塑像照得半阴半阳，心里忽然一动。这时，只听魏倩问道：

这个怎么理解呢？老师。

我指着司马迁的那尊塑像说，你们看，现在他的上半身被太阳照着，特别明显，就连司马迁的眼神都能看清，而下半身已经隐入暗处，变得非常有对比度。这就是阴阳。

魏倩说，啊，是啊，看来老人家显灵了。

子西也说，啊，还真是。这样来理解阴阳也很有意思，也就是说一个人身上本来也可以分为阴阳。

我说道，是啊，我们现在能看到的史书里写的他父亲、董仲舒、孔安国教给他的都可以看作是阳，而没有说出来的那些都是阴，而那些正是他先祖们的事业——天文事业。也就是说，在他一个人身上，本身就体现了一种天人合一的观念。但是，司马迁的观念又与道家的不同，道家是把个人的一切都化为无，完全地融入天地之中，人就是天地本身，而司马迁呢，是与孔子一样放大了人在天地中的作用。也就是说，不仅要像道家那样有天的理念，要遵循阴阳五行的自然之变，还要做什么呢？修德，要务必使人的德行彰显，而这才是人之所以成为人的方面。人，不仅仅是要顺着《周易》和阴阳五行所提示的天道观念行事，还要经常站出来维护天道的存在，这就是道德。为什么要维护呢？因为天道越来越远，人们越来越不清楚了，王道也就失去了原则。这时候，就需要圣人出世了。这才是天人之间的真正关系，也只有这样，才能通古今之变，而在那个时候，能做到这些就已经是圣人的事业了，当然可以成一家之言。

为大地湾一辩

2004年6月，我从《西北师范大学学报》编辑部转调到旅游学院任教，从头开始。过去专事写作，虽然也看一些闲书，但到底不是专门的研究。那时，我便开始研究丝绸之路文化旅游，准确地说是关注和思考，还不敢说研究，直到2010年，关于丝绸之路写过的文章极少，但感触却很多。这些感触后来都笔墨于一些文化随笔中，发表在文学刊物上，如《人民文学》上发表的《向西，遇见古中国》，《飞天》上发表的《敦煌之光》，《作家》上发表的《信仰从这里开始》，《大家》上发表的《荒芜之心》，《金城》上发表的《佛道相望》，等等。还有一些则直接写到了长篇小说《荒原问道》与《鸠摩罗什》中。没有那样一次转型，就没有后来这些转身向西的文字。

也是在那样一些深入灵魂的书写中，形成了我对中华文明与世界文明的一些"异见"。一些观点也形迹于那些随笔中。正好那时候，我同时在上两门课，一门是《中国文化史》，另一门是《西方文化概论》。它们不断地在纠正或者证明我的那些"异见"。比如，当我在上海读了几年书，对上海等江南秀丽之地有了一些体认后，便提出大西北的戈壁、沙漠、高山也是生态，是与绿色一样可持续发展的生态，并非必须要消灭的"荒漠"。因为水的影响，江南之地秀美、精妙。但在大西北，虽然没有江南的那些绿色，可是戈壁、大漠等是产生悲剧与英雄的地域，土地和山文化的影响很大。如果没有大西北的豪情，只有江南的温柔，便会出现如南宋之后的"软骨病"。对于中国来讲，南方更多地代表了水文化的一面，是智，是柔美，而北方则代表山文化的一面，是仁，是壮美。

各有各的美。我们北方人总是把自己的地方比作"塞上江南",说明了我们的不自信。我在《荒原问道》中曾不断地探讨过这个问题。我不同意非要用南方的标准来衡量北方,应该保持生态的多样性更好。

再比如,在一次次踏上河西走廊时,汉唐时代的历史便不断地浮现于眼前,仿佛那个时代并未像人们认识到的那样死去了,成了过去,而是还活着,在与我们进行着对话。很多人都说,中国的历史太长了,包袱太重了,其潜在的对比者是美国,意思是美国的历史短,没有包袱,所以发展快,是对的,是我们要学习的,但人们不知道,美国人自认为其文化渊源来自欧洲,来自两希文化,所以,那里的学者也不断地构建古希腊的历史,把原来的四大文明古国硬是构建成了五大文明古国,古希腊便成为第五大文明古国。古希腊的历史后来比中国的还要长。当然,美国人在地理上离欧洲到底稍远了一些,属于欧洲人原来的殖民地,或者说属于一个欧洲无法控制的飞地,一些学者在赞同欧洲中心主义的同时,也愿意将目光投向大洋彼岸,把古老、辽阔而温暖的亚洲也纳入新的全球化视野中,比如存在主义哲学家雅斯贝尔斯的《大哲学家》就是这样一本划时代的著作。再比如写作《全球通史》的斯塔夫里阿诺斯,他的这部著作被认为是摆脱了欧洲中心主义史学观念的著作。当然在我看来,它在潜意识里,还是在捍卫欧洲中心主义,而理性要求他必须放眼世界。有一个观念中国人不一定认同,一百多年来,全球国家中越来越自大、狭隘的人就是欧美国家的人了,他们不会到亚洲或非洲去工作、生活,而亚洲人尤其是中国人因为要富强、改革、开放、"走向世界"而胸怀世界,现在世界上到处都有中国人的影子,或读书,或工作,或生活。所以我认为,将来的世界是亚洲人的,至少也是属于中国人的。中国人要自信。种瓜得瓜,种豆得豆。这是自然规律。

还比如后殖民主义学者萨义德,这个阿拉伯人的后裔,这个文学批评家,在看到中东世界被欧美人妖魔化的时候,便从灵魂深处升起一股反抗的力量,提出了后殖民主义学说和东方主义等概念,提出新的历史背景下知识分子的使命与担当。他认为,在面对文化霸权主义时,弱势文化应当反抗强势文化,对强势文化提出批评,由此,他也认为,知识分子应该永远地站在代表强势文化的政府、主流文化的对立面，永远提出批评，使其放弃霸权主义，放弃对弱势文化和非主流文化的殖民化态度、行为。萨义德的这种观点与福柯、德里达等人的观点有共同之处，也符合西方社会言论自由、信仰自由的观念，于是，很快被西方社会所认同。这些观念被介绍到中国后，中国的知识分子尤其是媒体知识分子迅速地接受了，大学里的文艺理论课上，硕士们的毕业论文里，以及学者的专著里，萨义德的名字及其理论成为关键词。然而，当我在看这两个人的著作时，我一方面产生了强烈的共鸣，另一方面也立刻对他们产生了警惕。

在斯塔夫里阿诺斯那里，公元1500年之前的世界上，中国扮演着举足轻重的角色，是东方世界的霸主，她通过丝绸之路这片大陆（对，不是一条道路，而是网状的大陆、草原、戈壁、沙漠、高原）对世界产生着影响。这种发现对于世界来说是重要的，但对于中国人来说，应当是常识。可是，这些年来，当我在向上海、广东、香港、台湾等地来的大学里的师生们介绍丝绸之路时，当我发现他们一片惊讶而不相信中国会有如此辉煌的历史时，我的心里是震惊的。我发现一百多年来，中国人对自己的历史已经不熟悉了，甚至说不相信了。这是非常可怕的。犹太人之所以在流散一千多年后仍然能建立自己的国家，就在于对自己的历史念念不忘，每天都在做功课。可我们呢？我们的很多大学里连《大学语文》都取消了，更不要说有什么《中国历史》一课。几十年来，我们在经济领域突飞猛进时，把灵魂给忘了。现在得补上这一课了，否则，我们灵魂的系统里装的就不再是中国文化系统，而是西方文化系统。我们还是我们吗？

在萨义德那里，我非常赞同他的态度与观点，可是，他的"东方主义"词汇里，竟然没有中国，我便顿然失望了。他的视野竟然如此的狭窄！当我们也接受他的知识分子观念时，我们发现内心的冲突越来越强烈。中国的知识分子不明白，当西方人在讲一系列文化时，他们的头顶上始终有上帝在观照。萨义德也一样，可能还是真主存在（这个不确定）。在那样一种背景的观照下，或者说是他们的道的统摄下，他们说出知识分子应当与政府和主流价值远一些，但潜台词是要与他们心中的道（上帝、真主）一致。这与中国古代知识分子的士的精神多么一致。可中国的知识分子只知其一，不知其二。中国传统文化是天人合一的整体性观念，在天地一体化的大格局下，思考个人的命运，但最终是统一性。萨义德一方面使中国知识分子保持了可贵的独立性，但同时也将他们置于主流价值的对立面。在中国传统文化中，这是需要消弭的，不然的话，知识分子便无法真正的自由、自足。然而要达到这样的结果首先是要相信甚至热爱中国传统文化，把文化的主体性找回来。一切的文化都必须生长在脚下的大地上，同时，也必须从自己的根系上生长并嫁接，否则，原有的文化将消失。我在想，如果我们这几代人都承认自己是中国人，是中华文化的传人，那么，我们就必须得完成中国文化的转型，使中国传统文化现代化、全球化。但当我大声呼吁时，很多知识分子立刻反驳我，你这是要与世界对立吗？我问，世界是谁，难道我们不是世界的一部分？然后他们又问，难道你这是要与西方对着干吗？我说，一百多年来，西方文化已经成为我们文化的一部分了，我们怎么对着干？我是说，需要转个身，需要回到中国文化的根系上，真正地完成西方文化的中国化。有人问我，现在几乎所有的课本都已经西化了，你还能恢复中国传统文化？我悲伤地说，是啊，你可能觉得"中国"两个字不重要，换个名字也可以，但在我一个汉语写作者心里，它是根，是灵魂，是天地，是家园，我只有回到家里，才觉得是一个真正自由、幸福的人，否则，我就觉得永远流浪在自己的故乡。

再比如，当我考察了马家窑彩陶时，便有一个想法，史前的中国应当有一个陶文化传播时期，而马家窑周围便是当时中国文化的中心。这个想法又在后来的大地湾挖掘的陶片上得到进一步证明。但是，历史学家们一贯认为中国文化的第一个中心是在中原地区产生。我觉得这个观念得纠正了。后来，在给学生讲两河流域的文化时，看到西方学者把世界上第一件陶器的发现地放在了美索不达米亚平原上，那是在八千年前，可是，大地湾发现的陶器有一万一千年前的，甚至还有更早的。我们还可以从这些年来的考古发现得知，世界上到处都可以发现一万年前的陶器。考古学是科学，但科学常常受到它自身的限制，那就是一定都得用实物来说话。这是它最致命的地方。艺术远大于它，所以艺术更接近人类的灵魂本身。艺术是可以靠想象甚至直觉来抵达真实的，但这是科学难以证明的。所以，我更相信艺术的真实。那些用泥巴塑造的日用品在流播的过程中形成了人类史前时代全球化的一条线路，从这条线路来看，中国有可能是陶器的发明地，即使不是陶器的发明地，也一定是陶器文明的中心地区。但这些观点目前还没有完整的考古证明，所以历史学家们都不敢言，也就只有我们这些以虚构为事业的文学家来胡言乱语了。

再比如，今天中国学者大多认为中原地区是伏羲文化的始发地，但天水的卦台山以及一系列民间传说、姓氏传承以及今天还存在的很多习俗可以置若罔闻吗？女娲的传说又如何对待？在我看来，大地湾、伏羲文化、女娲文化是一脉相承的，它们正好说明中国史前文化的发展线索。我在《佛道相望》中写道，天水是中国文化的开启之地。这与中原文化的成熟是不矛盾的。

再比如，近些年来，有人不断地问我周围的历史学者：大地湾到底是多少年前的，如何才能证明它的历史是八千年前的。甚至有官员说，如何让世界认可中国的历史有八千年，是你们学者的责任。每每此时，我看到历史学者们无奈地说，人家不承认啊。是的，西方学者对文明遗址有一个定义，而这个定义是在对古希腊遗址进行总结时确定的，因为古希腊遗址有三个特点：城邦、文字、铁器。它们分别代表三种文化形态。城邦代表了高级社会的雏形，文字则代表了文化的开始，而铁器则代表了生产水平进入新的历史阶段。很长一段时间里，我都无法说服自己，明明觉得这是一种文化上的霸权主义，可是无法有效地反驳。当我读到钱穆先生对人类文化从地理学上进行分类时，便豁然开朗。他说，人类的文明与生活的环境是分不开的，人类便依据这些环境慢慢地养成了自己的文化习惯，并产生了属于自己的文化。根据地理来讲，人类的文明可以分为三种：游牧文明、农耕文明、海洋文明。游牧文明和海洋文明因为内中不足，所以文化的根性中都具有侵略性。它们都只有在侵略他者的基础上才能生活，但不同在于，游牧民族从来不会定居于某一地，所以不会有城邦，后来便不断地融入农耕文明与海洋文明中了。而海洋民族因为是在岛屿上生活，耕地很少，要不断地向深海去索取，或者寻求新的殖民地才可以生活下去，所以，他们会容易形成集市，并且在此基础上形成社会，为了抵御外侵，便建立了城池，成为国家。这是它自身的特点形成的。而农耕文明则由于可以自给自足，不需要向外扩张也可以生活下去，所以依据农田在大地上散落，不会形成像希腊那样的城邦。这也是它自身的特点所决定的。为什么非要用古希腊城邦的几个标准来给多样化的人类文明制定一把尺子呢？为什么要用海洋文明来衡量游牧文明与农耕文明呢？符合它的就是文明古国，不符合它的就不是？这是什么道理！

还有很多发现，比如老子西出函谷关去了哪里、中国人为什么需要佛教、敦煌对于今天的世界意味着什么，等等。这些我都诉诸文章了，这里就不一一赘述。总之，我在疑惑，为什么这里有这么多历史文化方面的问题需要我们去重新发现，需要我们去重新申辩甚至抗辩呢？原因只有一个，那就是一百年来，我们一直处于西方欧美中心主义文化的笼罩下，在现代性这个旗帜下，我们一直在向着欧美这个中心进行历史叙事，一些历史在依据他们的规则进行论述时与古人发生了根本的转变，我们成了人类历史的边缘存在，我们也自我边缘化了。一些历史被遮蔽了，因为无法叙述，所以不如放弃叙述。同时，我们也始终认为，因为地理等原因，中国文化从来都是自给自足的，很少跟外界发生联系，历史学家为我们描述了一个封闭的、与世隔绝的中国。事实上，从《史记》等信史就可以看出，中国古代始终通过丝绸之路和北方草原之路与中亚、西亚等世界发生着各种各样的联系，而从近代起又始终通过海上丝绸之路与西方世界发生着联系，前面是输出性国家，后来是输入性国家，但无论怎样，中国从来就不是封闭的，她始终在参与着历史上的全球化运动。

如果实事求是地进行历史叙事，那么，中国就是一个开放的、自由的，且从来都在影响世界的文明大国，而不是偏安一隅的、保守的、黑暗的、专制的帝国，更不是被西方历史学家妖魔化的黑暗帝国。但这个工作由谁来做呢？等着西方世界的历史学家来发现吗？我以为，我们自己的叙事非常重要。一个不能正视自己历史的国家会受到世界的尊重吗？不可能。只有不断地重述历史，甚至重构历史，历史才会是新鲜的，历史也才会是活着的，与今天的我们发生着关系的。历史不是历史学家的，而是整个人类的。我自己也非历史学家，但不知不觉中，我觉得某种历史的叙事任务悄悄降临在我的肩头了。我常常怀疑自己，也常常觉得那不是我的任务和责任。我的责任就是写写小说，写写当下人的感受，并对被称为文学的那一小块内容进行不断的阐释。可是，当我下笔时，一种不能自已的情怀笼罩了我，左右了我，不得已，我踏入了不专业的历史叙事中。我常常给自己开脱，历史也需要一些不专业的人士发表一些真实的感想。然而，当我写下很多这方面的文字时，就发现已经不能自拔。我深刻地意识到，中国古代那种文史哲不分的写作传统是人类历史上最伟大的传统之一。如果说文学表达的是人类当下的感受、情思，哲学则是其逻辑和内核，而历史则提供了真实的细节。它们缺一不可。缺了历史，文学就变成虚构的故事，细节就不真实不典型，就不会被人记住。缺了哲学，文学就会失去方向，变成呓语，没有坚固的内核。同样，对于历史来说，缺了文学，历史就成为知识，就会虚无，不再拥有价值和灵魂的真实，更不会拥有人类的温度。缺了哲学，它就会变得权谋，变成术，变成势的叙事，变成"任人打扮的小姑娘"，就没有了价值观，没有了方向。同样，哲学缺了文学，就成了枯燥的没有实践可言的逻辑，就不能知行合一，就会失去真理的光芒；缺了历史，就会变成教条，就脱离了现实，也不会因时而创新，就被会抛弃。

故而，近年来，我的写作和研究慢慢地开始向历史靠近。《鸠摩罗什》《丝绸之路上的使者》《丝绸之路上的诗人》《往事如风——丝绸之路上的民族与王国》以及多篇长篇文化随笔，都是在这个向度上进行文史哲合一的探索。

《大地湾之谜》是我带着硕士们进行的一个具体实践。我是怀着对当下流行的史学观念的一些不满而主动进行的一次学术探索。一方面，我是想站在中国文化自身的独立视角对这一史前文化遗存的一些重要符号进行一次全新的叙述；另一方面，我也想站在全球视野下进行一次比较，但这个全球化叙述试图想摆脱欧洲中心主义的观念。

当然，它存在着诸多问题。因为是研究生们撰写，文笔和见识方面的问题是不言而喻的，还有写作方法的问题。一方面，这本书从一开始写作时就是要给大众看的，不是给专业人士读的，所以力求浅显易懂，甚至要带一些文学化的叙述，这会让历史学家们感到不适和不专业；另一方面，对一些重要的文化符号，也要从专业的角度进行解读，力求不要太变形，这又会让普通大众感到太深奥。两方面可能都不能讨好。只好求中庸之道了。我还要求我的学生们对当地的民间传说尽可能地收集进来，为未来的研究者提供一些基础性的材料，而这些材料也可能会让一些专业人士尤其是考古学家感到不可靠。比如，女娲的一些传说没有任何信史可以佐证，但在我这个文学家看来，这些民间传说就是最好的佐证，这是靠信仰和心灵代代传下来的，这是心灵考古，比那些物质考古更为可靠。这些也可能会成为人们议论的问题。但不管怎样，大地湾，这个中国文化很重要的遗存总算是有一个介绍的小册子了。一些不足和问题就交给后来者去完善了。希望它们能走进大众的视野，能把大地湾传得很远很远。

2018 年 7 月 26 日深夜

扫码可收听有声版

第三辑

佛道相望

佛道相望

从兰州出发,越往天水方向走,气象越不同。北方气质渐褪,南方气象渐浓。其实,它仍然是北方。但这样的错觉到天水去的每个人都有。现在大多数中国人的路径总是先预设北京、上海、广州为出发点,一路往西往北走,走到荒漠地,走到开阔处,走到心灵陌生的边疆。尤其是在盛夏,生活于炎热南方的人们,北方就成了他们乘凉和沐浴的大草场。其实北方缺水,生活于北方的人们总是向往着大海。诗人海子在为自己命名的时候,他的心灵一定非常饥渴。我也一样,在不知道海子的时候,我也曾取笔名为海子。我们都曾幻想过大海的形象。

事实上,我们曾经生活的西部,在一亿八千万年前就是一片汪洋,就是大海。后来,山川倾斜,大海走了,走到了东部和南部,于是,西部人也莫名地跟着往东往南走。这是生命的脚步。没有几个人能通晓这神秘的召唤。但向东的脚步从未停止过。从游牧时的黄帝,从古老的羌狄,到秦汉时的于田、且末、楼兰、匈奴西域诸国,再到魏晋唐宋时的诸多胡族、吐蕃王朝、西夏国等,他们用战火、用生命铺就了一条向东的道路。在这条向东的道路上,还行走着佛教、基督教、伊斯兰教的圣徒们。

他们到底看到了什么?

是绿色。是秀美。是越来越潮湿的空气。是精致的服饰。是细腻的皮肤。那是生命热爱的元素。在魏晋时期,从西域来的石匠们,沿着丝绸之路从龟兹、敦煌、凉州、永靖,他们在那些开阔的交通要道处,雕刻下一尊尊伟大的佛像,但是,当他们从永靖经金城(兰州)再到秦州

（天水）时，他们的嘴角越来越湿润，眼里的绿色越来越多，而秦州的女子比任何一个地方的都要白净水灵。他们欢喜起来。因为那里的土质不利于雕刻，所以他们不得不让位于当地的泥匠，但泥匠们不会塑造佛像，于是，他们便把心中的偶像与欢喜一起贡献了出来。胡汉夹杂，北风与南风交融，便成就了今天麦积山上的石窟。

我是在一个秋天的下午站在那突兀的山崖前的。那时的我，迷茫，犹豫，不知所措。我并不知道我到那佛寺里要寻找什么。那时，我对佛教所知甚少，我也不懂雕塑。所以，我久久地站立在山门口，不愿向前。与我前来的人们已经涌进了山门，在不停地叫我。但我还是站立着。我对山崖上的古代工程产生了巨大的疑惑。在那悬空的山崖上，凭空伸出来一些木桩，造了一个空中栈道。很多人挤在上面，去参观仍然站立在陡峭崖壁上的佛像。多么危险的旅行。我不记得我是否也上了那悬崖，对山崖上诸神的形象竟然没有一点儿印象，但我永远记得有一片迷茫笼罩着我。我在山门口坐了很久。

那是与麦积山佛窟的第一次结缘。之后，我再也未去过那里，但那片迷茫并未消失。许多年之后，我开始对佛教的一些事情感兴趣，也因为从事过八年的旅游研究，不得不对天水的麦积山石窟做更多的了解。之后的了解，有来自书本的，有来自天水本地学者的，也有来自天南海北的人们对它的想象和解读，但都与我心中的天水有很大的距离。第一次瞻仰时的迷茫始终在我心中未散。又过了一些年，我对中国文化多了一些了解，同时对佛教也多了一些亲近之时，我似乎才真正走进那座神圣的佛窟。

但这一次，不是靠身体，而是靠灵魂与智慧。那是道缘。

鸿蒙开启

在我看来,天水之于中国文化,在于一个"启"字。但要理解这个字,一切得从鸿蒙之初说起。

鸿蒙之初,天地间是无穷无尽的时光。上帝说,那时上帝的灵运行在其中。但在佛的眼里,一切都是空,一切皆为茫。佛曰,相由心生。心生的世界为色相。佛又曰,色即是空,空即是色。

然而在佛教未涉足华夏之时,天水,这一化外之地其实是道家的天下。在道家看来,天地未成之前,道已存在,道就在化育。老子说,有生于无。那么,这个最初的"有"是什么呢?老子说,这个有在最初的样子表现为"寂兮寥兮,独立而不改,周行而不殆,可以为天地母"。连天地都是它诞生的。然后,他又说:"吾不知其名,强字之曰道,强为之名曰大。"然后,道生一,一生二,二生三,三生万物。这就是中国人最早的世界观。但若有人问,道在哪里?没有人能回答这个问题,于是,老子也说,有与无"此两者同出而异名,同谓之玄"。

从某种意义上来说,中国文化的心智是从老子那儿发育的,因为他讲了连孔子、庄子也未曾讲明的道,讲了世界的来源与运行的真理。所以,当孔子看见老子的时候,无限感慨地说道:"鸟,吾知其能飞;鱼,吾知其能游;兽,吾知其能走。走者可以为罔,游者可以为纶,飞者可以为矰。至于龙,吾不能知其乘风云而上天。吾今日见老子,其犹龙邪!"

据《史记》记载,孔子见老子时,已五十有一。那已是孔子知天命的时期。于是,有两个问题就产生了:一是孔子为什么说"五十知天命"?二是孔子为什么在那时去拜见老子?

第一个问题在中国学术史上很少有人去探寻过，对它的解释都有些牵强附会。孔子说这句话是对自己人生的总结，十五向学，三十而立，四十不惑，五十知天命，六十耳顺，七十而从心所欲不逾矩。那么，我们就要看看孔子在五十岁时做了什么事获得了什么感受，才使他突然洞晓了天命的秘密？

从各种资料来看，孔子五十岁那一年，有很多事发生。在修道方面，有一件事一直是人们争论不休的话题，这就是孔子对《易经》的学习。《史记·孔子世家》中说"孔子晚而喜易，……韦编三绝。"其意思是孔子到晚年的时候特别喜欢《易经》，喜欢到用熟牛皮编起来的竹简都被翻散架了多次。"三"在这里应该是"多"的意思。用这样一个情形来形容孔子对《易经》的痴迷。这个故事与孔子听到《韶乐》后的感受是一样的。难道孔子是晚年才开始研读的《易经》？

《论语》中却有另一句话："加我数年，五十以学《易》，可以无大过矣。"（《述而篇第十七章》）很多人以为孔子到了晚年才开始学习《易经》，也有人认为孔子早就学习《易经》了，因为他们觉得孔子那么好学且无所不知的人自然很早就学习《易经》了。比如冯友兰先生以为《论语》中的那句话可以改为"五十以学，亦可以无大过矣"。他以为"易"字为"亦"字之音误。可如此一改，怎么与"十五向学，三十而立"相对应来解释呢？显然是不可以的。对于后一种认识，是由于人们对于当时的历史不了解的原因。在孔子之时，天子失学，各种图书和学说才流到民间，但是不是意味着《易经》也流到民间了呢？要知道，在此之前，《易经》是帝王所用之术，民间是很难学习的。每有大事，帝王必用其占卜，所以《周易》中卦辞的解读大多与帝王有关。那么，孔子是什么时候得到的《易经》？或者说，《易经》是何时流到民间的？这些似乎都无从考证。但是，从先秦诸子文章及各种传说中，我们至少可以知道有四个人对《易经》较为熟悉。

第一个自然是老子。他是国家图书馆馆长，《易经》当然是他常常能看到的经典，而且他的《道德经》也与《易经》的思想有较大的关系。我曾经专门写过一篇文章，论述老子所看到的《易经》与孔子所看到的

《周易》有较大的不同。也就是说，老子至少看到过《周易》之前的另外两种《易经》(《连山易》和《归藏易》)，而孔子没有。同时，老子在《道德经》中发挥的恰恰是《连山易》与《归藏易》中的思想。

第二个是孔子。这是众所周知的事实。但可以看出，孔子只看到过《周易》。

第三个是比孔子晚了很多年的鬼谷子。从后来民间所流传的鬼谷子的故事以及一些书籍来看，鬼谷子对《易经》有与老子和孔子不同的理解，而且鬼谷子所重视的是象数。

第四个是最晚的阴阳家邹衍。这个自不必说，他就靠其吃饭。

真正算起来，四个人中只有老子与孔子是同时代人，其他两人则要晚得多，不是一个时代中人。所以，到了鬼谷子和邹衍之时，《易经》大概已多有人钻研，但即便其散落于民间，看起来也仍然是少数人拥有的经典。

那么，我们可以设想，孔子在五十岁那一年开始研读《易经》，他得到了什么启示呢？这就不得不使我们想起孔子的两句话：

第一句话仍然是《论语》中的那句"加我数年，五十以学《易》，可以无大过矣"。今天我们很难知道这句话是孔子什么时候说的，但肯定是五十岁以后的事。在他看来，五十岁学习了《易经》，人生的义理就通晓了，人与天地、生与死、得与失、名利与仁义等各种关系就理顺了，做起事来就不会有大错误了。

第二句话仍然是《论语》中的，但已是到了晚年才说的："五十知天命。"大概仍然是在感悟《易经》时讲的。

两句话合起来就可以理解为：五十岁时孔子开始研讨《易经》，得到了很多启示，对道，对阴阳之变，对天地玄理，对人生真谛都突然间有了通透的理解。那一年，他对自己的命运有了深刻的理解，开始对占卜中的神机有了感悟，所以，他说知天命。如果再加上晚年孔子对《周易》的解释，就更加清楚了。他之前是不语"乱力怪神"的，但在《周易》的解释中竟屡屡提到鬼神。可想而知，他在五十岁时只是学习而已，略有所得而已。

那么，另一个问题是，他是从哪里得到的《易经》？这是历史的悬案，定然无解，因此我们怎么解读都得有圆通的道理才行。我们再来看孔子去见老子是干什么。

《史记·老子韩非列传》中讲道："孔子适周，将问礼于老子。老子曰：'子所言者，其人与骨皆已朽矣，独其言在耳。且君子得其时则驾，不得其时则蓬累而行。吾闻之，良贾深藏若虚，君子盛德，容貌若愚。去子之骄气与多欲，态色与淫志，是皆无益于子之身。吾所以告子，若是而已。'"

《史记·孔子世家》中也叙述了这个故事，当孔子告别老子时，老子赠言道："吾闻富贵者送人以财，仁人者送人以言。吾不能富贵，窃仁人之号，送子以言，曰：'聪明深察而近于死者，好议人者也。博辩广大危其身者，发人之恶者也。为人子者毋以有己，为人臣者毋以有己。'"

显然说的都是礼的问题，这在《礼记》中也有呼应，但却隐藏着一个很大的转折。这就是如何为人处世，如何转危为安。《庄子》中数篇涉及孔子问道于老子的文章几乎讲的都是这个。虽然庄子对孔子几近挖苦，但道家的道理并未变，它也与《史记》中老子对孔子说的话相呼应。

于是，有学者得出一个结论，孔子曾两次拜见老子。第一次便是《史记·孔子世家》中记载的那样，当时孔子三十多岁。这从孔子适周时鲁君的安排能看得出来，当时孔子很年轻，也是孔子刚刚开办私学之后。据历史记载，孔子办学大概在三十岁左右时，所以他说"三十而立"。那时候他年轻气盛，拜见老子，主要是问礼，老子赠以言。《礼记》中孔子回忆与老子的交往时，也看得出来是很年轻时就向老子学习过礼，且时间很长。第二次拜见老子时，应在五十岁左右。庄子在其文章中说五十一岁。

五十一岁时，孔子在干什么？《史记·孔子世家》这样描述孔子五十岁和五十一岁时的情景：

公山不狃以费畔季氏，使人召孔子。孔子循道弥久，温温无所试，莫能己用，曰："盖周文武起丰镐而王，今费虽小，傥庶几乎！"欲往。子路不说，止孔子。孔子曰："夫召我者岂徒哉？如用我，其为东周乎！"然亦卒不行。

其后定公以孔子为中都宰，一年，四方皆则之。由中都宰为司空，由司空为大司寇。

也就是说，孔子五十岁时被鲁定公任用，只用了一年的时间，四方就都来效法他。五十一岁时，也就是定公十年的时候，就发生了著名的夹谷会盟之事。夹谷会盟在孔子的人生经历中可算是大事。他用礼的方式战胜了齐国，不用一兵一卒，使"齐侯乃归所侵鲁之郓、汶阳、龟阴之田以谢过"。这是孔子提倡礼教的一个最为重要的实践活动。那是春天发生的事。按照庄子的说法，孔子在那一年去拜见老子。当然，《史记》没有记载那年春天之后孔子的所作所为。后面直接就说的是五十五岁夏天的故事了。

夹谷会盟对孔子的宣传太大了。如果真的是那年春天之后去拜见老子，孔子则有向老子炫耀的意思。瞧！三十岁时拜见您，您不是奚落我吗？现在，我用礼的方式胜利了，您又怎么看？这当然是小人之心度君子之腹。孔子不是这样的人。按照他的为人风格，他既不会去炫耀，也不会去改变。那么，孔子去拜见老子干什么？

如果真的是第二次拜见，那么，我以为，他遇到了求道中最大的难题。那一年，也是他实行仁政礼法最为得意的一年，也是他四处宣扬自己的雄心壮志的一年。似乎他可以实现文王的理想了。但他还有什么样的难题呢？

从各种情形来看，他遇到的问题可能有二。一是国家大事，仍然是礼制。这从他后来堕三都的做法能看得出来。他还是要推行礼制。同时，那一年，史料记载，他还杀了自己的对手少正卯。从这些做法也可以看得出来，他实行仁政后所采取的"春秋笔法"便是匡扶正义、鞭挞邪恶，对一切不合礼法者都进行批判与治理。如此看来，《史记》中两次记载老子的赠言便有了明确的指向。它们都是针对当时孔子的所作所为、所思所说而言的。这无疑对孔子是当头棒喝。但对于这个时候的孔子，要能让其信服并以为老子"其犹龙邪"并不是一件很容易的事。从学者的一般情形来看，有两种情形能让一个人信服，一是掌握的史料、知识比自己要多，二是有更为精深的思想。前者自不必说，这是老子作为周室史官的优点，但后者呢？

那时，老子还未著道德五千言，但如果要告诉孔子自己的思想，大概也就是那些观点。但那些观点已经超越孔子平时所关注的历史和人伦礼制，已经是宇宙自然的法则了。所以孔子说，他不知老子能"乘风云而上天"，无法形容了。

然而，大凡学者，还有一个特点，那就是要问，你这些观点又是从哪里得来的？凭什么能让人信服？除了可以感悟的道理外，一定有可以令人信服的智慧。因此，我们可以玄想，如果真有孔子五十一岁见老子的话，那么，孔子到底是怎样被折服的？

在这个时候，我们仍然应该再一次回味《论语》中一些道家隐士的言行。长沮、桀溺、楚狂人等对孔子多有讥讽，孔子说，如果世上有道，我就不这样做了。可见，孔子对老子的隐世之道并不认同。那么，是什么让孔子认同并心服的呢？恐怕还得从圣人之道或周文王说起。于是，问题的症结便找到了。文王所修《周易》。

可以想象，当老子拿出文王所推演的《易经》并进行陈述时，孔子便茫然了，也便彻底折服了。更何况，在我看来，老子不仅熟悉文王所推演的《易经》，而且还熟悉《连山易》和《归藏易》。原因皆在于他是周朝管理典籍之人。前面也已经述及，那时，这些经典并不是向民间开放的。那么，当老子出示文王所信奉的经典时，而且演绎得出神入化时，孔子的态度便可想而知了。

现在，回头来看，《史记》中所载孔子拜见老子为两次之综合。"鲁君与之一乘车，两马，一竖子俱，适周问礼，盖见老子云。"此情此景与"孔子自周反于鲁，弟子稍益进焉"的结果来看，大概是孔子三十岁时的样子。到定公五年，孔子四十六岁时，孔子仍然"不仕，退而修诗书礼乐"，此时，看得出来，他并未讲《易经》，而且，到那时，其"弟子弥众，至自远方，莫不受业焉"，并不是前面所讲的"弟子稍益进焉"。

如果这个逻辑能成立的话，那么，我们就可以设想，孔子确实是见过老子之后开始学习和研讨《易经》的。当然，也许孔子之前知道《易经》并学习过，但他"不语乱力怪神"的特点使他没有去接触这一代表中国古代神学精神的著作。现在，他终于开悟了。所谓开悟，便是对命运有所知。这也就是所谓的知天命。

如此，就可以把孔子拜见老子、孔子所讲的"五十知天命"以及"五十学易"等众多疑案通通解决了。也大概正因为如此，孔子才用《周易》乾卦中所讲的龙来比喻老子。也正是因为如此，孔子在五十岁之后才常常用《易经》中提到的"道"来作为自己学说的根本。

如此，在老子的引领下，孔子才将周文王所推崇的《易经》作为自己研读的经典，并将其作为门徒所学习的"六艺"之首经。可惜的是，他直到晚年才领会其精神。

现在，再来看老子告诉孔子的那些话，恰恰与《易经》之理相通。所以，后人认为，在思想根源上，道家与儒家同出一源，即《易经》。在我看来，老子之《道德经》是对《周易》之前《连山易》和《归藏易》的发挥，而孔子尊崇周礼，自然是对《周易》进行发挥。老子强调以柔克刚，无为而治；孔子强调，天行健，君子当自强不息，士不可以不弘毅，以礼乐治世，是谓阳道。一阴一阳才为道。所以，中国古代之学术，必须将老子与孔子结合才可以理解什么是道。德国存在主义哲学家将孔子与老子并列为人类十五位大哲学家，将孔子理解为人性思想道德范式的创建者，而将老子理解为形而上学的原创者。也就是说，孔子更多地关注了人性社会的伦理，而老子更多地阐述了宇宙真理。一个仰望星空，一个俯视大地。他们共同撑起了中国人思想信仰的天空。这也就是儒家发展到董仲舒时不得不将道家思想融入的原因。

但是，儒家到孔子之后，对《易经》的继承也多限于其理。史书记载，孔子将《易经》之数、象教给学生商瞿、子夏等，大部分学生只得义理。自商瞿之后，便与儒家渐渐分离。即使如此，《周易》之哲学部分也可经天纬地。孔子在传文中道："易为天地准。"可见，在他看来，《易经》所代表的真理便是天地的法则。周文王与孔子对《易经》的解释，既论命运、利害、得失，又论君子当如何处世。其玄理也非一般人所能掌握。但是，孔子的传文与周文王的爻辞相结合，君子就知道只要自己修身立德、依礼行事，并懂得阴阳变化，那么，人生就不会有大问题了。所以，儒家知识分子虽然没有自己的宗教，但依据《周易》的玄理，也大概能知道自己的命运与事物的变化了，也可以不用求教于鬼神。至于《连山易》和《归藏易》中所蕴含的科学真理乃至中国人更早的巫术精神都流落至民间，尤其是为道家所执。于是，江湖术士得其一者，便也可以知天地，懂鬼神，可养生。但江湖术士往往不得其理，重利害，轻道德，所以常常陷入偏道。只有那些懂得大道的道家，才能很好地运用其真理。中国的地葬学、中医学后来也几乎是道家的理论系统，其实都出自《易经》。南怀瑾将《连山易》、《归藏易》、洛书、河图以及《周易》进行对比后认为，《连山易》《归藏易》并不像学者们所讲的那样彻底丢失了，而是被道家、医士等百家继承了下来。

那么，更大的学术问题便产生了。既然老子是孔子的老师，那么，老子的老师又是谁呢？也就是说，《易经》的另外两支《连山易》和《归藏易》以及《周易》又来自哪里呢？中国的学术思想史从何开始的呢？

这就不能不谈到伏羲。学术界最早认为伏羲主要在河南一带活动，并画八卦，创《易经》，只因《左传·昭公十七年》中记载"宋，大辰之虚也；陈，太皞之虚也；郑，祝融之虚也。"而汉代时陈即古宛丘，今河南淮阳也。也就是说，河南淮阳是伏羲氏的故乡。但后来的考古发现使学术界又形成了另一个观点，伏羲并非简单地代表一个人，而是一个氏族。女娲也一样。他们很可能是其氏族的首领，后来便是这个氏族的称呼。那么，伏羲氏族的活动也就非一地，而是沿着黄河一带。有些乡愿情结的学者往往要将伏羲定位于某一地，而大部分学者认为伏羲氏族是从黄河的上游慢慢往中下游活动的。基于这样一个认识，学者们便勾勒出伏羲氏活动的范围及地区。从目前的考古发现，可以确认，伏羲氏族最初活动在黄河上游甘肃天水秦安一带，后迁徙至河南、山西，又至山东。这些地方都有他们活动的痕迹。有学者还将伏羲与"三苗"联系到一起，因为三苗地区也确有关于伏羲与女娲的传说。而三苗被迁至西北的三危地区，也就是今天甘肃的敦煌一带。这都说明伏羲氏族迁徙的时间非常漫长，由此也形成了一个伏羲文化带。从今天来看，这个文化带最早形成的是西部黄河流域的大地湾文化，之后是马家窑文化，在中部主要是仰韶文化，最后到东部大汶口文化。这些文化都是新石器时代的文化，带有浓重的从母系氏族社会向父系氏族社会过渡的特点，其图腾崇拜多是半人半神、半人半兽。学术界大都认为伏羲生活的年代为距今六千年左右，如果是那个时代的话，那么，伏羲便主要生活在大地湾文化时期。也就是说，中国人鸿蒙开启于黄河泛滥的中上游时期，也就是今天的天水一带。

从今天出土的唐代帛画中来看，伏羲、女娲是人首蛇身交尾像，即今天天水伏羲庙中的形象。伏羲扬手执矩，女娲扬手执规，代表二人手执规矩在天地间制定人类伦理，因为中国人最早的婚姻礼俗据说都是由伏羲和女娲来制定的。这也能解释战国时期天水秦安一带被命名为成纪的缘由了。帛画中二人头上为日，尾下为月，人物四周星辰罗布，白云缭绕。后来出土的汉石刻画像中，伏羲女娲的形象也是如此。这与八卦、《易经》，以及河图、洛书又有些相似。《易经》的易上面正好是"日"，下面是"月"，与汉古刻画与唐帛画中相吻合，这似乎也代表了乾坤二卦，而四周便是几卦的象征。此外，南怀瑾解释，八卦、河图、洛书都是伏羲观察天文、地理所得。因为太阳和月亮的运行变化会导致大地气候的变化，八卦便是对这些变化的一种不可思议的描绘。至于它与人的命运如何结合，则更是一件难以解释的事。这大概与古时巫术有关。规矩是古代巫者沟通人与神鬼的法器，因此，也可以说，伏羲与女娲在那个时候就是大巫，与犹太教中的摩西一样，有着不可思议的力量和神通。女娲代表了母系氏族的最后时期，而伏羲代表了母系文化向父系文化社会的过渡。

八卦与《易经》的真理在于，将人视为天地之一物，与天地运行的真理相通，即天人合一的思想。老子即是继承了这样的思想，才在《道德经》中曰："人法地，地法天，天法道，道法自然。"所以，老子才以天地变化的道理来谈道与德。孔子在研讨《周易》后，对此有了深刻的认识，但他显然对此并不满足。他对人类伦理与社会的治理有另一种认识，这又与伏羲制定人类伦理的传统进行了续接。从某种意义上来讲，八卦是一种运行的机制，但伦理则是运行的正理。这就是周文王与孔子解读《易经》的意义所在。那么，我们也就能理解孟子所信仰的"天地浩然正气存焉"的真理。

从时间上和义理上确定伏羲的存在后，我们再来看看天水一带的地理与遗留下来的民间传说。

先来看大地湾。1958年发现的大地湾遗址位于天水市秦安县东北五营乡邵店村牛头坪，距现在的天水市区一百零二公里。大地湾遗址存在于约六万年至四千八百年之间，中间隔着茫茫岁月。其中第一至三文化层形成于距今六万至两万年，属于旧石器文化时代。在那里发现了石英石片和碎片。它说明在渭水之旁，我们的祖先已经开始钻石取火。那么，我们是否就可以大胆设想，燧人氏族就在大地湾一带先开始他们的活动呢？有学者进行研究，得出一个与此相近的结论：燧人氏大约在三万年前产生并开始活动，"其中重要的族系有弇兹氏、婼氏、华氏、胥氏、华胥氏、赫胥氏、仇夷氏、雷泽氏、盘瓠氏等。他们主要分布在今甘肃省境内，西起敦煌（古瓜州）、三危山、疏勒河、弇兹山；东达庆阳、华池、河水，直至陕西境内的北洛河；南至湟中拉脊山、日月山、成县、礼县、康县、凤县，直至秦岭以南的华阳。其活动中心（观星象祭天中心）主要有三处：一为合黎龙首山（古昆仑山），二为湟中拉脊山，三为六盘山。燧人氏的直系允姓、风姓、婼姓，分布在其周围。"[①]

也有学者认为，燧人氏是伏羲氏的父亲。这个观点在今天看来有些简单，但是，它也告诉我们一个信息，即伏羲氏就是燧人氏的一支。从燧人氏的活动来看，在那个时候，他们就开始观测星象变化，所以，也有学者认为，早在燧人氏时就已经创造了河图、洛书以及太阳历。是燧人氏将河图、洛书传给了伏羲，伏羲才创立八卦。如果从距今六万年至伏羲活动的六千年前的时间来看，我们的祖先要发明创造这些文明，至

---

① http://baike.baidu.com/link?url=_bLvcsHFrXTDpzM-EJwfLjt3T9RafiaSl6_GOIxaAXmsatlyJUoLsS61LBKW0E7E

少需要五万多年的时间，相当于现有文明史十倍的时间。那是多么漫长的岁月啊！

那时的黄河汪洋恣肆。今天所见的平原在那时基本上都是湖泊。地理学家告诉我们一个惊人的事实，它颠覆了我们的先天知识。古人云：天下黄河向东流。中国的神话也非常有趣，说天地之初，地倾东南，然后河流便都往东流。这在其他民族的传说中没有。地理学家惊人地发现，现在的黄河流域在一亿八千万年前是东高西低的地势，西部为海洋，属古地中海水域。东部乃是古大陆。那时的河流都在往西流。那时没有人类存在，如果有，将会流传一句"天下河流往西流"的谚语。后来的造山运动，一次次将西部地区抬升，青藏地区逐渐隆起为高原，并成为世界屋脊。这才导致"地陷东南"，天下黄河向东流。但那时至少在二百五十万年之前。我们的祖先是怎么知道这样的地理大变故的呢？

然后，又在一次次的地质运动中，西部的海洋渐渐裸露出一些骨头来，慢慢地，西部地区就变成了一个个大型湖盆，自西向东，玛涌、唐克、共和、银川、河套、三门、太原、洛阳、泌阳、大名、肥乡、宁晋及文安等，一直到东海。就仿佛有一只巨大的手在把地球一直往东南方向撬。在距今二百四十万年至一百五十万年的冰川时代，这些湖盆渐渐变小，裸露为平原。随着冰河时代的结束，在距今一百五十万年至一百二十万年的这段时间里，气候转暖，冰雪消融，天上的雨水又异常丰沛，这就导致雨水将那些湖盆又一次相连，引发大洪水时代的来临。这样的洪水时期持续了很长时间，一直到数万年之前。这也就是所有古老民族的神话中所讲的大洪水时期。中国神话中也有洪水泛滥的时期，说那时女娲开始补天，其实，女娲时期已经到了洪水时代的末期。

无论是在东方，还是西方，人们在漫长的岁月里发现，这些自然的变化与天上的星象有关。在中国的祖先看来，自然的变化都与太阳和月亮的变化关系密切，同时与金、木、水、火、土几大行星的活动也极大。这就是最早的河图、洛书与八卦的"天机"。西方则有星象术。西方人与中国人看到的星象有所不同，他们除了中国人所讲的这些星象外，还能看到海王星等星球的移动，有十二星座。他们发现，这些星球与一定时期出生的人的命运有着极大的关系，于是，在西方也产生了古老的星象术。

这些智慧因为需要口耳相传，大概也需要一些天才继承，所以，这些智慧掌握在一些氏族中力量、道德、才华俱佳的人那里。他们就是仰观星象、俯察大地的巫者。巫者是人类最早的科学知识与人文精神的共有者。伏羲、女娲便是中国人那时的代表。

在古老的渭河旁边、现今天水市北道区的三阳川的西北端，有一座突兀俊秀的山，名叫卦台山，海拔一千三百米高，传说是伏羲画八卦、画太极的地方。登临山顶，俯瞰三阳川，将看到一个神奇的现象——古老的渭河从东向西流成一个"S"形，把椭圆形的三阳川盆地一分为二，形成了一个天然的太极图。古往今来，无数的学者登临此处，无不为此感叹。

在天水市甘谷县白家湾乡蒋家湾村有一座太昊山，传说是伏羲诞生的地方。那里有座山名艾蒿山，其山顶中内低凹，呈盆地状，面积在一千四百平方米，地形呈八卦状，据说也是伏羲摆卦的地方，故名八卦山。那时的人们把伏羲还叫"风伏羲"，与《三皇本纪》载"太昊疱牺氏，风姓"吻合。

这些似乎都说明伏羲氏族曾在这里生活并开始创建八卦思想，但并不能说明伏羲氏一直生活在这里。天水过去还被称为成纪，意思是伏羲氏在这里开始有了婚姻伦理的初创。从有关伏羲与女娲为兄妹的传说中，可以看出伏羲氏族的时代正是母系氏族向父系氏族过渡的阶段。兄妹婚是母系氏族社会的一个阶段。

大地湾的考古发现，在距今六千年前伏羲氏族的人们，过的是半游牧半农业的生活。这一发现告诉我们，伏羲氏族沿黄河一直在往东迁徙。后来人们相传的河南关于伏羲氏的一系列活动痕迹及其相关的地名，包括洛书等，应该都是伏羲氏的另一个阶段。它同样也不能证明过着半游牧、半牧业的伏羲氏族，就诞生于河南、发展于河南并终于河南的观点。

历史在这个时候向人类演绎了它幽冥的一面。事实上，整个史前文化史都是值得人们无穷无尽地想象的心灵史。那些口耳相传的神话被今天的历史和地理考古一件件证实,但往往又无法落实具体的时间、地点,而且一旦被确定为具体的现象,神话便立刻遭到祛魅,失去其迷人心魄的神力,沦为平庸的现实。也许,从精神层面来讲,没有文字记载的漫长的史前史是人类最美好的时代,因为在艰难岁月里,他们拥有美好、坚定的信仰。他们的心灵犹如大地一样朴素、动物一样单纯、神一样灵敏。他们简单、纯一。也只有那样单纯的心灵,才与天地通灵、对话,才拥有最为明亮的眼睛看到星空的变化。在黏稠的时间里,他们对时间和死亡的态度定然与我们现代人有着质的区别。因为那样,他们才创造了天人合一的太初哲学,保持了天、地、人三者之间的绝对统一性。

中国人心灵的大门就在那一刻轰然开启。因此,从文明的意义上来讲,大地湾、卦台山是中国文明睁开的第一双眼睛。也因此,伏羲成为儒家推崇的圣人,同时成为道教四方天帝之一。

因为伏羲的原因,渭水之畔的天水一带便成了道家教化的故乡。老子与尹子的故事在天水一带流传。有人说尹子就是甘肃天水人,因为天水有尹子的寺庙。三阳川也由此成了道家的发端地之一。

时间在三阳川卦台山上呼呼而过,不久就到了魏晋时期。忽然的一天,有道人站在卦台山上像伏羲那样远眺,却看见其西北方向,有片片祥云缭绕,后才知道在离其七十公里左右的麦积山上,有佛居焉。

与佛结缘

无论我们在翻看关于麦积山石窟的影像，还是亲身立于那座信仰的山寺前，都不由得惊问：在那样的悬崖峭壁上为什么要塑造神佛的形象？这样伟大而陡峭的工程由谁引导、主持完成？他为什么要如此？

更为深刻的追问是：这些源自西印度的佛是怎样来到中土？他们的思想信仰对中国人的精神信仰乃至世俗生活到底发生了怎样的革命？它完成了中国人思想信仰中的哪些终极关怀？

回答这些问题，我们不得不回到浩茫的历史中，不得不回到佛教的建立者释迦牟尼的时世。于是，我们看到——

某一日，带着朝露的阳光轻轻地移到窗前，推醒他。那时他还是个孩童，名善慧。睁开眼，他看见一个充满了光的世界。刚刚做过的梦已然无法回想。他起得身来，吃过饭，便迎着光明出了家门。在街上，他看见一位王族女子拿着许多青莲花，便掏出五百钱买得五枝。他欢天喜地地拿着五枝青莲，推开了燃灯佛的寺门，将其献给燃灯佛。佛由是动容。

又一日，雨过天晴。他在路上行走，远眺燃灯佛赤脚从对面走来。他心中欢喜，但低头一看前面有摊污水挡在了佛的前面，于是，他急忙脱下衣服铺在地上，想将污泥挡住，可是不够，便伏在地上，以长发铺地让燃灯佛通过。佛由是感动，便授记说，九十一劫后，你将成佛。

这是燃灯授记的佛教故事。那个善慧童子便是后来释迦牟尼佛的前身，而燃灯佛是过去佛。这是佛教传播中的一个本生故事，是一个前世与今生灵魂转世的故事。在天水麦积山石窟中，第133窟第10号碑上，共有十二个画面，分别是菩萨在兜率天发愿、燃灯授记、乘象入胎、树下诞生直到双林入灭等共十二个经典故事,而燃灯授记的这幅画尤为很多艺术家、学者所喜爱。学者们都认为,这幅画惟妙惟肖,将善慧童子与王族女子之间的"一见钟情"描绘了出来,看上去让人有种怦然心动的感觉,具有浓厚的世俗情怀。大概学者们和艺术家们所关心的还是"世俗"与"人性",所以,他们对其他故事的兴趣远没有这幅多。

其实,这幅画告诉我们很多佛教理念。首先,灵魂是可以转世的,灵魂是不朽的。其次,每一世的修为都是后世的前因,因此人的行为与善恶之念不空。其三,真诚的信仰所带来的是永恒的回报。如果将其他本生故事一一解读,我们就会发现它与我们原来的儒道文化有着极大的差异。

在佛教未来到中国时,在我们中国人的文化信仰中,没有这样的生命相续之观念。先秦儒家孔子提出了一系列的观念,但大多都未能解释清楚。比如,孔子曰:"朝闻道,夕死可矣!"那么什么是道呢?孔子并没有过多解释,老子也只是将世界的真理"强名之曰道",庄子在别人问他道是什么时反问别人"我怎么知道道是什么呢?"孟子提出了天道观,算是进一步的发挥。但天道又是什么?孟子又解释不清楚了。到了董仲舒时,又进了一步,有了天人感应的学说,将天人格化。如此,天与人合为一体。人做了坏事,老天是知道的。所以儒家说君子要慎独,为什么慎独呢?有什么人监视你吗?因为老天在上呢。基督教也有这样的教义,说你一个人并不孤独,上帝永远在你身旁。这些观念并不是一开始就有的,都是人类智慧发展的结果,当然也是对人性规囿的结果。如此一来,新的问题又产生了,那就是一个人做了坏事、恶事,谁来惩罚呢?有什么样的惩罚呢?同样,一个人做了好事、善事,又有什么样的回报呢?这些问题曾经在"五四"以来被中国人经常谈起。很多学者批评中国人的信仰中有太多的功利主义,提倡应该超功利,即不谈回报。从禅宗发展的情况来看,这些问题也是中国人思想学术中的常见问题,尤其是在魏晋玄学盛行的时候。那么,我们就不禁会想,在那个时代,中国人如何解决这些思想信仰中的问题。

儒家学者董仲舒在试图解决这些问题时,显然引进了墨家的鬼神学说，同时也引进了阴阳家的五行学说。好在孔子崇尚的《易经》中本就有神鬼一说，所以，董仲舒将天人格化，神化，与人息息相通。这是儒家常说发展中的重要一环。儒家在解决历史问题时用了五行学说，如对黄帝开始至当时的时代用五行观念做了交代，以此来说明历史之变化规律。这是《易经》的观念。具体到个体命运时，儒家也只能用《易经》的思想来解读，而其日常行为则以礼教来规约，因此，儒家便可处于学术上的领先地位。

我们发现，孔子对《周易》的解读，其意义在于将变化无常的命运与人的道德合为一体，将功名得失也与人所遵奉和履行的道德视为因果关系。这一解读已然确定了"天""神"的意志：以善为本，以中庸为原则，以圣人、君子和大众的意志为准则。这就是现在我们所看到的《周易》。南怀瑾等学者认为，《周易》之前的《易经》还有两种，《连山易》与《归藏易》，都与《周易》不同。《连山易》与《归藏易》所要提示的真理为命运之变化，按南怀瑾所说被易家、阴阳家所继承，主要运用其数、象部分，而《周易》是儒家的经典，其所要揭示的是命运之变化与人的道德行为之间的联系，因此后世之人初学时都看到的是大道理，而不会运用数和象的原理，只有当其对数与象的原理也运用得当后，再来看《周易》中的大义，则周全了。这是孔子及儒家对中国学术的贡献之一，现在的人们未必懂得这一点。后世的一些阴阳家和道士也未必懂得这一点。所以，民间有些风水师可能懂一点《易经》的数术，却没有《周易》中的仁爱思想，终究会因为私利而受害或加害于人。

但尽管如此，中国人对命运的认知仍然局限在现世人生中。在先秦之时，从墨家的学说中可以看出，人们已经有了灵魂的观念，有了鬼神与葬礼的种种观念。也就是说，人们对灵魂永恒的探索已然开始。灵魂会不朽吗？既然鬼神存在，那么，他们如何存在？他们为什么存在？是现世的人死后之结果？他们与人世间的关系到底如何？这些问题显然成为那个时期中国人关于存在的终极追问。但是，儒家、道家、墨家、阴阳家等学说显然未能很好地解决它们。

它们便交给了外来的学说——佛教来解决。这是佛教进入中国学术并能够首先在民间被接受的本质原因。也就是说,当时人类的终极追问与回答在佛教是最为圆满的。上面所讲的本生故事中的燃灯授记便是对灵魂存在的回答。应该说,它比阴阳家和墨家的鬼神观念要广阔得多。它超越了现世人生,而将人放在生命流里不断的转世背景和永恒之下来观照的。于是,人生再也不是短短的现世几十年,而是永远的。于是,此世的行为、善恶再也不是来去空空,而是有因果报应的,善有善报,恶有恶报。这样的入世理念在一定程度上又与儒家提倡的性善论合为一体。儒家在孟子与荀子时一直不断地探讨性善性恶的问题,孟子主张性善,所以说,人有恻隐之心,这是人的善之本,但是,荀子认为人在本性上是趋利避害,所以性为恶,主张以礼法来治世。两种观念几千年来始终争执不下,但是,在佛教那里,性之善恶是有前因的,性善者是因为前世的修为,性恶者也是因为前世的恶业。如此,它似乎在理念上也解决了人性的争执。而在劝人向善这一点上,又与孔子修《周易》时提倡的仁、礼、君子、圣人、中庸等思想可达到一致。因此,从学术意义上来讲,佛教到中国完成了中国人的终极关怀。

如果我们从佛教的其他本生故事和因缘故事来看,我们得到的启示将更多。如释迦佛曾在率兜天就发愿普度众生、修善成佛。这个"发愿"是了不起的。在佛教之前,我们看看中国的圣人们在做些什么。老子见周室衰微,乱世纷扰,于是,避难于西方。他骑着青牛出了函谷关,据说来到了天水这个地方。他的学生尹喜的故乡也在天水。现在,天水还有很多关于老子的传说,在距天水不远的临洮岳麓山据说还是老子的飞身之地。天水还有尹喜的庙。这些迹象都说明天水这个地方与道家的关系非常密切。但也有史料说,老子一路往西,经过了流沙之地去了西域,所以才有"老子化胡经"一说。无论如何,老子的独善其身与避害全身的道家观念在中国文人中影响是极大的。老子的态度所以被认为是消极的。其实,佛教中的小乘佛教与老庄的观念有很多一致的地方,都讲求独自修行。但大乘佛教超越了这一点,讲求舍身救世。如释迦舍身饲虎、地藏菩萨发愿度尽一切众生到地狱里受苦和观世音等众菩萨的受难与愿行,都有伟大的行为与宏愿。在先贤中,在孔子之前、之时一段时间,中国人虽也有伯夷叔齐互让君主后又避难于首阳山的贤人，也有钟子期俞伯牙一样的高士，也有荆轲为燕太子丹刺秦赴难的英雄，但似乎都限于人情小义，只有孔子敢冒天下之大不韪而提倡仁政礼教，有拯救天下于即倒的情怀。孔子之后，学于儒家的墨子是另一个伟大的圣人。从一些理念来看，墨子虽在学术上没有孔子伟大，但在情怀上不亚于孔子，甚至比孔子更伟大。因为墨子是中国古代圣人中唯一的提倡平等、兼爱的学者。可惜，他的学说因后继乏人而成为绝学。学者们都认为，后世侠客都出自墨家，而所谓侠者，就是有救世的情怀，比起那些酸儒要伟大得多。

在舍身救世这一点上，儒家看来是永远赶不上佛教了。在佛教中，舍身救世者比比皆是。何耶？原因很简单。儒家没有关于后世的宗教哲学，佛教却有。在佛教看来，每一次的舍身，看起来是生命的劫难，但又是一次重生，且是伟大的重生。舍身成为其修行的重要理念。

在同时代的古希腊，也有一个舍身者，即苏格拉底。苏格拉底为了忠诚于律法的神圣性，不愿逃跑，自愿接受死刑。这样的信念足以使世间一切观念与行为都显得低俗，而这样伟大的信念也成为古希腊精神的重要部分。试想想，如果没有苏格拉底的向死而生，古希腊精神还有那样神圣的光辉吗？几百年之后，出了一个真正为人类舍身救难的圣人，即耶稣。耶稣比苏格拉底更了不起，因为他有更大的宏愿，即愿意用自己的一死来洗脱人类的所有黑恶。在他的心里，人类，这世上的每一个人，都是他自己的一部分。

佛教也是这样的宗教。所以，当佛教慢慢在民间流行并形成一种力量时，它便开始慢慢地改造中国原有的文化，儒家、道家及其他百家。它像一股涓涓溪流流入中国文化的山脉中。

然而，真正让帝王接受佛教并大兴佛教的原因并不在这些精神，而是另一层精神，即救赎精神。

这就不得不追溯到印度孔雀王朝的阿育王。据说，阿育王是孔雀王朝第三代君王，是印度历史上最伟大的君王。其伟大一方面在于在他执政时期，印度的疆域达到空前广阔，印度成为当时世界上强大的帝国之一；另一方面则在于他将佛教传播到世界，使印度文明成为伟大的人类文明之一。据说他为得到王位，杀死了自己九十九个兄弟。这个说法虽然有些夸张，但至少说明他为了继承王位伤害了自己的很多亲人。继位后，他仍然是一位残暴的君王，据说他为统治百姓专门挑选最凶恶的酷吏去设立"人间地狱"，以惩治那些不守规矩的人。他的伟大还在于发动了一系列统一南亚次大陆的战争，征服了很多小国，使印度的疆域辽阔无边。但是，这样一个人如何信仰了佛教，又为何传播佛教？

在阿育王的征战史上，最大的一次战争是公元前261年远征孟加拉沿海的羯陵伽国的战争。这是孔雀王朝统一印度的最重要的一次战争。当他看到十万人伏尸成山、血流成河的血腥场面时，他突然间感到了自己的罪恶，恻隐之心油然而生。于是，他同佛教高僧优波毱进行了多次长谈，他终于放下了屠刀，决心皈依佛门，改变统治策略。于是，他做了一件最伟大的事，即向佛教僧团捐赠大量财产和土地，大兴佛教建筑，据说他总共兴建了八万四千座奉祀佛骨的佛舍利塔。他还邀请著名高僧目犍连子帝须长老召集一千比丘，在华氏城举行大集结，整理了经典，编撰了《论事》。此外，他还派出王子和公主在内的佛教使团向周边国家传播佛教，于是，佛教便成为一个世界性的宗教。最后，作为一个佛教徒，他亲身到各地去朝礼佛的圣迹，遍访高僧大德，在大山崖上刻上佛的教诲，使众生都能受到佛的教育。

这就是一次灵魂的救赎行为。他不仅救赎自己的灵魂，消除他杀害兄弟和众生的恶业，也怀着对人类有情众生的救赎。他的伟大只在于此。当然，后世也有学者揣度，阿育王是为了统治天下，以防别人模仿他的军事征伐，对自己的后代不利，所以就吸纳了佛教里面的一些所谓四大皆空、生死轮回等理念教育民众。这是非佛教徒的诟病。

事实上，佛教最伟大的地方恰恰也在于它的宽容与现世的救赎。基督教也有宽容，也有救赎，但比起佛教"放下屠刀，立地成佛"的理念还有些苛刻。其原因也在于灵魂观的认识不同。佛教对现世人生的鼓励还在于，一个人若犯有罪恶，可以通过善的行为去救赎自己。比如，一个恶徒，若能弃恶从善，他就能在现世洗去自己身上的罪恶，不至于死后灵魂堕入地狱受苦。这样的佛教徒在佛教史上比比皆是。因此，阿育王对佛教的礼敬与传播在某种意义上也是为了消除自己的罪恶。

再到中国来看，佛教几次大的传播时期，都与了不起的君王与其恶业共生。唐太宗李世民是中国最伟大的君王之一，但在其继位之前，杀了自己的两位兄弟。他在政权的统治中，用的都是信奉儒家的知识分子，而在其信仰中，他奉老子为其先祖，对道教极其崇尚，希望能长生不死。然而，他对佛教也倍加推崇，大兴学佛之风，其中不乏对自己灵魂的救赎。

李世民已经是后来的君王了。在他之前，在佛教从丝绸之路传播的过程中，前秦皇帝苻坚和后秦皇帝姚兴是两个值得多说几句的人物。

苻坚是氐族人，但对中国的儒学极为欣赏，从小喜爱学习儒家学说，成为苻氏大族中少有的知识分子。他杀死了当时任皇帝的堂兄弟，成了皇帝。然后任用汉人王猛，运用儒家学说治世。一时之间，疆域辽阔，若淝水一战胜利，则大有一统中华的可能。从历史上简短的叙述中，看不出他对佛教有什么特别的信仰，但是，他做的一件事足以成为历史上的美谈。

公元382年，他派骁骑将军吕光去攻打龟兹，临行前他对吕光说了一番话，大意如下：我们现在去攻打龟兹，并不是贪爱那里的国土，而是为了一个人，一个怀道之人。这个人叫鸠摩罗什，他精通佛法，善明阴阳，是后学的宗师。贤哲是国家的大宝，如果打下龟兹，立即用快马把他送回来！

在历史上，为了女人发动战争的皇帝和国王比比皆是，但为了一个知识分子而发动一场战争的皇帝极为罕见。加上他大力任用王猛，可以说，苻坚是当时北方少数民族中深受儒家学说影响的君王，对文明的敬重在历史上堪为楷模。

因为苻坚的要求，吕光得到鸠摩罗什后便返回，结果到达凉州时，他听说苻坚已死，便自立为王。鸠摩罗什也便待在凉州弘扬佛法，一住便是十八年。十八年后，又一个皇帝发动了一场战争来抢他。这个皇帝便是灭了苻坚的后秦皇帝姚兴。

姚兴是羌族人，其先祖本来就生活在天水一带，后被迫东迁。姚兴也是一位知识分子，能讲经论道。他对儒学也极为推崇，主张以儒兴国。

有一件事能说明他的推崇程度。399 年夏天，国内天灾不断，他便用董仲舒的天人感应观念去理解这件事，他的做法是自降帝号为天王，创下了历史帝王中的仁政记录。《白虎通》曰："天所以有灾变，何？所以谴告人君，觉悟其行，欲令悔过修德，深思虑也。"而自古以来，没有皇帝如此做，只有姚兴一人。可见，真正信仰儒学者，还是胡人。401 年夏天，他将鸠摩罗什迎进长安，开始了一项伟大的工程。这项工程与后来唐太宗李世民的玄奘译经同为中国佛教发展史上的重大事件。这就是鸠摩罗什对佛经的翻译。这是中国历史上第一次国家组织译经的活动。

苻坚和姚兴都是十六国时期了不起的胡族的君王，他们对佛教的信仰与汉族人不同。他们没有两晋学人对佛学的种种诟病，也没有汉族学者在学术上的自尊，所以，他们既可以非常推崇儒学，也同样可以推崇佛教。在他们的文化心理中，佛教与儒学都是外来学说，所以接受佛教比汉族学人要通畅得多。也因此，他们可能更容易相信佛教中的许多观念。比如，他们可能更容易相信佛教的救赎理念，也更容易像阿育王一样大兴佛教来消除他们生命中的杀伐恶业。苻坚没有等到鸠摩罗什便死了，但姚兴则得到了这位传说中的圣徒。

在大兴佛教翻译的同时，姚兴接受了鸠摩罗什的另一个建议，即像阿育王一样兴建佛寺、石窟、碑刻。姚兴对佛教的崇尚，在后世一些学者看来，甚至有些病态，因为出现了事佛的人达到"十室而九"的局面和国家财力不济的困境。从这一点来看，姚兴与阿育王一样，是真正信仰了佛教。

就是在这样的背景下，天水麦积山便成为佛教传播的一个圣地。在这个长期以道家信仰为主、儒家学说为辅的地方，开始有了新一种信仰——佛教。

心的礼拜

　　古往今来，几乎所有的信仰都首先在民间产生、扎根，将其根茎深入到世俗生活的日常中，然后才由心与心传播至广大，最后经过一次与官方的深刻较量才上升为一个国家或族群的信仰。基督教如此，佛教、道教甚至不是真正宗教的儒家伦理均如此。反过来讲，如果一种所谓的信仰，不能深入到个体生命的日常生活中去，那么，它就不能成为信仰，也就不可能真正走进人类的心灵。

　　从魏晋时期至唐代开凿的那些关于佛教信仰的伟大工程，在今天看来真是不可思议。沿着古丝绸之路，然后遍布中国北方及西南地区的广大山川，敦煌莫高窟、凉州天梯山石窟、天水麦积山石窟、炳灵寺石窟、悬空寺、云冈石窟、龙门石窟以及乐山大佛……佛的伟大形象随处屹立。此后的任何一个时代，都无法与其比肩。它们只能信仰那些神圣、高大的形象。仅凭这一点，那个时代就足以令人敬仰与向往。它告诉我们，关于幸福，关于精神的丰沛，不是物质与技术所能赐予的，它们完全依赖于一个自足的信仰体系。那个时代没有汽车、飞机、电视、手机与网络，但不能说生活于那个时代的人们没有今天的人们幸福、自足。从今天来看，恰恰相反，生活在那个时代，也许比今天的人们更为幸福、自足、快乐，甚至伟大。今天，我们不能想象他们为什么要在摩天崖上不惜生命代价刻下那些来自西域的诸神形象，也不能体会他们在开凿那些石窟时所拥有的内在情感。他们留给我们的只有一个体验：仰望。至于我们是否信仰则是另一回事。

　　今天，任何一个人，当他站在麦积山石窟的面前时，情不自禁首先要做的动作仍然是仰望,然后便是惊叹。仅仅是那样一声内心的惊愕,便已经被征服了。芸芸众生就像河流一样在她面前流过,在她的形象中穿过,然后再流入世俗的海洋里。因此,再伟大的神祇与信仰,如果不能触及世俗众生的心灵,也是枉然。世俗的膜拜,才是一切伟大神灵的终极渴望。因为,真正的信仰是与泥土为伍的。

那么,佛的教育是如何与中土有情众生的生活融为一体的呢?

让我们还是回到前面那个佛本生故事。在中国禅学盛行之后,对中国学术思想的影响在于一个"空"字。实际上,道家哲学在其中起了很大的作用。万事皆空,一切灿烂情怀皆为往事。春秋时代的那些英烈悲壮与热血沸腾都不过是虚境。人生的终极追求不在欲,也不在情,而在玄。这是魏晋玄谈的风采。但这些影响主要在知识分子群体中间,对于民间来讲,则别有天地。佛本生故事燃灯授记在传播的过程中,有很多版本,大多版本都是释迦前身在童子时期从贵族女子那里买花献佛的情景,但到天水麦积山石窟时就有了一些人间烟火。有学者解释,看上去是一对青年男女一见钟情的情景。我们无法知道彼时代雕刻者的心境,但此时代人们的情绪已然明了。它似乎告诉人们,有情男女的相爱也是值得肯定的,是令人向往的,但是,它只是灵魂转世的一个过程,只是灵魂在追求永恒的一段红尘往事而已。

在这样的回眸之间、错愕之间、迷茫之间,我们不仅仅看到的是佛又在人间走了一遍,而且是我们的心又在红尘中洗涤了一次。刹那间,我们会误以为那个善慧童子就是自己,在这样的虚境中,佛便在我们的生命中了。俗世的风韵为佛走向人间和个体的灵魂深处铺上了道路。也许,这样的世俗风情更易于传播,更易于被有情众生所接受。在关于佛教的教科书或一些大德的教诲中,我们看到的往往是对有情众生世俗生活的彻底否定,这样的结果使身陷俗世中的人们与佛之间形成了巨大的鸿沟。此岸与彼岸之间形成了天堑,俗世与信仰之间无法抵达。尤其是在情爱至上的今天,佛的伟大、空茫的世界离人间太遥远了,如果我们重新传播佛教,让佛教走进今天的人间世界,也许天水麦积山石窟的这个佛本生故事画像是值得佛教界关注的。

我们可以设想，佛是怎样通过一个个人间形象到达天水的。从印度出发，先到达于田，然后顺着丝绸之路向西北或东北一路传播，于是，我们看到在楼兰、龟兹时，几乎都是西域风情，而到敦煌、张掖、凉州一带时，已经是胡汉夹杂，而到了天水麦积山之后，其风格一变，汉文化色彩基本占据了主要地位。如果刚刚看过兵马俑，再来看站立在麦积悬崖上的那些佛像，你会猛然发现他们之间有某种天然的相像。从龟兹、敦煌到凉州，佛的形象与整个西北的粗犷性情相一致，威严、高大、英雄、粗犷。即使是敦煌莫高窟里的那些供养者，其形象也如出一辙。然而到了麦积山时，佛的形象顿时明显地变得俊秀起来，且拥有了一种世俗中的美——燃灯授记中青年男女的爱慕只是那些塑像中的一个情景。

不仅仅这样一个孤立的情节。在天水麦积山石窟中，还有一个更大的共相：佛的微笑。从敦煌莫高窟到凉州天梯山石窟，再到永靖炳灵寺石窟，我们看到的佛像几乎都是帝王之相，威严不可侵犯，但也难以与凡夫俗子共鸣。信仰者必须以绝对服从的心灵膜拜。但是，在麦积山石窟，那些巨佛同样生活在山崖上的半空中，使有情众生在疲惫的路上、在劳作的田间、在绝望的黄昏能一抬头便看见救苦救难者站在他们的不远处，给他们以希望，以信仰。然而，当人们走近那些佛像时，会发现与站立在河西走廊上的那些巨佛不一样。他们发现，麦积山石窟中的那些佛大多都有慈悲、开怀的笑容，那笑容顷刻间将他们的苦难度化了，使他们也不禁会心一笑。

在世间，那样的人佛相遇，那样的会心微笑，那样的度化，也许唯有此处。就像老朋友几十年偶然相遇，像千年修行的恋人在此世终于一见钟情，或者像某个开怀的故事在心里激起无限的涟漪。就像诗，甚至高于诗。人世间再也没有这样高妙的相遇了。

早在1988年，由中国美术全集编辑委员会编辑出版的《中国美术全集——雕塑编（八）——麦积山石窟雕塑》是一部全面展现麦积山石窟雕塑的摄影集。翻开第一页，是麦积山圣地在山野中独立不凡的形象。在众神离去的今天，那些众佛曾经生活的山崖显得那样突兀，陌生，不可思议。他们为什么要选择那样陡峭的生活？难道仅仅是让生活在俗世中的众生仰视吗？难道他们天生就与生活在尘土中的人间有一种隔膜？这样的疑问从正文第 6 页第一座佛出现时就开始悄悄发生了变化。这是第 74 号窟右壁佛像。他看上去慈祥，安宁，但从他的嘴角和面容以及放松的眼神中可以看出一种淡淡的微笑。或者说这是一尊正要微笑的佛。第 7 页上是第 74 号窟正壁左侧胁侍菩萨。他看上去双眼微闭，嘴角却在情不自禁地笑了起来，似乎想起了什么令人愉快的情景。

从那一页开始，一直持续到第 100 页。全是北魏时期的塑像，占了石窟中的大多数。而这些塑像中的大多数，都流露出不可抑制的笑容。他们有的相视微笑，有的独自微笑。塑像中，除了释迦佛之外，北魏时期阿难的塑像至少有好几座。摄影集中出现的是第 142 号窟中正壁左侧的阿难和第 133 号窟中第 9 龛右壁上的阿难，都是以微笑示人。而第 150 号窟的沙弥，第 101、121、122 号窟中与菩萨一起的弟子，我们不妨将其也看作是阿难的化身。他们都保持着相同的微笑。就是第 10 号窟中的供养人形象，也是类同于阿难的微笑。

它使人们不难想起关于阿难与迦叶的故事。据说，有一次大梵天王在灵鹫山上请佛祖说法，把一朵金婆罗花献给佛祖。佛祖拈起一朵金婆罗花，意态安详，却一语不发。此时，所有弟子都无法理解，唯有摩诃迦叶破颜轻轻一笑。佛祖当即宣布："我有普照宇宙、包含万有的精深佛法，熄灭生死、超脱轮回的奥妙心法，能够摆脱一切虚假表相修成正果，其中妙处难以言说。我不立文字，以心传心，于教外别传一宗，现在传给摩诃迦叶。"然后把平素所用的金缕袈裟和钵盂授与迦叶。这便是禅宗"拈花一笑"和"衣钵真传"的典故。在麦积山石窟中，迦叶的塑像也有很多，在这部摄影集中有两张，一张是第 5 号窟中破颜微笑的迦叶，一张是第 87 号窟右壁右侧微笑的迦叶。在几乎所有的传说中，与迦叶的微笑形成对比的是阿难的庄严，但在麦积山石窟中，迦叶自不必说，阿难则一反庄严之态，有比迦叶更为慈悲、会心、传神的微笑。

看第 133 窟第 9 龛右壁上的阿难，似乎有将迦叶的形象错塑为阿难的感觉。少年阿难面露憨态，细眯双眼，俯首侧耳倾听佛的教诲，会心微笑。这难道不正是拈花一笑故事中的迦叶吗？但是，当我们翻看所有北魏时期的那些佛的照片时，我们恰恰可能会为这样的错觉也会心一笑。因为几乎所有的佛都怀着一种对人间信任、关爱的微笑，他们似乎都是因为听了人间某个令人愉快的故事而一起笑起来的。一笑便是一个时期。连阿难都笑了起来，难道这人间不是有福了吗？

然而，奇怪的是，在100页之后，从西魏开始，到隋、唐、宋、明时期的塑像就再也没有这样的微笑了。我们会有一种感觉，佛对人间越来越不满意了，开始变得庄严，甚至厌恶。隋唐时期的佛像看上去仍然高大，但有一种压抑的感觉。似乎人世间恶鬼越来越多，人间的罪恶也越来越多，佛心中的愤怒正在慢慢升起。到了宋明时期，越来越多的是愤怒的金刚，是要将恶鬼打压到地狱里去的决心。佛对人间越来越不信任，不宽容了。佛对有情世间充满了责难的神情。也许编者们在编辑这部摄影集时根本就没想到会有这样的精神痕迹，大多数研究麦积山石窟的学者也没有看到这样巨大而深刻的变化就深藏其中，只是有一些学者看见了阿难的微笑，称其为"东方微笑"。

我们不禁要问，为什么这样的微笑出现在北魏时期的麦积山石窟？学者们当然很少讨论微笑，他们讨论最多的是为什么泥塑会出现？泥塑又导致了什么样的文化？也就是说，学者们关注最多的是形式的变化。

学者们认为，当佛教传至麦积山石窟时，正是后秦时期。此时，一方面是鸠摩罗什传法时期，一方面又是姚兴大兴佛教传播时期。麦积山石窟在这样一个圣徒和帝王的手中开凿了。但是什么原因使手中的大斧变成了抚摸的双手？是天水的土质。

从西域来的能工巧匠面对天水麦积山上的沙土时，叹息了。他们终于得放下手中的斧头，得看着来自本地的匠人们施展手艺了。《圣经》上说，上帝以自己的形象创造了人，人便成为万物之灵。而现在，这些天水本土的泥匠们则要以自己的形象来塑造佛。于是，佛教石窟的雕凿在麦积山上发生了巨变。一方面，我们看到，汉人——其实在后秦时期天水生活的并非汉人，仍然是胡人居多，但是，汉文化在前秦和后秦时期已经成为当地主流文化——所以更准确地应该说是汉文化形象成为麦积山石窟雕凿中的主流文化形象。加上西域来的风尚，便形成了以汉文化为主，参与了很多西域特色的麦积山石窟佛像。另一方面，那些天水的泥匠们在用他们的双手为那些佛像进行雕塑的时候，他们的信仰、宗教情感、传统文化到底是什么，为什么就会塑造出那些微笑的佛像。这是需要我们今天的人们猜想的问题。

前面已经述及，当佛教传播在后秦时期遇到鸠摩罗什这个伟大的翻译者和姚兴这个了不起的信仰者时，后秦时期成为中国佛教历史上最兴盛的时期之一。姚兴被迫让充满神迹的圣徒鸠摩罗什娶妻生子，使佛教与世俗生活在当时有了合流之势。鸠摩罗什和姚兴又将天水视为在长安之外最重要的佛教传播地区，因为那是姚氏家族的故乡。在姚兴的推动下，当时事佛的人达到"十室而九"的局面，可想而知，在天水，这样的局面更是盛大。我们可以猜想，在那样的时期，事佛就成为一种狂欢一样的活动。

是的，我们终于找到了那个时期最为根本的时代冲突：事佛的狂欢。也是在那样的狂欢情境下，无数的泥匠们在用他们欢乐的心灵塑下心中的偶像。他们用细腻的双手一遍遍地抚摸着那些可以用凡心交流的圣像。于是，那些佛像不仅像他们一样微笑，而且整个形象都那样精致、细腻、流畅。

阿难终于在那个时刻卸下庄严的面容，微笑了。所有的大佛在看到阿难的笑容时也忍俊不禁。

微笑，也许是整个麦积山佛窟散发出的最为动人、最为神圣的光辉。也因为这微笑，麦积山佛窟也便是中国所有佛窟中最为动人的佛窟。它的伟大在于，佛在这个时候与有情众生保持了其他地方从未有过的亲近、心领神会。

那心领神会的也许还有时间。当然还有曾在不远处驻足的老子。传说老子当年带着尹喜在天水卦台山附近育化，然后顺着丝绸之路涉流沙而去西域。七八百年之后，从西域又顺着丝绸之路，释迦佛领着众菩萨来到了天水，驻足于麦积山上，与道家遥遥相望。这个缘分可就大了。可不？佛教借了道家的智慧来传播，而道家何尝又不是借了佛教的"道场"而创立宗教。

何为人之尺规

然而,当阿难的微笑已然不在,诸佛便以严厉的面容示人。这是西魏之后麦积山雕塑的启示。人间在宋明之后已变成苛刻。人性被镂刻成艺术之花,也就成了装饰。

即使如是,在整个神明主宰的古代,有一点是最为明确的。那就是,从未有人将整个麦积山上诸佛的雕塑当成可被人欣赏和把弄的艺术。即使再精湛的艺人,在雕塑诸佛的过程中,他也会忘记自己是一位艺术家,只有心灵的膜拜。

当麦积山佛窟沦为一座艺术的"东方雕塑馆"时,诸佛已然愤然离去。那时,便是人学降临的时代。那时,也便是艺术家自诩为上帝和诸佛的时代。当张大千将敦煌壁画一层层揭下来,不是看信仰的虔诚,而是专注于外在形式的颜色之时,宗教已然没落了。但艺术家并不自知。他以为找到了可以炫耀世界的技艺,却不知离道越来越远了。同样,当天水麦积山佛窟变成一座艺术宝窟供世人欣赏、把玩,却不再膜拜的时候,这座神圣之山就已经变得无比荒凉了。

我们看到那么多的论著都在试图论述雕塑技艺的变化何以完成,却找不到人类灵魂的完善之论。诗人荷尔德林的疑问便又一次降临:

我真想证明,
就连璀璨的星空也不比人纯洁,
人被称作神明的形象。

大地之上可有尺规？

绝无。

那么，我们到底怎样来面对这个佛国世界？这是今天人类最大的难题。

第四辑

敦煌之光

海子的诗歌发现

许多年之后，我在翻阅一些经卷与诗篇时看到，1986年的秋天，山火明亮，一个瘦瘦的青年从北京出发，要去陌生的茫茫西部漫游。他是一位诗人。漫游是古希腊伟大诗人荷马以及轴心时代（诸子百家时期）中西方哲人们的共同特征，孔子、老子、墨子、柏拉图、亚里士多德、释迦牟尼……每个人的身后，又是一大批怀揣正义与真理、手执经卷与规矩、身佩利剑与华服的义士、哲人、圣徒，甚至将相与君王。古典、浪漫、传奇、悲壮、冒险、牺牲，周游天下，以天下为己任，做"世界公民"（雅斯贝尔斯语）。两千多年之后，在我们的想象中，他们还在漫游，只是他们已经接近神的天空。每到一个精神更迭的时代，无论是东方还是西方，都会回首仰望那个令人向往的天空。那个时代并没有逝去。群星仍在闪耀，每个人都活着。我们熟悉他们的音容笑貌，比他们自己还要热爱他们。

20世纪80年代，又是一个启蒙与思想更迭的时代。不幸的是，子孙们没有人仰望孔子、老子、释迦牟尼这些东方圣人。在诗人们与思想者的眼里，更多的是苏格拉底、柏拉图、亚里士多德，以及后来的康德、尼采、叔本华。古希腊的光辉竟然照亮了20世纪80年代的东方中国。漫游天下的浪漫与豪情鼓动着众多年轻的灵魂。

一个显征是中国摇滚乐的先锋崔健的《一无所有》与《假行僧》的流行。一种"到远方去"的信念仿佛本能一样强烈。另一个佐证是三毛的故事和流浪之歌《橄榄树》，也在诱惑着青年们捆好行李，随机出发。

于是，这位诗人放下海尔达尔的《圣经》《孤筏重洋》，踏上了他的漫游之路。对他来讲，整个西部犹如茫茫大海，充满了神秘与诱惑。他要一个人远涉重洋。

于是，他是诗人中间唯一的怀着朦胧的感觉对中国古代圣贤与灿烂文明致敬的青年。这从他后来那些疯狂的长诗中可以看到。无论是《土地》，还是《太阳》中，老子、庄子、陶潜等多次成为他书写的圣贤。

在他的潜意识中，精神的高原在西部。他坐上了火车，一路往西，果然看见地平线在慢慢升高，雪线闪亮。这一次出行，在他的任何日记或文章中都未提及。他写过一首《兰州一带的麦子熟了》的诗，一些兰州的诗人们曾经考证过，但都无法证明他在何时去过兰州。兰州，这个中国版图的中心城市，也是中国边塞之地的分界点，曾有一大批诗人后来成为这个青年诗人的追随者。我也是当年的一位。他是否来过这里无从考证，但他一定去过敦煌。这可以从两首与敦煌有关的诗歌和很多首写青海、祁连山的诗中得到印证。

在我的想象中，他一定是在谒见过青海湖后，从祁连县进入扁都口，再经过民乐等地去了敦煌的。在祁连山的尽头，他看见了百年来中国学者最为伤心的地方：敦煌。在那里，他坐了很久，写下一首短诗：《敦煌》。他写道：

>敦煌是千年以前
>起了大火的森林
>在陌生的山谷
>是最后的桑林——我交换
>食盐与粮食的地方[①]

他把敦煌与他诗中忧伤的粮食放在一起。也许，他也在那里伤心过，也必然想起另外几个在历史上闪闪发光的词汇：玉门关、流沙、玄奘、佛教、西天。流沙便是敦煌以及以西到罗布泊的广大沙漠地区的另一个

[①] 海子，《海子的诗》，北京：人民文学出版社，1995年4月第一版，第81页。

诗意的称呼。历史记载，中国的那些圣徒们去西域都要"远涉流沙"，似乎中国的西大门是一个神秘、蛮荒而又令人生惧的地方。是一道此岸与彼岸之门。在流沙中再生，然后才去西域求法。但另一个说法使这里充满了古意，即"流沙坠简"。将手伸进流沙中，一枚藏着盛唐秘密的竹简就随手可得了。20世纪初，西方的学者们就是这样发现了流沙下的丝绸之路、敦煌、楼兰，抢走了无数的佛经、壁画、竹简、彩陶，中国的学者们听闻惊天的消息后才匆忙踏上西行的马车。流沙下仍然藏着无数的秘密，仍然令世界大张惊讶的嘴巴。现在，他也将手伸进温暖的流沙中，指尖流淌的是时光和迷茫。每一粒沙子仿佛是几亿年时光的凝结。

在阳光稀疏、人迹稀少的敦煌，他感到醉意蒙眬。趁醉，他去看了一眼额济纳旗的胡杨，那些大地上的奇迹正吸引着无数的摄影爱好者。在那里，他邂逅了一位姑娘，多情地写下一首诗。[①] 也许，在那里，他被玄奘所感动，因为他自称是诗歌的圣徒；也许，在那里，他感到无法满足信仰的饥渴；也许敦煌只是他另一个神秘计划的一部分。总之，他漫游到了西藏。两年后的秋天，他又一次漫游于这中国最后一片信仰铺满的山川。在车经过青海德令哈的时候，他含泪写下一首著名的短诗：《日记》。现在，每年的秋天，德令哈成了青年诗人们朝圣的地方。而他写西藏的诸多诗歌，也曾在诗歌界掀起过一阵西藏热。

他就是被称为"麦地诗人"的海子。这位自杀的天才诗人在短暂的黄金岁月里写出了很多首不朽的短诗，诗中包含着悲伤、死亡和疯狂的激情。在那些灰暗的诗歌中，关于西部题材的诗歌竟然占了很大的比重。1987年6月8日，他完成了自己的诗学宣言《诗学：一份提纲》。那是他一生中要奔命的目标。其中，在第四章《伟大的诗歌》一节中，他这样写道：

（在诗歌王子与诗歌之王之上），"还有更高一级的创造性诗歌——这是一种诗歌总集性质的东西——与其称之为伟大的

---

① 海子，《北斗七星 七月村庄——献给萍水相逢的额济纳姑娘》，《海子的诗》，北京：人民文学出版社，1995年4月第一版，第89页。

诗歌，不如称之为伟大的人类精神——这是人类形象中迄今为止的最高成就。他们作为一些精神的内容（而不是材料）甚至高出于他们的艺术成就之上。他们作为一批宗教和精神的高峰而超于审美的艺术之上，这是人类的集体回忆或造型。我们可以大概列举一下：（1）前2800—前2300金字塔（埃及）；（2）公元4—14世纪，敦煌佛教艺术（中国）；（3）前17—前1世纪《圣经·旧约》；（4）前11世纪—前6世纪的荷马两大史诗（希腊），还有《古兰经》和一些波斯的长诗汇集。"[1]

从这样一种描述中，我们不难看出，在他的视野中，中国最伟大的艺术只有敦煌莫高窟，因为这是"人类的集体回忆或造型"。而在整个地球表面，物化的造型艺术一个是埃及的金字塔，代表了人类最古老的艺术成就，另一个则是敦煌，代表的是古代人类在全盛时期的艺术成就，与佛教相关。

海子的这种描述与季羡林对丝绸之路的描述几乎一致。季羡林说，人类的文化大体可以分为基督教文化、印度佛教文化、伊斯兰教文化和中华文化，而在中国西北的丝绸之路上，世界几大文化都曾汇聚于此。而最为集中的地方，就是敦煌。因此，我们可以猜想，海子在1986年对敦煌的造访带有极强的目的性。他是在为信仰而来的。他后来虽两次漫游西藏，但在他的心中，敦煌仍然是佛教艺术最高的殿堂，也是中国文化艺术最伟大的创造。这样一种高度的评价，过去从来没有过。

在那个时代，与诗人同行的，不是今天到敦煌去旅游的官员、大众和消费者、看客，而是与诗人一样的寻梦者，大地的漫游者，人类伟大艺术的朝圣者。是从北京、上海、台湾、香港各地来的学者、诗人、摄影家，是从世界各地来的敦煌学家。只是那个时候，当世界把敦煌看成人类伟大的文化遗存时，中国人并没有感到它的价值，即使到了今天，仍然如此。只有感性的诗人，凭着那天才的心灵看到夜空下闪烁的星座：

---

[1] 海子，《诗学：一份提纲》，崔卫平编，《不死的海子》，北京：中国文联出版社，1999年3月，第293页。

金字塔、敦煌。

可是，诗神的漫游给西部的诗人们带来了诗情。我就是在那个时候知道海子自杀并开始阅读他的诗篇的。在那之前，我的笔名也叫海子。大概与海子一样，正是我们没有见过大海，所以对大海那样热爱。有一天，诗人叶舟看到我的诗和笔名时告诉了我海子的故事，于是我终止了这个笔名，但也无可救药地热爱上了海子与其诗歌。

多年之后的一个春节，叶舟只身漫游于敦煌，写下神性诗篇《大敦煌》。也许只有我们才知道他的这次写作冥冥中与海子有关。当然，在那个时候，已经有很多人将目光投注到敦煌这一伟大的存在上了。甘肃和新疆的诗人们、艺术家们都曾描绘过敦煌。20世纪90年代中期，著名作家冯骥才也数度来到敦煌，写下大型纪录片文稿《人类的敦煌》。至今，有无数的诗人、作家、艺术家在天高云淡的秋天，穿过海市蜃楼装点的安西大道，去瞻仰那高原上的中国古代艺术的宝库。

只是，很少有人将敦煌当成人类信仰的高地。只有海子朦胧地意识到了。更多的人们只是将敦煌当作艺术的圣殿。

2004年的秋天，当我在石窟中看见那些华丽的佛教经变图时，我再也听不进去导游津津乐道地讲解那些壁画的颜料是从哪里来的。我沉浸于佛陀的伟大牺牲与智慧中。我蓦然发现，也许我们过分地重视了那些故事的外在形式，而那些故事本身被人们忽视了。就仿佛我们一直在讲《圣经》的华美词藻，而从来不顾及其中的道理。但这可能吗？

它不但可能，而且到现在仍然持续着。这是一件多少有些荒唐的事。

因此，从某种意义上我们可以讲，是海子发现了敦煌：它不仅仅是艺术，而且有佛教。海子将其当作人类的诗歌行动。有生之年，海子漫游的地方除了西藏之外，便是以敦煌为中心的广大区域。也许深居北京，他感到了北京的荒凉，并看见了西北高原上的信仰。

与海子的寻找相似的，在那时还有两个人。一个是张承志。他从北京出发，到了西北高原上的西海固，发现了他文化上的信仰。于是，他断言，中国的文化中心不在北京、上海，而在以西海固为中心的广大地域。他所讲的，与其说是哲合忍耶教，不如说是沿着古丝绸之路东进的伊斯兰教。事实上，从《心灵史》开始，他的脚步便一直沿着丝绸之路往西，直到中亚乃至西亚。

另一个是马丽华。她很早从山东出发，去了西藏。许多年之后，她捧出了一座精神的高原：西藏。在那里，原始苯教与佛教相互激荡，世俗世界消弭于佛国的光照之下。评论家李敬泽称其为近现代发现西藏的第二人[①]。

我们是否可以这样来说，海子、张承志、马丽华在上世纪八九十年代共同发现了精神的西部。

[①] 李敬泽，《总序：山上宁静的积雪，多么令我神往》，《马丽华走过西藏纪实》，北京：中国藏学出版社，2007年1月，第2页。

一缕丝绸燃起的命运

真正发现敦煌的,当然不是海子。而是命运。

它的命运,也便是一缕柔软的丝绸的命运。

我们对历史的了解往往有两种方式,一种是文字记载的史书,一种则是以我们的经验想象。历史学家重视的是第一种,对第二种方式往往嗤之以鼻,以为它们是野史;文学家则对第二种方式更感兴趣,在他们的心中,第一种信史其实是政治史,接近于谎言,而第二种更接近于真实。然而,我们对敦煌乃至丝绸之路的很多历史必须用这两种方式共同去发现。

打开茫茫史书,丝绸之路乃至整个西部在张骞之前,要么是八荒之外半人半兽者所居住的寒冷"鬼方",那里人烟稀少,妖兽居多,要么便是蛮夷横行,扰乱边境,使我秦汉江山不稳,于是修长城,逐匈奴。两千年来人们始终是这样的历史观。无论我们再怎么想象,也只能如此。

但一块古玉的发现洞开了西部的另一扇门。而这块古玉的发现又与另一个关于中国历史的重大发现有关。

那是一块龙骨泄露了地下几千年的秘密。

顾名思义,龙骨者,龙之骨也。中国人自称龙的传人,也相信有龙。于是,古之医者多认为从地下挖出来的龙骨可入药救人。《本草汇言》云:"尝过晋、蜀山谷,为访所产龙骨之处,岩石棱峭,蹊径坟衍,则有磊磊如龙鳞,隐之如爪牙者,随地掘之,尽皆龙骨,岂真龙之骨有若此之多,而又皆尽积于梁、益诸山也。要皆石燕、石蟹之伦,蒸气成形,石化而非龙化耳。"《本草述》云,龙骨可以疗阴阳乖戾之病。

1899年10月，主持国子监的金石学家王懿荣得了疟疾，让人从药店抓来药吃。药方上的一个词击中了他：龙骨。莫非真是龙的骨头？他让人将龙骨的粉末拿来看，只是一些白色的骨渣而已。但不久，有一位好古董的朋友让他来鉴定从河南安阳带来的青铜器的时候，顺便给他放下了一些白色的龙骨。他蓦然发现，上面有奇怪的刻痕。入夜，他将所有的龙骨拼在一起，发现是一些他根本看不懂的文字。但两个念头始终在他心里拧成了团，一个是他知道龙骨定然是古老的骨头，但到底古老到什么程度他无法知道，另一个则是古书上记载的与文字和"龙骨"相关的情节。那是与古代占卜相关的情节。古人在做一些重大的决定时，以龟甲上的裂纹来卜吉凶，因为"龟之言久也，千岁而灵，此禽兽而知吉凶者也"。[1]

难道这就是占卜的裂纹？那些吉凶之神示？

他还想起另一个情节。《尚书大传》郑玄注："初，禹治水得神龟，负文于洛。于以尽得天人阴阳之用。"[2] 郑玄此言，历来学者都有疑问，皆以为玄，但此情节又与中国人的天命论合而为一，学者们哪里又敢轻易否定。

难道这就是神龟之上的《洛书》？抑或是与《洛书》相关的神谕？

王懿荣在这样的"神迹"面前，颤抖了。传说《洛书》乃伏羲氏承天命所创，禹之父鲧不信，扰乱五行，终被"殛之于羽山"。禹承父业，得天帝所助，得《洛书》。到了商纣灭亡时，传说此书被箕子带去朝鲜，同时被武王所用，周乃兴。1899年，正是国家背运之时，难道此《洛书》要重现人间？难道他是箕子再世？

在这样的激动之下，他用放大镜把片片白骨又一次细细打量。他终于确定，这些都是文字，但是周之前的文字，是连孔子也未见过的文字。它们沉睡于地下，以龙骨的方式隐藏于世间。他深知这些龙骨的价值，便四处搜求，在短短一年时间内，先后以重金高价搜集到一千五百多片甲骨。一年后，也就是1900年，在八国联军侵入北京之际，这位对"洛

---

[1] 《洪范·五行》。
[2] 柳诒徵，《中国文化史（上）》，北京：东方出版社，2008年2月第一版，第81页。

书"未及"解读"的大文人不堪故国屈辱而自尽了。他似乎以这样的方式为这些龙骨增添了钙质。

两年后,王懿荣之子王翰甫因变卖家藏文物偿还债务,所幸的是,有一千多片龙骨被著名作家、学者刘鹗买下。此后,经刘鹗之手,著名学者罗振玉、王国维先后得到这些古之"圣物"。在王国维的努力下,这些从河南安阳小屯村出土的龙骨被证明是甲骨,而其上刻画的那些古老的神文即是甲骨文。小屯村也被证实是盘庚迁都的都城。黑暗的历史变得明晰起来。

今天,我们已无法得知王国维在面对那些龙骨时的激动和悲伤。当故国文明在整个世界的枪炮下一一被毁时,而他能做的只有一件事,就是用文字来修复古老的文明。他所倚仗的正是龙骨。在那些龙骨上,他找到了商朝的时间表。从那些龙骨出发,他又一路向西,沿着丝绸之路去探究依旧被列强瓜分下的敦煌、简牍文物。

也许冥冥中受王懿荣的影响,也许正是那些龙骨给他命运的暗示,也许是那些龙骨要借他文人的侠骨擎起一面中华古文明的旗帜来,使中国文明的历史向前不断地延伸,在逐渐开阔的世界历史上占据一席之地。可是,如此持续了数年之后,在1927年6月2日的一个早上,当王国维目睹颐和园被西方列强糟蹋的残景时,他大概已经感到心力已尽,也听到命运之神的低吟,终于纵身一跃,投入昆明湖的鱼藻轩。人们在他身上找到遗书,看到如下斯言:"五十之年,只欠一死。经此世变,义无再辱。"

在整个中国的大转折时期,两大国学要人,都因为龙骨的发现和故国文明的被毁而殉葬。这是何等的气节。我们似乎能感到,他们的骨气已凝固在那些古老的甲骨之中。

就在王国维殉难的第二年,河南安阳小屯村开始被挖掘。那些地底下的龙骨被两位学人的忠魂一一推到地面。这就是殷墟的发现。在那次发现中,学者们的注意力都集中在青铜器、甲骨文和城市遗址这标志着文明的三大着力点上。在人类文明早期所有的史诗中,都有一个共同的说法,文字乃神授。夏禹得神龟之文的传说便是一个证明。但是,从

"五四"以来唯物史观祛魅化的运动中，这些文字的神力被卸去，其占卜的神秘也消逝。它们在面世之后似乎重新又沉睡了过去。

此时，另一块古玉又在地底下静静地等待，在等待一只命运之手的抚摸。1929年，它与李济未曾谋面。1931年，它与梁思永擦肩而过。1950年，它与夏鼐又一次失之交臂。但是，似乎是王国维西行的脚步早已唤醒了它。从那时起，它就睁开了眼睛，在打量着这个世界。

它的出世比甲骨文晚了几十年。

1976年一个平常的日子，考古学家们在河南安阳发掘了殷商武丁为祭祀妻子妇好而修建的墓室。在那南北长五点六米、东西宽四米、深七点五米的墓室里，共出土了青铜器、玉器、宝石器、象牙器等不同质地的文物一千九百二十八件。这些发现相比甲骨文、青铜器的发现已经不算什么奇迹，它不过是那次发现的余音而已。但是，当安阳市玉雕厂的一位工作人员把一块刚刚出土的古玉上的泥沙小心地拭去时，他瞪大了双眼。

那块古玉睁开眼睛看着他，他惊愕地呢喃：怎么会呢？这可是来自新疆的昆仑玉啊！但在商代怎么会有来自昆仑的玉石呢？

一声惊问惊醒了世人。它像一束强光慢慢地照亮那些尘封的史书，打开学者们想象的道路。人们开始想象在殷商时代如何得到来自"西域"的玉器。要知道玉器在新石器时代还只是一种生存用的利器，但到商周时期它就变成了祭祀的圣器，成了信仰的一部分。春秋战国时期成为"六瑞"之象。秦之后，代"九鼎"象征王权。秦始皇制作了一枚传国玉玺，将玉之地位升至神圣。以后各代帝王莫如是。

在王国维的思绪追逐的流沙坠简中，在陈寅恪所说的伤心敦煌里，一块古玉在茫茫时空里飞翔、穿越，最后终于在学者们的梦里织就一条玉石之路，铺盖在汉唐以来的丝绸大道上。

一些文字的描述被人们重新重视。《史记》载《李斯谏逐客书》和《苏厉给赵惠文王书》中有"今陛下致昆山之玉，有随、和之宝……此数宝者秦不生焉"。"代马胡犬不东下，昆仑之玉不出，此三宝者亦非王有已。"南朝周兴嗣所编《千字文》中载："金生丽水玉出昆冈。"人们进一步发现,《汉书·西域传·于田国》中载:"其东,水东流,河原出焉,多玉石。"

一些疑问的声音开始越来越大:

在张骞凿空西域之前,在北方草原上,马背上到底驮着什么?

在奔马之前,那些沙漠里的骆驼又运送着什么?

一个故事也许能圆满这些答案。这就是周穆王会见西王母的故事。古人云:"国之大事,在祀与戎。"《穆天子传》记载周穆王时期,他不断西进,攻打狄戎,"获其五王",然后在即位十三年后,率领七萃之士,驾良马八骏,由造父驾驶,伯夭向导,从宗周(镐京)出发,越过漳水,经河宗、燕然之山,过乐都、积石山、昆仑之丘、群玉山等地,西至西王母之邦,和西王母在瑶池相会,醉酒相乐。据说其往返行程二万五千里,时达两年之久。

乐都(在今青海省)、积石山(在今青海、甘肃交界处)都是今天沿用的地名,说明穆王是沿黄河而上。但昆仑之丘、群玉山是哪里呢?有人说昆仑之丘指巴颜喀拉山脉,群玉山则指产玉的祁连山。从路线上来讲,这都是对的。但它为何就不是昆仑之山呢?更何况,昆仑山下有绵延数千里产玉的地方。它们岂不更准确?瑶池历来被认为是一个玉石砌就的地方,那么它又在哪里呢?最重要的是,穆王在与西王母酒酣之后,大量采购玉石,取玉版三乘(车),载玉万石,运回周室。

这个故事告诉我们,周穆王西取狄戎并非像历史上所讲,是因为狄戎不断犯周,周为安边境才攻打狄戎,而是另有所图。那就是到西域取两种宝贝:马和玉。他带去丝绢、铜器、贝币馈赠西域各部落,而那些部落则回赠与他马、牛、羊等。马是那个时候最重要的交通使者,也是最重要的战争装备,而玉既是祭祀之圣器,又是价值连城的宝物。所以,周穆王最终的战利品是玉石。

这个故事也能证明,在周穆王之前的商代,昆仑之玉就已经成为王室追逐的宝物,成为祭祀和殡葬的器物,那么,到了周代,则自然成为周室所向往的财富。穆王之西征的真正目的便在于此。

由此我们可以想象,在穆王向西域诸国赠送丝绢之时,丝绸之路和玉石之路皆已开始。

在《穆天子传》中，西王母是一位善舞者。我们也可以想象，当西王母在瑶池披上轻薄柔软而又华丽无比的丝绸时，她的舞姿该是多么的迷人。丝绸是舞者梦寐以求的饰物。现在，它迷人地披在了美人的玉肩上。不知不觉，穆王便也醉了。

那缕从中原出发的丝绸就这样被周穆王搭在了西域的酥肩上。在周穆王时期，中原所认识的世界的最西边，也就是天边，即西王母所在的地方。那是世界的最高峰。

周穆王西行之时，约为公元前963年，那时，中国尚不知有希腊，而从欧洲的历史来看，欧洲也不知有中国。因此，周穆王搭在西域酥肩上的那缕丝绸，经过了几个世纪之后，才飘到了希腊半岛。历史学家们猜测，希腊惊讶地看到一种高贵华丽的纤维织品时已经到了公元前6世纪和公元前5世纪。那时，在希罗多德的《历史》中，第一次有关于中国的消息，他们称中国人为赛里斯。从已知的研究可知，在希腊迈锡尼文明时期，人们的服饰用的都是亚麻、羊毛织品和皮革，但是，到了公元4世纪之后，就变成了丝织品。可见，丝绸对于古希腊审美的影响是革命性的。

到了罗马时期，丝绸仍然是极其昂贵的饰物。当恺撒为战胜归来的将军肩上披上一缕柔软华美的丝绸时，士兵们便欢呼起来。据说，埃及艳后克丽奥佩特拉七世为了俘获安东尼的心，将自己扮作爱神阿佛洛狄忒，身披柔软的丝衣，安卧在串着金线、薄如蝉翼的纱帐之内。美丽的童子宛如丘比特一般侍立两旁，各执香扇轻轻摇动。此情此景，不但征服了前来镇压她的安东尼，也感染了整个希腊。

那个时期，希腊人就从一缕丝绸开始，展开了对丝绸的故乡——中国的无限想象。而这想象，也就变成了欲望之火，在希腊慢慢地向东方燃烧。亚历山大将此还变成了青春的烈火，一直烧到了新疆和印度的边界。恺撒等罗马的皇帝也一度萌发征服丝绸之国的雄心。

只是丝绸之国到底在哪里他们一直找不到。从恺撒之后一千年的想象里，中国人不仅将丝绸披在欧洲人的身上，还将精美的玉器、瓷器等摆在了贵族们的家里。那些不能吃不能喝的东西恰恰极大地激起了欧洲人对中国的向往。那一千年，也恰是中国的汉唐盛世。在那一千年里，由周穆王西行引发的西域诸国对丝绸的占有欲而使匈奴南下，吐蕃东进。相反的是，汉武帝与唐太宗对西域大马的狂爱和对昆仑之玉的向往，以及对另一个同样繁盛的帝国大秦——罗马的想象，也纵马西进，终于凿开了丝绸之路，将丝绸、瓷器源源不断地传递给"西方"，将中国的繁盛与华美播向远方。

但这条丝绸之路因为信仰不同而中断了。在宋代快要开始的时候，西欧通向中国的丝绸古道被伊斯兰教徒彻底封锁，它引发了持续两百年的八次十字军东征。无数的热血青年死在这条道路上。与此同时，在中国，丝绸制作的中心也从黄河流域转向长江流域。江南成为中国最为富庶的地方。杭州市内呈现"机杼之声，比户相闻"和"都民女士，罗绮如云"的盛况，杭州被称为"丝绸之府"。于是，战火便一直沿着丝绸之路烧到了杭州。比起周穆王、汉武帝和唐太宗，宋代的皇帝只知道生产丝绸，却少了两样东西，一是对马的喜爱，二是对西方的梦想，于是，他们只有挨打的命运，只能拿丝绸、瓷器换得苟安一隅的悲哀。成吉思汗天然地拥有战马，还拥有比穆王、武帝、太宗更大的欲望。他沿着已经被伊斯兰教徒们中断的丝绸之路，一直打到黑海。历史上只有亚历山大能与其比肩，但他们的道路何其相像。试想，如果两人生活在同一时代，整个世界会变成怎样的境地？

在那个时期，有一个人将丝绸古国的繁华与美丽又一次讲给整个西方人听。他就是马可·波罗。他是一位商人兼旅行家。他的讲述使整个欧洲发狂。于是，十字军东征失败之后，欧洲人便迫不及待地开始寻找到达中国的新通道，但他们无计可施。

这个时期，恰恰是中国在世界上最为繁盛的时期。这个时期，中国的政治、经济、文化的中心已经在南方，海洋成为新的梦想之地。整个世界的命运之门就在这冥冥之中被打开了。永乐大帝为宣扬国威，派太监郑和率领二百四十多艘海船、两万七千四百名船员浩浩荡荡地向着西洋进发，一路将金、银、丝绢、香料撒向世界。他将华美的丝绸又铺在了波涛起伏的海上,而这恰恰是大海的景色。这次海洋之行,是整个古代中国最后一次世界之行,但同时又是整个世界第一次海上大发现。郑和不但将四大发明传向欧洲,从传播媒介上间接地引发了欧洲文艺复兴,而且又带去了先进的造船技术,从而推进了世界地理大发现的步伐。

欧洲人借着中国的梦想,沿着海岸线——这条从明代开启但很快又封闭的道路,用中国人送去的火药炸开了中国的大门。一个用伟大的长城包围,而又用浪漫的丝绸裹身的东方古国就此陷入了欲望之火。

柔软的丝绸在战火中焚烧着,化为滴滴黑色的眼泪。它在为自己燃起的命运之火而悲伤。

1900年,中国成了整个世界疯狂抢掠的战场。北京失陷,颐和园被焚烧。可那缕丝绸的命运并未就此止步。早已被黄沙掩埋起来的那条古道重新被欧洲的学人从他们古代的梦想中唤醒。一个叫李希霍芬的德国人将其命名为丝绸之路。那些学人随着战火的脚步,也向古代的中国靠近。

不知是喜欢宣扬国威的古代中国的习惯,还是命运之神的驱使,总之,那匹承载中国梦想的华美丝绸要向整个世界揭开她的面纱了,要显露昔日的辉煌了。

那一年,命运借一位道士之手,打开了一个小洞。从那个小洞望进去,一个浩大、辉煌的古中国竟然藏在里面。

这就是敦煌。敦,大也;煌,盛也。

三危山上的佛光

国学家钱穆曾在《中国文化史导论·弁言》中讲，世界文化大致可以分为三类：游牧、海洋（商品）、农耕。前两种文化都因为其内中不足，需向外寻找，所以，极具侵略性。其宗教也带着这样的扩张心理。上帝将别人的故乡迦南之地许给犹太人，说那是"永久的""流着奶与蜜的""应许之地"。迦南人则把犹太人称为"希伯来人"，意指渡河而来的人。犹太人占领了那里，将其作为自己的故乡。同样以上帝为宗旨的欧洲人，在美其名曰"世界地理大发现"的过程中，视美洲原土著民为不存在的人类，从而一方面侵占那里的土地，另一方面将上帝的十字架插满美洲大地。美国就是在这样的基础上建立起来的一个野蛮的国家。在短短的几百年时间里，原有土著文明几乎不复存在，虽然它拥有世界上最先进的国家机制，运行为当今世界的超级大国，但是其野蛮的侵略特征随处可见。上帝一神教的排他性使这个国家视与其信仰不同的民族和国家为敌人。在其国家发生的暴力事件可以被定性为恐怖主义行为，而在其对手的土地上发生的暴力事件可以被他们称为偶然的暴力事故。这种信仰方面的局限是西方与中东地区战火绵延的主要原因。但这样一种局限在佛教中就不存在。

农耕文明因为可以复制农作物，自给自足，于是产生中庸之道，和合心态，天人合一。其宗教也极具包容性。道教虽是中国本土宗教，但与外来的佛教互相依存，互相解释，握手和合。佛教虽产生于印度，却昌盛于中土，何也？盖因中国之文化土壤适应其发展。所以，到宋明时期，儒释道三教合一，而到明末和清时，中国索性闭关国门，独自修炼心性，却忘记了在丝绸之路的另一端，有一个幽灵始终在觊觎着东方。

那个幽灵不仅仅在西域游荡，还在欧洲大地飘荡。

它借希罗多德的铁棒之笔在蜡板上刻下"赛里斯"三个神秘的文字，又借亚历山大的青春和天才之力寻找赛里斯，最后，它乘着战船，让八国联军的枪炮踏上了这个神秘的东方古国。但是，赛里斯已经老态龙钟、步履蹒跚。她已经失去了汉唐时期的青春魅力。浮动于诸神脸上的那种自信、饱满和飘动于飞天身上的华美丝绸、异域情调，已经荡然无存了。丝绸已被瓷器取代，"赛里斯"已成为"支那"。汉唐时期的红、黄色的辉煌色调已被明清时期青花瓷上的冷色调所取代。酥肩圆润、开放有节、雄浑健美的唐仕女已经被束腰紧裹、礼教捆绑、瘦弱为美的清宫女所取代。皇宫的阴气已经太重了。故宫里总是有冤死的女鬼在尖叫，叫破了中国的耳朵。

青春的中国在哪里？

当八国联军拿着中国送去的火药炸开北京城的大门时，一个叫斯坦因的学者同样拿着中国的指南针和银元打开了古代青春中国的大门——敦煌。

那时，青春中国的大门被一个半路出家的道士把守。他叫王圆箓。各种资料显示，他祖籍湖北麻城，在陕西出生，信奉道教，受戒为道士，道号法真，因避战乱而游至河西。但他为何不往东走，却偏偏来到蛮荒的河西走廊？又为何成了敦煌莫高窟的守护者？这使人不能不又一次想到命运。

命运把另一个人推到了我们的面前。他就是乐尊。

在莫高窟第332窟中，我们能清楚地看到，武周时期李克让的《重修莫高窟佛龛碑》。碑载，乐尊是一位和尚，来自前秦，西游至敦煌，在三危山下得见佛光，便认定这里是极乐世界，于是凿下第一窟，从此开莫高佛光盛世。乐尊开凿石窟的时间为前秦二年（公元366年）。我们不禁又要询问，他为何不去东晋？偏偏来到西方？

十年前的那个秋天的黄昏，我徘徊在敦煌莫高窟前不大不小的广场上。我看见四周一些白杨树的叶子已经发黄、发红，显示着淡淡的辉煌，并看见这座陷入孤独中的佛教圣地如今陷入一片世俗的喧哗中。它再也不是以救苦救难、普度众生的面貌出现，而是以赚钱为目的的游乐场。想到此处，哀从虚空中来。我突然那么渴望看见三危山上的佛光向我开启。然而，我也明白，我并非那个有缘者。

有缘者是一千六百多年前的苦行者乐尊。我太世俗了。我们这个时代的人都太世俗了。我们的灵魂在污泥中挣扎，在欲望中焚烧，可我们中间的大多数并不自知。

关于乐尊的生平今人已无力可考，我们只能猜测他也可能是从陕西来。因为其时关中地区由苻氏所统，其势力已过河西至西域。那时，从西域不断地传来关于佛国世界的传闻。关中人士和东晋信士总有奔赴西域取经的念头。他们构成那个时代的一种信念。即使以杀伐为生的大将军吕光在征讨西域龟兹国时，也对龟兹佛国盛况极力夸赞，前秦皇帝苻坚就曾命吕光将周身充满神迹的僧人鸠摩罗什带回长安。虽然这是后话，但乐尊西行恰恰与此相应。他是那西行信念中的一缕圣光。

乐尊之后，东晋僧人法显是另一个证明。法显之后，还有西行者，最后到玄奘达到鼎盛。习惯上，我们总是把法显当成西行求法第一人，但事实上并非如此。乐尊虽未取经回去，但也是西行求法路上的得道者之一。在乐尊之前，还有一个人是必须提到的，他就是朱士行。朱士行是三国时的高僧，他要比乐尊整整早一个多世纪。魏齐王曹芳嘉平二年（公元 250 年），印度律学沙门昙河迦罗到洛阳译经，在白马寺设戒坛，朱士行首先登坛受戒，成为我国历史上汉家沙门第一人。他出家受戒后，在洛阳讲解《小品般若》，总觉得经中译理未尽，这是因为当初翻译的人把领会不透的内容删略了很多，致使词意不明，意义不连贯。他听说西域有完备的《大品经》，就决心远行去寻找原本。这是西天取经的意义所在。

朱士行才是真正的第一位西行求法的僧人。公元 260 年，他从雍州出发，越过流沙到于田国，在那里得到《大品经》梵本。有意思的是，他把那里抄写的六十多万字的经书派弟子弗如檀等送回洛阳，自己却留在于田，直至七十九岁时在那里去世。是他不愿意回国吗？非也。于田是天山南路的东西交通要道,印度佛教经由此地传到我国内地,此地大乘虽广为流行,但居正统的仍是小乘。朱士行见状,对大乘佛教动了心,便抄《大品经》。于田国的小乘信徒见中土僧人如此,便横加阻挠,同时向国王禀告:"汉地沙门将以婆罗门书惑乱正典,大王如果准许他们出国,大法势必断灭,这将是大王的罪过。"笃信佛教的国王自然不许朱士行将佛经外传,朱士行愤然起誓:"若火不焚经,则请国王允许送经赴汉土。"说完,他就将《大品般若经》投入火中,火焰即刻熄灭,整部经典却丝毫未损。《大品经》这才走出于田,再次经流沙,达中土;其时,朱士行已经七十九岁左右了,大限将至,便索性埋骨于西域。

一百年来,朱士行与火不焚经的故事一直在中土流传。后世学佛者无不敬仰有加。今天,我们已经不能考证乐尊和尚也许正是动了念头,从中土出发,过流沙,去西域。因为乐尊也的确到了流沙之地的敦煌,再往西走,便可抵达于田、龟兹等佛国世界。只不过,在三危山下,他看见了万千佛光,便在那里驻了足。至少,我们可以相信,一种向西求法的巨大信念在中土僧人的心中流淌,激荡。乐尊只不过是这信念的一个证明而已。

从今天来看,乐尊开启的敦煌莫高窟的意义绝不比法显、玄奘到西域取经的意义逊色多少。佛法世界讲究缘分。佛经中说,佛光是释迦牟尼佛眉宇间放射出来的光芒,有缘人才得见。在佛的信念中,也只有这样的地方,才是建寺的圣地。比如,峨眉山和五台山上经常出现佛光,所以那里也成为佛教圣地。当佛光在三危山上显灵的刹那,乐尊便得到了佛的启示,驻足了,流泪了,感动了。

他怀着神圣的使命,凿下第一窟。他之后的所有开凿者,都是应了这样的佛光启示,接受了这样的神圣使命。无论帝王将相,也无论平民百姓,在一千六百多年的时光里,他们成了真正的众生,也成了真正伟大的开凿者和保护者。盛唐的光辉与三危山上的万千佛光交相辉映,使这些洞窟里的佛像充满了安详、快乐、自在的笑容,使那些吹奏圣乐的飞天们有着自由、开放的灵魂,也给众生披上辉煌灿烂的饰品。根据李克让的记载,武周时期这里的洞窟达到一千多龛,所以被称为千佛洞。

后经宋、西夏、元代，开凿并保存到今天的洞窟只留下四百九十二个。

今天的历史学家也许根本不会相信一个事实，即历史从来都是由人们的感性而造就的理性之路。历史绝不仅仅是理性的呆板发挥。马克思是第一个对黑格尔的理性哲学提出反对的人，他声称要将感性从历史理性中解放出来。事实上也如此。比如，乐尊看见三危山上的佛光在今天的科学家和历史学家看来，绝对是一次幻觉，但对乐尊来讲，则是一次感性认识和理性信仰的完美启示。后世修建者莫不如此。历代佛寺的修建要么是皇帝的国家作为，要么就是地方大户人家的信仰为之。普通百姓难以有作为。莫高窟也一样。前秦时期的苻坚是一位对佛教极有兴趣的皇帝。北魏拓跋氏、隋朝二帝、唐太宗以及武则天都对佛教有着崇敬之情。他们的热情和信仰使三危山上的佛光焕发出强大的感召力。敦煌一带的地方官和大户人家总是倾其所有，竭尽所能。是故敦煌莫高窟在那些时期发展到了极盛。

但是到了南宋时期，北方崛起的少数民族就已经挡住了中国商队通往西方的道路。丝绸之路的要冲河西走廊长期不在宋朝政府的掌控之中。从那个时期起，丝绸之路就已经衰落了。宋朝被迫将皇都一再迁往南方。有一天，当宋朝转过身去，竟发现自己面朝大海，春暖花开。一个新的视野就这样被迫打开了。那就是海上丝绸之路。战争同时使黄河流域一度繁盛的丝绸业也面临凋零，而长江流域生逢其时，适时崛起。

成吉思汗正是在那个时候长大并弯弓射大雕的。他在统一北方之时，让自己的蒙古铁骑沿着古老的丝绸之路一路向西，但经过多年战乱，西域诸国此时已经衰落不堪。南方的丝绸之路就此打开了。重要的港口都是在那个时候建立的。然而，当百年之后，这个曾经称雄世界的马背上的民族衰落之时，陆路丝绸之路也就此彻底沉寂了。

黄沙掩埋了古道征痕，西风也阻挡着最后的旅人。明朝的闭关政策，清时对回疆的镇压，丝绸古道上最后的波浪也平静了下来。仿佛这里从来就是蛮荒之地，从来就是世界的边缘。

三危山上的佛光似乎再也没有人看到。将近一千年，佛光沉寂，莫高窟被黄沙掩埋。

突然有一天，一个叫王圆箓的道士又像当年的乐尊和尚一样，来到三危山下。那时的三危山下，虽看上去还有若干洞窟，但是，它们都被黄沙掩埋，没有香火，没有任何人经过这里。他多少有些悲伤。偌大的石窟群不知曾经多么繁华，但如今已是日落西山。悲哉！忽然间，他看见三危山上霞光万丈，状若千佛站立，他情不自禁地高呼："西方极乐世界，乃在斯乎。"

佛光再次显现，有缘人又一次留下，并暗自起誓，后半生将刨开黄沙，光大佛法。那时，他并不知道在一千五百多年前，有一个叫乐尊的和尚也看到过这样的圣景，才在这里凿开第一窟。也许人们总是会想，王圆箓乃一道士，应当去弘扬道教，何以留此光大佛门？这是他留给后世的一个很大的疑问。其实，在明清之际，三教合一乃大势所趋。很多寺庙里，既供有佛祖，也同时有土地神、福禄寿三星和文昌爷。这在甘肃很多地方都是如此。大概王道士在看到佛光的刹那，就已经将佛道间的种种隔膜化为乌有了。

这个有缘人，在发誓要重现莫高盛景时，他根本没有想到，一个关于古代青春中国的命运与他连在了一起，敦煌莫高窟一千五百多年的命运与他连在了一起，丝绸之路两千多年的命运也与他连在了一起。他四处奔波，募得钱物，雇人来清理洞窟中的积沙。他看见第16窟里的淤沙尤其多，仅这一窟的沙子，就花费了他前后两年的时间。

1900年6月22日，夏至这一天。他雇来的姓杨的农民像往常一样去清理第16窟时，发现有一处墙皮与其他地方有些不同，便敲了敲，声音有些空洞。他断定那里有问题，便掏开了一个小洞，发现里面有一个暗室。他不敢再砸下去了，生怕佛见怪。晚上吃饭的时候，他将这个想法告诉了王道士，于是，两人去了第16窟，将那里砸开。果然，那是一道复墙，不足三米，墙那边是一个被封存了很久的暗室。室内堆满了令整个世界都惊叹的经卷，但在一个信佛的道士看来，那些经书都不过是过去信佛信道者的东西而已。他们并没有在那里发现金银财宝。这让他们非常失望。

但就是夏至那一天，漫长的日子终于结束的晚上，从王道士发现的那个小孔里开始透出来一道强光。它很快就被拿着指南针和银元从印度过来的斯坦因感知到了。那时的斯坦因正好在从克什米尔斯利那加出发，沿吉尔吉特古道，向帕米尔高原进发。黑夜中，他不自觉地抬起了头，向着中国的西部望去。他被一道看不见的巨大强光吸引着。那是一道佛光。其实，在那之前，世界各地的探险者都似乎看见了天空中倏然升起的佛光，他们从四面八方都纷纷向中国的西部进发。瑞典的赫文·斯定已经发现丹丹乌里克遗址，又正组织新的探险队；俄国科学院也将组织探险队赴新疆……新疆的佛教圣地已成为了当时全世界探险家瞩目的焦点。

我们无法得知，是佛要选在那个时候重新面世，并以被偷窃的方式传向以基督教为主的西方世界，还是要向我们昭示别的什么，总之，它要以盛唐中国的方式面世了。

接下来的故事为众人所知。一生以亚历山大和玄奘为偶像的斯坦因，从印度一直沿着佛教东传的道路来到了敦煌。他被马可·波罗的游记所吸引，被玄奘的故事所感动。

他并没有看见三危山上的佛光。他是一位基督徒。他本是匈牙利人，命运使他不停地在德国、英国和印度流转。父母亲信犹太教，而让他受洗为耶稣基督的子民。因为种种不可言说的原因，他与东方学产生了深刻的联系，并一度生活在佛教诞生的印度。今天我们已经无法知道，他到东方来考察寻宝是否在冥冥中带着寻祖的信念，因为很多人都说匈牙利人是匈奴的后代。从他的日记中，我们只看到两个人对他的一生起了重大的影响。一个是亚历山大大帝，那个试图将希腊的哲学、政治以武力传向全世界的青年。一个冒险的政治家、军事家、梦想家。一个以梦为马、死在梦想路上的殉道者。从某种意义上来说，斯坦因是借着英国的殖民势力，以考古的名义"进军"东方的。他先后几次在中亚考察，就是要弄清楚亚历山大挥洒青春的痕迹。最后，他与亚历山大一样，也死在了中亚，殉身于自己的事业。另一个是西天取经的圣徒玄奘。一个以信仰为生、不为艰险而求道的伟人。斯坦因在玄奘身上学习到两样东西：一样是执着的学术探索，并从西域取经回国；另一样则是佛教东传的心路。他学习前者，竟将中国地底下埋藏已久的文物"取经"回到英国，他也的确得到了像玄奘一样的厚待和崇高的荣誉。他学习后者，就是要向世界揭示佛教在中古时期如何在中国扎下根的。

但三危山上的佛光并未向他开启。在他以强盗的方式将敦煌乃至更广地区的文物送去大英帝国博物馆的时候，佛光终于在欧洲若隐若现。佛光照亮了整个世界。在那里，佛光照亮了那些海外求学的游子们悲伤的心灵。然后，那悲伤的心情又传过大洋，投射在风雨飘摇中的中国大地上。当斯坦因等人盗去的文物轰动欧洲的消息传到中国时，古老、自负而又悲伤的北京才将衰老的面孔转向敦煌——那个快被流沙掩埋的边地。王国维、陈寅恪等很多大学者也才将自己的研究重点转向敦煌及丝绸之路。1930年，陈寅恪在给陈垣所著的《敦煌劫余录》的序中痛心地说："敦煌学者，今日世界学术之新潮流也。自发见以来，二十余年间，东起日本，西迄法英，诸国学人，各就其治学范围，先后咸有所贡献。吾国学者，其选述得列于世界敦煌学著作之林者，仅三数人而已。……敦煌者，吾国学术之伤心史也。"

佛的光辉在欧洲大地上徘徊，并投下沉重的影子。他的第一故乡在印度，但在中国昌盛。中国成了他的第二故乡。如今，他漂洋过海，抵达了欧洲，难道欧洲是他的第三故乡？我们以有限的思维猜不透无量世界佛的意志。从这个维度上，我们难以评说斯坦因盗宝的因果是非。

如果不是斯坦因、伯希和种下的这个因，中国的学者们也不会吃下伤心那枚果。1935年的秋天，一个名叫常书鸿的青年在巴黎塞纳河畔游荡。与其他游子一样，在他的心上，也有一个衰老的中国的倒影在渐渐地拉长。在一个旧书摊上，他看到由伯希和编辑的一本名为《敦煌图录》的画册。他顺手翻起，便看到了约四百幅有关敦煌石窟和塑像的照片。他倏然一惊，才知道在中国有一座世界艺术宝窟，它叫敦煌。敦煌壁画中佛国世界的浓墨重彩在这个青年的心上刻下了深深的烙印，与那不断拉长的中国的倒影不时地重合。他抬头向着东方张望，仿佛看见了佛在无量世界里的微笑。冥冥中，他就这样结下了佛缘。

七年之后，这个在西方学习油画的青年便来到了荒凉中的敦煌，并成为敦煌艺术的守护者。又是数年之后,三危山上的佛光终于向他昭示了。在《敦煌的光彩:常书鸿、池田大作对谈录》中,他这样写道:"50年代,我曾和著名画家叶浅予先生、李斛先生一起在莫高窟看到过这种奇异的景色。李斛先生说:'那些小山,看起来确实像千佛并列。'叶浅予先生惊叹道:'那些山顶,简直像文殊菩萨在静坐。'1978年,画家冯真告诉我,他看到了金光由三危山向四方投射的景色。他说,当时觉得美丽异常,大为震惊,可一瞬间金光又消失得无影无踪。我的儿子嘉煌也曾看到过类似的景色。他经常在山顶上画画。当太阳西斜,刚接触到地平线的那一瞬间,从三危山方向放射出了千万道金色之光,他急忙拿出相机想拍摄下这种情景,可是已经来不及了。""这种金光看起来确实是一种非常美丽的景色,特别是在盛夏八月雨后(敦煌是沙漠气候,降水极少)的傍晚,位于莫高窟东方的三危山上,夕阳西斜,宛如完全熟透了的橘子一样,呈现出金黄色。三危山的背后是渐渐变暗的天空,前方是暗淡的呈茶色的沙漠,唯有照在三危山上的夕阳显出极为清晰的金黄色。在带状的金黄色背景下,山脉看上去宛若千尊佛并列而坐。"

于是,在乐尊、王道士之后,常书鸿是第三位得见圣境并将自己的生命献给敦煌的人。然而,与乐尊和王道士不同的是,常书鸿并非为弘扬佛法而去,而是为了一个国家的艺术宝窟,因此,那些佛光在常书鸿的眼里就变成了风景,变成了画,变成了艺术。日本作家池田大作曾这样问过常书鸿:"如果来生再到人世,先生将选择什么职业?"常书鸿说:"我不是佛教徒,不相信转世。不过,如果真能再一次投胎为人,我将还是'常书鸿',我要去完成那些尚未完成的工作……""五四"以来,尽管知识分子普遍地接受了科学观与进化论,不再相信世上有神佛,但是,那代知识分子身上仍然有"永恒"的信念。那种永恒恰恰是神学时代的遗产,因为只有在神佛那里,才有永恒的承诺。在以科学为基础的人学观里,永恒不在,灵魂不存。存在主义哲学家萨特将人生解释为一个个偶然事件的连接体。因此,在常书鸿的心中,保护敦煌艺术不再成为信仰,而是一种信念、理想和责任。即使如此,人们还是将他称为"敦煌艺术的守护神"。

百年之后，当华人已经遍布世界各地，再来想想敦煌莫高窟的命运，我们是否还怀着当年的愤慨？那些华人，难道不正是斯坦因等人抢去的敦煌壁画上的众生的复活吗？

冥冥中，我们仍然不能猜透佛的无限心思。

下一个与佛光有缘的人会是谁呢？

恩怨是非

一个普通的日子,一个书生来到敦煌。那时,连敦煌艺术的守护神常书鸿先生也已驾鹤西去。三危山上的佛光再也没有向世人启示。

这个书生早已从史书上读了很多关于敦煌的故事,并接过了先辈们的伤心与悲愤,来到了敦煌莫高窟的门前。他似乎提前准备好了愤怒。

他是冲着王道士来的。他见过王道士的照片:"穿着土布棉衣,目光呆滞,畏畏缩缩,是那个时代到处可以遇见的一个中国平民。"他说:"历史已有记载,他是敦煌石窟的罪人。"他虚构了一个个王道士把敦煌文物贱卖给西方的历史细节,"把愤怒的洪水向他倾泻"。由那些细节,一个卖国贼,一个叛道者,一个千古罪人的形象就此显现出来。

这个书生就是余秋雨。他的"文化苦旅"就是从敦煌开始的。他把自 1900 年以来的尤其是 1930 年陈寅恪先生"伤心"以来的愤怒像秋雨一样泼在了这个渺小的道士身上。由于他的传播,早在 1931 年就埋骨于此的王道士从阴冷的地底下被挖了出来,遭到众人的唾弃。凌乱了的不仅仅是王道士的阴魂,还有那个阴冷的时代。

这也许应了佛家的因果之法。有那样的因才致这样的果。

但到底如何来看待这个道士的"发现"与"罪行"呢?这成了一百年来学术界争论不休的话题。

此前已经述及,当欧洲人完成了地理大发现之后,他们同时也完成了自身的武装。于是,他们不断地寻找自己的殖民地。这是史前从伊朗高原上下来的雅利安等民族对欧亚地区大侵略之后人类历史上的又一次大侵略。雅利安等民族代表的游牧文明,对印度、希腊、美索不达米亚的农耕文明进行了大规模的侵略，完成了那些地区的文化转型。中国也一样，来自北方的游牧文明在黄帝的带领下对黄河流域的以炎帝为首的农耕文明进行了统一，完成了中国的图腾创世。然后在轴心时期他们共同完成人类历史上的文化盛景的创造。从那以后，尽管人类历史上战争不断，然而，从文化的意义上来说，它们都不过是神学文化的延续。亚历山大如是，成吉思汗亦如是。但是，文艺复兴之后的欧洲在地理大发现时所进行的侵略是人类历史上又一次最大规模的侵略。他们所到之处，原有的文化荡然无存——玛雅文明、印加文明、阿兹特克文明一一消失——顺手，他们把上帝的十字架插在了这些文明的坟茔上。最后，他们一手握着十字架，一手举着枪炮来到世界最后一块大陆——中国。但是，真正来到中国的并非这些十字架，而是关于人学的文明。

那个时候，欧洲正发生着文化上的巨变。文艺复兴所带来的人文精神、科学观念摇撼着神学的大厦。上帝的十字架摇晃着。一个大写的"人"字不断地上升，人学体系露出雏形。及至19世纪，人学观念基本确立，神学思想遭到灭顶之灾。1848年，马克思和恩格斯发表了《共产党宣言》，其依赖的哲学不再是《圣经》，而是与《圣经》相对立的历史唯物主义。1859年11月24日，英国博物学家、进化论的奠基人达尔文的《物种起源》出版，宣告了神创世界观念的破产。1872年，有一个叫尼采的青年发表了他的第一部专著《悲剧的诞生》，在这部著作中，他发出了惊天动地的宣言："上帝死了。"欧洲世界由此发生了自历史以来最大的文化突变。虽然这些观念都是在1918年新文化运动中才洪水般袭来，但之前列强的侵略与基督徒的传道为其打开了方便之门。

1873年前后，当李鸿章与日本、英国、秘鲁等国不断地签订"和平"协议时，就已经预言中国正处于"三千年一大变局"。他指的当然不是列强瓜分中国的变局，而是中国文化的变局。到王国维和陈寅恪时，他们遭遇世变，终于感到，这并非一变局，而是一"巨劫"。在陈寅恪看来，这是中国文化三纲五常撑起的中华文化大厦的倾倒。

大厦将倾，独夫奈何！李鸿章无奈，康梁无奈，就连光绪皇帝也无奈。1900年，圆明园这一代表着中国两千年封建帝国文化的标识被八国联军一夜间焚烧了。王国维不堪大厦之倾，也纵身跳进了这一火海。紧接着，斯坦因、伯希和等所谓的文化使者随着列强的脚步，一手拿着十字架，一手拿着指南针，来到了另一个代表中国民间信仰和中国古代灿烂文明的文化标识——敦煌莫高窟的门前。

夜幕降临，古老的敦煌显示出颓唐、疲惫与无奈的神情。她衣衫褴褛，蓬头垢面，流浪在古老的丝绸之路上。只有一个道士在虚空里发下誓愿，成了这里的守门人。释迦佛曾预言，佛法生于印度，但在五百年之后将在中土兴盛。为了这个预言，达摩禅师徒步来到中土，传播佛法。佛教终在汉魏扎根于中土，在隋唐臻于全盛，八宗竞秀，高僧如云，寺院如林。用了将近一千年。杜牧曾云："南朝四百八十寺，多少楼台烟雨中。"唐末以来，佛教向中国社会和文化深层渗透，促成了宋明新儒学和宋元新道教的孕生，佛教也由此成为中国文化的一部分而不可分割。在中国民间，佛教起着安定民心的巨大作用。佛教认可儒道两家所信奉的封建王朝。老百姓家家户户都会有一个祠堂，在那里供奉着自己的祖先。但是，在大街上或村头附近，一定要立一座寺庙，以保佑大地上的一切生灵。微风吹来，寺庙里传来一声声空灵的钟声。那是人们心灵的福音。钟声在虚空里向四处荡漾，所抚之处，伤痛愈合，仇恨被除，祥和即在。就连皇宫里，吃斋念佛也成了一个日常的细节。

在佛教的历史上，印度佛教曾遭到伊斯兰教的大加攻伐，佛塔被毁，信仰转向。如今，手拿十字架的基督教徒们又来了中国西部的佛国世界。从这个意义来说，斯坦因、伯希和等就不仅仅是侵略，而是发动着一场关于信仰的战争。

也是从这个意义上来讲，道士王圆箓成为一个佛门的罪人。他没能守住那些信仰者的经卷。

然而，中国有句古话，墙倒众人推。敦煌这座文化的灯塔不是王圆箓一个人能推倒的。

当王圆箓将两卷经文送给敦煌县令严泽时，他希望这个县令能出资保护这些经文并同时修缮莫高窟。严泽看了看这些发黄的文书冷笑了两声，便将这个破落的道士赶出了衙门。

两年后，当王圆箓得知新知县汪宗翰是位进士，对金石学也有研究时，便又一次向这位当时中国的知识分子汇报了藏经洞的情况。这位饱学之士当即带了一批人马，亲去莫高窟察看，并顺手拣得几卷经文，临走时留下一句话，看好藏经洞。

王圆箓不死心，他总觉得这些东西能给他和莫高窟带来财富，使莫高窟恢复往日的辉煌。于是，他又带着两箱经卷，奔赴几百里外的肃州。但是，当安肃兵备道的道台廷栋翻了翻这些经卷上的文字，笑道：这有什么稀奇的？这经卷上的字比起我的还差一截呢。

从虚空里伸出来一只只手，将斯人一次次推远。在黄沙吹拂的广袤西部，斯人一次次靠在古道上，伤心了。

忽然的一天，汪知县到来。王圆箓喜出望外。汪知县说时任甘肃学政的金石学家叶昌炽对藏经洞颇感兴趣，便索了几件经卷而去。也许是在叶昌炽的努力下，1904年，甘肃省府下令对敦煌经卷就地保存，但没有任何保护措施。

最后，据说这位道士给远在北京的老佛爷写了信。也没有回音。

如果这些历史的细节确凿无疑，那么，王圆箓对这些经卷已经尽了他最大的努力。那么，我们就有理由来反驳那个将满腔愤怒都泼给王道士的书生余秋雨，我们也就有理由将所有的历史罪责推给那些目睹了经卷却又不识经卷的知县、道台，推给那些旧知识分子。我们就可以放了王圆箓。

大厦将倾，斯人何为？

但是，另一个问题又悠然产生：是什么原因使王道士对外国人斯坦因产生了信任并将大批文物卖给了他？

不难发现。当书生余秋雨谴责王道士之时，已经预设了几个前提。一是莫高窟已经成为世界文化上的珠穆朗玛峰，二是王道士认识到这些文物的价值，三是王道士乃一高僧大德，四是王道士当为其牺牲。

如果我们要问，当这些前提都不存在时，会是一个什么情形呢？回答很简单，那恰恰是王道士的真实处境。因此，我们有必要和那个书生重新走进历史的现场。

现场一。当几任官吏看到这些经卷时，没有一个感到如获至宝，相反，他们嫌那些经卷的书法不好，毫无价值。要知道，上面提到的几个人可算是当时甘肃最大的知识分子了。那就是说，在当时，这些经卷在知识分子看来，没什么价值可言，而在普通人眼里，一钱不值。反过来，我们就要问，既然都觉得没有什么价值，凭什么要让王道士认为那是国宝，必须要用生命去捍卫？

现场二。那个时候，佛教仍然是河西走廊的主要信仰。三教合一使皇室、知识分子与民众都信仰佛教。凿窟修行的时代已经过去，对于个人而言，抄经便成为最重要的修行方式之一。《金刚般若波罗蜜经》云："若有善男子善女人，初日分以恒河沙等身布施，中日分复以恒河沙等身布施，后日分亦以恒河沙等身布施，如是无量百千万亿劫以身布施，若复有人，闻此经典，信心不逆，其福胜彼，何况书写、受持、读诵、为人解说。"佛教认为，抄经有五种功德：可以亲近如来，可以摄取福德，亦是赞法亦是修行，可以受天人等的供养，可以灭罪。弘一法师也曾说过抄经的十大利益。在《金刚经》《法华经》《药师经》，乃至《地藏经》《维摩诘经》等大乘经典中，都讲抄写佛经有极大的功德。所以，这也是敦煌莫高窟为何有那么多经卷的原因之一。清末之时，上至宫廷，下至民间，抄经仍然是主要的敬佛方式。所以，那些官吏至少有一种认识，与其得到那些经卷，不如自己抄写佛经。如果都怀着这样的信念，那么，对于佛的信众而言，那些经卷毫无意义。那个时候，学术的大门并未洞开，陈寅恪所说的新材料也因此不可能被人发现。就王道士而言，他并非学者，他只是一个一心想将莫高窟发扬光大的修行者。在他的心里，他多想把那些经卷变成宝贝，以便卖得好价钱，好修缮洞窟。但没有几个人把它当宝贝，只有一些人将其当药引子来为人治病，因为那些写着经文的古纸也许能驱邪。除此之外，它到底还有什么价值？

背景。那些经卷的价值与意义靠什么来显现的呢？是异质文化的对比、侵略以及学术的兴起。如果没有斯坦因、伯希和等人的盗取，在欧洲的展出与出版，以及这些异国学者将长期沉寂的中国西部历史放在世界史上进行发掘，这些经卷的价值和意义在哪里呢？所以，当斯坦因、伯希和等人未来之前，莫高窟就是一座沉寂的没落之塔。从某种意义上来讲，也许是那些经卷在等待这些外国学者的发现。不管他们是采取了怎样的偷盗行为，但有一点是可以肯定的：他们是怀着对学术的无限崇敬、对文物的无限热爱而进行合法盗取的，他们至少不像圆明园里的那些联军，将瑰丽的文明毁之一炬。

结果。当斯坦因来到莫高窟与他谈起玄奘的信仰、精神，而不是谈书法艺术时，他就觉得斯坦因是一位懂得佛法的人。他似乎找到了同道中人。于是，1907年6月，当斯坦因把那些经卷当成宝贝的时候，我们可以想象王圆箓是多么高兴。他终于可以将其变成金钱了。所以，他与斯坦因讨价还价时便流露出"贪婪"（见斯坦因日记）的神情；所以，他兴奋地连续七天七夜把那些宝贝拿出来让斯坦因来挑；所以……

所以，在金钱面前，他终于没有了定力，真的贪婪起来。他不再顾及政府的政令，而将这些文物贩卖给外国人。

在斯坦因1914年3月27日致友人艾兰的信中记录道："王道士还照样快活、宽厚。他一点也不为在上次交易中表现的贪婪放肆害臊，现在只是后悔1907年因胆小未让我拿走全部藏经洞文物。1908年伯希和来访之后，所余写本全被北京派的人拿走，所给的补偿费，王道士和他的寺庙未见一文，全都进了官僚的腰包。"

4月13日，斯坦因又在给友人艾兰的信中说："当北京下令藏经洞写本东移之后，王道士真聪明，他竟隐藏了许多写本作为纪念品。我从这批窖藏物中又能获得满满四箱子写本，当然这需要多番谈判，但结果我成功了，尽管没有蒋（师爷）的帮助。"

是金钱和贪婪最后将他推了一步，他终于真的成了罪人。千古罪人。王道士死后，不知谁为他刻下墓志："沙出壁裂一孔，仿佛有光，破壁，则有小洞，豁然开朗，内藏唐经万卷，古物多名，见者多为奇观，闻者传为神物。"发现敦煌者，王道士也，然破坏敦煌者，依旧王道士也。

六祖慧能说："见性成佛。"而失性呢？

此时，我们还要询问另一个人：斯坦因。

这个匈牙利人，终身未婚，把自己的一生都献给了中亚、西亚的考古。如果我们相信轮回，也相信今天的匈牙利人就是历史上横穿西亚、中亚，最后定居于欧洲的匈奴人，那么，我们就可以猜想，冥冥中，在他的生命基因中，有对往昔历史的回视。这些感性的想象虽然不能成为历史证据，但是斯坦因命运的最好诠释。

他理想中的生活是要在英国某个大学里教书、做学问，但命运使他不经意间阅读了亚历山大的历史、马可·波罗以及玄奘的传奇。他对东方产生了兴趣。从那以后，他的命运就不停地踏往东方。尽管他几次从印度回到英国，想在伦敦寻求教职，但都未遂。他只好回到东方。这使他有机会去考察中亚。而当他一经踏上中亚的腹地，便发现了一个世界的奇迹：敦煌。

如果从文化的角度来看，第一个发现敦煌莫高窟的人并非王圆箓，而是斯坦因，因为那时只有他才知道敦煌的价值。

斯坦因的时期是继航海地理大发现之后的另一个地理大发现时期，或者说是历史大发现时期。这也就是考古学的诞生。19世纪30年代，美国人约翰·斯蒂芬斯在洪都拉斯的热带丛林中发现了玛雅古文明遗址，从此人们知道在人类历史上还存在过这样一种文明。19世纪60年代，迈锡尼文明被发现，古希腊的历史得以确认。从19世纪末期到20世纪20年代，随着八国联军的枪炮，一批学者进入中国，发现中国。1868年9月至1872年5月，德国人李希霍芬到中国进行地质地理考察，走遍了大半个中国（十四个省区），发现并命名了"丝绸之路"；1893—1907年，李希霍芬的学生、瑞典地理学家斯文·赫定三次进入新疆考察，发现了著名的楼兰古城和许多古代遗迹；从1895年起，日本学者乌居龙藏、白鸟库吉、八庄三郎等调查和发掘了东北地区的许多遗址……1907年，匈牙利人斯坦因和法国人伯希和从敦煌盗走大量文物。在斯坦因之后，法国学者桑志华于1920年在甘肃庆阳附近的黄土层中发现了三件人工石制品，瑞典学者安特生和奥地利古生物学家斯丹基于1921年发掘北京周口店龙骨山遗址，发现了北京猿人牙齿化石；安特生还一路发现并发掘了河南渑池县仰韶村遗址……直到1922年，北大才成立考古研究室，中国人才对自己的文化进行"发现"。

从这个时间表来看，斯坦因对中国的"发现"是世界发现中国的一部分。斯坦因不去，伯希和将会把那些文物同样运送到欧洲。发现中国，是世界列强侵略中国后的必然命运。因此，敦煌的发现是这大命运中的一个必然环节。斯坦因就是这命运的使者。

也许有人会说，学术要高于政治。比如，斯坦因对文物的热爱高于那些愚蠢的军事侵略者。但是，学术常常带有政治和信仰上的倾向，也就使学术总是带有强烈的政治性。比如，李希霍芬对中国的考察给德国侵略中国提供了地理上的战略参考，他曾为德国占领胶东半岛出谋划策。斯坦因对亚历山大的崇拜使他骨子里带有天然的文化侵略性，而他在将千佛洞里的壁画铲下来送往自己的祖国时，他就带有了强烈的掠夺性，尽管那时候人们可能还没有形成"文物不可移动"的信念。在这些大肆将中国的文物掠夺带回自己国家的行动中——尽管他们有清政府的公文，有合法的借口——他们暴露了与那些列强一样的狰狞面孔。然后，他们将那些掠夺的文物在自己国家的博物馆中展出，并对世界说："看，这世界都在我的脚下。""中国在我这里。"

仍然是与王道士一样的贪婪，和上帝赋予他们骨子里的侵略性，使他们骄傲地做了一回强盗。今天，很多学人都对他们的治学态度给予高度评价，并在这种评价中失去了价值的立场。他们有他们的国家理念，难道我们不应该有我们的国家情感？

然而，在愤怒面前，我们依然要学会克制。因为在愤怒之上，在王道士的迷失与斯坦因的名利心之上，有更高的存在。那就是佛法。

于是，我们不得不向更高的存在寻求判断。也许，只有在那样的存在面前，我们才可以解脱，并得到正觉。

佛说，贪、嗔、痴乃人生难以克服的三毒。在这三种毒素的影响下，人就会走向妄为。因此，人类必须要克服此三毒，方能获得正觉。

电影《七宗罪》解读了天主教义中人类常常可能会犯的七种罪恶：贪婪、愤怒、好色、暴食、傲慢、妒忌、懒惰。

如此来看，无论是东方，还是西方，在人类的信仰中，有些信仰是一致的。那么，从这个意义上，我们就可以来评判东方的王道士与西方的斯坦因以及一百年来学术界的恩恩怨怨了。

如前所述，王道士在一系列碰壁之后表现出来的"嗔"与在金钱面前表现出的贪婪与执着，使他获了罪。有那样的因，也就使他在死后而不得安生，吃下被唾弃的恶果。而斯坦因在名利与文物的占有方面表现出一样的贪婪、傲慢以及执着。对东方文物的疯狂抢掠，其实也是暴食的另一种表现。在贪婪、执着、暴食中，他们失去了心性，偏离了正道。他由此获了罪。

那么，国内学者由此而表现出的愤怒岂不又是中了毒？获了罪？20世纪30年代中国学术界的伤心难道要持续到2000年之后吗？中国道家云：福兮！祸兮！祸福相依。佛教认为，劫是所有六道轮回中的有情众生不能回避的命运，每遇一劫便可能是重生，也可能是下地狱。修行之人，劫后将重生。对于佛也一样，每一劫也不一定就是坏事，很可能就是重生。佛陀灭世，也算是一劫，但其舍利分发八国之后，便是伟大的再生。到了阿育王时期，据说又将舍利分发至八万四千处，建八万四千座佛寺。此又是伟大的传播。现在，佛再将自己的经卷以劫难的方式传播至西洋，不也一样吗？这难道不是一次更为伟大的重生吗？寅恪先生若从这个角度来看，也许就不那么伤心了。

事实上，佛教在英国的传播与斯坦因有很大的关系。18世纪末，当印度已经成为英国的殖民地时，英国人自然就对印度的佛教开始关注并研究。一百多年过去了，佛教的研究以极其缓慢的脚步进行，甚至说停滞不前。但到20世纪初，斯坦因将敦煌莫高窟以及中亚考察所盗的佛教经典在欧洲展出后，在欧洲的学术界产生了巨大的影响，欧洲学者才开始对佛教考古学、佛教语言学和文献学产生极大的兴趣。正是学术的影响，才打开了佛教传播的大门。英国的佛教就是从那时开始传播，成立协会和产生第一个沙门。又是一百多年过去，最近，英国教育法修正案出台，将佛教列为中小学正修课。佛教真正开始走进欧洲人的心灵世界，与基督教一起成为欧洲人灵魂的归宿。

这个结果，岂不正是佛陀所要的？那么，我们又如何来看王道士与斯坦因呢？有人说，断臂的维纳斯才是最美的维纳斯，因为其残缺。我们是否也可以说，失盗的敦煌才是完美的敦煌，因为她是人类的敦煌。

在青春中国的门口

李泽厚在《盛唐之音》开篇就写下一个小标题:"边塞、江山、青春、李白"[1]。也就是说,他用四个关键词来解释中国古代最为灿烂夺目的盛唐特征。与许多人一样,在唐朝,他一眼看见了气象万千的诗歌。它们像天边的霞光一样,金光万道,一泄万里,那样耀眼而辉煌。它几乎遮蔽了其他艺术。云端上,站着那个长剑执手、纵情高歌、酒兴极致的诗人李白。

人们都说,唐朝流淌着一股强烈的意气。那股意气就在李白身上。一千多年之后,西方有个叫尼采的青年热情歌颂了希腊神话中的酒神。当尼采的颂辞传至中国后,人们发现,李白不就是那个酒神的化身吗?李泽厚赞同这样的说法,他还说,那股意气同样也流淌在中外交流的丝绸之路上。那哪里是今天所说的"中外交流"之路?那是边塞之陲,是"烽火连三月"的战场。在那个诞生伟大诗人的时代,诗人们并非甘心做一文人。"宁为百夫长,胜作一书生。""少小虽非投笔吏,论功还欲请长缨。"几乎伟大的诗人都是有着战争经历的"战士",即使没有去过战场的人,胸中也鼓荡着猎猎旌旗。因而在盛唐诗歌中,有着武士的精神,似乎藏着一把锋利的侠义之剑,随时都有可能拍案而起,惊心动魄。"十步杀一人,千里不留行。""纵死侠骨香,不惭世上英。"便是那个时代知识分子的精神。边塞诗就此点亮了丝绸之路。

"明月出天山,苍茫云海间。长风几万里,吹度玉门关。""愿将腰下

---

[1] 李泽厚,《盛唐之音》,《文艺理论研究》1980 年第 1 期。

剑，直为斩楼兰。""青海长云暗雪山，孤城遥望玉门关。黄沙百战穿金甲，不破楼兰终不还。"他们替那些英雄立言，那样悲壮！"葡萄美酒夜光杯，欲饮琵琶马上催。醉卧沙场君莫笑，古来征战几人回。"多么豪迈而又壮烈的精神！没有一丝悲伤，没有一点悔意，有的是浪漫之举，有的是豪迈之情！这就是盛唐。这就是一个青春的盛唐。也只有青春，才能写下如此壮美的诗行。

当那个青春中国在丝绸之路上向西挥进的时候，她同时也敞开心胸，迎接西天的云彩。那是关于信仰的五彩祥云。从两汉开始，这条充满战争、冒险的道路上就不时地走来佛国世界的使者，而中土圣贤也不断地向西求经。他们与诗人们擦肩而过。诗人们重视的是世俗世界的功名："昔日龌龊不足夸，今朝放荡思无涯。春风得意马蹄疾，一日看尽长安花。"他们重视的也是现实的感受："今朝有酒今朝醉，莫使金樽空对月。"所以，他们混迹于西行的大军之中，在功名与红尘中留下响亮的俗名。而佛国世界的声音是那样神圣、安详，要高于一切世俗。那些佛国世界的使者重视的恰恰是诗人们轻视的灵魂、死亡、德行以及永恒。

他们命运交错在那条用生命开启的崭新的丝绸之路上。一个求名，一个传道。在那个时候，诗人是不折不扣的知识分子，而那些传道者呢？他们也许还不能算是知识分子。但是，如果用今天流行的班达的知识分子标准和萨义德的知识分子精神来衡量的话，情况恰恰相反，那些诗人们只能算是流行的知识人，而那些大德高僧才是真正的知识分子。在班达的心目中，那些担负拯救人类命运并愿意为此而牺牲自我的传道者，才是真正意义上的知识分子。释迦牟尼、孔子、苏格拉底、耶稣等是也。自然，鸠摩罗什、玄奘、法显以及乐尊、朱士行等人亦是。在萨义德的精神世界里，只有那些远离权力、体制并敢于批判社会的人才是今天意义上的知识分子。也许还有那些站在世俗名利对立面的高僧大德才是知识分子。

他们是少数人。永远的少数人。但是，他们在人间开掘的佛窟是供千万人礼拜的圣殿。翻过帕米尔高原，在龟兹，在于田，在吐鲁番，天山南北树立了无数信仰的殿堂。然后，一股比青春更为理性、比名利更为崇高的神秘力量顺着丝绸之路向中土挺进。

两股力量相会在一个地方，敦煌。诗人们屡屡写到的玉门关和阳关是敦煌的两个门卫。敦煌是那时中国通往西域的最后一个开放的大城市，是青春中国的西大门。所谓"西出阳关无故人"，说的大概就是这个意思。有人把敦煌比作今天的深圳或广州。全世界的风云都在那里经停、交集。而敦煌也成为西域佛教传入中国的第一个港口。自由、开放、包容、丰富是敦煌的特点。敦煌的地位由此而显现。

如果说凉州是诗人们喜欢的大都市，那么，敦煌莫高窟便是修行者的天堂，西方极乐世界的象征。当高适、岑参、王昌龄、王之涣、李益等赴边塞的诗人们聚会在凉州，尽情地欣赏西凉乐、龟兹舞，玩弄着胡伎，并在葡萄酒的激发下斗诗比才的时候，一群和尚便在三危山下开凿佛窟，描绘佛像。世俗的景象越是繁华，信仰的景象也就越是壮丽。河西走廊的两端慢慢在升高。一端是边塞诗情点燃的世俗凉州，一端是佛教圣地敦煌。

莫高窟在唐朝发展到了鼎盛。那时，凿窟和造像往往成了官方的行为，而个人的信仰和功德变成了另一个方式——抄经。前面已经述及，抄经被认为是礼佛的几大重要方式之一。当佛教走向民间的时候，抄经也就成为民间最崇高的活动。这种方式直到今天仍然在流行。当孝子要为母亲积德或赎罪的时候，便会抄写《金刚经》《地藏菩萨本愿经》等。对于修行的自己来讲，那功德就更不可思议了。于是，出于对未知的轮回世界的愿望和对现世人生的救赎，凡有觉悟者都可以抄经，有能力者也可在洞窟画壁画，甚至画供养像。民间的信仰浩浩荡荡，无穷无尽。一时之间，莫高窟成为佛教圣地。

今天藏经洞里发现的那些经卷大多都不是出自名家之手，那些壁画也没有留下名家的姓氏。唐代那些成名的画家也未曾留下他们在莫高窟供佛的任何记忆。一切迹象表明，伟大的敦煌莫高窟是一座民间信仰的殿堂。

在信仰的世界里，那些声名赫赫的边塞诗便太俗气了，简直不值一提。绘画、书法、诗歌相比佛经而言，是等而下之的东西。佛的世界无需那些雕琢之技。所以，敦煌莫高窟内五万多件藏品中大部分都是经卷。

然而，当佛法世界渐渐没落，世俗世界渐渐显赫，尤其是近代以来各种学术、艺术的纷起，莫高窟的意义便又在这些枝叶上焕发光彩。

在斯坦因发现敦煌时，他眼里看到的大部分是佛经、佛像。当常书鸿、张大千发现敦煌时，眼里全是敦煌壁画。书法家后来提出了敦煌书法，文学家提出了敦煌文学，语言学家在这里看到吐蕃文、回鹘文、西夏文、蒙古文、粟特文、突厥文、于田文、梵文、吐火罗文、希伯来文等多种古代民族文字。那些关于天文、历史、地理、医书、民俗、方志、诗文、辞曲、方言、游记等方面的文书，则成为诸科学者所要深究的绝世文字。学者们将它们命名为敦煌遗书，连同莫高窟的经卷、壁画视为中国文化史上的四次大发现之一。从20世纪初到90年代，那条曾经荒芜的丝绸古道上又开始热闹起来，又有了朝圣者的身影。与唐朝不同的是，那些身影多是从世界各地来的学者、画家甚至官员构成，真正朝佛者寥寥无几。但是，新世纪以来，旅游热兴起，一时之间，敦煌成了中国西北最为耀眼的文化高峰。高铁穿越戈壁沙漠，直接通到敦煌脚下。世界各地的人们也可坐着飞机直达敦煌。

如果海子还活着，他冥冥中的预言便真的能看到了。当我们闭上眼睛，要选择去看人类古老文明时，最可能跃入我们思绪的正是中国的敦煌莫高窟与埃及的金字塔。它们都高高矗立在沙漠的边缘，分别象征古老的中华文明和埃及文明。

现在，当那些熙熙攘攘、摩肩接踵而来的旅游大军群拥着三危山上的莫高窟时，我们无法冥想在佛的不可思议的万劫世界里，这些众生到底是有缘人还是无缘者。我们也无法确证，当有情众生在倾听过一个个佛教经变故事时，他们是否经受了一次灵魂上的震颤。

这也许是莫高窟在今天面临的最大问题。

相对于一百多年前敦煌的那次劫难，从佛教的角度来看，那并非真正的灾难，最大的灾难是莫高窟的祛魅化。20世纪初，中国从欧洲借来科学、民主、进化论、唯物主义、共产主义等一系列的思想，与欧洲一样，中国经历了一个从神学时代转向人学时代的过程。神学时代需要以宗教、巫术、感性等文化体系和思维方式来维系，而人学时代则需要以科学、技术、理性等文化体系和思维方式来建立。"五四"时期是中国人学体系建立的初期，儒家思想得以遏制，佛道信仰受到批判。"文革"则是人学思想走向其反面的时期，不仅孔孟之道受到彻底打击，而且大地上所有的庙宇都遭到灭顶之灾。一夜间，鬼神从大地上四散惊逃。前一个时期是将中国文化祛魅化的初期。孔子从神降落为人，一切不可解的问题都交给了科学。

月亮从中国诗歌乃至整个人类的文化中被解构，成为一个只靠太阳之光而发光的贫瘠的星球。月亮上没有嫦娥、玉兔，没有被惩罚的天神吴刚。人类的很多美好的幻想与寄托化为悲伤。神话就这样失去了存在的理由。泰戈尔曾经不无伤感地说，他宁可要一个充满幻想并可以圆缺的月亮，也不愿意要一个被证实了的实在的冷酷的月球。但祛魅化过程是整个20世纪人类世界无法遏制的潮流，于是，神学时代的审美体系被解构了。一个充满了爱与善、光明与黑暗交替的世界顿时消失，而一个无所谓善恶、光明与黑暗也并非大善大爱者所掌控的无常世界降落于人世。这就是人类世界在现代性面前的最大遭遇。

神话的一切都不复存在。于是，这世上的光再也不是上帝发出的光，而是太阳燃烧的结果。于是，地狱之门大开，罪恶开始在大地上与善良同行。于是，三危山上的佛光不再是佛与有缘者的一次交心，而是雨后阳光照射的一种物理现象。敦煌莫高窟散发的神圣之光倏然消失。那些伟大的造神运动也成为笑谈。当人们走进佛殿，听到佛教经变图上的经典故事也没有电视剧里的故事那样让人相信。很多人都在仰首观看那些唐代的壁画，他们更感兴趣的是那些颜料是怎么回事，斯坦因是如何盗宝的，而王道士又是如何贱卖国宝的。然后，他们又匆匆去了莫高窟旁边的鸣沙山，面对那沙不填泉的神奇发一阵呆，再听一次祛魅化的科学解读，便匆匆离开了。

今天的莫高窟，不再是一所敬佛礼佛的圣殿，而是一所壁画艺术的实验室，是一所学术的图书馆，更是一个可供观赏可以出售的文化场所。古老的神圣之光逃遁了。游客遍地，但施主在哪里？学者往来，但像乐尊、玄奘一样关心人类终极价值的真正的知识分子又在哪里？

  在大众文化盛行的今天，佛的高蹈、佛的规劝、佛的戒律都显得过于崇高，过于虚幻。尽管莫高窟门前熙熙攘攘——这难道不是王道士所希望的吗——尽管莫高窟已经矗立于世界的文化巅峰，但是，我们还是要问，这是真正的莫高窟吗？

  三危山上的佛光还会再现吗？

  如果再现，谁又是有缘者呢？

第五辑

寻找昆仑

寻找昆仑

1. 序曲

恰恰是在上海，这座在蓝色的大海上不断升起的现代化都市里，迷茫性地一转身，我看见了蛮荒中的你，昆仑。

为什么？恰恰是在东南之地，在海拔最低的地方，转身的刹那，便看见了西北高原上的你。

但你仍然在群山之巅，仍然在星空之下，仍然在世界的纷纷扰扰处，仍然在海市蜃楼的幻海后面。

五千年以来，世人都在寻找你，但只有诚如坚石者，才可能会在雾开云散的刹那看见你。然而，人们都信仰知识，信仰脚下的秩序，并不抬头遥望星空中的你，但知识的源头已经干涸，先祖们的骨灰也随风而散，道路已迷失，所以，人们都在半路上否定了你，转头去指鹿为马，饮鸩止渴。

在通往你的道路上，有太多的戈壁、沙漠和高山、幻海，没有坚定的心志和柔水一样的耐力，就没有人能登上你的天门。

我是那个能见到你的人吗？

2. 现代之神

几十年来，我生活的故乡西部被一股名为现代性的飓风疯狂地吹拂着。高原上的一切都被否定或篡改。曾经它是华夏文明的太祖山，元气生发的地方，信仰诞生的地方，史诗讲述的地方……可是，现在不是了。现在它是蛮荒之神，被自负的现代文明赶往八荒之外。而高原上的人们从此迷失了方向，他们再也不看星空，不看北斗七星，不看风物的成住坏死，甚至不再相信善恶轮回。

他们只听一个名为现代性之神的命令，欣喜地看着手中的表，不再关注太阳和月亮的变化；只需要听每天的天气预报，不再去深究天地的消息、万物的声音，甚至不再感受自己生命的感觉……世界已失去奇妙，一切都交给了机器。

时间的坐标上，坐着一个名叫基督的神。人们说，礼拜天到了。可是，无神可拜。基督的礼拜天成了娱乐的时间。人们再也不去礼拜高原之神，再也不进佛陀之寺，再也不听孔子之教。他们再也不听天地、灵魂和身体的消息，只听从实验室里发出的一个个命令。而实验室就是被那个称为现代性的神管理着。

他说，人是没有灵魂的，于是，人间再无灵魂，生与死的大门被关闭。

他说，人是不需要道德的，于是，人间只看见欲望，善与爱的高山无人再攀登。

于是，天堂和地狱都搬到了人间。走在街上，你不清楚对面来的是人是鬼还是神。

古老的神祇在深夜的天空里低低地叹息，一双双悲伤的眼睛探看着人间的游戏。

人间已无人再相信善有善报，恶有恶报。

人间仍然在上演对道德和人伦的无休止的嘲笑与谩骂的电视连续剧。这一场戏已经上演了百年，眼看还要继续下去。

每个人的家里供奉着物质之神，门神已从仁义和忠勇变为名与利。仁义礼智信五兄弟是上一辈的名字，如今都已亡故。小说家在《秦腔》里已经写过。我们这代人的名字叫自我、个性、叛逆、迷茫、自杀、死亡、虚无……无数的诗歌、小说、音乐和绘画都在重复着它们。我们的下一辈是独子，或独女，他们的名字已无秩序，或妖，或魅，或怪，或曰无名，或曰无道、无德、无礼，有人美其名曰多元……影视、流行音乐、游戏和社交媒体都在证明这些。

社稷之神已无人祭祀，也无人知晓。

古人的祠堂在西面，因为那是神的去处，因为那里有昆仑。

现在的我们住在高楼大厦，祠堂早已遗弃。我们用"现代"一词骄傲地与先祖们划清了界线，视他们为朽物。我们把原来祖先的位置让给子女，却把它叫爱。我们把父母丢弃在远方，并咒骂孝道乃愚昧。我们又把这一切都传给下一代，悲壮地告诉他们，这叫启蒙。我们高喊民主，但并不允许不同的声音反对我们。我们尊崇兼容并包，却不允许我们祖先的声音从民间生发。

我们只需要一个神活着，他就是现代性。

而这个神就是来推倒昆仑，就是来赶走古老的神祇。

他要一神独大。

他就是从东南沿海登陆华夏大地的。他一身华丽，西装美服。我们曾匍匐于他的脚下。我们不曾跪拜我们的先祖，却向他悄悄地低下了高贵的头颅。

是他重新打开我们人性的大门，让我们看见身体里住着两个人，一个叫天使，一个叫魔鬼，可是我们纵容了魔鬼，因为那是我们压抑了很久的灵魂最想做的，就像一个孩子最高兴做的事就是破坏。

对了，现在我知道他的名字了，靡菲斯特。

他教给我们那么多的魔术，让我们富有，让我们拥有名与利，让我们建设大厦。他解放了妇女，让她们美丽，让我们倾倒，为此，我们犯了错，差点丢掉性命。他让我们获得一切，只想听到一句话：啊！真美啊！

可是，我始终不满足。我拥有的越多，就越是恐慌。随着青春的勃发，我就越是喜欢他，但越是这样的时候，我就看见自己一个人在荒原上流浪。

我曾在贝克特的荒原上与流浪汉们一起等待过戈多。

我曾在加缪的神话里与西西弗斯一起嘲弄过诸神的惩罚。

我曾在萨特和霍金的时间与虚无中迷失了方向。

我曾在尼采的世界里与他一起奏响科学与艺术的合唱。

我还在叔本华的悲伤里看见死神凄婉的容颜。

我还在马克思的宣言里看见上帝绝望的神情。

最后我看见自己变成卡夫卡的甲壳虫,看见自己变成加缪的局外人,看见自己在艾略特的荒原上无尽地流浪、悲伤。

但我就是没看见自己的死亡,于是,随着青春的逝去,为了虚度光阴,我信手拾起古老的经书。

在辽阔的西北荒原上,在《山海经》命名的大荒之野上,我一行行重新阅读古老的道德之书。

荒原之神一直在遥远的地方睁着混沌的眼睛看着我,而我也是很多年之后才发现他的存在。

我从几千年堆积的黄沙中取出那些经书,就像龙树从东海里发现《金刚经》一样。

我重新擦掉经书上厚厚的黄土。黄土一样古老的汉字透视着世界最初的形象。而最初的形象就在昆仑之巅。

所以我不得不暂时告别现代性之神,而去寻找昆仑。

一个在东南,如日中天。一个在西北,渺无踪迹。

但我仍然愿意逆流而上。我不知道是什么在吸引我。

3. 迷惘

此时,我已到了不惑之年。但不惑之年的我正经历着巨大的困惑。每隔十年,我都将经历一次这样的困惑。二十岁至二十八岁,从我上大学开始到写下《那古老大海的浪花啊》结束,那是一场对西方文化疯狂的追逐;然后进入迷茫,虚无,直到三十七八岁重新接触中国传统,那是一段对日常生活的理解,中与西在混沌中相渗;四十岁开始到上海,又一次进入思想的激荡,继而转向传统,直到四十八九岁,《鸠摩罗什》问世,我从道家到儒家,再到佛家,重新理解了传统;现在,我正在试图进行中西文化的融合。我不知道未来的路如何走，但这样一场思想的跋涉竟然一走就是三十年，三十年三次转折。少年白了头，而双脚竟然又一次踩到了故乡。少年时一心向着东南，而现在为什么一心扑向西北？

这是为什么？究竟是什么在吸引着我从东南跌跌撞撞地扑向西北？

西北如此荒凉！西北荒原一无所有。可是，我还是不停地向西，向西……直到我又一次看见昆仑——华夏民族的原始太初之光点亮的巅峰，青藏高原、内蒙古高原、帕米尔高原、伊朗高原共同托举的峰峦，人类古代文明最高的地方。

可是，现代的我为什么还要回到这里？为什么独独是我？

我又一次迷惘了。

4. 祖母的教育

相比而言，我的祖辈们似乎不是这样的迷茫和失去自我。我的祖父据说信仰道教，而我的祖母则信仰佛教，佛道不分家，所以他们年轻的时候就吃素了，母亲回忆说曾经被人强迫吃过大肉，到底吃了没吃她说不清楚，祖父死得早，我没有印象，但祖母与我生活了十九年，是没吃过一点荤腥，且常常为母亲没把炒过肉的锅洗干净而责骂母亲。母亲年轻的时候无法想象祖母为何对此那样执着，到晚年也没有想通，大概不吃素的人是无法知道吃素人的敏感与洁癖。母亲年轻时虽然也不是那么坚定的无神论者，但对信仰之事和祭祀之事不大清楚，所以婆媳之间免不了一年中有几次这样的吵架。

但祖母告诉我们孙子们很多生活的礼仪。她说，不能把有字的书或报纸坐在屁股下，因为汉字是神造的，有神力。我曾经有一段时间——想想也就是大学时和大学毕业后那段叛逆着的时间——无视她的教育，把书本常常坐在屁股下面，四十多岁以后想起她的话便不再把报纸和书，尤其是古人的经书，坐在屁股下面了。

她说，不能把开水往地上泼。母亲后来给我们说，她曾经与祖母争辩过，祖母告诉她，因为地上有很多看不见的生命，开水泼下去就烫死很多生命，会遭罪的。于是，我们也不轻易把开水往地上泼。后来我写《鸠摩罗什》时读了一些佛典，才知道那是佛教的教育。

她说，尊人尊自己，不要管别人怎么看，一定要尊敬别人。于是，我们兄弟们都一见人就行礼，可总有人不还礼，我们回家就向她嚷，她说，你们只管自己做就好了。家里的第一碗饭，她让我们一定要端给父亲先吃，于是，年少的我们从院子西北角的厨房里，端着一个很大且很烫且很满的碗，穿着早晨金色的阳光，进到东面屋子里给父亲吃。父亲对我们并没有多少言语，反而使我们对父亲充满了敬畏，到现在还保持着童年时的那种感觉。后来我知道，这是儒家的礼仪。

小时候，外地的人到我们那里来讨饭的人络绎不绝，家家都养着一条狗。很多人家就把狗放开，一见讨饭的人拿根棍子就扑上去，讨饭的人就吓得走开了。但祖母不这样做。她总是把家里的狗喝开，拿一个白白的馒头给讨饭者。母亲说，挨饿的时候也有人来讨饭，若遇到吃饭时，那些人就要向祖母要一口热饭。祖母便把自己碗里的饭快速吃两口后，就给了讨饭的人。讨饭的人并不计较，立刻吃完。我们就问母亲，家里还有饭吗？母亲说，没有了。祖母挨着饿，等待下一顿饭。有时候，我们也想把要饭的人赶走，祖母说，不要这样，说不定哪天我们也要去要饭吃。后来我看佛经才知道，这叫无相布施。

祖母七十多岁后就基本上睡不着了，她整夜整夜地坐在窗前。凉州的月亮很亮。小时候我常常在月亮下看书。有时候，我半夜醒来，发现祖母仍然坐着。她看见我醒来，就对我说，你爷爷刚刚在你的炕头坐着，才走。我转头一看门。门半开着，风把门帘轻轻卷起，仿佛真的是爷爷刚走。现在我才明白，为什么睡觉时门一直半开着，原来是让爷爷随时能进来。这种经验我们后辈人可能不会有了。我们总是把门关得紧紧的，也不相信人有灵魂。这大概是道教的传统吧，也可能是我们北方民族的传统。我至今没弄清楚。

祖母还会用很多方法给我们治病。比如，我们感冒后，她让我们睡在炕上，然后她拿三根筷子和一碗清水，再找来几张纸，口里念一些先人们的名字，念到某一个名字时，三根筷子就立刻在水里站住。她把纸烧过后，放进碗里，拿到院子外面，倒在马路上。有时候会走得远一些，倒在十字路口。过不了多久，我们的感冒就好了，又没病了。我们若是在外面回来看上去魂不守舍，她就会燃一堆火，拿一碗面，碗上面盖一块红布，然后让我们转着火堆走，她在后面一边用碗轻轻拓我们的后背，一边叫着我们的名字说，某某某，回来吧。往往会有第三个人跟在后面答应着，回来了。这样的事往往要连续进行三天。很快，当我们忘记我们有病的时候，我们就痊愈了，精神又回来了。这是我们北方的风俗。

祖母在我们村里留下很多传说，我在《鸠摩罗什》的序言里写了。她被村里人尊称为大奶奶。她死后，一些方术之人到我们家里，总是对母亲说，你们家有一尊金佛。那些方术之人说了二十几年，母亲就在家里寻找了二十几年，她把所有的地方都找遍了，甚至把厕所也找了，始终未找到。直到前些年政府要求统一将我们村里的坟墓迁到公墓时，当人们打开棺木，父亲惊讶地发现，当年下葬时，祖母身上的麻绳没顾得上解开，至今还捆绑在祖母身上。当时，阴阳先生对我说，也就是你奶奶在修行，一直在保佑着你们，否则早就出事了。奇怪的是，自从迁了坟以后，方人术士再没说过我家里有金佛的事。后来，附近一位道士说，那尊佛就是祖母。二十多年来，她始终在我家阳宅里待着。道士说，老人家看来是修行极好。

祖母的神奇之事使我一直对家乡的文化充满好奇。而母亲到晚年时也不自觉地继承了祖母，初一十五要去鸠摩罗什寺转一圈，上一炷香，且也基本上不吃肉了。也许在她的孙子们看来，就像我看祖母一样吧。也许文化的传承始终未断，只是我们接受了现代西方文化，就把自己的文化视而不见或者想当然地否定了而已。

现在，我发现它们其实一直就在我故乡代代相传。

5. 家族的秘密

说起我的祖父，便想起我们家族的一些传奇经历。这在我们村里一直是一个话题。我们那边把伯父叫"姥姥",具体哪两个字不清楚,反正就一直这么叫着,直到我们下辈人时才改成伯伯。我们把外婆不叫外婆,叫外奶奶,所以也就自然没有姥姥了,可能也是这个原因,而把伯父叫成了姥姥。五姥姥活着的时候,我总是去他们家玩。小时候我们是邻居,天天去,所以我的梦里还经常出现进他们那个大门的情景。那个大门至今有百年历史了,是当时防土匪而修建的土墩,院门就在土墩下面,要三道以上关卡,将近十米左右长吧,反正小时候我觉得要很长时间才能快速穿过那道黑黑的大门。

五姥姥总是意味深长地说,你们家又不姓徐嘛……

我那时候小,并不说话,等着他往下说,但他并不再多说,我也不敢再问。但这件事一直在我心里盘旋着。

也是他,给我母亲讲了当时我的太爷爷们的事。他说他是见过的,其实后来我们推算他的年龄,那时候他也就刚刚出生吧,说见过也许见过,但不会有印象。他所说的话都是老一辈人又传给他的,他又讲给我母亲。

据说我的太爷爷在我爷爷还小的时候离开了凉州,他们并没有奔向东南,而是赶着大车去了遥远的新疆。那时,我十几岁的爷爷正一个人挑着货郎担走街串巷,一边思谋着赚够钱娶媳妇,为家族传宗接代,一边也从每一家的门缝里瞅着美丽的姑娘,盘算着哪一家的姑娘能做他的新娘。但他没有想到,在他出门的这段时间,我的几位太爷爷带着整个家族去了新疆。

至今我们也不明白为什么他们走得那么匆忙,也许是筹谋已久,也许是……对了,我小时候总是听我奶奶说,她又听比她年长的人说过,我们徐家人也许不姓徐,是从其他地方来的,有可能是杀了人到此避难的,因为我三太爷武功卓绝,曾经长时间地保护过整个徐家庄人。有人说,我三太爷有一根白蜡树干做的舞棍,既结实,柔韧性又好,他在平地上一点舞棍,人就像鸟一样飞到了房顶上。他舞棍一起,邻村三四十个男人近不了他身。所以上游的泉水和山水便由我们徐家人来给下游的他们分配。初冬的时候,人们还没有把麦子打完,便争石碾子,没完没了。我三太爷便把三百多斤的石碾子弄到了大树丫里,说谁有本事取下来,谁说了算。大家无奈,便听他安排。所以,徐家庄人把我们家人收留下来,我们家人也没有愧对徐家庄人。然而,他们为何走了?

难道是在武威大地震之后,也就是1927年,所有的房屋都倒塌后没地方住了?还是别的什么原因?而那时我爷爷正在外面,所以他们丢下我爷爷举家搬迁了。五姥姥说,他们坐着有着巨大车轮的马车往西走了,顺着古道往新疆去了。

那一年,也可能是前几年时,在我祖母十二岁的时候,一场瘟疫袭击了武威城乡的几个乡村,祖母家的好几位亲人病死了,她也浑身浮肿,等她好的时候,突然就不吃荤菜,信佛了。这至今也是个秘密。难道是在她最危难的时候发生了什么?她为什么会在十二岁那年皈依佛门,一生为居士?而我的父亲、母亲以及我们都未信焉,而且她从未向我们流露过任何要让我们也去信仰的信息,哪怕一个字,一个要求。都没有。

他们为我留下了太多的秘密。我想,他们也可能是在那场瘟疫时匆忙离开的,也可能是后来的大地震之后无家可归时走的,但我似乎更相信可能是前者了,因为村里的老人们从未说过大地震之后如何如何,更何况,我三太爷曾经腾跃过的那个大院子还在,就是五姥姥一家人还住的地方。我小的时候经常在那里玩耍。

所以在1986年,我十九岁的那一年夏天,我参加甘肃省中学生语文夏令营活动时,也就是我第一次出门远行时,我便从凉州城出发,一路往西。虽然我去的地方叫金昌,离凉州城仅有几十公里,但给我的感觉已是古风扑面。

因为只有半小时,所以我们是站着去的。我挤到了火车尾,站在外面看着青青的荒草——不知为什么,它们明明是青草,可在我的记忆里它们却都是荒凉无比的——那时我就在想一件事,我的太爷爷们就是顺着这个方向去了遥远的新疆。

我爷爷没有去成新疆。他在回到徐家老庄子后,发现整个家族剩下了他一个人。村里人给他说,太爷爷们留下话让他也去新疆,可是,他一个人怎么能去呢?据说,后来我太爷爷们又专门派了一个人来找我爷爷，可还没有成亲的爷爷还是挑着他的货郎担在四海漂流，于是，等不到我爷爷的那个亲人便给我爷爷留下了一封信，告诉他我太爷爷们在哪里，要让他去找。我爷爷是在我两岁的时候离世的，他走的时候，提前给自己把墓地也选好了，并告诉了我爹。我爹知道一个大致的地方，赶紧去找了胡家庄子的道爷张悟乐，那时，瘦瘦的一身仙风道骨的张悟乐还年轻。他跟我爹到我爷爷说的地方去四处看了一下说，就这儿，头枕莲花山，脚蹬胡家庄的土墩子，还有一股水从后面流过来，左水到右，很好。我爹便把我爷爷葬在了那里。听说，我干爹抱着我去了坟里。去的时候天还晴晴的，可埋我爷爷的时候天就阴了，一阵大雨。我们在大雨中被淋得湿透，但我干爹说，这是吉雨。据说，坟里能进雨，后代们便有了福贵。那时，我们谁信呢？

　　总之，我从爷爷那里没有得到任何关于家族的信息。我奶奶也知道的不多。事实上，在我们年轻的时候，除了奶奶偶尔说几句，和母亲知道的一点点传说外，我父亲似乎也一无所知。等到我成为一个作家后，主动问过父亲几次，他都笑着说，谁会在意那些呢？

　　我便问父亲，那太爷爷们给爷爷的那封信写了些什么？后来哪里去了？

　　父亲笑着说，谁知道呢。

　　是啊，人事渺渺。我爷爷后来到底是怎么考虑这件事的，家里谁也没提过。母亲说，爷爷前后娶过三个老婆，一个比一个漂亮，但往往可能是漂亮的东西没有太多的实用，他想要儿子，可是前两任都没有能为他生下儿子，直到我奶奶时，他们在农历五月十三去了一趟南山的莲花山。那里有寺庙，他们前一天去城里，住了一晚，第二天去了莲花山寺，夜里住在了那里，听说住的人非常非常多，寺庙很大。大到什么程度呢？路宽到九个姑娘并排走都可以，房子有七十二间。他们听了一天的花儿和贤孝，大概是又住了一夜，第四天才回，他们从山上请了一座罗汉，傍晚到达凉州城，住了一夜，第五天回到家里。

　　第二年，我奶奶便生下了我父亲。二奶奶一看自己没地位了，便把罗汉扔到了村南的水沟里，这可气坏了我爷爷，一顿猛打便把我二奶奶打跑了。我大奶奶到底有没有生育，后来我也没弄清楚，总之，前两个奶奶据说还是有女儿的。我父亲年轻的时候，他们还有走动，可是，到我们长大时他们基本上失去了联系。老一辈的事我们又不好问。

父亲的脾气和性格确实像个罗汉，村里人都说他煞气很重，一到夜里要浇水的时候便派我父亲去。那些地都在戈壁滩上，是新开垦的，但那里到处都是死人的坟墓。我父亲不怕，他把水一放，把铁锨在头底下一枕，看一眼满天星斗，便睡着了。半夜里还要起来去看一下水的流向，打打坝，然后又睡过去了。他早晨五点起床，中午十一点多回来睡一会儿，吃过午饭后再睡会儿，晚上九点便睡了，任凭我们怎么看电视，他也是九点就睡着了。这几年我研究道家和中医才知道，这就是道家打坐和佛家坐禅的时候，是中医的养生时候，是真正的道法自然。他也没什么疾病，偶尔得一次感冒却极重。我带他去过几个地方，一到有佛像的地方，他都用心地看罗汉的样子，大概他是想知道自己的前世今生到底有怎样的联系吧。

父亲在我十五岁左右不知从哪里找来了几根白蜡树苗，种在了院子的东南角。有一棵几年之内就长得高出了房顶，父亲把它砍倒当成了铁锨把，果然好用。也许是跟三太爷的传说有关，也许是那个铁锨把真的好用，总之，每到干活的时候，我们都想拿那个大铁锨，但那个大铁锨真的太大了，我和弟弟总是用了会儿就用不动了，还是得父亲用。

我们家再也没有传下来武功。爷爷不会，父亲更不会。《少林寺》上映后的一段时间，我和弟弟重新燃起了学习武术的热情。我们用鸡蛋换的钱买来了一些武术类的杂志，上面有各种武术的招式，我按其偷偷学习了好几套拳术，每天早上，我在上学之前，会在家门口打一阵。那时身体很好。我设想着有一天也要像我三太爷那样打遍天下无敌手，替弱者打抱不平。但不知为什么后来上师范后就把这些都放下了，大概是那时又喜欢上了音乐和诗歌。那时候，邓丽君和港台的歌声把我们都迷住了，后来，蒋大为的歌声又俘虏了我。我又想起我的爷爷。

据说我爷爷年轻的时候特别帅，高个子，大眼睛，主要是艺术天分极高。他能唱会跳，从正月十五闹元宵后就开始闹社火，我爷爷扮演的是大老爷，一个人在邻村四乡唱红了天，男人女人们都去听他唱。他要去每一家每一户唱，唱词都是现编的，但每家人都喜欢。夏天的时候，吃完晚饭，大家都会不自觉地到我们家门口的三棵大槐树下来聊天，男人吹牛，妇女们踢毽子，我爷爷本来是跟一帮爷们儿说东乡里和南乡里发生的怪事，妇女们则喊，大爷爷，来给我们教一下怎么踢，于是，我爷爷便开始教一众妇女们踢毽子。据村里一些嫁出去的四五十岁的女子回来给我们说，大爷爷啊，那个毽子踢得像朵花一样，左一下，右一下，前一下，后一下，再没见过比他踢得好的人。

那时，我们兄弟们就都神往地想我爷爷的样子。只有我见过，但我一点印象都没有，他们更是没有见过。但爷爷有一张遗照在堂屋里，每到过节的时候，父亲就会打开那扇门，带着我们去磕头。我们都悄悄地抬头看着爷爷的脸。他也在看着我们。我后来一直想，也许是隔代遗传，我父母亲都不怎么会唱歌，可是我和二弟是天生的歌唱家，初中时，我们家院子里每天都歌声飞扬。我上师范时选修的就是音乐，三年后，当我能推荐上大学时报的第一志愿就是音乐系，可是，西北师大不允许我们选音体美专业，大概是觉得我们不专业吧。我只好上了中文系。也是因为师范三年级时，扁桃体发炎一直下不去，喝开水都难，医生建议做手术，便没告诉家人偷偷地做了，可是做得不专业，我的声带似乎有些损伤。手术后的一年时间里，我说不成话，两年时间里，声音嘶哑，这便断了我歌唱家的梦想，一方面自学了吉他，另一方面也选择了文学。

文学的事业便是回忆，便是自我挖掘。小弟后来也选择了文学。虽然我们从未交流过文学对我们的影响是否涉及家族史的发现，但是，我们都选择了一次次向西远行和探看。

而我，在一次次寻找我三太爷后人的同时，还隐秘地开始了两个探寻，一个是昆仑与西王母的寻找，另一个便是我奶奶信仰的佛教的探源。

6. 乾与辰的对冲

上海在中国的震位和巽位之间。

真正的震位是山东。《易经》上说，帝出乎震。天帝是从东方驾着太阳开始运行这个世界的，万物开始兴作，所以在五行上属于木，四季中属于春天。周朝初定，大分天下，东方很重要，便派最重要的两位大臣去。一个是姜子牙，一个是周公。正好东夷叛乱，姜子牙便去镇压。这便是齐。一些人不懂中国的文化，而是以小人之心度君子之腹，硬生生地用宫廷剧的方式说，这是要把最有功勋的姜子牙打发到边疆，不让他在天子周围待着，天子不放心。从小人的角度来看，的确是有这样的顾虑。但事实上，从礼的方面来讲，大封天下，首先要从姜子牙和周公开始，也是从东方开始，山东就是他们必须去的地方，而镇压那里的暴乱，便是他们的分内之事。只是姜子牙封了神，所以齐国便也成了神鬼的圣地，后来的齐文化就充满了神秘色彩。从秦始皇派到东海求长生不老之药到李太白频频去山东求道访仙，再从八仙过海到蒲松龄的《聊斋志异》，最后从《西游记》中的孙悟空和东海龙王的故事到当代莫言、张炜的一些志怪小说，这种传统一直持续了三千年。

而周公未行，派了自己的儿子前去，去的时候语重心长地说了很多话，主要意思是要一心为百姓，要守礼知常。这便是鲁。鲁国一心奉周公之礼建设国家，一度也是大国，但数百年内保留了很多周礼的碎片。从鲁国出生的孔子便从这些碎片出发，将笔触伸进整个周代历史，探讨了周朝兴衰的原因，这便是《春秋》。鲁国成为解剖中国的断面，也成为后来中国的尺规，即董仲舒和汉武帝确立的春秋决狱。中国的私塾首先在孔子时兴起，中国的第一庙文庙从曲阜建起。中国唯一与古代帝王相比肩的文人就在那里，即素子孔子。这种传统一直持续着，至今也未绝。

东方是太子居住的地方，故而叫东宫。东宫肩负着国家的大任，所以，尽管在历史上屡受海上诸国的侵扰，但山东稳如磐石。即使在近现代以来受到德国和日本的侵略，但山东人的血性是被三千年的周礼道德浇灌过的，一句浴血奋战是不能形容的。莫言的高密小说和《檀香刑》都是血性与忠义共同铸造的莫邪剑。

真正的巽位是福建。巽乃风，故而福建是中国的风口。在建筑上，它要么是大门的地方，主客方都从那里进入，要么就是厕所的地方，也表示出口。这大概是河图洛书的启示，总之，它是虚位。不像震位，是实位。所以，这个地方一直就是一个港口之地，也是一个动荡不安的地方。佛教、伊斯兰教都从那里传入，成为海上丝绸之路的圣地。日本也总在那个地方捣乱，而蒋介石也只能从那个地方逃到台湾。现代以来，西方现代思想的传入，福建也是重要港口，现代性文人中，福建人应当占比很大，他们接受西方现代派的东西要远比西北人和中原人快得多。现代文人中，有四个福建人有着共同的特色，严复是第一个翻译家，林纾虽不懂英文，但依然在翻译小说，最有意思的是辜鸿铭，他被孙中山认为是当时中国通晓英文的三个半人之中的一个，却偏偏弘扬中国传统文化，最后一个是林语堂，他在用英文写作。仅这四个人，足可以说明现代以来福建对中国文化的重要性了。当然，福建的侨胞是最多的了。

在震与巽之间，便是上海。大概在辰位。有一天看上海的地图，发现有座山名为辰山，经查，明代的董其昌说过，辰山"在诸山之东南，次于辰位"，此山因此得名，可见，古人一直在为中国的名山定位。辰位从大的象来看，仍然属于巽位，五行中也属木，属风，也是一个风口，所以，上海在近代几百年崛起之后，在现代以来便成了中国最大的风口。西方现代思想虽然从东南沿海登陆，但在上海集结成山峰。《新青年》从上海出，鲁迅在上海说"中国的青年要多读外国人的书，少读中国人的"。但人们忘了，鲁迅还有一只脚踩在中国，叫拿来主义。西方的思想是来改造中国人的，但不能被其完全侵略，中国最终还得是中国。

这一点，后来的人们忘了。我在上海仅仅待了三年，其实真正在复旦校园里只有一年，剩下的两年是时断时续，在西北和东南间不断奔波。

说来也怪，从震位稍稍移了一点点，到辰位便有了大变化。虽然身子还挨着东宫，但双脚已经到了巽位。山东人的那种礼教在现代的上海几乎是荡然无存了，你看，山东人还多少有些大男子主义，可到上海就变成了女性主义的天下。而福建人的那种现代性在上海也只是小巫见大巫，它只是上海现代性之中的一种而已。

上海是亚洲最高的地方之一，随着中国的崛起它越来越高，尽管它的海拔从零开始。她比起西北的昆仑，不知要低几千米，可在人们的心里，她是世界上最高的地方之一。我去过中国台湾、日本、韩国，登上过那里最高的地方，但看过去，还是有上海在挡着目光。东京比上海的人口要密集得多，站在东京最高的摩天大楼上，看见的是狭小、逼仄，只有日本海上空，你才能舒畅地呼口大气。但在上海，你站在东方明珠塔的任何一层，都有一条巨大的河为你腾出呼吸道，供你足够的氧气，尤其当夜晚来临，你即使坐在二十一楼吃大排档，都觉得十分阔气。此时，你可能会突然听到百乐门的乐队在演奏，而一个女声在忽远忽近地唱歌，歌声艳丽，腰身摇曳，醉眼蒙眬，舞池中全是世家子弟和腰缠万贯者，而教父坐在角落里抽着雪茄。

上海是以整个中国为大后方的，她面对的是整个西洋世界，相比之下，东京就像是在安置贫民，首尔像个郊区，台湾则是乡村。对了，这样一想的话，你也会觉得厦门不过是上海的一个乡村罢了，鼓浪屿是她的别墅。

2010年，也就是举办世博会的那一年，上海升级了。一些国外来的朋友告诉我，现在的上海甚至比纽约要发达。我没去过纽约，但我从电影和电视里能看到，纽约是辽阔的，心脏是壮阔的。如果比喻北京，我可能觉得更像，而上海多少有些浮夸，这大概是她的商业性质所决定的。文化在她这里也很重要，但商业的影响要远比文化更迅猛。在这个世界上，战争是第一传播方式，商业是第二传播方式，政治是第三传播方式，文化大概要到四五位甚至更后了。

我初去的那年，总想像在西北的小城市兰州那样的方式去对待朋友，结果每每遭拒。我的一位朋友曾经告诉过我，你到上海后，一定要说西部是如何如何落后，上海是如何如何富有，上海人就会帮你。你不能表现出你比他们高傲。我确实尝过这样的教训。而我的另一位朋友，他明明非常富有，可是他说，他非常贫穷，他连写作的电脑也没有，他一生最大的希望就是有一天能带着爸爸妈妈到上海游一下。他得到了太多的帮助。但我做不到，我总是想挣钱邀请朋友吃饭聊天，就像在西北的城市兰州那样，我们坐在黄河边，吹着风，唱着歌，喝着酒，吃着烧烤，直到醉去。在上海，无法沉醉。

我的一位文友告诉了我一件事，她给一位她非常崇敬的作家发短信，想告诉他她很敬重他，他立刻打过来电话，用质问的口气问她，你想让我为你做点什么呢？这么直接。她在电话这边吓坏了。她连连说，没有没有，没有想让您做任何事，我仅仅只是要表达敬意。他并不相信。大概在他的生活中，很多人都在烦他，都在利用他，或者说，用情感交换一种利益。我听了后对我那位朋友说，你不能怪那位作家，相反，我觉得他在用最简单的方式处理极为复杂的日常，由是他才得以清净。她无法理解，后来她又回到了西安。但这成了我理解上海的一种方式。

我给一位朋友发短信，想请他吃饭。他拒绝了，晚上约我到咖啡厅，问我，有什么事需要他帮忙吗？我说没有。但他抢先付了账，后来我才明白，这表示他不想欠我，但我一直欠着他的，至今未还。

我在上课的时候给同班的同学说，下课后我请大家吃饭，没什么事，就是聚聚，大家冲着我笑，我以为这是答应了，可是，从光华楼下来，站在西主楼下的过道风口时，我看见永不停息的阴风把所有人吹走，只剩下我一个人在风中感叹。后来我收到好多短信，都说很忙或要赶很远的路回家，以后再聚。那一次我便知道，这里的时间比兰州的时间要快。兰州的时针在西北已经走得很快了，但要比上海，大概还要慢五十年吧。再后来我在北京遇到很多这样的事，便明白大城市里的人都小了，小城市里的人反而大了，这是没办法的事。不是谁想怎样，而是生活使人那样。

我在上海经常去见一些过去的老朋友，打两百元的车赶去，喝一场酒后再返回。我坐在出租车里，看见高速路两旁的高楼正在弯曲，向我压迫过来，我们的车像是哈利·波特坐着魔毯在魔术世界里飞行。那时，人们开始叫上海魔都。大概与我一样感受的人比比皆是。那时，我看着像海洋一样辽阔的大楼被一个个小方块隔开，亮着白色的灯光，在那无数的小方格里，都住着陌生的人，我试图猜想，将来我能不能也拥有那渺小的无足轻重的一个小方格，但我一次次失望。房价远远超出我的想象力，我的确太贫穷。贫穷的人是没有资格住在上海的。贫穷的人是可憎的。

深夜十二点回宿舍，看见路上并无行人，便迈开脚走，可走了一步便退了回去，因为我的后背看见很多双眼睛在瞪我。他们都在等对面的绿灯亮了再走。我就知道，我在西北野惯了，这里是文明的中心。我想，这大概是商业文明之上的一种文明自信，这种自信约束了上海。

我在一次聚会上认识了一位编辑，聊得很开心，我说我有一部作品想请她看看，她立刻认真地说，好啊，如果可以，就在我们刊物发表吧。后来我约她吃了一顿饭，但那部作品并未发表。我把这事也忘了，但她没有。她说她一定要帮我一个什么忙才行，我问她为什么？她说，上海人不随便吃人饭的。

我笑了。到现在我是彻底明白了，上海人是有规矩的，但这种规矩就是商业文化的规矩，一卖一买，一进一出，始终要达到平衡。他们不想欠别人的，也不轻易欠别人的。

但我仍然觉得世博会上的那句"城市让生活更美好"的口号并不适合于我。我是一个乡野里长大的人，我喜欢厦门鼓浪屿岛上的阳光、钢琴和平静的大海。2006年夏初，我曾在那里静静地看海，一坐便是半天。后来，女儿告诉我，那年她迷失于那些钢琴里，她觉得钢琴有魔力。那时她五岁。后来她又去过两次，那时，她已经学会了钢琴。就是她五岁那年，她，准确地说是我们，遇到了一个和她差不多大的男孩，他一听到音乐便泪流满面。他的妈妈也表示不解。可是，整个厦门的海滩边都播放着音乐，所以他一直在流泪。厦门便有了神奇。

我也喜欢台湾的乡村，人很朴实，与我西北的乡村一样的朴实，令人可信。但韩国的济州岛真的有些假了，宣传很大，去以后才知道整个韩国都太小了，仅有甘肃的四分之一大，人口却是甘肃的两倍。那些风景，比起甘肃来讲，简直没什么可言说的，但是，它异常干净，干净得像是假的。我常常在想，天地并没有让我们那样干净，因为那样干净后就杀死了很多生物，就太人类中心主义了。我还是喜欢丰富的，变幻莫测的，万物都能生长的大自然。

由是，在上海，倒是十分想念我的大西北。整个的大西北，就好像是中国的乡村，是中国乡村后面的神秘之地，是我们童年流连忘返的荒野。

在那里，有一条路，名叫丝绸之路。它已被黄沙掩埋，人们已经不认识它了。

在那里，有一条河，名叫黄河。它所孕育的文明已经在百年前被蓝色的文明覆盖了，人们虽然知道它叫中国，但已经不明白它为什么叫中国了。

在那里，有一座山，名叫昆仑。已经没有人知道它在哪里了。

7. 与科学之神的对话

我在西北有午睡的习惯，到上海后虽然不会睡得太长，但仍然要睡会儿，没课的时候会多睡一会儿，结果，每次睡醒来，在复旦校园里走一圈时，发现太阳已经西斜，看看手机上的时间，才两点多。算算时辰，大概有两个小时的时差吧。这与我到新疆去正好相反，晚上六点才是下午最重要的时刻，吃完晚饭时往往到了十点。那时候，我总在感叹，中国这样大，时间是不一样的，但我们都在用统一时间。过去中国人的十二时辰大概是不太适合新疆、东北和上海的，时针得重新调整，否则，关于时辰的一系列天地消息便可能要推迟或提前进行。

所以在上海，一个去过新疆、中原、东北的兰州人，在重新思考关于时间的命题。在过去的五千年时间里，从夏代开始就已经使用干支来为时间命名。每一个时间不仅是太阳、月亮和星星绕着地球行走的时间，也是太阳在大地上行走的痕迹。不仅如此，它还是人自身的五脏六腑相互更替的时期。它代表着天地人共同在运行。

比如，子时是阴阳交替的时间，方位在北方，五行为水，是人进入梦乡的时候。子时为二十三点至第二天一点。它的前一个时辰是亥时，是二十一点至二十三点，五行为水，意思是人要休息了，不能再劳累了，因为天地都休息了，万物也进入休眠，人是天地万物的一种，是不能越出这个范畴的，一旦越出便是僭越。僭越便是人类中心主义观点，便是对天地万物的轻蔑与奴役。而在人的五脏六腑中，水主肾，也就是亥时和子时休眠就是对肾脏的保护，保证肾水的新陈代谢。可是，我们现在呢，大部分青年人和中年人都在劳累，或者在娱乐。我自己也每天写作到子时才休息，但在我隔壁，在几幢博士楼上，无数的博士才要开始读书、写作。整个中国在拿性命拼搏，在赶超英美。而在这样的过程中，肾脏在透支，这可能是现在的年轻人为什么不能生育的一个原因吧。

中国的肾在病着。肾水受伤，肝火和心火就起来了，眼睛就不好，同时，生育也会受影响。这可能是现在的年轻人生育难的一个原因。

接下来是丑时，是深夜一点至三点。丑土是从极冷的地方变来的，带着湿冷，主脾胃，是艮方的开始，在北方向东方转移的地方。天地处于最冷的时候，也是最为寂静的时候，但是，实际上是从阴开始慢慢转阳的时候了，万物在此时从大地上吸收营养。这个时候，也是人的脾胃要休息的时候。过去我不知道，二十四五岁那时候写作，夜夜加班写作，每到此时便觉肚子有些受凉，起初不在意，可十年过去后，胃寒之病就落下了，现在想想，其实是我们不知道天地自然变化的规律，是我们以为人可以摆脱天地的束缚，独立于天地中，但最终受到了惩罚。现在，青年一代睡觉大多都到两三点了，一代人都将得胃病，可是，我们再也不知道了。

中国的胃在病着。脾胃不好，睡眠就不好。睡眠不好，整个身体就不能得到很好的保养，时间长了，整个新陈代谢就乱了，内分泌系统就失调了。为什么会有那么多人患抑郁症和失眠？就是人的身体脱离了大自然而又不知如何调和的结果。假如知道这些，在此时吃点温暖的东西，喝点热水，可能很快就睡着了。

寅时和卯时五行上都属木，其实夜里三点至五点的寅时是艮方向震方的过渡，还在艮方，卯时是震方，是东方，是日出之时，太阳将普照大地。木主肝，肝生血，所以这两个时辰是血液新陈代谢的时辰，如果我们休息不好，此时肝火会旺起来，整个身体会躁动不安，早晨起来眼睛便干涩，甚至充血。

其他时辰就没必要呆板地讲解下去了，我们只要来看看夜晚便知道当我们抛弃了延续数千年的时间观后，我们的生活就处于颠倒梦想之中，白天有可能在休息，而晚上在熬夜，时间长了，便五脏不和，身心不和，最后不失眠、不疯狂、不抑郁还怎么可能呢？而这一切都来源于我们对古老的时间观、世界观的否定。

我们轻易地拿来了一个钟表，用它来杀死我们的时间之神，而用机器蒙蔽了我们的眼睛和心灵，切断了我们和天地的交往。当我们看美轮美奂的手表和手机上的时间刻度时，我们再也想不起此时天地的消息，也忘记了我们自己身体的规律。

我常常问我的朋友，难道这就是科学世界观？天地之间那种宏观的大的运转就不是科学？难道那种中国人对天地的认识是某种神给我们的思想，而不是我们中国人自己在几千年的总结？这是显而易见的。只要你认真地观察，一个正常人是完全可以理解并认识和总结出来的。但它在一夜间就变成了迷信。

科学，是几个世纪以来西方最新的神祇，他让西方社会迅速崛起，上个世纪以来也来到中国，也让中国迅速发展和富足。但是，这个物质世界的神祇在否定心灵世界的一系列秩序之时，他就开始走向反面，开始走向迷信。这就是过犹不及。否定了天地人三才之中人的性质。他说，一切看不见的东西都可视为不存在，都是科学要否定的。

他坐在实验室里说，爱情不过是荷尔蒙的反应，可是那些生死相许呢？

我问他，亲情呢？

他让一群社会学者出来告诉我，人类以前是彻头彻尾的动物，在洞穴里生活的时候，没有伦理，没有父女，没有母子，都可以乱伦。他说，伦理是人自己制定的，道德也只是人类的虚设而已。在这个世界上，只有吃、住、行、娱乐和占有才是最真实的。

我问他，难道人没有灵魂？人死之后去了哪里？

他笑着说，你把灵魂拿出来给我看看。

我无言。

他肆意地大笑，你这个傻子，拿不出来吧？你把爱情拿出来给我看看，你把亲情拿出来给我看看，你把高尚拿出来给我看看，你把善良、真诚、忠实、友情、仁义、信用等用于标榜的东西都统统拿出来让我看看吧，你给我称一下它们到底有几斤几两。但是，傻子，你看看，这些黄金、白银，这些大米、高粱，这满屋的现代化产品，哪一个不是真实地摆在你面前。

我欲辩无言。

他看到我尴尬而愤怒的神情，更是得意地说，好了，现在让我们来说说你问的死亡。你看看那些火葬场，那些人不是都被大火焚烧了吗？他们还能去哪里呢？他们又一次回到了大地上，回到了空气里，但再也不是他自己，而是别的东西。

我看到一个年轻人躺在那里，便问他，可是，我问你，你说的死只是说他的身体，他的身体明明还在，你告诉我，到底是他的什么死了？

他有些生气地说，来来来，你到我的放大镜和显微镜面前来看看，也许你就知道了。

我到了跟前，看见了那些曾经年轻的细胞现在停止了呼吸。

他得意地说，看见了吧，以前你们不知道是什么死了，现在能看见了吧，是人的细胞停止了跳动，是细胞死了。

我问他，那么是什么令它们停止了跳动？

他有些生气地说，我说了多少遍了，是它们没有了呼吸。

我还是问他，那么，呼吸是什么？

他说，当然是细胞所需要的一切气体。

我问他，那么，现在把那些气体给它们，它们还能活过来吗？

他恼怒地骂道，你个猪脑子，当然不可能，它们是一个有机体。

我并不生气，继续问他，既然是有机体，而那些细胞还在，它们所需要的气体我们也可以给予，那么，我问你，现在怎么能让他活过来？

他愣了一下，说，当然不可能。他已经死了，怎么可能活过来呢？

我继续问，所以我要问你，是什么把这些年轻的细胞和空气有机地统一在一起？

他还是愣了一下，说，我怎么知道，它们活着的时候就是这样。

我便问他，那么，它们是怎么被创造的？你能凭空创造一个活着的细胞吗？

他说，这当然不可能。

我笑道，那你还说能解释一切，既然这个根本的问题都不能回答，凭什么让我相信你是一切知识的解释者。

他耸了耸肩，问我，除了我，现在还有谁能解释这一切呢？这只不过是我以后要继续研究和回答的问题而已。

我讥笑道，那么，你就应当给人们留下一些空间，让人们去猜想生命是怎样被创造的，人死了以后又去了哪里。这些生死之说你能回答吗？凭什么说你说的一切都是对的？

他的嘴角动了动，本来是很愤怒的样子，但是又很快镇定下来，问我，那么，我问你，除了我，你现在还能信谁呢？

我问他，你为什么要杀死所有古老的神祇？

他说，你瞧！你这不是明知故问吗？我不杀死他们，他们就会杀死我。

我问他，为什么不能和平相处呢？

他正在喝水，听到我这样问他，他刚刚喝进去的水立刻喷了出来，喷了我一身，他笑得腰都弯了下去，然后他说，你说得太可笑了，不是我，是你们，把我一步步推上了神坛，是你们杀死了自己的神。你还有脸来问我，你瞧，你们的那些神，除了把你们的手脚都捆绑起来，让你们乖乖地听他的奴役，还能怎么样？啊？他们许给你们那些虚无缥缈的东西，把女人的脚绑起来，把一个丑陋的无能的人扶到宝座上，让你们崇拜他是皇帝。我杀死他们难道不是应该的吗？

我愤怒地说，那些都是对的，可是一切都该有个度，要互相依存才是。

他愤怒地说，如果我不呢？

我说，如果没有了对方，你的死期也就到了。这世界永远是阴阳和合的存在，孤阴不生，独阳不长。

……

曾经的二十多年里，我一直在与这个科学的神祇进行对话、辩论。

我不想让他死，但也不能让他一神独大。有一天夜里，我们又一次进行了对话。

他说，我想，如果我死了，你们还有什么？

我说，我没说让你死，我只是请你节制。

他固执地说，如果，我是说如果我死了，你们的死期是不是也就到了？

我说，在你这个神没有诞生之前，我们就已经存在了，只是那时你还小，还没有成为神。那时你是谨慎的，你也尊重各种各样的存在，但是，你在这几百年里慢慢地长大，被西方人命名为科学。这个历史你应当记得吧？

他骄傲地说，当然，难道你们东方人过去就没有我的存在？

我说，有，过去也有你的位置，只是过去的东方太重视道德教化，把你放到了边缘，这一百年来又把你摆到了中心位置，但是现在的你有些骄傲自满，有些故步自封，有些得陇望蜀，有些专横蛮断了。你不该这样的。

他说，我是你们尊起来的，这个不要怪我。要怪就怪你们人类自己。

……

有一天夜里，我们又在光华楼前相遇。他冲着我笑道，最近看上去不错啊，你在想些什么？

我说，遥远的昆仑。

他转头望了一下西北，说道，你为什么总要寻找那些早已逝去的东西？为什么总是回首过去，而不面向未来呢？

我叹道，我也不知道，我过去在兰州时并未意识到，我只是不停地向西去旅行，在不停地寻找，但我不知道要寻找什么。我曾经以为我是在寻找我的太爷爷们的足迹，可后来我发现也不是。有一种说不清道不明的力量在不停地呼唤着我。我越是走得远一些，他的声音就越是清晰，那股力量就越强。

他望着光华楼前嬉闹的少男少女们，叹道，我们争争吵吵二十多年了，起初是论敌，现在我发现我们已经成了朋友。你的哀愁就是我的哀愁，你的思恋就是我的思恋。不知道为什么，我竟然沾染上了你的诗人的恶性，这样敏感，这样温柔。

我笑了笑，拍拍他的肩膀说，是的，我们已经成为朋友，我已经离不开你了，离开了你，我就会变得盲目，可是，我从不崇拜你，崇拜你的人都成了你的奴隶，所以，我们才成为朋友。现在，我们已是你中有我，我中有你，彼此再也分不开了。

他笑了起来，那笑容很温柔，也很健朗，我无法形容，只听他说，好吧，既然如此，什么时候就随你去一趟昆仑。说不定我还可以帮到你。

8. 在光华楼前

后来，我和他常常坐在复旦光华楼前巨大的石柱下面，彼此心照不宣，心无芥蒂。有时候，我们什么话也不说，就是一直沉默地坐着，但觉得不再孤独。

那时候，我看着那石柱，就会想到罗马，进而会想到希腊的圣哲们。我甚至能看见他们从光华楼中央的门里出来，相互争执着道德、真理、信仰等古老的概念。我也看到我的朋友科学拿着尺规跟着柏拉图一起进出。那时，从我有限的经历中，觉得复旦光华楼的这样一种建筑风格在传承着古希腊古罗马的伟大精神。

他突然转身问我，前清华大学校长梅贻琦教授曾经说，大学非谓有大楼，而是有大师，才是真正的大学。你觉得这话对吗？

我顿了顿说，这话说对了一半。

他看着我，等待着我的分析。

我说，大师是首要的，他们传承着人类的文明，同时也创新发明着新的文明，没有大师，再好的楼宇都是无用的。但是，环境和形式也是非常重要的。我想，梅先生是在特殊的时代说这句话的，那时正值中国处于战乱时期吧。如果是正常时期，他一定会接下来强调环境形式方面的教育。今天，当我们在重访古希腊神庙和孔庙孔林时，那种古老形式所蕴含的文明便立刻呈现了出来。

他自豪地说，那也是科学的一部分，至少有科学的理念在，是吧！

我笑道，是的，尤其是在历史学以考古学为基础的今天，形式就变成了硬道理，然而，在道法自然的游牧文化和农耕文化那里，尤其是游牧文化中，那些古老的先民连自己的尸体都要还给自然，并不去建墓葬和宫殿。他们来的时候，就像候鸟一样只带着他们自己，当他们走的时候，也像候鸟一样带走一切，天地之间干干净净。现在中国的藏区一些地方仍然在遵循着这样一种文明的形式。当大地上开始有墓葬的时候，是人开始与天地争一席之地的时候，是天大地大人亦大的开始。当我们拥有铁器的时候，是我们开始征服自然的开始，也是我们对天地奴役的开始。那也是你开始壮大的时候。中国人虽然也用铁器，但是死的时候不愿意仍然带着铁器进入坟墓。人们喜欢木质的东西，是因为这些东西很快就会腐烂，就会成为大地的一部分，会重新投入自然的怀抱而轮回。只有那些自以为是、痴心妄想的帝王，才会在大地上建一个永恒的坟墓，然后带着无数的金属长眠于地下，他们妄想有一天会重新活过来。

他笑着说，说得好。其实在我看来，一切都有成住坏空的规律，那真是妄想。你继续说，我现在越来越爱听你讲这些人文的东西了。

我笑道，是吗？那说明我们彼此影响了对方。好，我接着说。佛教就是来纠正这种妄想的。释迦牟尼不仅火化了自己，还把自己的舍利贡献给人类，以粉身碎骨的形式在孔雀王朝时代弥散于世界各地。他是人类的伟大导师，可我们仍然以粗暴的方式宣布他的教义是迷信。

他一拍我的肩膀说道，这是愚昧，这才不叫科学。

我继续说，当我们宣布古老的儒释道皆为迷信和落后的东西时，我们便迎来了现代西方文化，名曰科学、民主。瞧，你那时候多么伟大！我们把你像神一样迎了进来。

他打断我说，不是像，而是就是。我就是你们迎进来的神。

我笑着说，是是是，我说错了，你说得对。你看，咱们坐的这个光华楼的建设者不知道是怎么想的，我不得而知，当我坐在这些巨大的石柱下面，我就想，他们是想把古老的西方文化也一并迎进来，这也许是真正伟大的精神，有了这样的精神，完整的西方文化才能被我们所接受。

他笑着说，这就对了，我发现我们越来越说到一起了。如果说，西方文化中第一个神就是上帝，或者宙斯，反正他们也总在打架，第二个神叫哲学，但第三个神就是我了。民主之类的小神是后来才产生的，那是乌合之众。但他后来也经常请我帮忙，我便帮他建立了很多程序，他就高大上了。

我叹道，本来，我们这里的第一位神叫道，可是他的两旁站着另外两尊神，一个叫自然之道，可不就是科学吗？另一位叫人文之道，他管理着巫师、宗教和人的伦理道德。他们本来是本位一体，可惜，后来我们过分地重视了人文之道，而把自然之道淡化了，最终淡忘了，现在是彻底地否定了。否定他的人，恰恰是你。

他有些不高兴地说，其实，我否定的是人文之道，可是，人们把一切都否定了，这可怪不得我，你可不能把这个罪恶强加在我的头上。

我叹道，也是，你这样说我就觉得你是美好的。

他立刻就有些得意了，说，尼采不是说过吗？快乐的科学。我是快乐啊。

……

在那三年时间里，我经常在傍晚时坐在那些巨大的罗马柱下玄想，后来无数次悄悄走进复旦时，我也会情不自禁地再去一趟光华楼前。坐在那巨大的罗马柱下，我不但会想到古希腊的那些圣哲，还会想到古希腊的英雄们，这会重新燃起我的英雄之梦。被缚的普罗米修斯，蔑视诸神惩罚的西西弗斯，英雄的奥德修斯、阿喀琉斯以及能够正视自我和勇于惩罚自我的伟大的俄狄浦斯王。是的，坐在那里，能想到的更多的就是西方精神。

他就在我身边，像个兄弟。

夏天的时候，或者是春秋天气极好的时候，很多青年男女会坐在光华楼前开阔的草场上，或躺在阳光下，享受着自由、青春与爱。那时候，你会想到现代欧美的文化，会想到哈佛、剑桥。我常常想，他们不是坐在复旦光华楼前的草场上，而是坐在哈佛、剑桥的草坪上。

他会问我，美吧？

我立刻说，是很美，但我仍然很忧伤。

他问道，为什么？

我说，因为我先祖们的文化失去了光华。光华楼前的光华是西方文化的光华，不是中华文化的光华，至少它是暗淡的。

他看着我的样子，也有些同情，问我，你有什么梦想？我可以帮你。

说到梦想，那时候我确曾有一个梦想，我说，我要从此走出西部，从上海走向世界。

他说，那还不简单，赶紧学外语啊。

所以，当我去复旦的第一年，除了写小说之外，我把大量的精力都用在学习外语上，想着从此以后该做些什么。我把以后几十年的路都想好了。那时，我还在研究两性文化，被谬赞为"青年三杰"之一。好几个出版社来找我，我选好了一家大社，策划了一套大型文丛。我计算过，如果那套文丛完成，我不仅要去哈佛、普林斯顿、剑桥学习访学两三年，而且从此以后有一半的生命要消耗在世界各地。我曾经与普林斯顿一位教授联系过，他同意我翻译他的作品，因为他的那些作品被认为是目前世界上自萨特以来谈论爱情和两性文化最了不起的哲学著作。

我每天都骑着一辆自行车，悠然自得地往返于宿舍和上课地点，但课其实很少，一周也就两三次，更多的时候，我穿梭在复旦附近的楼宇中。上海的阳光很温暖，骑一阵车便要出汗。于是，我慢慢地走，仿佛要把每个地方都看个透一样。我在幻想我也可能会生活在这个城市。当我看到我的几位颇受人尊敬的老师还骑着自行车上下班时，我就想，如果我要来上海，我原来的车一定要开来，那样想的时候，我就觉得自己不算是穷光蛋。

然而，新的命运在不断地降临。首先，当我长久地沉浸在长篇小说《荒原问道》的创作中时，我没有想到，站在这座现代性浪潮堆起的都市峰顶之上，我竟然一回头看见了西部，当一个个汉字从上海落实到西部荒原上时，其实就是从现代性出发，重新考察中国的传统。我的灵魂竟慢慢地回转到西部去了，而我的身子还躺在复旦的博士生宿舍里。每天夜里，海风吹打着宿舍的门窗，从我的身上轻轻走过。冬天的夜里，海风吹来，竟是那样寒冷。学校对空调有限制，买来的空调制冷很快，制热却几乎没用。我把所有的衣服都穿在身上，还用被子裹着双腿，奋笔疾书，忘记了一切。睡觉的时候也是，每天都压着两床被子睡才能睡着。元旦前，大概也是最冷的时候，我回到兰州。我爱人看着我的手大惊道，你的手怎么肿着？我这才发现。后来还发现，右边身子得了风湿。这是我始料未及的事，也是我后来一直未愈的风湿病。一到冬天，或是一到潮湿的地方，身子就立刻不对了，而右手一直有问题。

也许故乡是离开之后才能看清的，身在故乡是无法言说的。但习惯了故乡的身子，竟然对他乡已不能适应。那时我已四十二岁。也许在二十多岁三十岁左右到上海，就不会有这样的不适了。

第二年春天到夏天，我开始有了一些焦虑。除了身体上的不适之外，越来越多的是来自精神内部的冲突。当我越是在那巨大的罗马柱下感受西方文化对我们的影响时，我就越是急切地想弄清楚我们古老的被压抑的文化还能为世界贡献什么？我也越是急切地想回答中国文化到底到哪里去的问题。毕竟我到那时已经研究中国文化很多年了。这个命题一直缠绕着我，我必须要解决它。

其次发生的事情是我始料未及的。当我要申请去国外访学时，我才知道我是没有这个资格的，我是在职博士生，同时，先前与我联系的那个编辑突然去世了。我出国的梦想和路暂时断了。

当这些事正在发生的时候，另一件事也发生了。我工作的单位领导真诚地对我说，回来吧，上海滩多一个你不多，少一个你不少，但我们这里需要你，你完全可以发挥你的才能。那时，我看了一下上海的房价，再加上我爱人还未评上教授，女儿又在上初中，一系列的烦心事都无法解决，最后便决定回到兰州。

那里有一条古道等着我去发现。

我走的那天傍晚，我又一次坐在光华楼下。他又悄悄地坐在了我身旁，有些失落。他说，没想到会这样，这些事情是我无法解决的。但你回到兰州是从此再不出来了吗？还想去世界上看看吗？

我说，不知道，一切都无法知道。但我想，我回去有一些事情要完成，主要是寻找昆仑，重新解释它，然后我还想出去。我要把中国文化重新讲给世界听。

他说，但是，你首先恐怕要做的是把中国传统文化的科学性梳理一遍，要让其有逻辑性，这样就可以建立一种与西方文化沟通的桥梁，有这个桥，大家便可以你来我往，就自然而然地实现了交流。我说得对吗？

我抓着他的手说，你说得没错。否则，中西之间就对立起来了，很难达到沟通和交流了。但是，我有时候也在想，为什么非要如此呢？为什么这座桥要我们中国人去建，而西方人只是坐享其成？

他看了我一眼说，瞧瞧，你那愤怒的眼神，那样当然也可以，但那样的完成往往不是文化所做的事，而是战争，军事上的战争和经济上的战争，被迫让整个世界去接受。你能做到吗？

我深深地吸了一口气，又长长地吐出，叹道，你说得很对，也许这是我此生唯一能做的事了。

他说，其实你也不必愤懑，在我看来，这恰恰可以把你所说的中国传统文化现代化。

我吃惊地看着他说，原来你变得很快啊？你竟然也想这个问题。

他说，跟你一起时间长了，就知道你在想什么，便也想帮你解决这些问题。我想，如果你和你的同道们能完成中国传统文化的现代化，不就变成了世界上最强大的文化了吗？

我突然间觉得一股力量周流全身，就豪迈地说，是啊，这相当于把两种文化，不，不止两种，是很多种文化重新融合，形成一种新的更适合人类的现代性文化。中国文化中的天人合一、三才思想、自然之道以及仁义礼教的道德就都升级更新了，这不但是中国人需要的，也是人类需要的。

他拍拍我的肩膀说，是吧，这下不就可以了吗？

我笑着说道，好，看来你我是不能分离了。

他笑道，是啊，你看，你若与我对立，就只能故步自封，最后的结局是什么，你知道的，但如果与我成为朋友，天天交流，就一切都重新开始了。这不就是你天天讲的中庸之道吗？

我哈哈大笑，说道，好，那就随我去探看昆仑之巅吧。

9. 回答上海

很多年之后，回想起这段经历时，我觉得根本的问题就在于我在上海写了《荒原问道》这部小说。它是我回答上海的一本书。那时，我经常坐出租车，便与师傅聊。

他问，听你的口音是外地人，你是在这儿工作还是在这儿出差啊？

我说，在复旦大学读博士。

他会说，哇，好学校啊，了不起。然后他会突然问，你从哪里来的啊？

我说，兰州。

他说，噢！兰州啊，我80年代去过一次，一个小城市，长长的，不过那里的牛肉面好吃。

司机说得很得意，仿佛是去了一个惊险之地，做了一次探险一样。我多少有些不舒服，便说，其实城市小也有城市小的好处，不怎么堵车，朋友们也经常相见，幸福感还是挺强的。

他说，那是，大城市有大城市的好啊，有地铁，噢，对了，兰州有地铁了吗？

我说，还没有。

他就神气地说，上海的地铁可早了，50年代末60年代初就有了。

也有的出租车司机一听说兰州，就有些茫然地说，兰州，听说过，还没去过。

我问，你们一般去哪里？

他说，附近吧，我不怎么出门，再说，上海啊，孩子们都要出国留学，哪家的孩子若没出国，那就是没出息。

我叹道，是啊，上海是面向国际市场的，眼睛只看着国外，很少看国内的。我看了近年来文科专业的招生计划，复旦每年会在甘肃招几个，华东师大中文系好几年没在甘肃投放过指标。

他自豪地说，那我倒不知道，但这些年上海人都看着海外，基本不往西部去。

我后来问他，你最远去过西部的什么地方？

他立刻得意地说，往西啊，我最远去过西安，再往西啊……就没去过了。

我便再不跟他说了，他的意思是再往西就不是人生活的地方了。

后来，我在复旦研究生宿舍附近的小超市里遇到一位老太太，她正在跟别人说新疆。我便跟她聊起天来。她是50年代响应国家号召去新疆支边的，她说，那时的上海人啊，去西北的可多着呢。

我笑道，是啊，上海人对西北人非常好。我老师的老师贾植芳先生他也是去了新疆的，后来才回到复旦。我还给她讲起了杨显惠写的一篇小说《上海女人》，写的就是一个上海去支边的男人被打成右派死在甘肃夹边沟的事。

我说，上海人值得尊敬。那篇小说中的上海女人，尤其值得尊重。

她说，你什么时候拿给我看看。

后来我到处在网上买，还是买不到小说，但我有电子版，便给她打印了拿去。她看后感慨万千，她说，上海的女人是有情有义的，上海女人都是这样，上海的女人可是真正撑着半边天的。

我说，是的，是的。

我问她为什么回到上海了。她说退休了。我又问她还适应上海吗？她说，还真的有些不适应了，回来就经常腿疼，在西北是没有的，那里干燥。我说，是的，是的，各有各的气候。

曾经有一个从广州来读书的博士，不到三十岁，有一次他问我，徐老师，兰州有电吗？

我惊讶地看了他半天。过去我曾经听我的同事们说过，他们会遇到广州人或其他一些遥远的南方人问这类问题，我们都笑，现在互联网这么发达，怎么会问这样幼稚的问题，但我的确遇到了。

我对他说，没有。

他一听更兴奋地问，那你们怎么吃饭啊？

我说，每天都点着蜡烛啊。

他说，哇，好浪漫啊，烛光晚餐。

我知道他接下来会问什么问题，果然他又问，那你们怎么上班啊？

我说，我们西部人一般没什么要紧的事，每天睡到自然醒，然后吃过早餐后就骑着马和骆驼去上班，一路上弹着冬不拉唱着歌，去以后也就是跳舞什么的，没什么重要事情可做。

他便说，哇，太浪漫了。

我觉得他多少有些做作，我回到兰州给很多人讲起，竟然很多人都曾遇到过这样的疑问。

在整个一级中文系的博士生班里，西部就我一个人。偶尔，我们会有班级活动，有一次我们去了一个植物园。天特别热，蚊子多得不得了。我上了一趟厕所就被好几只蚊子咬了。回去的路上，一个女生问我，听说你是个作家。

我笑了笑说，算是吧。

她说，你最近在写什么呢？

我给她说了小说的大致内容，尤其讲了写的荒原的一些情况。我以为她会对荒原感兴趣，谁知她听后对我说，你们为什么不搬到东南这边来呢？

我听后很诧异，便说，那西部怎么办呢？

她爽快地说，咱们国家几次都支援大西北，开发西部，我就想，从经济学的角度不是很好解决吗？我看过地理学上有一条胡焕庸线，那边的人才6%左右，那么点人，都搬过来不就得了，国家还干吗费那么大劲啊？

我更为诧异地问她，你的意思是西部就不要了？

她说，要也可以，就让荒着，但人就不去了，不就解决国家的难题了吗？

我以为只有她这么想。那时她才二十七八岁，没去过西部，但也在为西部着想。后来我几次在北京、上海、浙江开"一带一路"的会议，还遇到过几个持这种观点的学者，我便明白这是一言难尽的话题。但他们的观点也使我经常在想，我们是否可以放弃西部？回答当然是不可置疑的——不能。

后来发生的事更令我惊讶。

2014年冬天，我的一位朋友赵博士从香港一些大学带领三十多位师生要去敦煌，途经兰州时，他说要请我给他们讲讲丝绸之路和中国传统文化。我高兴地答应了。来的还有几位香港中文大学和香港城市大学的教授，他们都是从哈佛大学和剑桥大学毕业的博士。其中有一位对我说，我带来了世界上最先进的武器，我要把敦煌拍一下，好好替你们宣传一下敦煌。

他说的是无人机。我笑了笑，说，谢谢。

我给他们讲了一个小时，大约四十分钟讲了丝绸之路，敦煌就讲了几句，剩下的二十分钟我讲了中国传统文化可能给世界的贡献。我的意思是，现在不仅仅是中国需要传统文化的复兴，整个世界也需要中国的传统文化来中和西方文化中的物质主义和功利主义以及人类中心主义思想。讲完后我就回去了。那天晚上，我们给他们安排了学校的便餐，有一些西北的牛羊肉特色。

一周以后，他突然给我打电话，让我无论如何一定要去兰州大沙坪那边与他们一起用餐。我那天有事，但他说，您今天一定要来一下，我要给您说一件事。我便把事推掉，和我们单位的几个同事一起去看他们。我们在兰州的西边，他们在兰州的东北面，开车走了近一个小时。当我们推开门时，所有的人都站起来迎接我们。我的朋友赵博士说，今天请您来，想给您说几件事。他让大家坐下后说，您那天讲完后就走了，但我们这边发生了两件事，一件是我们有个学生立刻买票去了上海，然后从上海飞回香港了。

我惊讶地问，为什么？

他说，因为他们觉得你是来给我们洗脑的。

我更为惊讶，我说，我那天讲的都是专业上的事，讲的历史文化，你们可以去看《史记》《汉书》等，上面写得清清楚楚啊。

他说，反正那个学生受不了，就回了。他们不相信中国会有那样的文化，会有那样强大的历史时期，而且还在大西北。其他师生也有这样的强烈感受，但随着大家一路往西，在敦煌和附近看了五六天后，大家就发现您说的全都是真的。

我笑道，当然是真的啊，我还不敢说得太多，生怕你们觉得我把西北的历史拔高了，但只要打开手机上网，什么都可以查到的。

他平静地说，当时你说，钱穆先生当年创办新亚书院就是为了发展和传播中国文化，但这次来的教授中没有人搞中文的，他们都是西方文化背景，学生们也没有几个学过历史的，所以对你讲的中国文化和中国汉唐时代的历史都不相信。

我点点头说，这个我能理解。

他说，但是，大家在敦煌看到莫高窟后，被佛教文化征服了，你看，今天所有的人都吃的是素餐。

我这才看见大家的面前全是素餐，便笑道，这又何必呢？如果不信就没必要。

他说，绝对有必要。我们的那位陈教授——就是上次给您说的拿无人机的那位——他都不想回去了，他想花几个月时间把敦煌全部拍完再回去，他原来以为敦煌就一点点大，去以后才发现，敦煌地区太大了。他说要做好多纪录片来传播敦煌文化。

正说着，那位陈教授就过来了，热情地对我说，巨大的荒原啊，我从没见过那样有力量的荒原。而荒原的中心，又是佛陀在那里宣教，真是太伟大了。敦煌太了不起了。

我笑道，谢谢您！不过，老实说，敦煌只是丝绸之路上的一个节点而已。

他说，就这一点已经把大家都征服了，所以，今天就是请您来为大家送行，明天我们就要回去了。大家说会记住您的。

类似的经历也发生在台湾和来兰州的台湾师生中间。但因为那一次的经历，所以每一次我给他们讲西北的历史文化时，都会首先讲一下那个故事，让他们不要先判断我说的是不是对的，先去看河西走廊，然后再判断我的讲解。如果说上海和广州的人们是不了解和没去过西北而轻视西北的话，那么，有些香港和台湾的人则是想当然地轻视和否定中国文化，因为他们学的一直都是西方文化。他们若不踏上河西走廊，就永远不会理解中国的过去。他们的共同点是对中国古代的历史和文化几乎一无所知，虽然他们都是中国人。

一次次的误解，需要一次次的回答，而这些回答便成了2010年以来所有的作品。其实，根本的问题只有一个，那就是，中国文化到底还能不能给中国人以未来？还能不能说服世界并造福人类？

此时，我便理解了孔子说的那句话，古之学问，为己，今之学问，为人。其实真正的学问都首先是为己的，是为回答自己关于世界的疑惑，然后才是为他人。

这也许是我一次次转身向西的缘故。四十二岁之前，我几乎是西方文化的信徒，四十二岁以后，我转身向古向西，重新理解中国传统文化，并试图想中和两者。

在这个时候，我个人的选择似乎与我追寻家族的秘密神秘地合流了。写下《鸠摩罗什》既是向古向西，又是要寻找和理解我奶奶信仰的精神之路，也是想一次次接近中国文化的源头。

可中国文化的源头到底在哪里呢？

10. 什么是真正的科学

早在孔子时，就在《易传·系辞》中说："天垂象，见吉凶，圣人象之。河出图，洛出书，圣人则之。"

传说伏羲在黄河边遇到龙马，给他献上河图，于是他依此创立了先天八卦，后来这些大法丢失了。传说中，大禹和其他圣人在洛水边遇到神龟，将其盔甲上所刻的洛书献上，于是，这几位圣人又依此恢复了先天八卦。这些都是传说，已无文字能证明。但将先天八卦演绎为后天八卦并继而演绎为六十四卦的周文王的事则历历在目，有文记载。

周文王被商纣王囚禁于一个叫羑里的地方，一住就是七年。大概人往往是陷于厄运中感到人力无为之时，便开始向超自然的上天乞求，乞求有神奇的力量将自己拯救。这是古往今来所有民族的历史记忆，也是科学至上的当代人在绝望时的幻想。周文王便开始研究天地自然和万物的情状，以此来理解人事。这是道法自然的原理。他在研究这些规律的时候，将伏羲创立的八卦演绎为六十四卦，并且调整了一些方位。

我的朋友科学问我，这就是你说的你们中国古人的科学？

我说，当然，这是那时候的宏观科学，你现在是微观科学。

他惊讶地说，如果我们不是朋友，我就要抽你一个耳光，但现在我们是好朋友，你说的话我大多都觉得有理，所以你讲给我听听吧，让我感受一下是不是科学。

我说，你看，那时候没有机器，一切对天地自然的观察都离不开人的感知。中国的古人经过长时间的观察发现，整个宇宙主要有八种力量在支配，人的一切活动也受此影响。

他说，我看过一点你们的书，但我不理解，正好你给我讲讲吧。

我说，首先是有天和地，天就是星空，那时古人在白天主要靠太阳的位置来确定方位，黑夜里就是靠星星的位置来确定方位。这个东西方都一样。你们西方有星象学，现在还有关于星座的认识。都是一样的。

他笑道，这还真是的，为什么会这样认识呢？

我说，因为他们发现，大地上的一切生命都是因为有了太阳才生长，也是因为太阳的位置发生了变化才死亡，生与死都取决于太阳。

他说，这是肯定的。

我说，所以首先就是太阳代表了天。对了，你们西方古希腊的哲学家赫拉克利特就是通过对太阳和万物的观察得出一个结论，他认为世界的本源是火，万物始终处于永恒的、有规律的燃烧和熄灭之中。

他笑道，嗯，这个我熟悉，他可是我们的老祖宗。

我说，然后是大地。你们西方人地少，最早都在岛屿上生活，全是山地，再就是大海，所以你们不会去研究大地。中国人从炎帝开始就有了大地文明，夏商周又一步步将大地文明化了，成了一整套的文化系统。你看，中东的两河流域、印度的两河流域、你们的尼罗河流域以及我们的黄河长江流域，都是农业文明，就是大地文明。对了，罗马后来也有了广阔的土地，所以，生活在罗马的哲学家齐诺弗尼斯就认为万物皆生于土。

他笑道，嗯，这个有意思。

我说，在我们古人看来，大地是月亮的代表。这样，天和地定位了，这就是两仪。接下来呢，我们的先人们发现，生命是轮回的，一年是一个轮回，一月也是一个小的轮回，而一天也是一个轮回，所以他们就研究太阳和月亮，尤其是太阳，它是如何影响大地上的生命的生与死的。你看，北方如果是前一年的最后时期的话，新的一年如何开始呢？首先得有春雷发作，使天地之间的气体开始流转，然后太阳出世，万物开始生长，万物不就是万木吗？所以就产生了木。太阳继续转，便有了春风，对，就有了风。

他说道，有意思。那太阳继续走，会出现什么？

我说，火。夏天就来了，特别热。然后就到了秋天，雨水特别多，有了水泽，最后是冬天，水结成了冰，太阳也非常微弱。这不就是金木水火土吗？

他笑道，确实与我们的老祖宗一样。米利都学派的代表人物泰勒斯认为水能生万物。

我笑道，瞧，这与中国人对水的认识是一样的，水生木，可不就是万物吗？

他笑道，太厉害了，中国人的智慧真是不可思议。可是，泰勒斯的学生阿那克西美尼认为世界是由气创造的，中国人有这样的认识吗？

我笑道，当然有了，气是中国哲学中非常重要的概念。中国的神话传说中说女娲造人，先用泥捏好人，然后吹口气就成了人。

他说，这不就和普罗米修斯造人一样吗？对了，上帝造人也是这样啊。

我说，是的，我都怀疑我们最早的神话都是出自同一个地方。气也可以称为风。看，你们西方的哲学家有对水、火、土、风的认识。水也是泽，泽就是金。就缺一个木。所以说，最初对自然法的理解，西方的哲学家没有形成一整套的理论，但中国人有了，这就是金木水火土，相生相克，是一个轮回系统。

他说，你们老祖宗的这个发明太有意思了。水生木，木生火，火生土，土生金，金生水，水又生木，循环往复，周而复始。太妙了。

我说，还有相克的，木克土，土克水，水克火，火克金，金克木，也是循环的。

他说，为什么会有这样的理论呢？

我笑道，你看，古人拿什么来挖掘和获得食物呢？他们最早在森林里，能依靠什么呢？

他笑道，木，树枝。你是说用木可以挖土？

我说，对。然后他们又发现，土可以把水围起来，所以，我们的一个圣人叫大禹，他治理泛滥的黄河就是用土把水围起来，让他们向下游流下去。石头还可以指玉石，各种石器。这不就是石器时代的文化吗？

他说，你的意思都是在实践中得出来的？

我说，当然了。那时你的实验室在天地之间，在整个生活中。中国人最早发明了火，可以烧烤，我们人类就能吃到熟的东西。同时，他们发现，火还可以锻造金属，制造武器。这就进入到了铁器时代。

他说，嗯，你的解释越来越有意思了。

我继续说，他们又发现，铁器又可以用来砍伐树木，制造房屋，这就进入了文明时代。甘肃有一个叫大地湾的地方，就在说明这个道理。

他说，太有意思了，你们的老祖宗比我们厉害，率先完成了自然理论的构建，属于宏大结构，而我们走了另一条路，我们是往小里走了，往具体的事物上走了。

我说，是啊，你的先祖德谟克里特就是如此，他总结了过去那些先辈们的认识，发现不能真正地解释世界，他周游世界，一直到了印度，就是没有到达中国，因为有青藏高原挡住了他的脚步，否则他就来到了中国，就与中国古人学习了。他学习了各种学说，只有中国的没有学习到，所以他最终放弃了宏观世界的观察，进入到了微观世界的探索，他认为物质是由原子构成的。

他拍手说，对了，看来你比我还要了解我的历史，我就是从那时候开始的。原子理论。

我说道，但是，德谟克里特的话人们只听了一半，另一半没听。

他笑道，你说过，就是原子与原子之间存在着巨大的虚空，是不是？

我说，是的。

他笑道，就是你的这句话使我对你发生了认识上的转变，我也是从那时开始考虑我的短处的，说真的，还是要谢谢你的批判。

我惊讶地说道，你真的这样认为？那就太好了。我以为你非常固执地认为你在实验室里对纯原子的微观观察是唯一的知识，而对它们之间存在的巨大虚空视而不见。

他叹道，事实上，现在的量子力学就是说的这个问题，原子与它周围的虚空是一体的，就像你，你和你相关的一切都是一体的，你不是孤零零的一个人。

我也感叹道，其实，开始时是一起探索金木水火土五行，中国人既要观察天体的运行，又要观察大地上发生的一切，尽可能地做到天地一体化，那时，你们西方的哲学家也一样，我们说，一阴一阳谓之道，阴阳为一体，说的就是这个道理。你刚刚说得太好了，其实，我们以前探讨的那个人死了以后到底是什么死了的问题就是这样，我们看到的身体可称为阳，而我们的呼吸可称为阴，阴死后，阳是无法独立存在的，所以也自然就死了。一个人的身体存在，还和他的精神存在可称为阴阳。阳是积极主动的一面，或者说能看得见的一面，是强势的一面，而阴是柔弱的一面，是冷静的一面，是看不见的存在，我们过去一直探讨的是能看得见的一面，能说得清的一面，那就是阳，而我们否定了看不见和说不清的一面，我们把它们称为迷信，认为是不存在的，一句话就完了。

他叹道，是啊，到现在我也才发现，其实中国古人的理论是非常完整的，它是一种整体性思维，至大无外，至小无内，天人合一，再大的事物都与人是一样的，再小的微生物也是与人一样。这是你们的理论吧？

我笑道，你真的体会了不少，是啊，当我们看不到遥远的太空和外太空时，怎么办呢？我们中国人有一套理论可以解决这个问题，即人也是小宇宙，它再大也和人体是一样的，所以我们观察星空的变化就能知道人的规律，这就是我们的经络学的理论基础。同样，我们中国的中医没有对微生物的研究，因为我们认为再小的微生物都是生命，宇宙中间到处都是生命，生命与生命是一种相互依存的关系，所以我们只需要认清人的生命规律，也就知道了最小的生命规律。这说起来有些玄了。

他说，是啊，你们就是说得太玄，但又拿不出微生物的样子来，所以被人怀疑，但我们就能拿出来，什么病毒，在中医看来玄之又玄，可是在西医看来，它是有图有真相。哪个更有说服力？当然是西医，对不对？

我说，是是是，你说的都对，所以中医也是后来进入了一个宏观理论的死胡同，只见大处，不见小处，如果说把你们西医的一系列认识论和观察所得结合起来，进一步完善认识，升级改造原有的理论，不就更好吗？既有宏观的整体性的理论，又有微观的可实践的认识和方法。

他竖起大拇指说，我是越来越觉得你成了我兄弟了。

我说，好吧，现在让我们回头来讲《周易》八卦、阴阳五行和天干地支等理论，你总不会还认为它们是迷信吧？

他笑道，不会了。请讲吧。

我说，前面我们讲了天地和金木水火土，这是七个卦位，还缺一个，是山，也叫艮，所以八卦也可以说是阴阳五行变来的。我这种认识与之前人们的解释都是不同的，但最直观。你看，中央是土，除了天地之外，剩下金在西方，木在东方，水在北方，火在南方，是不是四方都有了。艮也是土，但在这里是山，不是大地，所以它也成为遮风挡雨的大象存在。还有一个风，也是大象。

他若有所思地说，我看过这方面的书籍，很多人都说，是你们的先祖伏羲观察天地间有八种主要的事物而画卦，当时我就想，天地之间那么多的事物，怎么才能提炼出八种事物呢？现在有一些明白了，就是从天地的变化来看四季的运行而成的。这就科学了，有逻辑了，我们西方人也能理解了。

我说道，是啊，过去的人们都想着它太深奥，总是不把它讲得很浅显，结果被民间一些方术之士越说越玄。

他说，这不就与《易经》的简易精神背道而驰了吗？

我说，是啊，现在大概需要用现代科学精神对其进行一次调整。

他说，我不明白你说的是什么。

我说，就是需要重新理解现代天文学、地理学的知识，把位置再调整一次，或者进一步修改清楚。

他说，难道这还可以一直改吗？

我说，应当是要随时而去的。据说先天八卦中乾卦的位置在南方，是极阳的代表，而坤卦在北方，是极阴的代表。但是，周文王把乾卦调整在西北方，而把坤卦调整到西南方。其他的卦都有调整。他将东北方的震卦调整到了正东，而把原来处于正东的离卦调整到了正南。东南方的兑卦再调整到西方，而西方的坎卦又调到了北方。东南方则让给了巽卦，空出来的位置让给了坤卦。他还把八个卦象以天地人三才思想两两合起，就变成了六十四卦。

他问，周文王为什么要调整？

我说，是啊，我也一直在想，他为什么要调整。这是后来很多人也在思考的问题。难道是他们对东西南北的方位在认识上有不同？有人说，河图洛书是宋人伪造的，还有《三坟》《五典》。也有人说，河图指的不是地上的河，而是指星河，说的是天上的事。那么，《洛书》呢？古人说，在天为象，《河图》可能就是天上的星河之象，而在地为形，是否就是《洛书》之形呢？但它又代表什么呢？

他问道，也就是说，你们在回答天上的问题时，同时也要回答地上的问题？

我说，是啊，中国人从来都是既有天又有地，中间是人，这就是三才思想。

他说，嗯，这个对我来说非常有启发。我们也有这样的思想，但是只存在于星象学时代，后来就没有了……当然，这种说法也不对，是分道扬镳了，科学家一心只探索天体或物质的规律，不再去思考人的问题，甚至后来这两百年来一直在与上帝斗争。而哲学家呢？原来还是与我们在一起的，你知道笛卡尔吧？他就是在用数学的方式思考浩瀚的星空中人如何确立自己的存在，所以他说，我思故我在。康德也是，你听听他那句被人说烂了的话："世界上有两件东西能震撼人们的心灵：一件是我们心中崇高的道德标准；另一件是我们头顶上灿烂的星空。"你听听，他的头顶上有星空，然后再说人的道德问题。可是，后来就不一样了，从尼采以后的所有哲学家们，都不再听我们科学的声音，我们也当然不再听他们的劝告，如果按照你们中国人的古老说法，我就是阳，哲学就是阴，可是，现在是阴阳不交，对了，阴阳不交是什么卦？

我笑道，这你都学习过啊？是否卦，互相否定。但是呢？在我们中国人的思想里，否定之后便是交合，所以没有否定就没有新的交合，这就说明大运快来了。量子力学告诉我们，物质和精神是一体的，不可相互否定的，肉体和灵魂也是一体的，科学和哲学、人文艺术也是一体的，彼此依存的。中国人失去科学的时间太长了，而你们西方呢，是纵容你们的时间太长了。我这样说你可不要生气啊？

他笑道，如果是我们刚认识时你这样说，我会生气的，现在不会了，我们交谈了二十多年了。我们都在寻找真理，最终我们肯定是殊途同归。是吧？

我笑道，是这样的。但是，直到今天，我们把中国古代文化的很多东西都当成迷信，可是，在我们古人那里就是世界观、方法论，就是天文学、地理学和道德伦理学。我们现在的人们并不知道古人的学说究竟是什么。比如，鲁迅先生在打倒"孔家店"的时候，并没有讨论过这些玄奥的学说，只是想当然地批判孔子这个老好人。其实，孔子哪里是老好人，他到哪里都是惹人烦的批评家。

他插话道，嗯，对孔子有些不公平。你说的这个鲁迅先生我知道，是个愤青，他也批判老子吗？

我说，没有，他大概是赞赏道家的，他甚至认为道家能救中国。

他说，是吗？这还有些意思。好了，你继续说你的吧。

我说，说到哪里了，噢，对，批评孔子。在孔子的时代，老子就已经批评过他，说他只看到事物的一面，不能看到事物的另一面，所以从那以后孔子开始研究《易经》。道家还有不少人，如庄子，也批评过他，说他知其不可为而为之，但结果呢，天下并没有因为他而变得更好。墨家也批评过他。甚至连晏子这样的知识分子也批评他，不容他，他怎么能是老好人呢？这是天大的冤枉。

他笑道，你是想为孔子申冤？

我叹道，我是想为中国的传统抗辩。既然鲁迅没有批判过这些大法，为什么后来的那些鲁迅的信徒们想当然地就否定了老祖宗的东西呢？这不是太可笑了吗？

他说道，对了，你说到这一点时，我有一次看你的文章，好像还有一个叫胡适的人也批判孔子，是不是？

我说道，对了，胡适之先生似乎抓住了要害，他批判过《周易》，但现在看来，那简直就是痴人说梦，连门外汉都算不上。胡先生想的还是《周易》能算命，是拿《周易》的一端，且是民间方法来审判孔子，岂不是盲人摸象吗？连研究过《周易》的胡适之先生都如此，后世的现当代文学家们有谁研究过《周易》吗？有谁懂阴阳五行和天干地支吗？不能再问下去了，再问下去人们便会恼羞成怒的。

他笑道，那是肯定的。你要做英雄，他们是不会认可的。

一听这话，我有些愤怒地说道，那时候的你，是多么的伟大。你就是利刃，你就是旗帜，你就是真理。

他讥笑道，切，我都在寻找真理，我怎么能是真理呢？

我突然笑了，你真的变了，你要知道，你现在是一个非常宽容、非常明理、非常节制的神了。但是，那时候可不一样。你就是科学大法，你就是认识世界、分析万物的科学规律，你只要不高兴，就可以否定一切。你要说什么是迷信，它即使是真理，也是迷信。

他苦笑道，那可不能怨我，是你们，不，是你们的上上代那代人一心想革掉你们老祖宗的命，就挖了他们的坟，把一切都想断掉，应当是话说过了头，事也做过分了。

我说，我很高兴你这样反思过去。但是，我们中国的知识分子并不反思，相反，他们还是沿着你刚来时的那条路想走到黑。我们把西方世界的实验室搬过来，说，这才是科学。

他叹道，唉！我真是哭笑不得。

我说，是的，这是科学，没问题，刚刚我们说了，这是对微观世界认识的方法，可以在显微镜下认识冠状病毒是什么样，但是，我们失去了世界的整体性思维，这恰恰是中国古代哲学所提供的思维。

他叹道，我现在是认识到这一点了，但是，人间有多少人明白这个道理呢？再说，我故乡的那些人，那些自以为是的西方知识分子，可没有像我这样向你学习二十多年才认识你，认可你，他们是一窍不通啊。这真是可悲啊！

我说，是啊，今天整个人类都盲目地崇拜你，我想问问你，人类能在实验室里建设道德伦理的大厦吗？

他叹口气说，这还用问吗？

我说，现在你明白我为什么提倡中国的传统文化吗？因为它可以重新给整个世界一种整体性理性思维，它能将你我变成朋友，它能把分崩离析的世界重新缝合起来。

他说，我听有人说，中国的传统是救不了中国，必须把西方的基督教引过来。它是管精神的，管伦理道德的。但这些人哪里知道，近两百年来西方社会的战争不就是科学与宗教的战争吗？我和上帝已经累了，不想再斗下去了。

我说道，上帝救不了世界，最终只有人类自己才能救自己。人类需要的是一种理性的、人人能自证且能令人信服的精神，而不是不可言说的上帝。

他说道，何以见得呢？

我说，你看，我们来清理一下西方的历史。当罗马把古希腊的文化转化为罗马文化时，它不只是改了那些奥林匹斯山上的诸神的名字，它还差不多同时引来了另一种文化，即希伯来文化。这是一种宗教。它不仅要灭掉奥林匹斯山上的诸神，同时还要灭掉古罗马的诸神。它要引来新的唯一的神——上帝。这怎么可能呢？所以罗马人把耶稣给杀了，但耶稣的弟子们不惧牺牲，依然传道。这场斗争持续了三百多年，终于让一个人信了，他就是君士坦丁大帝。他是第一位加入基督教的罗马皇帝，在公元313年颁布了《米兰敕令》，承认了基督教的合法地位，并规定星期天为礼拜日。从那时起，古希腊哲学承担起一项任务，就是用理性精神来论证上帝精神的合法性和逻辑性。几百年的注释和相互印证，使两希文化终于走到了一起。但是，基督教成为罗马和欧洲国家的国教后，它也就控制了欧洲人的灵魂，教会就成了上帝在地上建立的使团组织。他们拥有了土地、特权，然后便是对欧洲禁欲，几百年就这样过去。有一天，欧洲人终于无法忍受了，他们看到教会的各种腐败，同时也重新看到了古罗马那闪现着单纯人性的文学，于是，文学家们发起了文艺复兴运动。

他叹道，看来你确实对西方文化非常熟悉。

我也长叹一声，说道，过去百年，我们中国人把西方的文化当成了自己的文化，我们人都在中国，可是精神都去了欧洲。我们对西方的哲学家和文学家如数家珍，我们热爱苏格拉底、柏拉图、尼采、海德格尔、博尔赫斯、卡夫卡等，要远比他们故乡的人多一些。我们对诺贝尔文学奖作家诗人的作品的熟悉程度要远比他们故乡的人多得多，可是，相反，我们对孔子、老子、庄子、孟子却盲目地否定，我们不再去读《史记》，不再去解读《山海经》，不会再相信《周易》。我们害怕回到与西方人不同的社会中，我们急于想变成西方人。

他说，可是，西方人可不是这样，我不可能从上帝那里得到尊重，我只有回到古希腊精神那里才会被尊重。

我说，是的，这正是问题的关键。所以，欧洲人一直想重新回到自己的文化传统中，文艺复兴运动就是回归传统，否定上帝。后来基督教赶紧改革，跟上时代步伐。他们又一起航海，发现新大陆，殖民全世界，把上帝的十字架插满世界，你也跟着到处跑。

他争辩道，我可是传统现代文明。

我说，我不是批评你。我说的是真实的存在情况。上帝所到之处，你也存在，甚至，那些传教士们首先拿着你的成果去开办大学、医院和工厂，在中国不就是这样吗？这叫什么？方便法门。上帝是通过你传播到全世界的。你们是兄弟，当然，上帝认为你是他的使者。

他争辩道，我可不是，我就是我。

我说道，是的，你曾经是上帝的掘墓人，现在仍然是他的反对者，但是，他就是你的另一面，没有了他，你就没有了道德的制约，除非你自己从内部生长出一种阴性的道德出来。

他笑道，这也不是没可能。好吧，你继续说吧。

我说，怀疑的种子一旦种下，它就会不断地生长。物理学和天文学仍然在不断地怀疑，但最终徒劳无功。这其实仍然是古希腊的数学、物理学、天文学和逻辑学的种子在发芽。这个时候，人们将它命名为科学。你就是在那时候走上神坛的，对吗？

他笑道，看来你对我了如指掌。

我继续说道，我说过，我们中国人对西方传统的了解要远远胜过你们自己。在科学的基础上，工业革命一日千里，各种各样的机器被发明，欧洲社会成为世界的霸主。你被整个世界崇拜，成为与基督比肩的神祇。但是，中国有句古语，物极必反，而且首先在它内部发生变革。《周易》中，乾卦是从它的内卦的第一爻变动而产生新卦的，坤卦也一样，也是从它的内卦的第一爻变动而起的。

他笑道，中国文化真的太神奇了。

我继续说道，所以，欧洲社会内部出现了掘墓者，他们其实都是古希腊精神的继承者。黑格尔试图把理性与上帝精神绝对化，以固化欧洲人的灵魂，但这种极端的思想遭到了他以后几乎所有哲学家、思想家的反对。尼采推翻上帝，歌颂古希腊的神祇，加谬甚至连古希腊的诸神都要否定，从而歌颂人的自由精神。萨特则否定基督教的时间精神，想重新解释人的命运。海德格尔、索绪尔、德里达等则试图重新回到语言学的前夜去重新寻找人类的理性精神。在他们之前，达尔文等一众自然科学家重新返回大自然，把人从上帝那里夺回来，放进动物里重新让他生长、进化，继而重新构建人的伦理。而在诸多的思想者津津乐道于个人的自由和权利以及契约精神时，有几个人又返回到古希腊那里，去寻找超越个人精神的乌托邦世界。

他听到这里时频频点头。

我继续说道，两千多年来，欧洲就是在古希腊精神与基督教之间争夺着人的灵魂。我们是在欧洲人否定上帝、重回希腊精神的时候接受了欧洲的思想，我们把它命名为现代性精神。它有两个成员，一个叫德先生，一个叫赛先生。赛先生就是你啊。对了，我就叫你赛先生吧。

他听后哈哈大笑说，好吧，这个名字听起来古怪得很，但是，我知道先生二字在你们的词典里还是非常受人尊敬的，你想怎么叫就怎么叫吧。

我笑道，我们之所以能欣喜若狂地接受你们，是因为中国的文化本身就是人文文化。它不是宗教文化，尽管它里面充满了巫术的成分，但巫术也还是人的巫术。

他说，嗯，这个是有道理的。

我说，在这个世界上，只有两种文化是伟大的自由的人文文化，其他的几乎都是宗教文化。这两种文化就是中国文化和古希腊文化。中国文化之所以长久地能够存在，就是中国人始终在自主地生活，任何宗教也只是在这种自主的基础上融合。儒道释三教融合，首先是儒道两家为中国的理性精神，其次才是宗教化。人们都说，中国人是世界上最世俗的，其实，他们不知道，中国人也是世界上最理性的，轻易不会相信任何宗教。这是中国文化始终没有灭亡的原因。

他点头道，你说的这个观点我还是第一次听到，我觉得很准确。

我说，古希腊文化也一样，从根本上说它其实并没有灭亡，它始终还存在着，先是位移到罗马，然后便是德国，现在它的一部分精神即科学精神在美国，而它的道德理性精神也许还在欧洲。几千年来，世界上只有两个超级大国，一个是东方的中国，一个是西方的欧洲——其实宁可说是希腊化主导下的欧洲。他们在不断地平衡着东方和西方，就像一个天平上的两端一样。中间的支点则是印度和伊朗等宗教频移的地区。

他说，嗯，这个说法好。

我说，这大概是中国人为什么那么喜欢古希腊文化和它在现代的产物——现代性精神。中国人，尤其知识分子，在骨子里并不相信任何宗教，但是，也给它留着巨大的位置，就像德谟克利特的原子论一样，人文精神是原子，宗教和巫术文化是虚空。其实，这也是阳和阴的关系。孔子说，鬼神之事，存而不论，敬而远之。

他说，我们还是说人能理解并解释的事情。

我说，是的，这在佛教精神中叫大乘佛法，就是普世大法，就是普通人能理解的大法。这也许就是中国文化的一种存在方式。《周易》、阴阳五行、天干地支等这些古法只是去发现和总结世界，并不过多地去解释天地为什么会这样运转。这也许就是中国人的节制之处。

他说，你的意思在批评我，因为我们科学就是要论证上帝所讲的一切是不是对的，但如果没有这一种精神，我还能叫科学吗？

我笑道，你说得对。我是说中国人也在探索，但是，探索到一定程度就止步了，因为要给未知一个广阔的存在。老子说，人法地，地法天，天法道，道法自然。但道是怎么来的，就不知道了。他只说，道是世界的本原，是本来就存在的，道也不会消失，所以也不必为道而担心。但基督教的时间观念则不然，所以牛顿非要问地球第一下是怎么动起来的，霍金非要说世界是原子或更小的物质大爆炸而来的，有一天还会消失。他们总在担心失去，所以才有了探索外太空的强烈欲望。中国人不一样，中国人是知足者，因为我们知道天地是永远都不会消失的，所以要与天地和谐相处，天人共一。这也是中国人太空事业和科幻文学不怎么发达的原因。

他沉默着，不言语。

我并不管他，继续对他说，然而，当我在这样讲述世界的时候，有一个巨大的问题便产生了。自"五四"以来，我们接受了西方文化，马克思主义原本也是起自西方，是西方文化的一种。中国发展了，自立了，也在改革开放几十年来强大了，但是，从上世纪80年代开始，中国人也患上了虚无感，个人信仰的缺失和道德伦理的崩塌是人所共知的事。我们一次次地提倡道德，但终究感到无力。这使我们明白，我们从西方文化中汲取了科学的养分，发展和强大起来了，物质文明举世瞩目，可是道德呢，自由呢，信仰呢，我们怎么建立？

他看着我，有些迷茫地问我，你是说我错了？

我拍拍他的肩膀说，听我继续诉说。当我看着马克思的批判宣言，读着尼采、加谬、萨特对上帝和诸神的判词，听着胡塞尔、海德格尔、德里达关于世界正在破碎的分析，再读着福克纳、卡夫卡、贝克特、艾略特、奥威尔、纳博科夫等无数作家关于人类一步步败坏下去的文学，我对西方精神渐渐绝望了。

他说，你说的这些人，他们基本上都是自说自话，他们在拒绝和反对上帝的时候，也拒绝了我。不是吗？

我吃惊地看着他说，啊，你说得太对了，也许这就是根本，也许这就是众声喧哗的原因，都没有基础了，也便可以胡说八道了。

他说，可不是吗？

我看着他有些惆怅的面容说道，你知道吗？我曾经在二十岁至二十八岁期间无数次想到自杀。

他吃惊地看着我说，为什么？

我说，因为我感到活着无意义。那时候，诗人海子自杀了。他鼓励了我。我曾设想过自己自杀的各种情景，有最好的自杀方式，也有潦草的方式。

他问道，但最终你没有自杀，是什么原因呢？

我说，遇到了三个人。

他问道，哪三个人？

我说，孔子、老子、庄子。

他笑道，嗨，我以为是你的什么人呢？原来是这三个古人。但为什么说是他们救了你呢？

那时候，我开始重读他们的作品，每天夜里读，直到睡着。我反反复复地读，连续三年。结果，他们似乎把我从西方文化的执拗中拉了出来，使我回到中国文化的中庸之道中。我的性情都变了。我原来对很多东西都看不惯，但现在能设身处地地想问题了。我豁达了，宽容了，自由了。我原来整夜整夜地睡不着觉，现在能睡着了。他们三个一直守护在我的身边。

他说，你说得非常有意思。我明白你了。你是回家了，回到精神的故乡了。

我笑道，是的，你怎么也变成诗人了？

他笑道，受你影响啊。

11. 兰州的想象

兰州在中国的西北。它是古中国航向世界的第一个码头。在乾方。乾方的始发地在陕西，终点在青藏高原和帕米尔高原，甚至一度到了阿富汗一带。

在盛唐，汉语之香流播今日的中亚诸国，在那里结出蜜汁甘醇的葡萄、瓜果、诗歌、乐舞，又经天山、敦煌、凉州的激情，到达长安皇帝、王妃、公主和贵族们的舌尖上。它曾长久地激起文人们的荷尔蒙，并唤醒墙上闲挂的长剑，所以，盛唐的诗人举起了长剑，闻着汉语和西域瓜果交杂的异香，顺着古道豪情满怀地上路了。

在整个中国的诗歌中，只有这条路上的诗歌是金声玉振，是文道武魂。它叫边塞诗。

凉州就是边塞诗的王国。边塞诗是以凉州为界，又漫过了天山，越过了黄河，在秦岭之巅驻足，遥望四方浩瀚云烟。

那时的兰州，只是长安到凉州的一个客栈。傍晚时分，从大禹劈开的积石山上，黄河狂泄着洪荒岁月，一路激情豪迈，挫锋降锐，在皋兰山下终于柔情似水，我猜想大约是看到了北山顶上的禹王碑吧。

大禹在此铸九鼎，分九州，故而此山顶名曰九州台，山上有禹王碑。兰州以西以北之地皆为雍州之地。

兰州，应当是大禹起舞歌吟之地，是黄河最柔情的一段乐曲。朱大可先生曾说，看汉语正体字"蘭"字，简直是一个寓言：南北两山就是黄河的东大门，黄河从此进入中国的腹地，山上百草丰茂，长林盛歌，白云飘飘。

可谁能想到，那只是一个梦想。现在的兰州，用了七十年时间，仍然在南方人眼里看完就有几根毛。据说，山上的土层是湿陷性沙土，存不住水，要想像江南之地那样，就得把整个山上的土层得换掉。我曾带着余华看夜晚的兰州，黄河像条彩带款款系于现代化兰州的腰间，整个兰州浓妆艳抹，煞是美丽。他说，曼哈顿也不过如此。是的，只有在黄昏和夜晚，兰州之美才是真实的。我常常登上九州台，猜想当年大禹在这里到底想做什么。

向东望去，是锦绣中原。是震方，是太阳升起的地方，是朝霞中的万木苏醒。

向北望去，是苍茫无极的沙漠、戈壁，是天一生水之地。是坎方。是鬼方。是神秘的北极。北极星在此永驻。

向南望去，是太阳最盛之地，草木葳蕤，百姓商贾纷纷扰扰。是离方。

向西望去，黄沙漫漫，古代圣贤影影绰绰，从昆仑山上走来，一路祭祀，一路繁衍。为兑方，再偏北，便是乾方。神话从昆仑出，八卦在昆仑画，阴阳五行在昆仑始演，而天干地支在昆仑始成。《山海经》中，伏羲、女娲、黄帝、大禹都在昆仑山上有修行，得古之大法，而此大法，首先是天之大法，然后才是地之大法，最后是人之大法。

因为昆仑山是离天最近的地方，圣人久观天象，而俯察大地，终于得出"在天成象，在地成形"的观念，故而天人合一，人天一体。

昆仑山是始祖山，是中国文化真正的发祥之地。

所以说，兰州以西的广袤草原，在大禹看来，本来也是古代圣王的教化之地，属于雍州之野。史料中载，黄帝大战蚩尤，久而不能胜，求救于西王母，西王母派援兵战胜蚩尤。尧舜之时，三苗被迁至西北的三危山一带，说明河西一带仍然是尧舜管理之地。大禹时又与西王母有接触。大约是夏后期便断了联系，无往来，而商朝也无记载。直到周穆王时，再次雄心勃发，侵获西方戎族诸首领，直抵昆仑，再与西王母有玉帛之交。所谓"化干戈为玉帛"的古语岂不是周穆王西方戎地，而这些戎族皆以西王母为盟主，西王母供以玉石，周天子奉以丝绸，化战争为和平？

帝国的雄心在不断地膨胀。就像我们现代人一样，总是忘了来时的路，一路狂奔。从夏开始，帝国的中央位移到了黄河中游。这里有大片的淤泥可以种粮食，也就是土地，后来人们不断地开垦，便有了广阔的大地。原来是群山矗立，现在则有了大地。天地始开。

那么，八卦的天象和地形是否要发生革命性的变化呢？而这一变化就深刻地昭示了古法的演变。

可是，昆仑到底在哪里呢？

12. 九州台上的悲歌

站在九州台上，就是站在了夏帝国地理版图的中心位置，但它仍然被大禹划在了九宫格地图的西北位。夏帝国真正的中心位置在黄河中游之地，也就是后来的中原。

今天的兰州人，包括我在内，总是告诉四面八方的人们，兰州是现在中国地理版图的中心位置，也试图告诉人们，大禹时的中国版图中，甘肃就已经被划在其中，只是那时它是西大荒。

我常常想，谁在写下历史？谁在解释历史？谁又在相信历史？这是我们读历史时的重要疑问。

比如，2008年，我要给学生上一门课，名为《世界文化史》，想找一本中国人写的权威一些的教材，但搜遍网络，虽然也有写的，但都无法用。最后只能用武汉大学哲学系赵林教授写的《西方文化概论》。在选择这些教材的时候，你得回答很多问题：世界是谁？世界是由不同的国家或文化构成的，还是由一个或几个国家在主导，或是由一种文化或几种文化在主导？人类有史以来的文化到底消失了多少？今天我们所谓的世界为什么变成欧美中心主义世界？

进一步要问的问题是：是谁在书写世界史？中国学者为什么未能参与世界史的写作？中国人学的是谁的世界史？中国史为什么大多未能进

入世界史？

从2007年开始备课到2010年，整整四年时间，我一直在阅读除了西方世界史之外的其他文明史，翻看了很多版本的《世界史》《全球史》，令人遗憾地看到，印度、中国、伊斯兰以及早已消逝的美洲文明基本都被有意无意地忽视了，尤其是西方帝国在20世纪之前未曾到达的中国。即使中国人自己写的全球史也基本上采用的是西方人的视角和观点。

我便想起那个试图想拥有绝对价值的西方哲学家黑格尔。他不仅是西方世界古代最后一位伟大的哲学家，同时也是中国人在20世纪的伟大导师之一。他的学说在我上一辈的很多学者来说，简直是信手拈来，动辄便是黑格尔的逻辑学什么的，但是，对我们这一代人来讲，他是一个过气的哲学家，甚至是一个面目呆板、自以为是的说教者。当他追求绝对价值的时候，便也是他走向死亡的时候。这一点，西方人是很难理解的，但是，中国文化从来都是强调物极必反和中庸之道。中国人向西方人学习世界观、方法论，但把天地都踩在脚下，就是在那时候，我们有了"人定胜天""比天高"等极端的思想。那时候，我们上一辈甚至再上一辈的思想者因为一力反对传统，大都没有看清西方世界的思想进程。正如中国文化所表达的那样，黑格尔之后，几乎所有的哲学家、思想者和文学艺术家都是他的反对者、掘墓人。

看清这一点的是上世纪80年代开始接受西方文化传统的新一代人，因为他们没有固执己见，一心真诚地学习西方和整个世界的文化，唯有中国人自己的古老文化，他们视而不见，充耳不闻，他们中有极少数的人在知天命之年开始转向传统。我便是这里面的一个。我无数次地说，四十二岁之前，我是西方文化的信徒，四十二岁以后，开始转向传统，进行中西文化的融通。这是命运。

这些年来，当我同一年给学生既讲中国文化史又讲西方文化史的时候，我就不停地在两种文化中穿行，当我讲中国人的文化观念时，也开始有意识地对比西方人、印度人甚至在我们北方一直移动的诸多少数民族的文化，看看它们之间有什么关联，有什么异同。当我讲西方文化的一系列内容时，也给学生讲中国人是如何面对这些难题的，慢慢地，我觉得每一堂课似乎是讲给我自己听的，也是在回答我自己的疑问。

这种对比慢慢地改变了我，同时使我羞愧，我发现自己对先祖们的文化几乎一无所知，但对西方文化却如数家珍。比如，我不止一次地看过《荷马诗史》，对诗史中英雄们所面临的一系列难题了如指掌，且在我的小说写作中和论文写作中有意识地运用它，但我从未认真地读完《尚书》《左传》，甚至《史记》。所以我有一段时间能说出古希腊诸神中很多神的名字，我也看到我的女儿手里拿的玩具也是希腊诸神的，而我对中国神话的研究则少之又少，在写作中也宁可用希腊诸神的名字而不愿意用中国神话中神的名字。

再比如，我对苏格拉底、柏拉图、亚里士多德甚至之前和之后的西方哲人们的思想花掉了整个青春岁月，而到四十岁以后甚至到知天命之年才用心地去体会中国圣人们的思想。甚至说，在很长一段时间内对中国古代圣人们的思想是怀疑的，直到2015年才真正地转向相信。它用了我整整四十七年的岁月。

从阅读那些世界史、全球史就可以看出，它的写作者用的时间是基督教时间，用的叙述精神是近五百年以来欧洲人高高举起的科学、进化论、民主等思想，它写作的起点就是新大陆发现、欧洲人开始殖民世界的时候，世界在欧洲人的脚下向着大海、大陆无限地展开。除伊斯兰世界和中国的绝大部分之外，整个世界在20世纪都成为欧洲人的殖民地。

如果我们按照文化的类型将人类的文明进行分类的话，大概可以分为基督教文化区域、伊斯兰教文化区域、印度教文化区域和中华文化区域几大类。我们可以看到，目前在印度和中国已经有大量的基督教徒，只有横亘在丝绸之路中西端的伊斯兰教文化区域与基督教文化还进行着抗衡。

印度，在中国人眼里，原来有佛教，但现在佛教徒主要在中国。印度兴起的是原有的土著宗教——印度教。它有七亿多信徒。

可是，中华文化呢？一百年前，我们从西方迎来西方文化，其实从分类的角度是基督教文化，中华传统文化被革命了，很长时间我们不能提传统文化，中国人失去了原有的信仰。所以从20世纪90年代市场经济开始，随着改革开放的进一步扩大，基督教和伊斯兰教文化就快速地占领着中国人的灵魂。曾经一度兴起的法轮功也是打着佛教的旗帜想影响中国人的信仰。

如果说1900年是八国联军瓜分中国领土的时候，那么，这几十年便是世界几大宗教开始瓜分中国人灵魂的时候。也许这才是最危险的时候，但是，传统被压抑着，中国人无所适从。

怎么办？

绝大多数知识分子的眼睛还是一致看着西方。百年的教育已经完全换了几代人，先是欧美，再到苏俄，最后又是欧美。很多人都问为什么会如此，因为学术。学术最根本的基础是历史，或者说，有什么样的历史观，便会有什么样的哲学观、文化观、生活观，甚至制度观。这就是孔子为什么要治史的原因，也是司马迁认为欲做圣人首先是治史的原因。历史是一切学术、政治甚至政党是否具有合法性和合理性的基础。那么，我们就能明白，中国所有知识分子都接受了欧洲人书写的世界史。文明是以它的尺规展开的。

起初，中国的世界在欧美人眼里是神秘、专制的代名词，也不被他们所熟悉，所以，在最早的那些版本的世界史中，中国是可有可无的。黑格尔曾经嘲笑过孔子，说孔子充其量只是一位作家。一个欧洲人如此说当然是可以的，因为他们认为《论语》是孔子思想的全部，可是，中国人也这么说就太悲哀了。

就在前天，我看见中国最大的商人马云有一个视频，好像是他不能去参加一个国际的重要会议，所以便讲了一段话给会议。十二分钟的视频里，马云讲了很多中国儒商的价值观，但是，他也仍然说，一部《论语》治理了好多个朝代。"半部《论语》治天下"，多么荒诞的论调，竟然流行了几百年。孔子的思想哪里是在《论语》里啊，他的思想都在六经里。《易经》是哲学观、世界观、方法论，更确切地说是自然观；《春秋》是史学；《礼记》是伦理学；《乐经》是艺术学理论；《诗经》是诗学、语言学；《尚书》是政治学。这就是孔子的逻辑学，这才是孔子的广大。碎片化的一万多字的《论语》充其量只是一些微信罢了。读书人弄错了，又以讹传讹地给商人。现在，马云又将这种错误的论调传播给世界了。何其悲哉！

中国文化真正的传人到底在哪里呢？是谁呢？曾经有人问过我这个问题。我说，不是由国家或政府指定谁，也不是某个国家级大项目的主持人，而是自觉承担中华道义的人，是自己领受了天命的那些人。今天，在手机上看许倬云的一个视频，他谈到传统文化的处境时竟然哽咽了，落泪了，动情了。我以为，他就是领受了某种天命的一个传人。

还有谁呢？

当我向我的朋友科学之神——也就是赛先生诉说以上我的这些想法时，他一直默默地倾听着。他并不发言。此时，他握着我的手，像我的兄弟、亲人。我继续向他倾诉：

我每每读到孔子时就会落泪，一个人关在书房里伤心地哭。2015年7月26日，当我在讲了十年中国传统文化后第一次去拜孔子时，看见无人跪拜孔子的坟墓，我就悲愤地跪在那里。当我站起来的刹那，我就立刻立下誓言，从今往后，再不讲轻浮的文学、影视，要去讲传统，把传统从地下挖出来。

我想，我也可以算半个传人吧！

他紧紧地握着我的手，说道，你的使命感太强了。我却不听他的，我继续说道：那么，重新叙述传统，重新平衡中国与西方的历史、文化，重新寻找昆仑的任务我就得分担一点了。

他举首看着夕阳把整个黄河照得辉煌灿烂，黄河像是流淌着的黄金，他说，你看，黄河，你们的母亲河，依然是一往无前的，所有的历史都将过去，而新的命运必将降临，朋友，何必如此悲伤呢？要勇敢地去做你想做的事。

我深深地吸一口气，看着黄河和夕阳，有些感动，我说，所以，我从兰州不停地向西，向着那条古老的大路不停地西去。更何况，我还有家族和个人的秘密也要寻找。

他望着远方说，好啊，我陪着你啊！

我站了起来，我们所站的地方就是大禹分封九州的九州台上，我对着虚空说道：

那么，让我也向世界宣布吧，已有的全部世界史、全球史都不是我的世界史、全球史。

那么，让我也像萨义德那样，向着强权文明说一个不字。

那么同时，也让我对整个中国古代的圣贤们说一句不敬的话：你们所解释的中国，仅仅也只是周以来的中国，夏代和夏之前的中国被埋藏了，所以通向昆仑的大道断绝了。

那么，让我们重新来猜想和一步步论证昆仑神话吧。

那才是我们中华民族真正的初心之巅，元气之地。

13. 义人之死

有一天，我正在读《山海经》，我的朋友来到跟前，他指着一本书说，有一段历史应当被你们中国人铭记，然而你们似乎在忘记。

我笑道，你怎么有点鲁迅的腔调了？

他看着我大笑说，大概近来我看他的一些书了吧。他说，要多读外国人的书，少读你们中国人自己的书。这个我就不懂了。

我说，此一时，彼一时。那时是需要引进外国文化，破除中国传统文化中的顽疾之时，所以要多读外国人的书，但现在不同了，外国文化在中国太多了，我们读的全都是外国人的书，而把中国文化彻底忘了，所以我才说现在要多读一些中国人的书，调和西方文化。另外，自己老祖宗的文化自己不传承，还等着外国人来传承啊？

他点点头说，是啊。要不是你之前给我解释你们的阴阳五行和《周易》八卦，我肯定认为你们只有迷信，没有科学，可现在不同了，我觉得你们古代有一段时间内就是科学引领着思想。

我纠正他说，也不是你说的那样，是道法自然，科学世界观，那时才叫科学世界观，把世界上能看得见的和看不见的，知道的不知道的统统都包括在里面，也就是既有原子，也有它周围巨大的虚空，对世界没有一点遗漏，是真正的整体性思维，人呢，就在这种思维中构建伦理世界和行为、说话。不存在你要引领谁的问题。

他争辩道，那不就是你说的科学吗？

我说道，道可道，非常道。但你一定要说它是科学的时候，就遗漏了什么，所以说是道，道既是科学，也是人文。它们是整体性思维。

他顿了顿说，我明白一点了，你们中国人的东西就是说你的时候，不光是说你，还在说与你相关的所有东西，不确定。

我说，如果太确定，就遗漏了。就像我们说世界是原子构成的，就忘了那虚空。若虚空不存在，原子也不存在。它们是相互依存的。

他说，嗯，这样说我就明白了。

我继续看我的《山海经》，他过了一会儿又来说，你看，你们现在似乎已经遗忘了一个事情。

我说，什么事情？

他说，义和团和八国联军入侵啊。

我说，是啊，我们现在谁要提这些，似乎有些太狭隘的感觉。我们现在是一种奇怪的世界主义者。

他说，这一次，我来给你讲如何？

我惊讶地笑道，你能讲？

他说，别笑话我，我最近一直在攻读你们的内容，我很好奇你们最初是怎么认识我的，也就是你们的现代文化。

我还是惊讶地说，这个我真是没想到。那好吧，我听你讲。

他说，我在研究你说的鲁迅、胡适等很多人的时候，看到了一个现象。这就是义和团。你认真地听我讲完后谈谈你的看法啊。

我说，好。

他便讲道：

1900年，八国联军占领北京。一场大屠杀开始。

首先是义和团。义和团何许人也？据说是民间信仰者的团体，相信鬼神，且以设立神坛、画符请神等神秘方法秘密聚众，成立"义和拳"组织，显然这与你们中国的民间武术有关，但近百年的中国历史对它语焉不详，评价各异。其实说到底，就是一群在信仰上靠近道教、武术上靠近道家的气功、组织上更江湖的农民信众。他们本来是反清复明，恢复汉家江山。从文化上来讲，仍然是恢复中华传统文化。后来，眼看列强践踏中国，于是，他们又转头反抗列强。稍稍对它的历史了解一下就可以看出，他们在根本信仰上是与基督教对立的，所以反抗列强也就是维护中华文化中的道教传统。

然而，又有一个"义"字当先，后面又跟了一个"和"字。这哪里是道教，分明是儒家传统。再了解一下，便发现他们大多来自山东和直隶地区，梁山泊的传统似乎还在延续。这样看来，便是儒道合一的民间信仰组织。你们后来进行研究的人把这些农民看得太低了，仅仅以为他们是农民就觉得他们的层次很低，但是，君不见，义和团的成员虽是农民却基本上没有汉奸，当八国联军指认某人是义和团成员时，不由分说便进行屠杀，而这些成员个个视死如归。

听到这里，我插话道，停停停，停一下，我有个问题。

他说，你说吧。

我说，听上去你好像是中国人似的，你不是从西方来的吗？

他急了，争辩道，朋友，我告诉过你多少次了，我不是属于西方，我也不是哪一个国家的，我是这个世界的，哪里需要我，我就到哪里。你们中国需要我，我就到中国来了。你怎么能这么狭隘呢？

我有些脸红，也争辩道，不是，我也是陈述一些人的观点，其实，在我看来，科学、民主，包括整个的西方文化，已经在中国一百多年了，发展了中国，壮大了中国，已经成为我们文化的一部分了。尤其是你，科学，我们就更是分不开了。我只是好奇你怎么看这个问题而已。

他这才笑道，这种观念才合适。我继续讲了。

我笑道，好，你讲得比我精彩，比我还有感情，还动情。这可是少见的，你应该冷冰冰的才对。

他说，是啊，可我们在一起这么多年的朋友，相互影响得太多了，我也有感情了，不过，也只是你这里，其他地方，我可不这样。谁让我们成了最好的朋友呢。

我笑了笑，听他讲下去：

这种情形是后来日本人打进来时绝对没有的。我不禁想问,这是为什么?满清贵族和朝内文武百官哪一个比他们更为贫穷和低贱吗?定然不是。那么为什么没有义和团成员的那样一种精神?

是没有信仰的缘故。也许有人会说,那些人被洗脑了,是愚昧,那么,请问,当上帝的使者在中国大地上修建教堂时,难道不是来洗脑的?在山东,一些教会与农民发生了争执,农民的利益无人保障,义和团便出场了,他们替天行道,维护了最基本的道义,但列强因此就受不了了。他们来到中国大地上传道,抢夺中国人的灵魂,可他们仍然没有意识到自己在犯罪,他们在中国大地上到处杀戮。这使我想到不久前和你一起看的一部电影。叫什么来着,就是摩西的那个故事。

我说道,你说的是《法老与众神》吧?

他说道,是是是。在这部电影中,上帝为了达到自己的目的,不惜杀害埃及那些无辜的儿童。这些事情连摩西都看不过去了。他是以这样残酷的方式令人恐惧,迫人信仰。摩西带着他的族人,占领了迦南之地,但那里并不是他们的地方,所以希伯来人也被称为过河而来的人。其实是带着侵略性的。上帝从亚伯拉罕的神变成一个民族的神,从后来的基督教开始变成整个欧洲人的神,现在则向全世界扩张。

我看过一个你们中国道士的视频,他的观点非常有意思,值得中国人警醒。他说,战争分为三个级别:最低级的战争就是通过武器打仗,这是类似于动物之间的战争,只不过是人会利用工具,会一些战术,但仍然是最低端的战争。

我好奇地坐起来,听他讲下去,他说:

中级战争是经济、技术、贸易等方面的争夺,对人的日常生活的控制,比如汽车、网络、工业等,是生活资料方面的战争;高级战争就是信仰文化方面的战争,比如宗教战争,是精神灵魂的战争。

我说道,这个有意思,挺形象,也高屋建瓴啊。

他说,是的,最有意思的是,他在视频中要求中国的青年要认真地想想这些问题,要维护中国人自己的文化信仰,要起来战斗。我看过后挺震动的,虽然他说得有些过于激动,也过于保守,十分排外,视其他宗教为敌人，但我觉得他的这种分析很有意味。这个道士还有些血性，可你们中国的文人呢？我看一个个都失去了血性，都得了软骨病。所以，我在这个道士的身上似乎看见了道家的铁骨，而这不正是义和团的精神吗？

我面色凝重，无言以对，只听他继续说下去：

就是有了这些铁骨铮铮的义和团，八国联军试图瓜分古老中国的妄想破灭了。但现在你们还有这样的汉子吗？

我摇摇头，说，我在很多场合讲中国传统文化，都没有谈过道教、佛教，只是谈大的方面，就有很多知名学者质问我，你这是要反人类吗？你这是要复辟帝制吗？你这是要反西方吗？西方现在还不能对着干，即使反了，我们又有什么学术资源吗？我们现在把这些西方的学术路径斩断，我们如何与世界沟通？……表面上，大家都是为了国家好，为了人类和平，但究其本质是不再相信中国传统文化了。

他突然打断我说，等等，你说的时候我发现一个问题。

我说，什么问题？

他说，你看，你说那些人一听你提倡中国传统文化就以为是复辟帝制，这个还倒能理解一点，但显然他们还没有我懂得多。我说的是另一个问题，就是他们说西方文化就代表的是现在的西方国家？说西方文化的不对就是反对西方国家？

我被他搞得有些迷糊了，只是说，是啊，是啊。

他说，你看，这就是一种真正的狭隘主义者，你们身为中国人，但并不是说不能学习西方文化，是什么都能学，且可能学得比西方人还要西方，但这不影响你们中国人的身份啊。

我说，是这样啊。

他说，那就太狭隘了。据你给我讲，中国文化是极其包容的，什么文化都可以包容，为什么他们不能包容呢？

我说，他们已经失去了中国文化，还怎么能有包容心呢？

他说，我懂了，其实现在的学者都是基督教的一元论思想。表面上看，他们没有信基督，但思维方式已经是基督的了，不能接受反西方的东西。这真是最大的病灶啊。他们连自己老祖宗都不要了，连说都不能说啊。这是最大的不孝啊。这也是不仁不义啊。

我叹道，但他们又怎么能承认这些呢？他们口口声声说自己是国际主义，天下主义，世界公民，其实只不过是西方文化的奴隶。

他说，对，要做主人，就要从西方文化中出来，把世界上所有的文化都平等相待，尤其是拯救你们的传统，让它与西方文化平等对话，然后才可能有真正的世界主义。

我转身看着他说，这不是我说的话吗？你怎么把我的台词抢了？

他哈哈大笑，说，看来我们越来越达成共识了。好吧，你继续听我讲啊。

我说，好。

只听他继续讲道：

这也就能理解，很多知识分子为什么一提起义和团就充满了不屑。我猜想，如果战争来临，他们是首先做汉奸的。其实，说到汉奸一词，他们的心里本就是充满了不屑，因为在他们的心里，已经没有国家的分别了，他们想的是人类，是世界。国家太狭隘了，太政治化了，太小团体化了。是的，在文化的王国里，现在可不就是地球村吗？任何文化的发展已经不是线性的了，而是非线性的，已经不是单调式的，而是复调式的。甚至于，现在更像是春秋列国时期一样，诸子言论崛起，百家争鸣，但天下大势，合久必分，分久必合。大概是到了合的时候了吧。但即使如此，如果战争来临，身为鲁国人，身为天下人的孔子，难道能做暴秦的汉奸？

我想不会。这是两个概念。可以谈天下的事情，可以身为世界公民，应当以世界格局来谈中国的文化，但是，集体性地颠覆一种延续数千年的文化传统，现在又在根本不了解传统的情况下否定他人去谈传统，这是让先人无比羞辱的。

义和团是盲目的，那位道人也可能是盲目的，但他们中这些自以为清醒的人就不盲目了吗？当有一天国家遭难，他们这些天下人中间没有一个铁骨铮铮的汉子去抵御外侵，岂不是没有脊梁了吗？这难道不是他们这些自以为天下人真正的耻辱吗？但想到这里时，我就有一个疑问：天下是谁的天下？是基督的天下，还是真主的天下？你们中华文化的天下还在吗？你们中华文化还有传人吗？

我无言以对，默默地坐了很久也欲说无言。他也停了好久才说：

我在读你们的那些历史时，我发现了一个人，他叫王懿荣。他在1899年的病中发现了一种连孔子也未曾见过的文字，即甲骨文。时任国子监祭酒的他，是当时知识分子中学问最高者之一。他意识到这也许是中国文明的前夜，于是，他花了大量的钱去购买这些被称为"龙骨"的药材。然而，虽然那时已经有了几十年学习外国文化的经验，但文化仍然是线性的，尤其对于一个祭酒来说更是如此。1900年，八国联军入侵，这个有些骨气的文人竟然被任命为京师团练大臣。于是，他放下购买来的"龙骨"，匆匆去赴任了。这一年七月，联军兵临城下，一国之主慈禧太后向着中西部逃去。此时，只有义和团的勇士在"盲目"地与联军对抗，然后一个个英勇牺牲。

王懿荣绝望了。他对家人和后世留下一句话后便服毒坠井而亡，这句话便是"吾义不可苟生！"他的家人也跟着他坠井而死。我的眼前出现那些前仆后继的死亡情状。那是你们三千年文化绝亡的前夜。

在他留下的话里，同样有一个"义"字。

如果说义和团的农民们没有文化，只有信仰，便可以称其为盲目，那么，作为当时学问最高者之一的王懿荣是不是也是盲目者？

当我听到这里时，竟忍不住脱口而出：无义的天下人啊，我们枉为文化人。在我很小的时候，就经常听到村里人说一些读书人，他们若是不讲道理，或者不为公义、没有礼仪道德时，农民们就会骂道：书都读到驴肚子里去了？

我的朋友说，可不吗？你别激动，我不是在说你，更不是骂你，你还行，有点使命感。听我继续说下去：

可是又一个文化人自杀了。他叫王国维。他的名字很有象征意味，姓王，是中国的大姓。他来自江浙的世家，是最早接受西洋文化的地方，他也去过日本，研究过叔本华、尼采等人，且深受叔本华影响。但是他的名字里有一个"国"字,是中国汉字里最大的词,其后又有一个"维"字,是维护的意思。简直是天命。

他也许从未想过自己的名字、命运和中国的古文化之间有关系,在王懿荣为义而亡的时候,王国维正准备赴东洋日本学习。此时,他正是一个我们当下知识分子认为的世界人,他开始研究康德、叔本华、尼采等西方诸家,后又攻西方伦理学、心理学、美学、逻辑学、教育学,与此同时,在十年时间里,他又研究先秦诸子及宋代理学,自称这一时期为"兼通世界之学术"时期。他翻译介绍了外国的很多东西,也写下《人间词话》,然而,当他到北京之时,王懿荣收购来的那些"龙骨"辗转多次竟摆在了他的面前。

一场从未有过的巨大转身便在这个天下人身上发生了。一方面,他把全部精力投注到研究中国上古文化中,破解甲骨文;另一方面,他又把目光从北京转向中国的西北,流沙坠简、敦煌文书。反身向古,便与那时整个的中国知识分子场域分道扬镳了。

他从"义"字通向了先秦诸子,然后也因此而在王懿荣死后二十七年之后,投湖自尽了。

这个非线性的文人最终仍然在寻找线性的文化道路上亡了。

最后一个传人就这样悲哀地为中国文化画上了句号。

但是,他留下了文字,也留下了一个疑问。

他讲到这儿时,我听得目瞪口呆。他简直就是一位诗人,一位思想者,一位演讲家。我感到浑身都有一股难忍的力量在折磨着我,感到有一股愤怒的血要冲破我的头颅向天空飞去。

他说,当我看到这儿的时候,我就理解了你的思想路径。你们是一样的,早年疯狂地热爱着西方文化,后来便转向自己的传统了,而面向传统,就面向了孤独。我体会到了你的孤独。

他说到这儿时,握住我的手说,但你不要感到孤单,朋友,我一直在你身边。

我几乎流下热泪,我什么话也没有了。但他说,你知道王国维也在寻找一个地方吗?

我问他，什么地方？

他说，昆仑。

14.《周易》的秘密

一天，赛先生拿着《周易》来找我，他说：那些甲骨文，孔子见过吗？

我说，当然没有。

他说，那就是说孔子的思想是有局限的？

我说，是啊。那些孔夫子也未曾见过的甲骨文，在吐露着中国文化的原始秘密，那也许就是海德格尔一直寻找的原始家园，那个真正诗意存在的地方。

今天我们能看到的文字，基本上都是周以来的文学和记录性的文献了。这是孔子学术的起源。他探源礼制，说夏代太久远，从他们后人杞国人那里已经看不到夏人的礼仪了，而商代的后代宋国人的礼仪早已废了，音乐也是淫乐，不能用，两代的文献都不全，而周代的礼制是周公借鉴前两代不足的基础上创立的，且文献都是全的，所以用周礼来复兴礼教。

他说，那我请教一个问题。他在研究《易经》的卜辞后说，《易经》上所记载的都是商后期和周初的事情，一个要灭亡，而另一个要兴起，兴亡的道理都在里头了。当我看到这些时，我便感慨，如果孔子能看到你们现在从先祖坟墓里挖出来的这些文字，会怎么想呢？

我说，首先他肯定是不满于我们这些后人的行为。怎么能掘先人的坟墓呢？这是大不孝。但那些文字是自己跑到这世上来的，仿佛就是要在中国文化行将灭亡的时候出来呐喊的。

而这些甲骨上的文字岂不是研究殷商人最好的文献吗？这些文字，已经具有六书的特性，但更多的是象形字，商代人的形象、生活的场景以及他们的精神都能从中管窥个大概。从盘庚迁都至纣王的二百七十年，可以说历历在目。他们饮酒，他们卜问鬼神，以及生病、劳作，他们收成，以及各种日常，竟然都有斑驳的记录。这都是科学吧？

我的朋友说，历史学现在的确已经成了科学，这是科学思维。

我说，所以，现在的学者们都在想，那些卜辞，与《易经》有多大关系？在整个甲骨中，卜辞占到了99%，剩下的1%其实也与占卜相关。有学者研究认为，那时用的都是《归藏易》。《归藏易》在甲骨文未现世前一直被怀疑是否存在过。宋代突然出现的《三坟》和河图洛书现在总可以有所验证了吧。

你看，甲骨文中的"教"字，是左右结构，左边的结构又是上下结构，上面是两个叉叉，就是"爻"，是摆弄蓍草卜问天地消息的意思。下面是一个人。右边是一个"支"字，有人解释是教鞭，意思是那时候的教育是奴隶时代的教育，是要用鞭子来管教的。但我们也未曾听说孔子用鞭子的事。所以我也有怀疑。不过一查金文，杖的右边的确是教字的右边。教，有管教的意义在里面，也是对的。有时我想，那个字又何尝不是另一个"爻"的变形呢？或者说，是一个人拿着一个尺规测量太阳的运行。总之，甲骨文中的"教"字一定是要让人学会使用占卜，而这种占卜又与太阳有关。以此来推，商代的人是普遍信鬼神，但也有科学在里面，拿着尺规测量太阳的运行不就是科学吗？谁说只有迷信，没有科学呢？这是极大的误解。

我的朋友笑道，不必生气，你要向我学习，要尽量冷静，以数据和大家都能理解的方式去说服大家。情绪对你思想的传播可以注入力量，但是有碍于对方的接受。所以，科学态度是非常好的一种方式。

我说，我不喜欢那种冷冰冰的方式，但是，跟你交往久了，你也影响了我，现在我基本上能接受你的思想了，但诗人的性情还在影响着我，而且我也因此而得到满足。

他笑道，好吧，我实际上也喜欢你这种把理性变成感性的方式，这可能就是人之为人的特征吧。没事，你按你的说吧。

我说，好吧，我们相互提醒还是好的。我接着说了。商代的这样一种信仰传给了周代的人。以此来类推，周文王演绎八卦为六十四卦，变《归藏易》为《周易》，也就是顺理成章了。但是，我还是对《连山易》

转为《归藏易》，再转变为《周易》这个逻辑存在疑问，目前还不能完全解决。这还需要你的大力帮助才可以。

他自豪地说，这就对了，一定要以科学思维的方式去解决，才会让大多数人信服。

我说，是的。我们中国人在这个方面还需要继续走下去。

他说，对了，我看《周易》，上面说这是道德之书、伦理之书，但在一般人的思想中，不就是一部算命的书吗？

我一听这话，就生气，我说，难道真的能算准的话就不是科学吗？

他赶紧拍拍我的胳膊说，别生气，别生气，我们要慢慢讨论。你说的这个问题也是我在想的问题。

我说，你看，在科学家的眼里，一加一等于二是科学，但是我要问，为什么等于二？你能回答吗？一个男人和一个女人加起来，可能生不了孩子，不就是个零吗？可能生一个或两个以上的孩子，不就等于N吗？怎么能是二呢？

他咳嗽了一下说，这是经验中大家得出的，主要用于经济活动或一般性的社会管理。

我说，既然是经验，为什么我们几千年来的经验就不是科学？

他说，你不要冲动发火啊，是你们那些愚昧者这样想的，不是我的思想。我再申明一下，我来自西方，但我没有国界。我现在正在考虑把科学的内涵和外延要重新进行解释。

我说，是啊，《易经》和阴阳五行从伏羲时代开始，经历了黄帝等圣王，又经历夏商周的演化，再到汉代和宋代得以完善，是国家治理中的基本思想，也是中国人日常生活中的伦理基本和道德基础，一夜间就被否定了，成了迷信。这不太荒唐了吗？

他笑道，你说的这些我现在都接受了，现在就是如何重新解释和传播了。恐怕科学思维是最重要的方法吧。

我说道，那是自然的。这是古代社会关乎国家命运的大法。如果我们今天看到的先天八卦图讲的《连山易》是中国先人们的地理山河图，那么，被有人称为中天八卦图中讲的《归藏易》便应当是后世圣人创立的，有人说是神农氏，有人说是黄帝，也有人说是大禹，总之，我们现在能明确地看到后天八卦图，所谓中天八卦只是一种假设而已。也许这些图形的变化就藏着中国人在史前文明的演变史。

他说，嗯，这个思想好，这就是科学思维了。

我笑道，你得意了吧。

他笑着说，有一点点吧，这也是我的生存权啊，我得争取啊。

我说，好吧。那我再给你讲吧。这时我们不得不拿出神话来作为卜辞看待。《淮南子·天文训》中记载说，古时候有一位叫共工的人与颛顼争帝位，怒而触不周之山，使天柱折断，地维决裂，最后"天倾西北，故日月星辰移焉；地不满东南，故水潦尘埃归焉"。

我们不知道在共工怒触不周山之前的天地和星空是什么样子，但是，这一次，天倾西北为高山，原来头顶上的日月星辰也发生了巨大的变化。也许这一点人们没有关注到。

他问道，这个能说明什么问题呢？

我说，这是女娲补天的背景，也是先天八卦创立时的背景。孔子在《周易·说卦传》第三章中说，天地定位，山泽通气，雷风相薄，水火不相射，八卦相错。后世人们依据孔子所解释的这一点，画出了伏羲所做的先天八卦图。天地定位，天南地北，乾为天，坤为地。这是两仪。山泽通气，山为艮，泽为兑，根据女娲补天的情况看，山在西北方，那么泽便到了东南方向。雷风相薄，雷为震，风为巽，雷在西北方，那么，风便在西南方。水火不相射，水为坎，火为离，水在西方，火在东方。八个方向便如此确定。

他说，这个你们中国人要比西方人厉害。他们还没有这样的宏观理论。

我说，应当也有，只是不像中国人这样一直把它运用于生活的各个方面。

他说，我听了后觉得真的有道理。其实，霍金不也就是在思考这样一些问题吗？他那叫科学，你们的这个也应当是科学。

我叹道，你能这样想就真的太令人高兴了，可惜的是我们现在的中国人自己把它反而不当科学。你只要说五行、《周易》，他就摇头，再不听下去了，说那是迷信。

他说，那是解释的人有问题，也不能怪他们，现在需要重新解释清楚，还原其科学本质。

我说，是的。你说得太对了。在古人看来，八卦便是自然界中最重要的八种自然现象，是它们在主宰着天地万物的命运。前面我已经用五行常说讲过了。三十岁左右时，我从未曾想过有一天会翻开古老的《易经》，也是人云亦云，此乃迷信，历史的垃圾。四十岁时，当我拿起《易经》时，每个字都认识，但通篇都不认识，这件事后来我想起来总觉得奇怪，皆因那时对整个中国传统文化未能通达，又怎能理解这天书。四十五岁时，当我学习了一些数术原理后，有一些理解，但仍然似懂非懂，皆因每一个卦的意思和它所代表的事物以及它们之间的运作原理还不熟悉的缘故，此时便觉得平生所学相比它来说，真的是太简单了。五十岁时，当我对数术原理理解之后，又研究天干地支和各卦之间相辅相成、相生相克的原理后，就觉得突然间天地明朗了。此时恨不能天天捧着它研究它，便也懂得为何孔子晚年韦编三绝，时时不离《易经》，因为不但天地的消息都在其中，而且人类过往历史都可去一一对应考察，而未来不也就向我们神秘地开示了吗？天地之道不仅仅是祸福相依，还有道德的运化全在里面。我前面说过，我们把数学、物理中的一些无法证明但又经过无数的经验被证明了的规律叫科学，那么，《周易》即使给人卜算吉凶祸福，也有它自身的一套规律可循，只是你仍然证明这些规律而已，但是，如果它每次都卜算准的话，为什么也不能称为科学呢？

他说，你是说它也有一套完整的任何人都可以学习的理论系统吗？

我说，当然有啊，我就可以教会你。

他说，那为什么很多人都认为神秘呢？

我说，那是因为过去这是一些吃饭的工具，是师傅带徒弟，不愿意教给别人，所以对外人来说就很神秘。可是，现在这些东西都在网上可以看到，只要有一个人详细地解释，你再认真地反复演练，就可以学会。我认为其实很简单。

他说，这当然也可以是科学。

我说，是啊，在我看来就是科学。台湾的南怀瑾先生在《易经杂谈》中说，当年师傅带他们时，不会给他们讲规律，只让他们去死记硬背，后来他明白后就想，为什么不告诉他们规律性的东西呢？我看到这里就想，也许对于中国的过去来说，这些东西属于方术，所以是师傅带徒弟，最早的师傅可能是能讲出规律的，后来的师傅也许根本就讲不出来。南先生是聪明的，自己悟出来了，多少人是悟不出来的。所以，过去的那种教育就比不上大学教育，但是，反过来讲，师傅带徒弟的那种教育也有好处，就是他们有各自的心法，这个是单传的，也是秘传的，所以在大学教育的最高端研究生尤其是博士生时，可能就类似于古老的师傅带徒弟了。这种教育是徒弟必须信师傅后才能得到心法，所以说也讲缘分。

他说，嗯，这里面有科学，也有人文精神。

我说，是的，所以在我们中国人的文化里，这些东西都是一体化的，不可能分得很清楚。它是一种整体性思维。你说，这难道不是真正的科学吗？当孔子在《周易·系辞》中一再地强调六辞之卜辞说的就是殷商之亡和周朝兴起的道理，它依据自然科学来判断社会的演变，岂不又是自然科学与社会科学的统一？当我研究这些的时候，就仿佛跟着古人重新在研究天文学、地理学、生物学，然后，才研究道德、法律。当我突然间发现我们家的院子的布局与河图洛水极为相似之时，便彻夜不眠地研究它们是怎么被发明的，又是如何运用到中国人的生活中并暗中影响中国人的道德信仰和日常命运的。我常常在半夜里醒来，闭上眼睛，试图能回到童年时期夜观天象的情景中去，那时，祖母和母亲经常教给我们星象学，说哪个星星是干什么的，哪个星星在四季分别是什么位置，可惜我们根本不知道这些究竟能做什么，现在我才明白，那是古老的教化，古老的传承。它是天文学，也是地理学，还是医学、人体学。

他叹道，但世上有多少人能明白它不是迷信，而是古老的科学呢？

我也感叹道，是啊。这时，我分明听到夜空里有人在回答，没有几人。是的，即使那些研究星象学的人，又怎能不沉溺于数术而专注于自然之道和人之道的演绎而造福于社会呢？他们一心想的是能参透天机，能知命运，故而能获得某种利益，但往往是如此想的时候，灾难便已经到了他们身边。

他问，为什么会这样呢？

我说，孔子说，《易经》之道广大无边，大到没有边界，小到身边的人和事，都令其有所行，有所止，万物万事都可以去考察明了，所以它是天地之道，又是四时变通之道，而能神乎阴阳之变，这种能变的道德怎么能不是神明的道德呢，所以，孔子说，《易经》至少体现了圣人的四种大道。在《系辞》里说得很清楚，君子若不研究《易经》，便不能知天地，不能通晓万物，就不可能达到圣人之境，反过来讲，凡是圣人必是通晓《易经》大道之人。

他点头说，有道理。

我说，现在且让我们来查看一下，当时圣人伏羲始画八卦时，它与文王后来变为后天八卦之间的逻辑性到底在哪里。在我们暂时说不清楚伏羲先天时，就先来看文王后天八卦。

孔子在《周易·说卦传》第五章中说，帝出乎震，齐乎巽，相见乎离，致役乎坤，说言乎兑，战乎乾，劳乎坎，成言乎艮。这是文王八卦的地理图。

万物是从东方出来的，与前面我们讲的雷先动是一致的，但在先天八卦中，雷在东北位，现在到了正东位，也就是入主东宫，归了正位。然而这样说的时候，难道是说原来的雷不在正位吗？

此时我们便会设想一个问题，即伏羲与文王演绎八卦的地理方位发生了根本性的变化。

他疑惑地说，能这样想吗？但似乎也有道理。

我说，且看，在文王后天八卦图中，原来在东方的离现在到了正南方，南方属火，是夏季的意思。这正是黄河中游的地理位置上所看到的南方，它已属于中国的中心。兑是正秋也，万物之相悦也，也是万物之收成和衰亡之时，所以它归到西方。坎为水，是劳卦，万物之所归也，之所藏也，所以在北方。四象皆重归位。这便是东方木、南方火、西方金、北方水，中央是土，土为坤为艮。这不正是五行吗？如果按顺时针方向看，先是东方木开始，木生火，便到了南方。南方火生土，在中央。中央土生金，就是西方金。金生水，便是北方水。然后又是水生木，形成一天或一年的轮回规律。

他点头说道，原来你们东方人的轮回观念是如此的强烈，是否印度佛教的轮回思想受到了你们的影响呢？

我说，现在还不清楚是谁影响谁，但是，如果昆仑在青藏高原，它和伊朗高原的南方便是印度，那可真是说不清谁影响谁了。这个我们到后面再说。现在，我们再看一下各卦之间的属性。从乾开始到坎、艮、震，皆为阳，是天父、中男、少男、长男，占了一半的图形，而另一半从巽开始是长女巽风、中女离火、地母坤、少女兑泽，皆为阴，占了另一半。这又是阴阳之变。所以，阴阳五行思想一直在决定着八卦的运行。

他点着头说，我似乎慢慢地懂了。

我说，但是，有一件事很奇怪，在孔子的《系辞》和《说卦传》中，不知为何没有五行学说，也许那时阴阳家的学说还不为孔子所熟悉，但是，阴阳之说孔子到处在说，也许孔子说的阴阳就已经包含了五行之说了吧，总之，文王对后天八卦的演绎已经把五行学说融合在里面。到了汉代的京房时，又把天干地支融合在其中，使其更为完备，真的成了一套科学系统。可惜的是，后人不是把它拿来解释自然现象，而是直接运用到了社会科学，这当然也是道法自然的原理。

他说，但是，不懂前者，只懂后者，肯定会成为无源之水，走不远的。

我说，是的，所以就被人说成迷信。

他说，那么，你说这些到底要说明什么问题呢？

我说，后天八卦图不仅是中国的山河地理图，还是阴阳五行演绎图。如果按照这样一个逻辑来讲的话，伏羲的先天八卦图就更是如此，更是表现天地大道的地图。

查看这两个图，我们发现，无论是先天八卦图还是后天八卦图，首先都是从东方开始，从震为雷开始。前面我已经讲过，在陕西和河南地带所确立的时间表与东北、上海、新疆都有时差。之前雷在东北方位，现在到了正东位，在天干地支上就有了很大的变化，在时辰上就有了一个半时辰的差距。从河南往外的一个半时辰路程中，只有往西看，那里便是昆仑之地，也是伏羲第一次画八卦图和确立天地四方位置的时候。按一个小时时差为一千公里来看，一个半时辰是三个小时，那就按三千公里来计算就到了新疆的和田地区了。

他说，稍等，你这个不科学。

我诧异地说，那好，你给我算算看。

他说，你看，我们这样来计算，假设地球是圆的，它是三百六十度，一天有二十四小时，所以可以划分成二十四个时段，每个时段就是十五度。如果以赤道为准来计算地球赤道周长四万零七十五点七公里，所以，一个小时大约是一千六百七十公里，两个小时也就是一个时辰是三千三百四十公里。按时区来算，北京时间和新疆时间相差是两小时，所以，即使从河南到你说的新疆和田，比如说那里是昆仑吧，要多少公里呢？就是两个时区的距离，是三千三百四十公里。那么，现在我们可以上高德地图来查查，郑州到和田是多少公里？三千二百二十八公里。我们说的是高速，如果按过去的山路算，大概还要长一些，也就与三千三百四十公里差不多了。

我还是十分惊讶，叹道，啊，你这样来计算，真的是太了不起了。

他说，是，经过我的检验，你说的基本符合科学规律。

我笑道，这就太好了。有你这个后盾，我的论证就有底气了。我们再看看昆仑的位置。《山海经·大荒西经》中说："西海之南，流沙之滨，赤水之后，黑水之前，有大山，名曰昆仑之丘。有神，人面虎身，有文有尾，皆白，处之。其下有弱水之渊环之，其外有炎火之山，投物辄然。有人戴胜，虎齿，有豹尾，穴处，名曰西王母。此山万物尽有。"如果我们把先天八卦图放在这里来看，会看到，西方是水，北方也是水，属于大洪水时期创立的。正好，那里都是昆仑的传说之地。

他说，你现在来说说几个传说中的地方，我们再来一一验证。

我说，我先说第一个说法。有人说，在敦煌附近的祁连山里，就有一座小山名为昆仑山，有一块石叫青鸟。也许是后人所立，但至少那里是昆仑山的一个传说之地。酒泉也产玉，与昆仑产玉的传说基本上一致。但"炎火之山"的火焰山在它的西北，与先天八卦中的东方离火似乎也有错位。

他说，郑州离敦煌有多远？我们来看看，两千零十二公里，有点意思了，但显然也不是。

我说，好吧，我还是第一次以你如此精确的方式来论证。有点不适应。

他说，以后要慢慢适应，会有说服力的。

我苦笑道，好吧。我们再说第二种说法。当然，还可以再往西走，便是新疆的天山。但这不是《山海经》中的说法，而是后来人附会上去，说那里有瑶池有王母庙什么的。这个不用管了。

他说，嗯，这个差不多要三千多公里，也近了。

我说，第三种是西藏的阿尼玛卿山或附近的山。

他迅速查了地图，这个显然不是，还不到两千公里。

我说，第四种是新疆的和田，这是张骞说的。

他立刻说，刚才不是算了吗？这个较为靠谱。当然，如果按你说的要三个小时的话，那就不是这里，可能就到青藏高原或帕米尔高原上了。但是，按你这个说法，人们会问，太阳在昆仑出现的时候会早两到三个小时，为什么反而会迟到两到三个小时呢？

我说，应当是对雷的不同理解。在伏羲那里，雷就是春雷，而火才代表太阳出世，所以北方是坤，是一天的子夜，也是一年的冬天，大地沉静、肃穆，而要向另一年轮回时，首先发动的就是春雷，然后才是太阳出世。但到文王——当然有人也说是中原时期的黄帝、大禹，总之，他们都在中原了——当时认为雷应当在东方，这才是一年的开始，是理解上的不同，也可能是观察天地的不同。

他说，那我们的计算有意思吗？

我说，我也只是用这样的方式来测量一个距离而已，再说，在昆仑之巅来看太阳的运行，应当与中原大地上看是不同的。

他问我，你去过新疆吗？

我说，去过，太阳出来的时候好像与兰州的差不多吧，但落山就特别晚，日照时间非常长。

他说，那就不是太阳的问题，而是对太阳观测的问题了。

我说，对，你提醒了我。那么，在哪里才会有这样的地理方位呢？

他说，应当要去昆仑山上看就可能明白了。

我沉吟道，昆仑，昆仑，你到底在哪里呢？

15. 神话在西北

有一天，赛先生拿着我的手机在玩。我看到后有些生气，我说，你怎么能随便看我的手机呢？

他说，我觉得你微信上的内容好有意思啊。

我倒是惊讶了，我说，什么内容？我怎么没发现。

他说，你看，这个叫朱大可的有一本书，是不是跟你说的昆仑有某些关系。

朱大可，一位早在上世纪80年代就成名，后又远赴海外求学访学多年，最后落脚在上海同济大学的学者，可以说是真正的具有国际眼光的学者了。有一天，他在微信上转发新书《华夏上古神系》的有关新闻，我便与他聊天。他对我说，在这本书里，他在讲中国的大西北。他说，中国最早的神话就是从你们那里传到内地的。

赛先生说，可否邀请他来这里讲讲，聊聊。

于是，我立刻邀请他到兰州来讲这本书，并策划一系列活动准备考察玉石之路、丝绸之路和他提出的神话之路。

2014年冬天，朱大可先生带着他的新书《华夏上古神系》来到了兰州，我请了甘肃的一些历史、文学方面的学者、作家与其对话。尽管在对话中很多学者对他的神话体系的考证有所迟疑，尤其是谈到西北文化时就更是怀疑，但是，我坚信他打开了我们思想的大门。

我对赛先生说，在很长一段时间，我们中国人一直认为我们是东临沧海、南有瘴气护国、西有高山阻隔、北有大漠为界，所以是自给自足、封闭自在地生活着,我们的文明都是自产自销,很少接受外部文化,仿佛我们从未参与过几千年来的全球化运动,我们对世界没有任何贡献,世界也从来不知道有中国。

他说,但是,贩卖这些观点者是睁着眼睛说瞎话,难道他们没看见你们的史书上写着,自汉代开始的丝绸之路已经把中国与中亚、西亚连到了一起,你们的丝绸已经披到了恺撒情人的身上?难道他们没看见成吉思汗的铁骑再次打开丝绸古道时,已经将商路铺到了意大利吗?

我叹道,我们中有一些学者和政客从来都是罔顾真实的历史。自从甲骨文被发现,商代的墓葬一个个被挖开,人们从一个叫妇好的王妃墓里发现了新疆的和田玉,于是,有关昆仑、西王母和玉石之路的猜想便一直持续到今天。

他说,所以,朱大可的猜想有意思,他至少把世界上的神话进行了有机的联想和论证,尽管现在还不能取得学术界广泛的认可,但这样一种世界性的猜想是太有意思了。你们的昆仑不就是神话诞生的地方吗?

我说,是的。当然,他首先断定神话是从非洲过来的这一点,我也不是很赞同。他有些先入为主了。这种思维是典型的西方思维。

他说,你不能说西方思维就不对啊。

我说,我不是说西方思维不对,而是我想放下所谓的东西方思维,而是直接从材料说起,看看到底是什么,而不是先有一种观念,再拿材料去论证,可能就有些顾此失彼了。

他笑道,你这样说也好,这才是真正的科学态度。

我也笑了,说道,但我赞赏朱先生大胆思考的精神。也许他是我们打开昆仑的一把钥匙。所以,《山海经》就是我们的钥匙。

16. 深入新疆

今天来看,十八岁那年我参加的那个语文夏令营活动是一次神秘的天启。

第一次出门远行,不是到现代化的东方或南方,而是从凉州向西扭头。这也许是命运中的一次奇遇。在那个初秋的黄昏，当我看到无边的秋草漫过古老的山梁向天边荡去时，一位老师对我们说：

这就是丝绸之路古道，你们看，那边还有大车的车轮轧过的痕迹。在古代，世界上所有的人要去大唐长安，都要从这里经过，在凉州歇脚、喝茶、听歌、看舞，然后一路奔向长安。然后，从长安过来的人也要在凉州逗留几日，再牵着骆驼、马匹，或坐着马车从这里经过，向西而去……

我能听出她内心深处的自豪感，但也能听出她隐隐的悲伤。西北，离现代文明太遥远了。她还陶醉于丝绸的记忆中。

我仔细地看着已经铺成柏油马路的古道，在它的边缘寻找我的先祖们的马车不小心留下的车迹。我仔细地辨认着，遐想着，心想，他们到底去了哪里呢？

赛先生问，你爷爷的那封信呢？

我沮丧地说，不知道，后来神秘地失踪了。奶奶活着的时候很少提这件事，但父亲一直在提，原因是我的亲姑妈，也就是我父亲的亲姐姐在我出生前后去了新疆，在伊宁市巩留县五公社。

这个地址我再熟悉不过了。每年的春节前，父亲都在不停地问我，你到大队里看了没有，有没有你姑妈的信。也许是他们姐弟有约定吧，反正每年过年时我们总是会收到姑妈或姑爹的来信，信里会夹几块钱。那是父亲最希望的事。那时候，家里太穷了。我上大学的时候，奶奶去世了，父亲突然间觉得失去了靠山，没了定力。原来我上师范时他特别希望我能上高中去考大学，可我觉得师范出来就能工作，可以给家里补贴了，再说村里好几个人上高中都未能考上大学，我也未必能考上。贫穷真的限制了我的想象，剪断了我的翅膀。而到我师范毕业时突然有了可以保送上大学的机会，当时三百六十人，只能保送三人，我考了第一。我不敢告诉父亲。

我记得班主任马老师领着十四个学生到我家给我父亲祝贺时，他拿着我的大学录取通知书差点撕掉。当时我想，如果撕掉，我就上不了大学了。我清晰地记得那几天父亲吃过晚饭后就一个人坐在黑夜里拼命地抽烟，我当时都有了退学的念头，可是最终父亲决定向亲戚们借钱供我上大学。谁也没想到的是，他跑遍了亲戚家，才借到两百块钱。父亲被亲戚们羞辱了，他把钱扔到地上，生气地说，去吧。我委屈地弯下腰，含着泪拾起了那珍贵的两百块钱，背着二姨当嫁妆的大红木箱子坐上了火车。

他问，为什么你父亲被羞辱呢？

我说，因为有些亲戚说，上什么大学，上了大学后土地就被收走了，将来怎么娶媳妇？

他笑道，你父亲也信？

我说，说的人多了，他也会信一点，关键是有一些亲戚家也有钱，但一听说我要上大学，他们觉得心里多少有些不舒服，就不借给我们。

他叹道，有些人看来真的是有些愚昧啊。

我说，那是自然的，那时候，有人经常看着我们兄弟几个说，让他们好好学吧，都考上大学，把土地退给我们，我看他们拿什么娶媳妇。那时候我祖母还活着，她听了后也不知道怎么办。

他笑道，难道他们不知道你们考上大学后国家会帮你们解决房子的问题吗？

我说，他们无法想象，也是后来才想通这件事。

他说，所以你还怪你父亲吗？

我说，不怪，相反，我一直很内疚，上大学时就一直在想如何帮父亲和家里解决困难。这些年就觉得那时特别不孝。

他说，可是你不上大学，怎么能有现代思维？怎么能有今天的成绩？

我说，我没有什么成绩，我只是庆幸我能够思考这么广大的问题。有谁会去执拗地寻找昆仑呢？我庆幸我还有一种为国家、民族甚至人类思考一些无用的问题的能力，比如，中国文化怎么办，人类的文明往哪里走，等等。如果不上大学，我也就不能与你成为朋友了。

他笑道，所以说，我赞成你说的那句话，一切皆有缘起。对了，我也赞成你说的另一句话，一切皆为命运。

我说道，从那以后，我就知道父亲唯一的亲人就是远在新疆的姑妈了。所以，父亲曾对我说，你大学毕业工作后挣上钱了，我们就去看一下你姑妈。那需要一笔钱，其实就是要给姑妈还人情。

你去了吗？他问道。

没有。你听我慢慢给你说。我小弟工作后去了嘉峪关，大概他的心里也跟我一样，他先去看望了一次姑妈。我一直很贫穷，但在亲人面前，我从未表现出过贫穷。后来我稍稍富有一些了，可是，有一天父亲告诉我，你姑妈去世了。我当时有一种莫名的难以形容的悲伤，就好像一种理想突然间断了。

2003年，小弟结婚的时候，我去了嘉峪关。那是我那时候去的最西的地方。那几天正好是"非典"的时候，而我却发着高烧。在嘉峪关，我无法安眠。也许是太干燥的原因，也许是离星空太近的原因。那一次，我第一次去了敦煌。在那荒凉的大道上，我一直看着窗外的海市蜃楼和无边无际的戈壁。我知道，我的先祖们就是从这条古道上偏向西北而去了。他们首先要去吐鲁番，然后再去乌鲁木齐，然后再去伊宁，可是每两个词汇之间就是一千多公里啊，他们的马车要走多久才能到达目的地？他们在路上是不是死了几个亲人？他们是不是也与我的姑妈去了伊宁，还是去了库车，或是于田、喀什格尔……

2006年，我在山丹军马场再次去看汗血宝马时得知，其实，整个的河西走廊，在汉武帝之前一直是各种少数民族轮流值班的岁月。今天是月氏人，明天是乌孙人，后天又是匈奴人，而最早的人又是谁呢？也许是各种古羌人。汗血马也叫天马，天马还有另一个名字，名唤西极。西极在新疆的乌孙。

一股探究自己的先祖和古丝绸之路未知秘密的热情渐渐地在我内心升起来了。我开始查阅各种资料，开始看李希霍芬、斯坦因的著作，开始看玄奘的《大唐西域记》，看各种有关敦煌的书籍。只要有能去西部的机会我一个也不落下。

2010年，我终于去了乌鲁木齐，去了天池，去了天山。就是在那里，我听说昆仑就是天山。

他插话说，有科学依据吗？

我说，天池就是传说中西王母洗澡的地方，还有一座西王母庙。那时，我就以为昆仑就是天山。我站在天山上遥望虚无的东方，我想，从这里到长安，得多远啊？

2012年，我应《人民文学》杂志社的邀请，去了新疆的昭苏。那也是我魂牵梦绕的地方。我在那里见过两匹汗血宝马，它们用又大又纯洁的眸子盯着我看，仿佛久别重逢的亲人。我被击中了。我一辈子都无法忘记那一种神情。

就在那几日，我想去看看姑妈生活的地方。我早早地给他们打电话，问好了路，可是，那时的新疆很紧张，不允许我独自出行，再说，时间也不够，于是只好回来。

就在那一次，我在张承志热情颂扬过的夏台猜想了很多问题。有关萨满教，有关古丝绸之路，有关佛教，有关伊斯兰教。

从2012年到2017年，我读的书几乎都与西北、中亚、西亚有关，写下《鸠摩罗什》，但是还远远不够。我还带着学生们写下《丝绸之路上的使者》《丝绸之路上的移民》《丝绸之路上的诗人》《丝绸之路上消失的民族与王国》等很多著作，我试图寻找有关昆仑的神话，也试图重新打开中国与世界的通道。一次次的阅读和书写告诉我，它的确不仅仅是丝绸之路，还有很多条路，比如陶器，比如玉石，比如神话，比如信仰。

一次次地深入，一次次地叙述，我的灵魂似乎已经整个融入到西北这片无边的荒野。但昆仑仍然未向我显露它的端倪。

17. 世界牧场

每一次去新疆，都能碰到很多凉州人、张掖人。我问他们，怎么到新疆来了。他们基本上都是同一个答案：离新疆近啊。

我村里的那些侄子们，很多都去新疆打工，过年的时候他们都回来了。我也回到了故乡。我们在街上相遇。我问他们，为什么不去兰州，要去新疆？

他们说，新疆近一些。

一说到这儿，赛先生就跳起来，大喊，这不是科学的说法啊。

我也笑道，瞧！这就是人心。其实他们仔细想想，难道不知道到兰州和到新疆的公里数吗？但他们说的是一种心理上的距离，不是科学。所以，我一直在告诉你，在这个世界上，有科学解决不了的事情，那就是感情、精神这些问题。你说我为什么要苦哈哈地寻找昆仑啊？是谁给了我多少钱吗？是你雇的我吗？

他咧着嘴嘟嘟囔囔道，我才不那么傻呢。

我笑道，所以按照科学的说法，我就不应当这样做，对吧？

他跳了起来说，哎！你别像我们说得那样庸俗，真正的科学家就是要思考一些常人不思考的问题，或者习以为常的问题。你说的情感、精神的问题我过去确实不怎么想，但与你这位诗人交流久了，也就知道我只是你们人类的一部分，不是全部。这个我能接受了。

我笑道，那就好，现在是你接受了我，我也接受了你。这就叫中庸之道。

他点着头说，噢，这叫中庸之道啊。好，这个我喜欢。

我说，我后来也按你的方式算过，从凉州到兰州，只有二百五十多公里，但从凉州到新疆有两千多公里，几乎是十倍的里程，可在他们的心里兰州很远，新疆很近。这使我无比诧异。后来我经过研究才明白，黄河以西，祁连山以北，是少数民族驰骋的疆场，从河西去新疆，或者从新疆到河西，从大的角度来讲，都在一个草场内，他们不过是走亲戚而已。而要去兰州，要么是渡过黄河，要么是翻越高高的乌鞘岭。但那是汉以前的记忆啊，为什么仍然会在今天河西的青年人记忆中流淌？

只有一个答案，即地域生活的影响是深沉有力的。事实上，我难道不是跟他们一样，虽然生活在兰州，但仍然不断地往新疆跑。这是为什么？也许那里藏着我们的另一种记忆，那是青草的记忆。那是身体本能的记忆。对了，我寻找昆仑是不是也是一种身体本能的记忆呢？

他一直在听我讲，听到这里时出了一口气说，关于你说的这种情况，科学界很少关注过，但人类学家、心理学家可能有关注，我正在思考你说的问题。我也觉得你可能是有一种本能的记忆在召唤着你。

我说，有可能是，我一直说不清，厘不清。

他说，非常好，你启发了我。

我说，这使我一直在想一个问题，自汉武帝以后，中国的中心长期在长安，凉州也是汉唐丝绸之路上的一个要冲，政治、军事的精神向度肯定在长安，可是，两千年以来，只要凉州出现灾难，凉州人并不是跨过黄河去兰州、长安，而是仍然像游牧时代那样去张掖、去新疆。漫长的道路对他们来说更便捷、更亲近，这到底是为什么？为什么那种游牧的心理在两千年以来仍然在民间以顽强的姿态传承着？

也就是说，在汉武帝和后来的数十代人，在河西开垦土地过上了农耕生活之前，游牧民族的心理还始终在悄悄地影响着整个河西与新疆。即使后来的朝代更替中，我们也可以发现一个规律：五凉时代河西的独立、北魏时期河西与北方少数民族的共同体、西夏时期再次与黄河上游以北的少数民族结为一体、元代又成为少数民族在整个西北的统治中心之一。这里始终与游牧民族息息相关。

少年时没出过门，未见过天下的同与异，年长以后，不断地到中国的南方、北方、东方甚至西南方去探访，才发现凉州及整个的河西确实自有其气质与格局。在整个黄河以北，从西北到东北，再从东北到西北，就是万里牧场。在这里，仅从有文字记载的商周至今，不知有多少民族在这里奔腾、侵扰、忧伤和湮灭，或融入汉文化圈中，一如河西走廊的汉化。

可以肯定，在东南沿海地区还没有接受西方文化的近代开始，黄河以北一直是中国与世界接触、战争和学习的场域，从目前的史料可以看出，在古代，从东北我们几乎没有接受过太多的文明，因为俄罗斯和其他国家的崛起也是近几百年的事，但西北却是古代中国一直与世界打交道的地方。这就是丝绸之路乃至它之前的玉石之路、神话之路，甚至于彩陶、粮食、马匹之路和各种物质之路的世界意义。

赛先生说，是世界走廊。世界在这里穿行。

我拍手称道，是的，是的，你这个比喻太形象了。目前我们所知道的是佛教是从西北传入内地的，夏商周三代甚至更早时代祭祀用的玉石也是从西北传入内地的。这是已经逐渐证实了的。

他突然问我,但是,玉石,这一祭祀用的神器为什么会在西方?为什么不在其他的地方?

我说,因为昆仑在西方。昆仑不仅是中国神话的始发地,也是各种神器产生的地方。这里是与天对话最近的地方。

他笑道,你们中国人对西方一直是充满了玄想。我发现,你们把西方称为人死后要去的地方,是不是?

我说,是的。

他又说,那是不是就是说,你们是从那里来的,死后又去了那里?

我惊讶地转头看着他说,你这个想法很有意思啊。传说,伏羲在那里开始画八卦,黄帝在那里得道,尧舜禹都与昆仑有很多的关系。最后一个是周穆王。然后,它就消失在历史的烟尘中了。

他笑道,看来我说的这个哲学思路也是一个方法。

我说,是的,你这个方法有意思,过去我还没想过。反正吧,先不说这些传说是否经得起今天考古学家的考证,我们先从中国与世界的宏观观察来讲,那时最先进最发达的文明就是西方的印度,再往西便是两河流域的古巴伦文明,从那儿再走,就是尼罗河文明、埃及文明,附近是古希腊文明。我们不可能向其他地区去吸收先进的文明,于是,我们便可以宏观地得出一个结论,整个西北方,是古代中国与世界交流的最大场域。昆仑、敦煌、凉州是当时的世界牧场。

现在来看朱大可先生提出的神话之路,便是一个身居上海但又曾留学西方世界的学者所一眼看见的情景,更何况他也一直在谈中国的神话。他从非洲诸神开始,谈到中国、希腊、印度诸神的异同,令人脑洞大开。先不说这些猜想和论证在后世是否经得起考验,单就说这种大胆地提出命题和世界性求证就是我们要学习的。

他说,那也说明,其实有很多人也一直在寻找昆仑。

我说,但愿是这样,我也就不感到孤独了。

他笑道,我说句不该说的话啊,你有些矫情了,若是按我的想法,不管有没有去做,只是我觉得有必要,或者是很想去做,就去做好了,一个人才好呢。

我脸有些红了，笑道，也许是的，但我与那些心中只有西学的人辩论的时候，真的很孤独，真的感到孤立无援。

18.《山海经》中的地图

赛先生拿着《山海经》问我，这是什么时候的作品？

我说，应当是大禹时代的吧。

他问，为什么？

我说，大禹是干什么的？他是开山导水的，你看《山海经》不就是说他到哪里开山和导水的图志吗？

他沉吟着说，噢，还真是的，也就是说，他都去过那些地方？

我说，我觉得他大部分地方都去过，可能还有一些是他的部下给他汇报的，然后总结起来就是这个。你看，最后有句话说，帝乃命禹卒布土，以定九州。这就说明这个就是大禹的行走版图。

他说，但是，里面还记载了他的儿子启的一件事，他在昆仑山上获得了《九辩》《九招》等。

我说，是的，我也一直在想这件事。里面用九的地方非常多，肯定是夏代的九宫算大法，也可能就是《河图》《洛书》的大法，当然也是《易经》大法。

他急道，稍等，《易经》不是八卦吗？怎么与九扯上关系了？

我说，中央是土啊，没说而已。后世之人都不清楚这个道理。你看，先天八卦就是九宫图的一种运用，是河图洛书上的方位。中央为土，在《山海经》中就是《中山经》，其他的山海经都是围绕四方而展开，这是四象，从中央向四个方向不断地探索，但是，它们又不停地把四象相交的四个角进行重复解读，如西北角、东北角、西南角、东南角。

他说，稍等，让我想想，先天八卦中，西北角是艮位。好，你接着说。

我说，对，西北角就是昆仑山，这里原是不周山，所说黄帝或黄帝的孙子颛顼帝与共工在这里大战，共工败，一头撞倒了不周山。但《山海经》里说，昆仑山就在不周山的南面。为何要不断地立昆仑山呢，不仅因为它是各种神话的源头，而且在先天八卦中，西北方也是艮位，艮即山。山为止，止是什么意思？这里有一个对不周山的理解。说不周山被撞倒之后，一是洪水滔天，所以有女娲补天之说；二是不周之风吹过来，要有一座山去把这些风止住，便立了此山。你若去过安西县，就知道那里是世界风库，一年四季都在刮风。你看，《山海经》里讲的是不是科学思维？

他叹道，还真是。我真是对你们的文化叹服了。好，其他位置也大致说一下吧。

我说，好。西边是黄河水和长江水出现的地方，为水，为坎位。西北艮山崛起，地陷东南，水皆流入其间，所以泽水很多，是为泽，为兑位。最有意思的是，《海内东经》说的是从东北向南的山，说到了雷泽，其中有雷神，长着龙的身体，人的头，敲打它的腹部。说这个地方在吴西。这就是雷在八卦中的位置，东北位。

他打断我说，稍等，之前我们用时区的方法来计算过先天八卦和后天八卦中震位的位置，现在在《山海经》里是不是可以定位了？

我说，是的，你倒是记得清楚。

他说，我天天在研究你们古人的东西，头都大了，但我的记忆是最好的，这是你无法比的。那么，东方呢？

我说，《大荒东经》中说：东海之外，大荒之中，有山名曰大言，日月所出。日，为火，为离，居东方。我再不一一往下寻找其所说的方位了，总之，《山海经》在最后道出了作此经的意义，就是天帝命大禹开山导水定九州。九州就是按河图洛书中的九宫图来确立的。所以，从《山海经》中看，河西走廊与新疆整个西北方位为艮。

他说，嗯，这样说，就真的是科学思维了。但故事里有了启，说明记事的下限就是启，那是不是启记载的呢？

我说，我也这样想，说大禹是因为他是圣人，很少有人把启说是圣人的，但事实上可能是大禹和启共同创作的。当然也是国家创作了。

他说，好。那就是说，雍州在西方，而昆仑就在雍州，凉州更是在雍州之中。

我说，是的。所以在《山海经》里，就要寻找河西走廊的地理位置，然后再往西走，就可以找到具体的昆仑了。

他说，有道理。我最近一直在研究《山海经》，虽然里面充满了鬼怪之说，但我把它当成形象的比喻来看的，极有意思。

我说，如果你有耐心，我给你简单讲讲《山海经》里围绕昆仑的几个地方。

他说，当然有了，我正好在研究它呢。

我说，我们先来看昆仑山在哪里。书里说，西海的南面，流沙的边上，赤水的后面，黑水的前面有大山，名叫昆仑丘。有一个神，长着人的面孔，虎的身体，有纹理，有尾巴，都是白色的。在这里，下面有弱水渊环绕，外面有炎火山，把东西扔进去就会燃烧。那么，我们得把这些地方进行一番解释。

第一个是黑河，蒙古语。游牧民族把积雪之地的黑水叫乌苏，也就是黑河。如张掖的黑河，可能最早是游牧民族的名称。东北有黑河、乌苏里河，西北新疆乌苏有一个县就是以河取名。从这些角度来看，所谓黑河就是蒙古语甚至更早的语系中对河的称呼。所以说，有人把黑水当成今天酒泉市境内的疏勒河，说古时水量较大，其水流入罗布泊，应当就是传说中的黑水。但《山海经》那时候说的河流和山都是地标性事物，这样的河流定然是水量很大的河，从这个角度来讲，应当指的是张掖的黑河，今天它的水流仍然很大，说明在古代是非常大的。

同时，在蒙古语中，阿拉善是天的意思。据有的蒙古文专家说，现在的蒙古人的祖先是汉时的匈奴人，而汉时匈奴人的祖先是上古蒙古人，总之，其意指语音是相近的，有传承。所以，在匈奴语中，祁连山也是天山的意思，过去的天山叫北山，后来才被称为天山。其实都是指最高的山。有学者称，昆仑山也是上天之山的意思，是离天最近的地方。这样一来，这些山水就都成了同一个系统。

第二个是西海在哪里。我们一般以为可能就在于田附近，郭璞说是居延海，但张骞给汉武帝说这番话后又解释说，西海在条枝国的附近，而条枝又在安息西边数千里。条枝被认为说的是伊朗和伊拉克地区的国家，是西域中最西面的国家，总之与两河流域的美索不达米亚平原有关。从现在的地图上看，大概就是里海。当然，我们也可以认为这是张骞时说的西海，在张骞之前两三千年时的于田附近可能真的有片西海。如果我们把今天的塔里木盆地的情况和楼兰国的情况对比来看，就会认可这个观点。

现在的罗布泊是死海，很少有人进去过。人们根据1959年和1983年航拍资料统计进行分析，仅仅二十四年间，塔里木河干流区沙漠化土地面积上升了15.6%，而其下游土地的沙漠化最为严重，上升了22.05%。从今天的情况来看，塔里木盆地的土壤普遍积盐，形成大面积的盐土。根据这个情况来看，《山海经》里的西海是那时冰川融化所致，当然也可能指遥远的里海，或是附近的湖泊，比如伊赛克湖，当时就在大宛国附近。

接下来是流沙。流沙肯定是指敦煌以西的沙漠。《山海经》中说，流沙是从钟山出的。这个想法很形象。

再就是盐泽。这是张骞出使西域时在于田国看到的情景，他认为那里地下的水流到了另一面，就成了黄河的源头。如果他说的是今天我们知道的柴达木盆地，那就离黄河的源头近了。那里正好有茶卡盐湖。去年时，我开车专门去那里旅游考察。盐湖很大，一眼望不到边，可以脱了鞋在水面上行走，远远看上去就像是人在镜子里行走一样，所以被旅行者们称为中国的"天空之镜"。夜晚，我们住在那里，很宁静。我稍稍有点高原反应。据那里的人们告诉我，再往西，还有很多湖泊可以去看，但因为时间紧，未遂。那是我见过的最大的盐湖。后来读司马迁《史记·大宛列传》，就觉得应当再往前走一下，去看看于田。

但看卫星地图，张骞说的可能是于田国附近的塔里木盆地，它与柴达木盆地中间隔着阿尔金山，离黄河的源头就有些远了。《汉书·地理志》上说："金城郡临羌西北至塞外，有西王母室、仙海、盐池。"仙海可能指的就是现在的青海湖，盐池就是茶卡盐湖吧。

但是，在《山海经》里没说盐泽，大量出现的是流沙。流沙指的是塔克拉玛干沙漠，所以，再翻历史，盐泽可能还是指已经干涸的罗布泊，那时是一片海。我们再来看看《史记·大宛列传》里的原文：

于窴之西，则水皆西流，注西海；其东水东流，注盐泽。盐泽潜行地下，其南则河源出焉。多玉石，河注中国。而楼兰、姑师邑有城郭，临盐泽。盐泽去长安可五千里。匈奴右方居盐泽以东，至陇西长城，南接羌，鬲汉道焉。

所以我一直坚持说，《山海经》里的昆仑及其周围，还是一个非常优良的生态环境，是一个王国安居乐业的地方，但到了张骞说的昆仑时代，已经离《山海经》里的昆仑相差一千多两千年了。两千年的生态毁坏有多厉害啊，多少个楼兰国都没了。所以我们不能用今天的观点去看那个时候的生态。

还有一个非常奇怪的地方，叫丰沮玉门山。《山海经》中说："大荒之中，有山名曰丰沮玉门，日月所入。"后来的人们一说到这座山就不知怎么解释，如果稍稍对西域有了解的就会发现，玉门有古今三个玉门：一个是现在的玉门市，由于缺水已经变成了空城；一个是玉门关，在敦煌，现在立了一个地方，但史学家觉得历史上的玉门关不是现在所描述的那个地方；第三个便是《山海经》里的玉门。在解释玉门时我们先来解释"丰沮"二字。

"丰沮"是现在和田地区民丰县和且末县的合称。且末古代叫"沮末""沮羌"。从于田取得的玉石，要经过民丰和沮末，再经过玉门才能到河西走廊。所以玉门一定是在敦煌的西面，是不是现在的若羌之地就很难讲了，但"丰沮玉门"不是一座山，而可能是从民丰县到玉门的阿尔金山。那里有灵山，巫咸、巫即、巫盼、巫彭、巫姑、巫真、巫礼、巫抵、巫谢、巫罗十巫，从此升降，百药爰在。

打开地图，我们可以看到，从于田往东走就是民丰县，接着是且末县，往东就是古玉门。且末最早出现在《汉书》里，为沮末国，野生动物种类繁多，主要有藏羚羊、鹅喉羚、野牦牛、野骆驼、盘羊、棕熊等。野生植物有大芸、甘草、枸杞、锁阳、柴胡、麻黄、大黄、红花等。考古人员还发现，且末县城莫勒且河东岸和部分山丘上刻画着数千幅岩画。有很多动物的画像，也有狩猎放牧场景，最有意思的是，画有日月星云等天体形象，这可能是昆仑山上观察天象的一种普遍现象，甚至还有舞蹈，可以印证周穆王来与西王母相会时的舞蹈场面。专家们初步推断，这些岩画距今约六千年至七千年。我们可以设想，那时这里是多么丰美的草场，古羌人在这里生活得多么自由自在。

赤水，应当指的就是黄河了。《山海经》中又说"赤水出东南隅，以行其东北。河水出东北隅，以行其北，西南又入渤海，又出海外，即西而北，入禹所导积石山"。从现在的卫星地图上查看，非常清楚，黄河就是往东北而行，入渤海。而大禹治水的地方就叫积石山，就在黄河上游。

《山海经·西次二经》说，皇人之山、中皇之山、西皇之山。皇人之山上有皇水出，流入黄河，有人认为这是湟水附近的山脉。中皇之山上没有水了，只有黄金，被认为是大通河附近的山。而西皇之山是指嘉峪关附近的硫磺山。

对了，还有一个地方，叫日月山，可能说的就是现在青海境内的日月山，因为这是西羌人那时生活的地方，较为熟悉。我每年夏天都要经过那里一次。

但是，有一座山始终在《山海经》里找不到。这就是祁连山。经上说流沙出于钟山，西行又南行就到了昆仑之虚。在黑水之山。黑水说的就是祁连子。又说，钟山之神，名曰烛阴，视为昼，眠为夜，吹为冬，呼为夏，不饮，不食，不息，息为风；身长千里，在无启之东，其为物，人面，蛇身，赤色，居钟山下。又说，西北海之外，赤水之北，有章尾山。有神，人面蛇身而赤，直目正乘，其瞑乃晦，其视乃明，不食不寝不息，风雨是谒。是烛九阴，是烛龙。

总之，按照五行来说，西方之山主阴，此山必定在西方。又在黄河的北面，日是黑水的发源地，必是祁连山了。这座山就在日月山的背面，还在玉门的东侧，而丰沮玉门也被当成是日月出入的地方，所以，人们看到，太阳在这座山上落下，黑夜便来临。

经上还说，与大荒之野相邻的有个国名叫赖丘，是犬戎国。还有个有大泽的长山，那里有一个白氏国。大泽可能是居延海。长山也指的是祁连山，因为祁连山很长。《山海经》中还说有一座长山，叫白山。有人说这是天山，因为天山也叫北山，可能是白的谐音，但是《山海经》中后来明确说了天山的位置。匈奴人或更早的戎族语中把高山也叫白山，比如把祁连山也叫天山，自然也可以叫白山。东北的长白山是另一个证明。

总之，那时祁连山很长，东西有两千里，也可能用一个名字无法来命名这座庞大的山脉，所以分开来命名、叙述也未可知。

说到这儿时，我看了一眼赛先生，发现他竟然睡着了。我一拳打醒他说，哎，你怎么能睡着了呢？

他说，我发现你竟然用大量的科学知识来证明你说的话，我现在懒得听这些枯燥的东西了。

我说，啊……

19. 轩辕国在哪里

我说，我还要给你讲更科学的事情呢。

他苦笑着说，放过我吧，真的太枯燥了。

我说，但是我很兴奋，终于能达到真正的昆仑了。

他说，是吗？

我说，你听好了。先给你讲轩辕黄帝。

他说，这个我有兴趣。

于是，我给他讲我的科学发现。

《山海经》中不断地说，昆仑山的西边有轩辕台。又说黄帝住的地方叫崒山，崒同密，所以也叫密山，有人考证说是巴颜喀拉山。也有人说此山是陕西的密山，这可能是解释上的问题。也有一定的道理。不过，《山海经》中一直说这里产玉，产谷物。大概说的是喀喇昆仑山脉吧。这样说，昆仑山与这个峚山差不多就在一处，都是产玉的地方。巴颜喀拉山和陕西的密山并没有玉。

同时，《山海经》中说轩辕国人都长寿，不寿者都要八百岁。他们一般都住在山的阳面，因为山阳可以补钙可以补肾。但仅此就可以长寿吗？当然不行。

他笑道，这是你们中医的观点。我看你们的网络上到处都是给男人补肾的广告。

我苦笑道，是啊，文化看上去未断。仔细听啊。《山海经》中又说，昆仑山上西王母处有长生不死之药，这些药自然也可以为黄帝族所用，所以长寿。后世人们都觉得昆仑山上有不死之术，其实是药材。为什么昆仑山上有这么多药材呢？怎么才能证明呢？还有说黄帝多吃这里的谷物，那么高的高原上怎么会有谷物？

他问，是啊，如何证明？

我说，这就要用今天的考古发现来解释了。前面已经说到，青藏高原在一万多年前迅速成长，每年增长七厘米，有些学者说要十厘米，总之，这一万多年河西走廊和昆仑山脉一起上升了七百米至一千米。这是什么概念呢？拿现在的敦煌的海拔来看，现在是一千一百三十九米，一万年前就是几百米的海拔。和田地区的海拔是一千三百至一千四百五十米，一万年前是七百米左右吧。如果我们把黄帝和西王母生活的时代定为五千年左右，和田地区的海拔要减掉三百五十米至五百米，也就是一千米左右。

那么，我们可以想象，那时候冰川的水域辽阔无边，这里的海拔就与现在宁夏中卫黄河边的海拔差不多，是种植水稻的最好海拔、阳光和位置，所以能吃上谷物。同时，从现代医学的角度来讲，海拔一千五百米是最能长寿的位置。这个海拔地区"季节的气温变化小，冷暖适中；云雨多，利于避暑；植被较好，空气清新；气压低，可增强人的呼吸功能"。从西医上讲，就是负氧离子最为密集的海拔。

至于药材，我们可以从海西蒙古族藏族自治州有关部门对柴达木盆地中藏药材资源的普查数据来看一下，时至现在，柴达木盆地内分布的药用植物、药用动物、药用矿物还能达到七百八十二种，其中如白唇鹿鹿茸是公认的滋补药材中的上等佳品，麻黄、锁阳、枸杞、大黄、狼毒、龙胆等各种滋补药材更是应有尽有。这些东西肯定能令人长寿。

同时，轩辕黄帝之所以长寿，还留下了《黄帝内经》的修身大法。传说他不仅向西王母学习，还去崆峒山上访广成子。这些修身之法又能延年益寿。

他说，这个很吸引人。我看你们历代皇帝对这个都很好奇，好奇心害死猫啊。

我说，别笑。继续听我讲。黄帝一族后来从昆仑山上下来，征服了华夏种族，但仍然与共工大战于西北的不周山。共工一族是北狄的霸主，人不敢向北射，因为北方有共工台。而西方的霸主便是轩辕，所以西方有轩辕台，人不敢西射。

经中说，轩辕丘在轩辕国的北面，丘是方的，有四条蛇互相缠绕。这里有个诸沃之野，有鸾鸟自在地歌唱，有凤鸟自由地起舞；凤凰在这里生蛋，百姓就吃它；天降甘露，百姓就喝它，总之，这里是一个随心所欲的地方。百兽在这里相伴群居。《山海经》还有大乐之野，天穆之野。夏启在哪里得到《九招》《九辩》等？似乎都是在昆仑得到的。

从现在的卫星地图上看，可能是塔里木盆地的一个地方，就在昆仑之北，但也可能是柴达木盆地。如果再往前推五千年，我们先拿柴达木盆地来说，它要比现在下降五百米左右，冰川之水丰富，是一个温暖的地方。

那么，我们先来看看现在的情况怎么样呢？据人们统计，该地区的野生动物主要有野骆驼、野驴、野牦牛、黄羊、青羊、旱獭、狼、马熊、獐、狐、獾等一百九十六种，其中国家一级保护动物十六种，令人向往的是雪豹、白唇鹿、野牦牛、金雕、白肩雕、丹顶鹤这些从未见过的动物。国家二级保护动物有黑熊、盘羊、天鹅等。在柴达木盆地的戈壁滩上，有一条长约两公里的小丘陵，当地人称贝壳梁。揭开其薄薄的盐碱土，下面竟是厚达二十多米的瓣鳃类和腹足类生物贝壳堆积层。这是迄今为止中国内陆盆地发现的最大规模的古生物地层。可能这里原是非常温暖的海边，后来在黄帝时代变成了诸沃野，变成了动物的天堂。

他说，所以呢，你的意思是，诸沃之野可能就在塔里木盆地和柴达木盆地？

我说，是啊。

他说，但是，我在网上看到另一些信息，河南新郑市和甘肃天水的清水县都有轩辕故里的称号呢。且两个地方一直在争执。

我说，这个问题我也研究过，这个要看历史，历史也是科学啊。

他纠正我说，是科学思维。

我说，好吧，反正能说服人。大概有几个原因。一是前面司马迁的局限，他不相信《山海经》，所以他在记述历史时是以周秦以来的地域为界，而此前的历史皆为传说，他还说《山海经》里的鬼神传说不敢用，所以他把轩辕黄帝等很多历史都打包进泾渭之界。二是与西王母一样，在汉武帝时祭祀过西王母和轩辕黄帝之后，先是兴起西王母热，此后便是轩辕黄帝崇拜热。这两位都是道教中的重要之神，所以在道教兴起后，这种崇拜就更是普遍。《山西通志》上说，当时多处建有黄帝庙，道宫中建有三丘殿。四川、陕西、甘肃的一些地方都有三皇殿，有些地方还有轩辕祠专祀黄帝，如四川青城山的道观。甘肃清水县的三皇庙就属于此列，而河南新郑是黄帝在这儿生活过一段时间，并在这里更名为姬姓。黄帝一生行无定所，一直住在军营，所到之处都会留下一些痕迹，而后世便以此为祭祀，作为纪念。这也反映了人们对黄帝的尊崇。如此，西王母和轩辕黄帝自然而然地就被内地化了。再加上《禹贡》的局限，《山海经》里轩辕国、轩辕丘、轩辕台就被忽视和内地化了。

他说，嗯，你这个解释就靠谱了，连我也能信你了。

我说，《山海经》之所以那么推崇昆仑之丘和西王母，其中一个原因是西王母本是古羌人。在不停地描述昆仑之丘的时候，实际上也是在回忆西羌民族的往昔，何况不仅追溯到了西王母，还追溯到了轩辕黄帝。所以，也可以说是一部黄帝至夏启的史书。

经上说，西北海之外，大荒之隅，有山而不合，名曰不周负子，有两黄兽守之。有水曰寒暑之水。水西有湿山，水东有幕山。有禹攻共工国山。

这里讲了一座山与大禹相关，叫禹攻共工国山，具体在哪里，已经无从考证。这说明大禹在西北与共工国有一场大战。从黄帝时到大禹，再到大禹的子孙，一直在与共工战斗，大概延续了几百年甚至上千年。那时的年代、时间无法与现在的年代和时间比较。黄帝族人最不寿者为八百岁，黄帝至少在八百岁之上，与《旧约》中活了九百五十岁的诺亚同龄。这其实说明了一个史实，即从黄帝之时，生活在北方的少数民族就不时地从草原上来侵袭南方。这个南方从西到达喀什地区，东则至渤海边。中间以黄河为天堑。

黄河为天堑时，便构成了一种长久的政治版图，即黄河以北的草原是游牧文明的乐园，而最终的战争往往在西北地区。黄帝与共工如此，大禹与共工如此，大汉与匈奴如此，大唐与突厥如此……河西走廊与新疆的广大牧场，成为游牧民族最终争夺的乐园，同时，那里是一个世界走廊，向东可到华夏，向西可去伊朗高原和印度大陆。

他笑着说，你这个人啊，有一个特点，就是不停地向西，现在你可登上帕米尔高原和伊朗高原了。

我笑道，那里就是昆仑所在的位置。

他说，是吗？

我说，是的，你听我接着给你讲。

20. 科学发现的世界图景

吃过午饭，肚子不舒服，我们俩在黄河边散步。聊了一个小时后，他突然说，你发现没有，今年的黄河水清了。我一看，果不其然。拿出手机拍照，发了一个微信。就在那时候，我看了一下朋友圈，发现很多人都发现了黄河的水变清了，也发了相同的微信。

有人问，这是要出圣人了吗？

赛先生也问我。我说，这是中国人的谚语，无法证明。不过，过去司马迁说过，五百年出一个圣人。中国文化到了现在这种时候，也到了重新解释中国文化和人类文明的时候了，怕是要出圣人了吧。

他问，那会是谁呢？

我说，不知道啊。

他说，你难道就不想当圣人吗？

我听后大笑，我怎敢有那样的妄想，但是，中国的文人一直有个向圣人学习的传统，这个传统在现代以来被折断了，这就是西学的引进和对中国传统的颠覆，对圣人进行了无情的批判。然而，无论哪一个人，只要他面向传统，就是要面向圣人之学，这是无法拒绝的。所以，我们都是沿着这样一条学问之路在进行。

他说，那也要立一个志，做圣人，不做其他人。

我说，但圣人又向往实践，所以，中国的文化是知行合一，可现实生活中往往不可能达到这样的完美，只能取其一。

他说，那也很好。我还是觉得你得有大志。

我笑道，好吧，我记住你的话了。我们先不说这个了。我们继续说说昆仑山吧。我先说一个地方，叫不周山。

他说，你以前说过。

我说，是的。不周山，是一个非常耐人寻味的地方。为何新疆会有北山和南山之称？北山指天山，南山就是于田南山。共工在这里撞倒了不周山，使天地倾斜，地陷东南。《山海经》中有颛顼和大禹与其战斗的记录，说明共工族生活的时间非常长。从各种记录来看，他们长期生活在北方，而在西北这个地方首先开始了前两场战役。第一场是共工与黄帝大战，这个在《山海经》中没有记载，我们可以补充一下。第二场是黄帝的孙子颛顼和共工的战斗。这就不知道到底是谁与共工战斗了。还有说大禹与共工战斗的。第三场是颛顼或大禹的后代在北方把共工的臣子都收服的战斗。总之，共工族不是对手，失败了，怒撞不周山而亡。

根据后来发洪水这个事情，应当是共工族再次来到西北时，正好赶上了一场大地震，于是，便有了冰川融化，洪水滔天，女娲在这时候就出来补天。这个事情我们要用多种材料来进行分析，我们就会发现是一个世界图景。

一是张骞为我们描绘的世界图景已经是夏禹之后两千年了，此时的西域世界已经从草原开始变得荒漠起来，所谓不周之山已经不是张骞能找到的了，他寻找的是昆仑山，以及附近的众多西域王国。而他找到的昆仑也正好是后来汉武帝认定的昆仑，但是，西王母已不在。她到哪里去了呢？去了条枝国。

赛先生问，条枝国在哪里？

我说，据张骞说条枝国在安息国西边数千里远，那里靠近西海，而那个西海是里海。那里的人以耕地为生，过的是农耕生活。在那里有一座山，旁边有弱水。说明张骞一直拿着《山海经》在寻找昆仑与西王母。但那里的人说也是传说，没见过。

二是上面这个寻找的故事非常有意思，说明西王母的传说不仅向东到了中国内地，留下了《山海经》里的诸多故事，而且一直也往西传，到了两河流域美索不达米亚平原上的条枝国。这个发现非常重要，它与两河流域的史诗《吉尔伽美什》和《旧经》中的传说是一致的。《吉尔伽美什》中的传说早在四千多年前就在苏美尔人中流传，在古巴比伦王国时期（公元前19世纪—前16世纪）形成泥塑文字。一千多年后才有了《圣经·旧约》。

中国的神话传说一般说是在五千年前黄帝与共工大战，共工败而怒撞不周山，从而撞倒了维天之柱，天塌了下来，洪水泛滥。而我们的民间还有一个传说，就是伏羲与女娲的传说，也是与大洪水相关。

总之，我们可以确定的是，大洪水的位置在中国的西北方向，一直跟着西王母的脚步去了两河流域。而两河流域的大洪水位置在东方。中国的昆仑神话在帕米尔高原上和伊朗高原上一直向西流播，而《吉尔伽美什》中的大洪水中活下来的不死之神住在高山之巅。从卫星地图上看，在葱岭上若往两边走，到达伊朗的距离要远比中国的山东近得多。这就使人好奇，难道两个传说中的大洪水不但是同一个时间，还是同一个地方发生的？与我们传说中的共工怒触不周山有关系吗？

他拍手道，哇，你这个发现太有震撼感了。

我笑道，你怎么这种口气，是不是最近网络小说看多了？

他笑道，不瞒你说，为了寻找昆仑，我连那些网络写手写昆仑的小说也看了不少。

我笑道，怪不得阴阳怪气的。好了，继续听我讲。三是《山海经》中说，轩辕之国在昆仑的西边，大一点说，仍然在昆仑山上。这里的人最低寿命者也要八百岁，一般都要一两千岁吧。传说中的彭祖就活了八百岁。而《旧约》中亚当的后代诺亚就活了九百五十岁。诺亚在五百岁时生了三个儿子：一个叫做闪，一个叫做含，一个叫雅弗。闪就是闪米特人，其一支就在西北部，其文化很容易与印度和中国形成交流。

他点头说，嗯，有意思了。

我说，从这三点我们发现，昆仑和西王母的神话给我们可能启示了一个世界文明起源的问题。我不敢断定我们是同一种文明，但是中国和古巴比伦、古印度以及犹太人的文明产生了共同的困惑，为什么会有一些共同的内容呢？现在让我们来用现代科学解释，来听听他们的说法。

他一听就有些兴奋。我说：

首先是昆仑山。从卫星地图来看，现在世界上最高的地方是青藏高原，南起喜马拉雅山脉南缘，北至昆仑山、阿尔金山和祁连山，西部为帕米尔高原和喀喇昆仑山脉，东及东北部与秦岭山脉西段和黄土高原相接。若从古人的角度来讲，这里就是天之下都，是以昆仑为中心的广大区域。这是从大的方面来说的。再看小的区域，就是整个昆仑山脉，它是黄河的源头。堪舆学家所讲的太祖山就在这里，太古地气顺着祁连山和其南部的诸山一起向秦岭泄去，再向三方射去。这是古之地理心法。这就是《山海经》中昆仑所在的区域。而这一心法与科学家们的发现也是一理。

大约在遥远的两亿八千万年前，现在的青藏高原是辽阔的大海，是很多海洋动、植物发育繁盛的地域。一些陆地在大海中慢慢地探出头来，欧亚大陆就是其中的一个。在这片大陆上，最年轻的高原是青藏高原。我们一定要把这些高原也看成是生命，就当一个人来看就好理解了。它年轻气盛，成长的速度最快。它的北部最先露出海面，这就是昆仑山脉和可可西里地区。这里最早的时候也是动植物的乐园，但现在就成了无人区，只有极少的动植物还活着。原来的动植物都往海拔低的地方不断地迁徙。

距今八千万年前，高原的南部活跃了起来，喜马拉雅山像个小伙子一样站了起来，个子成了最高的。两千三百万年前，高原上生活着无数的动物。临夏和政、广和一带出土的古脊椎动物化石说明那时候这里是茂密的森林，气候温暖。

距今一万年前，高原成长的速度加快，每年以七厘米的速度向天空生长，成为"世界屋脊"。

天空中的风越来越大，很多风和水汽被这个大个子挡住了，所以，西风和北风吹不到印度就不怎么冷，这里的人们经常要到河里去洗澡，降低身体的温度。在这里出世的佛陀便半裸着上身，实在是太热了。而西风更是吹不上中国的四川盆地，所以这里也便成了热土，成为天府之国。北边的帕米尔高原把西风也挡住了，所以新疆的一些地方很热。

但是，从北方荒原上吹来的风被阿尔泰山用巨臂挡了一下，便通过戈壁一直向西南吹，所以在酒泉的安西便形成世界风库。那里的风一年三百六十五天只停息五天就不错了。所以，从安西到吐鲁番的火车在那里要小心开才好，否则就被吹翻了。我几次去那里，都被戈壁上壮观的风力发电机所震惊，目睹着那些巨大的机器与不周之风战斗，便想起传说中的黄帝与共工在这里战斗。

他惊讶地看着我说，真有那么大的风？

我说，当然了，下次我们可以去体验一下不周之风。

他说，好啊。你继续讲。

我说，但是，青藏高原的中部虽然被空中来的冷风吹成灰烬，但它的边缘仍在不断生长。谁让它是这世界上最年轻的高原呢？

而就在这个高原上，人类与它结下了远古之缘。现在我们说，是河流产生了淤泥，然后成为大地，诞生了物质文明，但是山脉是诞生精神文明的地方。这是我们至今忽略的地方。这也是我们始终认为精神文明同样发源于物质文明发达的中原的一个原因。

他说，你好像有新的发现。

我说，有一点。你看，世界上所有的信仰都与山有关系。中国的神话起源于昆仑，一是与西王母、黄帝、女娲、共工、禹等很多神话人物在这里活动有关，二是与这里出的玉石有关。玉石有几用，一是祭祀用品，那时人们都在万物崇拜，尤其对天和山川之神极其崇拜，祭祀的上品就是用玉。史料中记载的西王母为黄帝、尧、舜献上的就是玉器，就是用来祭祀。这是最珍贵的礼物。二为天子贵族用的玉器。《史记》中说，天子用白玉。反过来说，没有白玉，天子就不是真正的天子。天子与玉是一体的。三是武器。传说中黄帝用的武器多是玉石做的，自然是较为坚硬的石头。四是日用品。从目前发现的齐家文化的一系列文物看，玉器已经遍布于日常生活。

那么，当时天下最好的玉在哪里？《山海经》中记载，很多山上都有玉，也已经有铁了，说明它是从石器时代往铁器时代转变中。但众山之中，只有昆仑之玉最多最好。

赛先生听到这儿，忽然问，昆仑玉是一种什么玉？

我说，这就要问地质学家了。他们经过几次考察，得出一个结论，在距今约四百万年前，这里发生了剧烈的地壳运动，原来古老的岩石从地壳中心向上涌出，便是我们后人看到的玉石。玉石是大地之精啊，你能明白吗？中国人老说精气神，精是物质基础，是最重要的内容。从人体上说就是肾精，中医上说，精绝则人亡。所以，昆仑山就是中华的元气生发之地。

他惊叹道，噢，原来你这样理解啊！这我就明白了，为什么从古至今的中国人都在寻找昆仑，不仅仅在寻找原始之地，还在寻找元气。用你们现在的话说，就是初心之地。

我笑道，你连这个都懂啊。

他笑道，当然了。我现在对人文的东西特别关注。

我说，好吧。所以说，这些玉石是大地中心的骨骼，带着远古宇宙的信息。正好此时冰川融化，这里玉石被河流送出山来，堆积在河床上，成为人类心中的宝物——和田玉。自从这里有了人类，便开始捡拾这些上天赐予的神物。现在我们再请出历史文化学家，让他们来说说玉石和这些神话人物的关系。

他说，好啊，我倒是想听听他们怎么说。

我说，历史学家一般都说，人类是从旧石器时代突然转向新石器时代的。旧石器时代是三百万年前开始的，那时的人类生活得非常艰难，石器不多，且使用的方法也不得力。在云南元谋一带发现了一百七十万年以前的元谋猿人，在公主岭发现了一百一十万年前的蓝田猿人，这是目前中国境内发现最早的猿人。新石器时代大约从一万年前开始，在五千多年前至两千多年前结束，不同地区结束的时间不同。陶器、玉器、青铜、铁器是这一时期的代表性文物。这一时期，农耕文化得以迅速发展。

明白上述这些特征之后，现在让我们来看看考古发现。陶器最发达的地方是在临洮的马家窑一带，而最早的地方是在天水的大地湾，那里还发掘出目前最早的村落。这些文化目前不但领先于中国和世界，而且和美索不达米亚地区发现的陶器处于同一时期。玉器最发达的地方则在昆仑，或者准确地说，产玉最多的地方在于田南山的昆仑山上。

他打断我说，等等，你怎么又扯出一个马家窑来了？你要说明什么问题呢？

我说，文明起源的问题。

他说，你是要推翻过去的陈旧之说？

我说，有一点吧。

他说，那我就要听一下了。

我说，好，你也帮我分析分析。马家窑文化被认为是五千七百多年前的新石器时代的文化，东起渭河上游，西到河西走廊和青海省东北部，南抵四川省北部。齐家文化上接马家窑文化，约为公元前两千两百年至公元前一千六百年之间，是黄河上游地区的文化。这两种文化说明，陶器文明主要是围绕黄河而形成，是人类当时最先进的文明。但它们都在河西走廊暂时停了下来。

这些考古发现向我们展示了一个曾经存在过的文化王国，它东起泾渭，西至流沙，北至戈壁上的宁夏，南抵四川，而这正是古老的西羌文化区域。祁连山北的河西走廊就在这个文化区域内。山和水依然是这一带决定性的自然力量。

而那时候，正好是尧舜禹时代，《山海经》上所描述的九州也正是这个时期，但在《禹贡》的解释中，西方的雍州则只是到达泾渭一带，是以周秦地界为准，说明这篇文章要么是周初所作，要么就是汉时托人所作。而现在，通过《山海经》的重释和马家窑、齐家文化的考古，清楚地说明雍州所属地界不仅指周秦时所指雍州地界，还包括古老的西羌之地，即现在的甘肃、青海、宁夏全境和内蒙古的一部分，当然，单纯从《山海经》的角度来看，应当还要包括新疆的一部分，总之，雍州地界可达今天的帕米尔高原。

在那里，有轩辕之台。

现在让我们来重新描绘一下当时的世界图景。如果我们按一万年前算起，每年以七厘米的速度上升，一万年也不过七百米而已，但是这七百米足以改变环境的状况。在古老的昆仑山上，曾经居住着古羌人，有西王母国，有轩辕国，那时，这里是世界上最高的山峰之一。但是，因为更加古老的大海、森林的逐渐消失，以及不停的地震，在西王母和轩辕帝的时候，这里发生了一场很大的地震。传说中的不周山就是在那一次地震中倒塌，于是玉石从地下涌出，共工在那里死去，洪水在那时泛滥，女娲在那时补天。山上的一部分人开始从青藏高原上下来，一部分人顺着青海到渭水、泾水，一部分人仍然在西藏，还有一部分人则从河西走廊向着辽阔的黄河以北行走。

洪水渐渐退去，古老的海底逐渐升起，先是茂密的森林、丰美的牧场变成了沙海、戈壁，然后大地继续上升，太阳的照射越来越强烈，水越来越少。于是，便看到我们今天的青藏高原面貌。原来是海洋的中国西北部沙漠化非常严重，不仅如此，它仍然还在缓慢升起。蒙古高原在东北方向被拱起。而黄土高原和海拔五百米以下的平原就又变成了原来和政古动物生活的温暖环境，适宜于生物生存，人类的文明就在这里得到了极大的发展。但这并非意味着自新石器甚至更早时期的人类就没有文明。人类的文明一直是双向甚至多向交流的。比如，诞生于青藏高原和帕米尔高原间的古老神话以及玉石文化、陶器文化就早于中原文明，并在深刻地影响着中原文明，而中原文明的快速发展为中心文明又反过来影响着边缘的各大文明，包括青藏高原上的文明。

　　同时，我们要看到，青藏高原作为数亿年来高原的领袖，在它努力生长的时候也与另外几个高原相撞，除了蒙古高原在中国外，另外两个高原一直向世界的西部延伸。一个是帕米尔高原，有一部分还在中国，其实它与昆仑山相连，它们的相连处便成为河流的交通要道，促进着高原上文明的交流。有一段时间，帕米尔高原上的大部分族群心向中国。他们都信仰古老的萨满教。另一个便是伊朗高原，大约四五千年前甚至更早，从这个高原上下去的族群一部分拥有了美索不达米亚平原；另一部分则占领了印度，他们都创立了新的文明。这与青藏高原上下来的黄帝部落一路收服西北方的部落而在中原一带战胜炎帝，从而创立了新的文明一样。

　　一个问题便产生了，他们为什么要从高原下来去平原？除了平原上的农耕文明发展迅速且成为最富饶的文明之外，青藏高原与其他高原之间的相撞带来的气候变化也许是一个很大的原因，其中高原上冰川融化后的大洪水带来的灾难一方面将原来的人类文明毁灭；另一方面也是高原上的气候越来越不适宜人类居住，所以游牧民族便寻找新的栖息地。这可能是当时围绕青藏高原而在欧亚大陆上发生的共同命运。

　　必须要说明的是，这些高原的生长带来的人类文明的变化并不能看出是西方影响了东方，有可能是出自同一个原点，后来分化成不同的文化了。比如印度的轮回思想和中国人的一样，比如前面说的与古巴比伦文明和希伯来文明之间的共同点。但是，它们后来分化了，表现出很大的不同。从《吉尔伽美什》的史诗中看出，人类在大洪水之后只剩下了一个神，而史诗的主人公一直在与诸神和人的斗争中成为英雄。史诗中，神是一直存在的。但如果我们把《山海经》称为同一时期中国人的史诗时，就会发现，那时的中国人已经开始理山导水，已经有了强烈的自然观。也许两种文明有很多共同的记忆，如大洪水、长寿之人等，但是，它们表现出来的不同点更多。与《旧经》相比，也是如此。中国文化一开始就有了阴阳之道，属于二元论，而其他的文明基本上是一元论。

赛先生听到这里后说，太有意思了。

我说，最后，我们还是用现代知识来进一步解读。过去我们的科技不发达，只能靠人的经验和智慧去认识地理方面的变化，现在不一样了。比如卫星，它可以清楚地从宏观角度去观察地理上的特征。

他一听，表现出极大的兴趣，说，好啊，我看看。

我给他打开一幅卫星地图。我们清晰地看到，在新疆和田和喀什地区的昆仑山上，还是积雪皑皑，而青藏高原上的阿里地区和青海玉树地区则一片蛮荒，极不适合人类生存。

若是比例大一些则可以看到，新疆、青海、西藏、甘肃、内蒙古占了一半的中国。从那些绿色的纹理可以看出，大地曾经发生过严重的断裂。这次断裂，把上述这些地区抬高，使其荒漠化，而这正是青藏高原和蒙古高原地区。黄河几乎是顺着这个断裂带在行走。然后便是黄土高原，开始变绿，开始有了很好的土壤。地理学家胡焕庸先生通过人口的统计给中国的地理版图划了一条分界线，是直线，但现在从卫星地图上也可以清晰地看到，这个地理线当然不是直线，而是一个块状结构。故而，所谓西部应当就是指这个块状结构以西之地，而所谓中部和东部就是在其东部。

中国的丝绸之路就是从黄土高原西边的长安出发，沿着青藏高原崛起时留下的断裂带行走，一路向西成为目前大家熟悉的西北丝绸之路，而另一路则向南，成为西南丝绸之路。

那么，现在可以进一步推断，青藏高原上的文明与黄土高原上的文明在相互交流中发展。一方面，青藏高原上的神话和文明在为中原文明输送基本大法，如《易经》八卦、阴阳五行、天干地支等自然之道和文字等，还有祭祀用的玉石，也就是说，游牧文明的智慧被农耕文明继承了下来。另一方面，中原文明也把丰富的物质文明向高原上输送，翻过帕米尔高原和伊朗高原，到达美索不达米亚地区。

他看到这里后，兴奋地说道，看吧，还是用科学技术来说明更好一些，太直观了。

我说，所以说，昆仑的发现，不仅仅是告诉我们中华文明在史前的中心就在黄河上游和更西的昆仑所在的高山之巅，然后慢慢地向东游走，后来就有了中原文明，不能本末倒置。

他说，是啊。西方文明原来也是这样，以为希腊就是中心，就是最早的文明的发源地，后来发现不是，一点点地修正。中国的文明也应当要修正一下。

我说，最重要的是打破封闭思维，要走向开放，走向世界图景。

21. 昆仑的世界性

赛先生对我说，现在昆仑的事情说清楚了吧？

我说，还没完全说清楚。

他惊讶地问，为什么？

我说，还得对一些观点进行逐一讨论，以证真伪。

他说，有哪些啊？

我说，还是之前说过的几种，我们得逐一讨论讨论。第一种是张骞说的于田南山说。现在看起来比较符合《山海经》和《穆天子传》中的描述，虽然不能完全一致，因为那时的地理状况不清楚，而那时人们的叙述语言我们也陌生了。他们可能说的是标志性山脉和水路，但现在有些已经不存在了，所以不能肯定。

他说，然而，如果按时区来说，是在于田附近，但如果按你的小时计算，似乎还得再往西1600多公里，会在哪里呢？

我说，应当就是喀喇昆仑山脉中央，在最高峰。因为在那里测量天地、仰观天象、俯察地形才可能是世界的中央。先天八卦不是中原的产物，而是一个世界产物，也许在为整个世界定位，当然那时的世界就是华夏。

他说，你这个想法好宏大啊。

我说，除此之外，我们还怎么能理解它呢。

他说，那么，你说的《山海经》中的昆仑是后来的昆仑了。

我说，是的，应当要到一千年以后了，要相当一个小时的时区，当然这个不严谨，只是一种大略的估计。也就是说，要比和田南山还要远很多。

他说，那么，张骞说的昆仑呢？

我说，应当与《山海经》中的昆仑有了很大的变化，只能说勉强说是和田南山。

他说，那么你说的祁连山呢？

我说，那就是再后来的事情了。还有新疆的天山。我觉得要么西王母在不停地迁徙，要么这些地方都有她的祭祀地。天山上的天池之说显然有些勉强，可是祭祀地则是后来人们修的。西王母总不会给自己也修个庙吧。

他笑道，那是自然。

我说，所以，也可以看作是一个不停迁徙的路径。这也就与张骞后来描述的条枝国有西王母的传说一样。她迁徙到了那边去了，或者说，那边也有她的祭祀地。

他说，嗯，这样就对了。没有确切的证据，就要留有余地。

我说，所以说，《晋书·张轨传》中记载的关于西王母的地方就是祭祀地。永和元年，在张骏的儿子张重华被封为五官中郎将、凉州刺史时，凉州管辖中的酒泉太守马岌上了一封书，说："'酒泉南山，即昆仑之体也。周穆王见西王母，乐而忘归，即谓此山。此山有石室玉堂，珠玑镂饰，焕若神宫，宜立西王母祠，以裨朝廷无疆之福。'骏从之。"大概这位太守就是看了《山海经》后确认此山为昆仑山的吧。

唐代的《括地志》说："昆仑在肃州酒泉县南八十里。"同是唐朝的颜师古注释《后汉书·明帝纪》时说："昆仑，山名，因以为塞，在今肃州酒泉县西南，山有昆仑之体，故名之。"在他看来，昆仑就是中国的大地延伸至西北时被阻塞的地方，也是先天八卦中的艮卦之位，是止的意思。这当然仍然可以看作是步酒泉太守的后尘了。

所以，有些人认为，昆仑山指的是祁连山，而中国人的先祖燧人氏最早生活在祁连山，开始观测天象，形成了最早的星象学。同时，昆仑山的一系列记载与祁连山的部分特征极为相似，比如《山海经》中记载"昆仑之北有水，其力不能胜芥，故名弱水"。比如《穆天子传》中穆天子所走路线确到过河西走廊，并称昆仑山上有玉，而祁连山上也有玉。还有如《史记》说黄帝西至空侗，而酒泉祁连山山脉中确有一山名空侗。再如《史记》中所载尧、大禹所治天下最西边都是止于流沙之地，即尧流放三苗于三危，大禹所分九州之雍州之西至于黑水，所开九道最西至于弱水。因为这些原因认为祁连山之西有传说中的昆仑山，也是有根据的。

有学者认为，青海大通河发源处的祁连山支脉托来南山，就是古昆仑山。顾颉刚等人也认为昆仑就在青海境内。青海境内还有关于伏羲与女娲的传说。

这些学者都是按今天的地理在判断，其实在古代，青海之地一直是凉州的管辖之地，也就是说，祁连山南北之地皆属于同一文化区域。祁连山之说与青海之说都不过一说的两种证明而已。

他说，这样说似乎更符合逻辑。

22. 伏羲女娲的迁徙之路

赛先生问我，你前面的意思是说，伏羲画八卦是在昆仑之顶？

我说，如果按卦位的调整来看，是在一个遥远的地方。

他说，但现在的学者，有的说在天水，有的说在河南。你怎么看？

我说，过去最早的时候，那时候只有一种说法，就是在河南。后来天水的学者出来说在天水，且拿出很多佐证，最主要有一个卦台山，这就有了很重要的证据。

他说，不是还有一个伏羲庙吗？

我说，这个其实是不懂历史的人在猜测，不能当真正的证据。我前面已经说过西王母和轩辕黄帝的庙的事。汉武帝封西王母为神后，民间就四处建庙，平川泾川说他们的庙是天下母庭，而新疆天水说他们的庙才是天下祖庭。其实泾川之说肯定有些远了，西王母去过泾川根本没有记载，但天山那里有可能迁徙过。当然，西王母的王国有可能有一段时间到达过这些地方。仅说这两处就可以说明问题了。轩辕黄帝更是如此，天下到处都有轩辕祠，只是后来越来越少。天水的文人胡宗缵先生只是看到轩辕祠就附会说秦安是轩辕故里，这个看来多少有些不能令人信服。伏羲也一样。天水是不是伏羲故里，其实也是非常难讲清的一件事，但是，伏羲肯定在天水待过一段时间，这是没问题的。

他说，是啊，你是武威人，你现在在兰州，将来说不定要去其他的地方，假如你有一些成就，那个地方的人就把你举起来，慢慢地，史料没有了，有可能就存在你不再是武威人，而成了最后生活的那个地方的人了。

我说，是啊，这岂不是很荒唐吗？

他说，但为什么这些地方敢那样讲呢？

我说，主要是看有没有一个皇帝进行封号。但那也只是政治上的一种行为，从学术上来讲，仍然存在漏洞。

他笑道，用我们的术语来说，就是不科学。

我笑道，对啊。所以不能把话说死。学术上最怕把话一语封死，就会遭遇很多人的批判。比如，伏羲的事。如果我们也像说昆仑山那样去说伏羲的事，不就令人信服了吗？也就把祭祀的事给天下各地都分一些，而不要自己独占。这不，有一些学者认为，伏羲、黄帝之都据说最早都在昆仑之丘，后来才不断地迁徙到其他地方，但因为都是以传说为史料，史书上的记载玄之又玄，无法真正确信。

赛先生笑道，咱们不是用科学的方法初步测定也在昆仑之丘吗？只是可能要比《山海经》中的西王母还要早。

我沉吟道，我们的方法也不一定准确，我们的猜想也不一定是对的，恐怕还需要有更高智慧的人来进一步解释。

他笑道，你现在是越来越谨慎了。

我说，应当如此啊。过去我去过一次天水，也去过伏羲庙，但那时对这些没有任何研究。从2012年至今，我去过天水很多次，一是考察伏羲、女娲的传说与遗迹，二是考察大地湾。去年，带领学生们编撰的

《大地湾印象》与《大地湾之谜》出版。虽然在那两本书中，还有其他一些文章中，我一直在谈天水给中国文化的贡献就是一个字：启。这就是伏羲始画八卦，当然还有大地湾和女娲庙为辅助。但是，在查找资料的时候，发现一个基本的规律。本土学者出于对当地地理环境的熟悉和对一些古人的热爱，往往视野不够开阔，总是把一些历史上的人物非要盖棺定论地说是哪里哪里人，在哪里哪里生又在哪里哪里死。就是要把那位人物定死。有时候，明明其他资料说明那个人在其他地方还生活过，甚至可能死在其他地方，也非要闭着眼睛说死在本地不可。这是现在常有的现象。

比如伏羲，起初我们以为他是一个人，后来发现他代表的是一个氏族或国家，而且生活的时间很长。有学者考证说，伏羲氏存在的时间至少有三四千年，从黄河上游一直到中游，甚至也可能去过下游，所以他们在黄河沿岸留下的遗迹和传说定然很多，但哪里的人抓住一点痕迹就非要说伏羲是他们那里的人，岂不是很好笑吗？

这些争论虽然都是出于对先圣的尊敬，但都因为参与了太多的感情而走向狭隘。相比来讲，一些有见解的非本土化的学者可能有更为开阔的理解，他们总是从一些文化的基本规律出发去设定和论证一些问题，就相对客观。这样说来，我是西北人，为西北说话自然也有某种狭隘的情感在里面。

他笑道，肯定会免不了吧，但你会谨慎是吧？

我笑道，是的，没根据的话，还是少说些吧，至少不要肯定地去说就行。遇到这种情况时，我总是想到犹太人。他们的迁徙之路是非常漫长的，幸好他们有一部《圣经》，否则，整个西亚、欧洲、一部分非洲都成了他们的故土了，岂不是很可笑吗？

他争辩道，但完全可以说是第二故乡。

我说道，对，这样说就更理性。所以，从大的逻辑上可以确信的是，伏羲氏在黄河上游地带仍然过的是游牧生活。我们可以再看看《后汉书·西羌传》，他们的地理版图西至昆仑，即于田，西北至鄯善，北达祁连山北麓的广阔草原，南越青海，抵达四川边境，东至泾渭。而这一带过去叫雍州，后来叫凉州，现在才分到各省，实际上，它们在先秦前是一个文化圈。

他说，这怎么理解呢？有科学依据吗？

我说，这是根据对陶器的研究发现的，在甘肃、青海一带发现了马家窑彩陶。这是陶器中最发达的文明，后来又发现了齐家文化。最重要的是发现了大地湾文明。从那里发现的陶器经过科学鉴定，与美索不达米亚平原发现的彩陶的时间是一样的。这几年发现的时间更早。这就打破了文明西来说。

他反驳我说，非要打破文明西来说吗？

我说，是啊，如果不打破，中国文化的独立性就失去了，就被西方文化覆盖了。

他说，如果真的证明是西来的呢？

我说，文明的交流是正常的，也是要提倡的，但如果能清晰地证明我们的文明是西来的，能拿出足够的证据，我也信服。那倒好了，说明我们之间沟通就无障碍了，但是，现在的问题是，说这些观点的人是现代时期文明全盘西化者说的，所以就不免令人不服。

他说，这我就理解了，也就是说你不排斥西来的文明。

我说，当然。前面不是证明了吗？西王母的传说都到美索不达米亚了。

他讥笑我说，这下你就高兴了？

我说，我得承认，有一点点吧。但仔细想想，也不足高兴。

他说，那就对了，要科学一些为好。

我突然间有些情绪，说，算了吧，什么科学啊？不就是谁有权力谁说了算吗？当初西方人写世界史时哪里有科学态度？他们不是一直标榜科学精神吗？我看他们只有殖民精神。

他一看我生气，就赶紧说，你看你这个人，稍微说一下你，你就这样敏感。

我说，你要理解一种被压抑的文化国度的学者的心情。

他笑道，好好好，我不说了。好，你现在说吧，我认真地倾听，争取不说话，好吗？

他说完，给我端来茶杯，又坐在我旁边，像个小学生一样看着我，我就觉得有些好笑，但我没笑，对他说，好吧，我也确实有些敏感了。我们再来说说大地湾。有位学者说，整个的马家窑文明与女娲文化有关，因为那些彩陶都是女性制作的。

他突然惊问，等等，何以见得是女性做的？

我说，这个我是听我已故的老师雷达先生讲的。他在20世纪80年代收购了一些彩陶，为了研究那些彩陶，他买了射灯，深夜里，他把射灯打进彩陶里面的底部，发现有一只女人的手掌，他说，起初他以为是他理解错了，于是，一个个去看，都是女人的手掌。不像男人的。他告诉我时，我很吃惊。我问他，有人写过这样的文章吗？他说没有，他很想写，没来得及写。我想，现在肯定是有人写过了。这样，天水的一些学者就认为彩陶是女娲时期的文化。

他说，这怎么理解？

我说，女娲不是补天的吗？还用五彩石补天，你看，彩陶不就是彩色的吗？用这种逻辑理解，是有点道理的。

他说，嗯。这个说法有意思。

我说，有人认为玉石时代就是轩辕黄帝的时代，是齐家文化时期。

他争辩道，玉石不是西王母国的吗？怎么成了轩辕黄帝的了？

我说，因为轩辕黄帝用的武器大多是石器，还是玉石，所以有这样的猜想。

他说，这种想法有意思，但也不能完全证明是对的吧。

我说，这只是一种猜想。

他说，那么，伏羲呢？我们还是回头说伏羲吧。

我说，好。如果说伏羲在昆仑山上画成八卦……

他突然说，哎，我打断一下，有一个问题我一直不明白，为什么要在昆仑山顶上画八卦？在大地上不行吗？

我说，因为古代人都是通过观察天体的运行来预测大地上的事情的，这就叫人法地，地法天，天法道，道法自然。

他说，你是说八卦是古代天文学？

我说，还有地理学、生物学以及伦理学。据说，他是给中国人确定伦理的人，就是懂阴阳之道的人。你看，这个很重要。中国人的文化从伏羲开始就是阴阳之道。这个就是从天道的变化得出的。卦台山说的也是这个道理。其实，人们说河图指的就是星河的演变图。我们至今无法解释河图洛书中的数字，但伏羲应当是能理解的。

他说，好了，我大概清楚了，也就是说八卦是那时天地的自然科学规律的总结，是不是？

我说，大概可以这样说吧。

他说，好，你接着说。

我说，好。如果说伏羲在昆仑山上确定了八卦，那么，他是怎么来到天水地区的呢？又是怎么到河南中原地区的呢？这就是从先天八卦到后天八卦的演变。昆仑神话，把伏羲、女娲、西王母等古代神祇都联系在一起了。所以，我觉得这种说法是有一定道理的，但是，又没有女娲补天的史料来证明，所以，应当是发生了迁徙活动。现在我们来看看伏羲和女娲的迁徙图。

一条是从现在所说的昆仑山脉中的高山上沿着西羌人生活的路径迁徙。从昆仑到柴达木盆地，再到湟水地区，然后就顺着黄河走。这正好就是齐家文化在今天发现的版图。一直到了洮河流域的马家窑附近，便出现了灿烂的彩陶。但这个时期要比齐家文化早。当然，这只是我们今天说的文化痕迹，他们行走时，并不一定非要留下什么，可以直接从昆仑山上到洮河流域，而洮河流域的文明成了中心，然后从那里再往上流散去。这是一条路径。如果说猜想正确，那就是女娲娘娘的文化了。天水秦安离临洮也不远。

赛先生说，等等，你不是说大地湾的彩陶是先行者吗？

我说，从考古发现来说，目前是，不知道未来会不会有新的发现。

他说，那是否可以说，女娲还是放在秦安好一些。

我笑道，目前那里有女娲庙，有祭祀的地方，也有一些传说。临洮还没有，所以只能说是在秦安了。

他说，好，另一条呢？

我说，另一条是从我们现在所讲的昆仑山到祁连山，再顺着广阔的草原向内地走。这个似乎更合理。

他说，为什么？

我说，因为这条路平坦。另外，那时这里就是西羌人的王国，与其从山里走，不如从平地上走，是不是？

他说，那倒是。

我说，你看，从河西走廊很快就迁徙到了永靖或靖远一带，都可以过河，然后来到兰州。

他说，为什么是兰州？

我说，从现在的考古发现来看，兰州是齐家文化的中心区域。也是黄河的一个渡口。他们来到这里，然后再往南和东走，就到了天水。从天水开始，再把中心文化向四方发散。不管怎么说，天水地区气候湿润，是一个可以长久生活的地方，可以暂时结束迁徙之途。

他说，你绕了那么一个弯，还是到了天水，说明天水是伏羲文化绕不过去的地方。

我说，至少目前的考古发现说明了这一点。

23. 西王母的故事

赛先生说，你说了那么多其他人，但我最好奇的人是西王母。你似乎有意在忽略这个人。

我说，不是。我把上述这些人讲完后，再来讲这个人就好讲了。

他说，好吧。你给我讲讲吧。

好，我从一个故事讲起吧。我说，2018年暑假，我有幸被邀请去平凉讲学。先去了崆峒山，然后又开车去看泾川的西王母宫。

诗人独化兄先帮我联系了西王母宫旅游点的负责人。他与我一样，都是师范生，比我长几岁，但他对西王母甚是信仰，几乎是亲人。他告诉我台湾有很多人信仰西王母，每年的祭祀之日都要飞来祭祀，走的时候是哭着走的。可见民间还是有很多人在信仰。

我去的时候是上午，晴空万里。给我讲解的是一位姑娘，一听说我的名字，便笑着说，我也是西北师范大学旅游学院毕业的。我笑道，那你是我们的学生。她说，是的，老师，我知道您。是的，我曾经在旅游学院工作过八年，她正是那八年间上自考班取得文凭的。我说，那你给我介绍一下吧。

我们一行顺着她的引导进了西王母宫，庙不大，比起附近的佛寺如大云寺来说就小多了。一进门，是上香的地方，且在露天。然后转过去，便看到那块著名的石壁。石壁上的西王母就像《山海经》中所描述的那样，"豹尾、虎齿、善啸"，但我那位学生还在讲，说是穆天子驾着八骏，在新疆的昆仑山与西王母会合，西王母是一位美丽的女子，善舞……

我打断她说，不好意思，我得打断一下你，恐怕你说的西王母不是《山海经》中的西王母，而是两千年后《穆天子传》中的西王母了。我便给她讲了我的看法。

她问我，那老师，我们以后怎么讲呢？

我说，恐怕要从昆仑山讲起。西王母一直居住在昆仑山，是当时古羌族的首领，我们忘了《山海经》中后面的话，除了前面讲的豹尾、虎齿、善啸之外，她还"蓬发戴胜，是司天之厉及五残"。又云"王母之国在西荒。凡得道授书皆朝王母于昆仑之阙"。说明她既是王，同时又是行使神权的人。

这时候我们要想想她为什么是豹尾、虎齿、善啸、蓬发戴胜？她在干什么？

在我的家乡，经常有一些女人说是大病后沉睡七天七夜，然后醒来病也好了，就说出人的过去，也能预知一些未来。我见过这样的女人有好几个，我们村上就有一位。后来我在做新华社记者时，去采访藏族学者，问《格萨尔王》的传人情况，有一位德高望重的学者告诉我，在那些传人中，有一些是牧羊人，没念过书，突然生病，也是沉睡七天七夜，然后醒来就能背诵《格萨尔王》，要十万行哪，不知为什么他就能背下来了。我当时就非常惊奇，我想，这不就是我家乡的那些奇迹吗？

后来我读了一些人类学和民族学方面的书籍后才知道，在北方草原上曾经长期流行过一种古老的宗教，叫萨满教，后来佛教兴起，冲击了萨满教，但萨满的影子一直存在。我家乡那些女人的行为被称为"出马"，不知道是什么意思，总之，她们都有了一些神力，但过一阵那些神力就自行消除。我有一段时间讲中国文化史，在正统文化史里是不包括这些民间宗教的，所以我很好奇，曾好几次回家都去采访和观察她们的行为。她们在平时与常人无异，说话做事你都不觉得有什么不合规的，可是，她们做起法来就异乎寻常了。我曾看见她们能把一个家庭的五代先人们一个个请出来——当然是看不见人的，是她在描绘，并为其代言——那些跪在地上的孝子贤孙们个个都痛哭流涕，终于能和死去的亲人见上一面了，并能彼此说话。那些阴间存在的鬼魂们有什么愿望，阳世的孝子贤孙们便赶紧答应，第二天就赶紧去烧纸或到附近专门卖丧葬用品的地方给其买汽车，甚至还有买丫环的。孝子贤孙们对先人无理的要求都不再顾忌，全都满足。我曾问过那些孝子贤孙，你们是不是提前给那个神婆子说过你们家的情况，他们也惊讶地说，没有啊，我们都忘了还有那样的先人，一说才能想起来。我又问，她们是不是提前问过村里的老人们？他们轻蔑地说，怎么可能？她也是第一次来我们村，再说，连我们都不知道的事，别人怎么能知道呢？

我看到村子里的人对我这样的书呆子有些轻蔑，认为我根本不懂人世间的事情，书都读歪了。现在我明白了，其实她们都是我们北方草原民族曾经流行数千年的萨满教文化。万物有灵，灵魂不灭。所以，我经常回家听父亲说，某某某家在敬神，他要去帮助。我便好奇地跟着去看，真的是大开眼界。

赛先生听到这儿，皱着眉头说，你说的这些我不太懂，也无法证明，属于超验世界的东西。如果按我过去的态度，我就要坚决反对，但跟你时间长了，就发现艺术和宗教是我的另一面，它们可以让我从另一个方面去认识这个世界。

我说，是的。古代中国认为这部分是阴，而我们能讲清楚的科学世界是阳，但是，确认了阳，不意味着要消灭阴，它们是互补的。所以说，中国文化的包容性极强。

赛先生听到这儿后感叹说，通过你，我了解了中国文化，确实比西方文化要博大，而且比科学多了一些其他的内容，这是西方文化和科学文化要向中国文化学习的地方。

我说，你能够这样说，我真是太高兴了。我一直主张多种文化之间要互相学习，平等相待，不要一个消灭另一个，当然可以有主体性文化，比如对于西方世界的人来讲，西方文化是主体性文化，中国文化是外来文化，但一样可以平等相待。对我们来讲也一样，西方文化是我们的外来文化，我们可以平等对待它，但如果把它当成主体性文化，我们自己的文化就要被否定了，位置就不合适了，这就叫喧宾夺主。我们过去的情形就是如此，以后看能不能改变。只要改变过来，中国人才能有真正的文化上的自信、自尊，也才能真正做自己。

他说，你说的这个也对。过去我不理解，现在慢慢有些理解你的观点了。比如说中国文化的东西，若是都以西方文化的观念去判断，大部分甚至全部都要被消灭。过去玛雅文化就是如此，印加文明也是如此。

我说，是啊。好，我接着讲下去。对了，我推荐你看一部小说。迟子建的《额尔古纳河右岸》。她写的是东北最后一个萨满，读这部小说，就觉得真正领略了萨满的精神，也看到了完整的形式，但是，从文化上来讲，这些萨满已经是新教的。西王母是古萨满的形象。在《额尔古纳河右岸》中，萨满都是戴着面具和穿着专门的服饰的，穿戴上它们，的确是蓬发戴胜，面具可以是虎头，甚至狼头，衣服也是虎皮、豹尾。这不正是西王母的形象吗？

我便忽然想到我家乡还有一种人叫司工子（音名），是跳大绳的人，也是蓬发戴胜，其实就是萨满。通过那种形象，我有时候想，传说中的龙的形象不就是萨满的方式把古代各民族的图腾都加到一起形成的吗？瞧，古萨满有豹尾，龙是蛇身、凤尾。如果我们把黄帝重新放到《山海经》的氛围里去看，他也可能就是一个巫师。他从西北起家，先是收服了北方各少数民族，然后又把南方各族都收服了，此时，他以萨满的形式行使天子权力，便可能是制作一件萨满的服装，于是用马头（有人说是驼头，也有人说是狼头）、鹿角、兔眼、牛耳、蛇项、蜃腹、鲤鳞、鹰爪、虎掌等制作一件华美的盛服，象征了万国统一于一体的盛况。他以此与天神对话，威服天下。龙的形象便这样产生了。

赛先生说，噢……你这样解释你们的龙，就与西方人认识的龙不一样了。你说的龙成了一种文化的政治的象征，很有意思。这也是包容性的一种象征。不像上帝，在摩西的时候杀了很多异教徒，硬是统一了一神教。

我说道，你说的这个非常有意思。我们中国人特别可笑，当我们说政治上专政的时候，大家都说不好，要多党共治好，可是说到宗教时，我们中国人是多神教，就觉得不好，是一神教的专制好，这不就太矛盾了。

他笑道，这是典型的外国的月亮比中国圆的思维。

我说，是崇洋媚外到骨子里的表现。同样都是专制，为什么西方的就好，同样都是民主，为什么中国的不好，这都是极有意思的中国心理，你要认真地去研究一下。

他说，那你喜欢哪一种？

我说，我觉得首先要民主，所有的意见都要倾听，然后大家讨论，最终达成一致。

他说，你是说现在西方的民主。

我说，不是，我也不赞成。

他说，那你指的民主是什么？

我说，比如，尧选舜为帝时，尧让很多人来推荐他的继承人，大家各推各的，尧一一与大家讨论这些人的特点，最后选择舜。为什么选择舜？是因为他已经表现出了出色才能和道德品质，尤其是道德品质。这就是民主。然后，尧把自己的两个女儿嫁给舜，让自己的儿子陪着舜，让大臣们跟着他，观察了二十年。二十年后，尧才让舜摄天子位，八年后尧死去。这还不行。尧死后，又是一次民主选择。看大家愿意把天下的事情交给谁去办。这时候有两个人，一个人是舜，另一个是尧的儿子。如果是我们后来的家天下，就不一样了，就肯定是儿子了，那时候是孔子说的公天下，大家自由选择。结果，大家把大事多汇报给舜。舜呢，也做得非常好。他把尧的精神大讲特讲,给尧建庙,供奉他。这样过了一段时间,诸侯都不去找尧的儿子了,舜才坐上了天子位。这是中国人的贤者治世理念,比民主集中制多了一层道德的筛选机制。所以中国文化是尚贤的文化,是道德为先的文化,与西方的民主还是不一样的。西方的民主不论道德,尤其现在,是资本控制的时代,肯定是资本在背后起着决定性的作用。

他说,嗯,你这个思想还挺超前的,既有民主,又有集中,同时又有中国文化的尚贤机制。

我说,我们扯远了,还是继续说萨满教吧。这种文化一直未断,直到当代。迟子建的小说里写那些没有萨满的少数民族的人,后来都流浪在西方国家的街头,我看着心里非常难过。到底是什么杀死了萨满?其实,还是科学。从某种意义上来说,你一旦专制便成了刽子手。这个我们过去讨论过,你得承认。

他不满地撇着嘴说,好吧,反正你天天在批评我,我也习惯了。

我说,不说了,还是说西王母吧。总之,以我刚刚讲的那样来理解西王母、北方少数民族的信仰和我家乡还一直未断的乡俗,便可以简单说明西王母是一位古萨满教的女萨满。

从各种古老的典籍可以看到,从黄帝到大禹,古代圣王一直得到过西王母的帮助。

到《穆天子传》时,西王母已经变成一位美女,说:"西王母为天子谣曰:白云在天,山陵自出。道里悠远,山川间之。将子无死,尚能复来。"周穆王在瑶池流连忘返,西王母能歌善舞、住在琼楼玉宇,供他以美酒,赐他以美玉,约定下次再见。

这是被诗意美化的相会,其实,周穆王之时,他重新想起昔日圣人之领土一直到达昆仑,而昆仑之巅住着女神西王母,所以重新征西,获西戎五王,远至昆仑山,再与西王母会盟。如果按照昆仑在酒泉一带的祁连山,再到昆仑,那么周穆王此次征西,一是重新获得了尧与禹时的雍州之地;二是获得了当时的祭祀用品玉器,开通了玉石之路;三是与西王母会合,求长生不老之药,且与其结盟,开通与西域世界的通商之路。

此时的西王母与《山海经》中的西王母已经有了近两千年的距离。泾川王母宫将两种形象都雕塑了出来，但其实两个西王母相距将近两千年。

穆天子之后，西王母便只是生活在传说中，后世再没有出现过。似乎是西周末年，西戎再次脱离周王室。秦便是在收编部分西戎后发展起来的，但是河西之地并未在其范围之内。此时，这里是羌人、月氏人、乌孙人、匈奴人的游牧之地。而平凉一带也是昔日游牧人的天下，西与凉州及河西、新疆为一体，东与陕西、山西部分地区结为一气。所谓平凉就是平定凉州的意思。

穆天子之后近千年时，汉武帝再次出兵，将匈奴大败于漠北，并将汉人移居于河西，连同戍边军队一起开垦此地，将河西人的生产方式转变为农耕文明。汉文化也由此传入河西，从此，河西之地才真正地成为中原农耕文明的一部分。汉武帝也与穆天子一样巡游各地，向西则巡游到崆峒山，并将此处的王母宫封为天下王母崇拜之祖庭，将新疆能产和田玉的和田南山命名为昆仑山。他是听张骞等人的地理考察后做出的决定。

我们可以猜想，汉武帝一定是想过像周穆王那样驾着八骏重回昆仑，可是，当他听说平凉至酒泉要一千多公里，而要到达新疆的昆仑山则需要三千公里左右。大漠浩渺，无边无际，更何况张骞说西王母国已经到了条枝国了，他只能遥望而叹息了。

其实，他的这一命名仍然与周穆王一样有着明显的政治韬略，不仅把华夏文明的版图明确扩大至新疆的和田乃至天山，同时，也将西王母明确为华夏族人的先祖。也就是说西王母族人东达平凉泾川，西至新疆的和田、天山一带。汉武帝的这一封神，就把历史彻底地划清了。西王母的祖庭就在平凉王母宫，天下众多的王母宫和王母庙都是祭祀西王母的分庭而已。

这是古代帝王封神的权力。

赛先生叹道，你们古代的帝王真的太了不起了，也就是说，他想封谁为神，神就这样树立起来了？

我说，这也只是一种，还有民间自己为某人盖庙的，好像诸葛亮和关公的庙都是民间修的吧。西方也一样啊，你看，基督教一直到君士坦丁大帝，他信上帝了，才号令天下也信上帝，这不就是封神吗？他若不同意，上帝就只是几个人的神，怎么能成为整个罗马的神。

他嘻嘻笑道，什么时候我也找个这样的帝王把我也封神一下。

我嘲笑他道，还用帝王封你吗？民间，不，知识分子对你的尊崇已经到了神的地步了，但我觉得你还是要谨慎吧。

他笑道，神可以不死啊。

我说，那也不一定，没有人信你，没有人记起你，你便无人供奉了，就死了。你看我们中国，上一代的财神是赵公明，可是，新一代的财神成了关公。

他说，为什么啊？

我笑道，因为中国人信仰的是忠义，是儒商价值，所以关公就成财神爷了。赵公明就渐渐被人淡忘了。

他说，原来这样啊。

我说，你还是做你自己，什么时候任何人都离不开你。你就是日常存在。多好啊！

他说，也是。

我说，对了，刚才的故事还没讲完。当我讲完西王母的故事时，我们也刚好从西王母宫出来。有人不停地给我拍着照片。后来我去了大云寺瞻仰佛舍利，最后，独化兄带我去一个僻静的地方吃饭。正在吃饭的当儿，我那位学生给我发来微信，她说，老师，好神奇啊，今天没有雨，可是，我们给您拍的照片中一直有彩虹，我想，一定是王母显灵了，说明您讲的是对的。

赛先生眼睛都直了，叫道，是真的吗？

我笑道，你是科学，你也信？听听就好，当然，如果是真的，那说明我讲的确实正确无误。

他叹道，现在我明白科学与人文艺术和宗教的区别了。我呢，平素无常，永远都不可能被人崇拜，因为人人都可以掌握我的才能，但是神的力量是无限的，是可以无中生有的，所以被人崇拜。

我笑道，别讲得那么玄。要我说，即使真有神，也是通过科学的方法显示奇迹，不会超越这个范畴的。这就是真神，反之，就是迷信。

他说，但愿你说得对。

24. 天高地阔

春节时，正好是我的写作时间。匆匆回了一趟家后，便坐在书房里写作。忽然一天，赛先生突然坐在了我书桌前的椅子上，吓了我一跳。他说，对了，我研究你说的《周易》时，有一个问题一直不理解。

我说，什么问题？

他说，天干地支。

我说，我对这个问题也充满好奇。我们可以一起研究研究。

于是，我放下小说写作，与他一起上网查资料。我家人都去了外地旅游，要到半月后才回来。他每天都在我家晃荡，常常问这问那。

他说，你说，《易经》是伏羲创造的，但到底又是受哪些启发创造出来的呢？他有没有老师？

我说，有人说他的老师是燧人氏，燧人氏时已经有阴阳学说了，而且燧人氏曾经长时间地生活在祁连山，一说也是昆仑山。当然这也只是传说。如果是的话，燧人氏和古代西王母族肯定是生活在一起。目前我们还无法断定伏羲是集合了当时古萨满文化和华夏先祖燧人氏的智慧而创立的《易经》八卦，因为古萨满教的文化也大多失传了。

阴阳思想《易经·系辞》和《易经·说卦传》中一直在用，但五行思想不怎么提，不知是孔子有意为之，还是别的什么原因。但是，从今天来看，五行思想在周文王时显然在广泛使用了，他的后天八卦图中的五行运行是显而易见的。

他问道，那么，五行思想又是哪里来的呢？

我说，《尚书》中的《洪范》一文中五行明明是有了，为何孔子不去大加解释呢？有人说是后世伪造的。如果不是，那么，五行思想在大禹时已经被运用了。听说也是观察天和地共同得出的。中国人所有的思想都是既要在天上观察，又要在地上观察，然后才产生一种思想，这即在天成象，在地成形。

他说，太神奇了。总之，天地思想也是阴阳思想吧。

我说，是的。所以天干地支也一定是这样创造出来的。上个世纪发现的殷商甲骨文中就已经有天干地支的运用了，说明非常早。

但它们是何时发明的呢？他问道。

我说，这至今是个谜。

这些天文学的原理又是如何运用到时空中的呢？他又问。

我说，我也不知道，我们研究研究。有一天，他拿着《山海经》来说，你看，经上说，天帝和妻子常曦生了十个儿子和十二个女儿。十个儿子是太阳，十二个女儿是月亮。十个太阳不就是十天干吗？就是太阳历，十二个月亮就是十二地支，就是太阴历。

我惊奇道，还真是的。我也查到了，然后，古人把太阳历和太阴历进行了新的组合，就成了我们现在用的天干地支。

他说，这是不是也是夏历开始的时候。

我说，也许是的。

他说，但是，有一个问题。最早的十干的名称是阏逢、旃蒙、柔兆、强圉、著雍、屠维、上章、重光、玄黓、昭阳，十二支的名称是困顿、赤奋若、摄提格、单阏、执徐、大荒落、敦牂、协洽、涒滩、作噩、阉茂、大渊献。你认识吗？

我说不认识。

他说，可是你看，大约是在夏代或商代就突然转变为我们熟悉的天干地支了，十干为甲、乙、丙、丁、戊、己、庚、辛、壬、癸，十二支为子、丑、寅、卯、辰、巳、午、未、申、酉、戌、亥。

我说，是啊，我也看到了这一点。

那天，我给我认识的天底下很多研究语言学的学者发微信，问他们是什么时候有了这个转变。他们都说不知道，过去就是这样的。

我对赛先生说，很显然，被简化转换的天干地支与我们的汉语是统一的，但原来的天干地支名称则是我们不熟悉的。这就使我们联想到一些传说，比如说燧人氏、伏羲氏、黄帝都在昆仑之丘观察天象，目前的天干的传说是黄帝命大挠氏观察天象而创。这不是一个人能够做到的。也许文字是可以由一个人创造，但对天象的观察需要很多个十二年轮回才能得出一些经验，它需要几代人甚至几十代人的观测。

他低声嘟囔道，难道是从别的什么地方来的？

我说，是的，我也想到这一点了。原始的萨满教。

于是我们又开始查萨满教的所有资料，但很少。后来又查几个语系中对这些文化的记载。人们似乎对这个问题没有研究过，但是对新萨满教的一些文化有记载，也对朝鲜语、俄罗斯语都有一些研究。这些文章告诉我们，我们一直在学习北方少数民族的语言，而西北又是文化交流最为集中的地方，那么，昆仑山上的智慧便很容易被我们华夏人所借鉴。此时昆仑山上的文明正是原始萨满教文明。

所以我们大胆地猜想，这些天干地支一夜来到华夏文明定然是受到了西王母族文明的启示，是从那里借鉴而来的。后来我们进一步查找资料，想证明我们的猜想是正确的。

我们发现，也有学者认为，原始萨满教对天象的观察在当时是最先进的，已经有天干地支的运用。虽然目前我们无法得知原通古斯语系和阿尔泰语系最早关于天干地支的称呼是什么，但从华夏族和当时西北方游牧民族共同使用天干地支这一现象来看，我们是否可以进一步猜想，那些至今我们没有任何解释的天干地支的称呼，也许就是在昆仑之丘时就有的，也许它并非我们汉藏语系，可能来自古通古斯语和阿尔泰语。恰好与西王母有过交往的黄帝又命大挠氏来创立天干。大挠氏会不会是借用西王母（萨满）所正在运用的一些关于天干地支的知识或名词来创立的呢？如果是，那么，关于天干地支的创立就是我们先祖在与外来文化的交流中创立的，而非我们在当时凭空创立的。这是不是一种巧合呢？

我对赛先生说，也可能是我们借鉴的关于天干地支的理论还不完备，是我们在农耕的过程中慢慢调整完善的。

他说，这当然是极有可能的。反正目前我们再没看到几大文明运用这些理论的。所以，西王母是一个非常重要的路径。

我还是不能确定，好几天一直钻在资料中出不来。他说，行了，暂且停止吧，也许某一天就找到了证据。

我说，但是，这个……

他说，行了，我知道你那自大的心理，觉得这似乎辱没了你们华夏文明的尊严。其实，这种猜想丝毫不辱没你们文明的尊严，相反，它给予华夏文明与整个世界交流的一个机会。进一步讲，华夏文明并非后世一些文化学家所讲的那样是封闭的，恰恰相反，在中国的西北方，在伟大的丝绸之路开创之前，就一直是华夏文明与西北方游牧文明交流的一个大通道，而西王母便是一个最好的文化符号。

我们由此便得出一个苍茫的结论：中国的西北方，昆仑所在的地方，既是中华文明的发端之地，同时也是上古中国与世界文化交流之地。中国的上古文明乃至汉唐文明，每一次的文明再造都与从那里接受的文明离不开，而每一次的文明再造同时也是集当时文明大成的结果。

我伸出手握住赛先生的手说，谢谢你，兄弟。你让我找到了真正的昆仑，找到了广阔的古代世界，也找到了广阔的未来之路。

凉州之问

1

一般来说，渡过黄河，往西之广阔山河，皆为凉州地域。这说的是文化凉州。

或者说，从靖远或景泰的古渡口过河，便可以跃马西域和北漠了。往西，全都是凉州地域。即使在我生活的时代，二十年前，武威管辖的地方远至靖远和景泰，我们村子里总是有人会去靖远煤矿当合同工。而我的那些堂兄堂弟们，往往摇着火车踏上漫漫西路，去新疆打工，却不肯坐三个小时的汽车到兰州来打工，问他们为什么，他们说，兰州太远了。这话定然不是真的，却是老辈人传下来的古话。

这是以黄河为界以乌鞘岭为界。在遥远的过去，凉州人一旦有难，都往新疆去，而新疆人也往返于凉州。还是游牧时代留下的古老心辙，至今未能变。传说霍去病第一次征伐匈奴，是从靖远一带的渡口登上河西之地的。这是越过黄河。第二次征伐匈奴则是从兰州渡河，跨越乌鞘岭而突降奇兵、大破匈奴的。这是越过高山。故而河西之历史，从霍去病开始有了鲜明的记载。

三个概念诞生，河西、凉州、武威。

凉州，原是一个行政地区，但慢慢地，它成为一个文化中心，向着四方化之，四野便是凉州文化的属地。东至兰州、靖远，南至青海，西至新疆，北至大漠边缘。所以，历史的角度看，凉州已经成为一个文化概念或文化地域。无论我们是否愿意，在今天谈凉州文化，它必然会超越地界。凉州与武威不是同一个名词。

在武威谈凉州文化，即是从武威出发，将历史之风云重新聚拢，将文化之甘甜漫向四野。这既是对历史的尊重，也是今天武威重新看待自我与世界的一个开放的视野。

2

首要的问题是，凉州在先秦有什么文化？它在整个华夏文明的诞生、创造以及发展中起了什么样的作用？今天我们如何看待先秦时期凉州的文化与历史？

如果我们依循今天文化与史学界普遍运用的观点来看待凉州，则凉州在先秦是蛮荒之地，是暗黑的，未被开发的。即使是古羌族、月氏人、匈奴人长期生活于此地，它依然是未开化的。即使我们在凉州考古发现有磨嘴子的马家窑文化，皇娘娘台、海藏寺的齐家文化，沙井子、暖泉的沙井文化，但它还是只能证明从那时起凉州的先民就在此繁衍生息，而其文明形态主要是游牧文明，它离成熟的农耕文明还有巨大的距离。

我们会发现，在这里，我们依照了两种观念来判断凉州文化。一种是自中国古代就沿袭至今的中原文明中心说。这种观念是将中原文明视为正统，其余文明皆为蛮夷。但考古发现，中原文明形成之时已是原始文明后期，也就是说先民们从黄河上游逐渐向中下游迁徙的时期，甲骨文、青铜器等都证明了这一点，但是，陶器的发现尤其是马家窑彩陶的出现，以及农作物的考古现状一次次告诉人们，在黄河上游和广阔的西域世界，曾经存在过先于中原文明的先进文明，而神话诞生于昆仑之巅的观念进一步将史前文明的中心向着黄河上游和西域推进。《山海经》《禹贡》等典籍中的九州之一的雍州本在早期华夏文明的版图之中，而到了周至汉时却已是匈奴之地，这也从一定程度上说明华夏文明的中心一直在从高原上向着黄河中下游位移。故而这种传统的观念在各种考古发现中已经慢慢地站不住脚了。它需要纠正自己。同时，黄河上游和西北之地的历史文化则需要重新"发现"和解释。

另一种是西方文明的文明定义观念。西方的历史学家对古希腊文明的特征进行总结时发现，它有三个主要特征：一是有文字，它代表了文明的形态进入史书的记载时期；二是有铁器，它代表了人类的生产方式进入了农业时期，同时也说明战争进入冷兵器时代；三是有城池，说明人类开始聚居在一起，于是就会有礼仪等各种制度诞生。后来，西方学者将此三个特征变为衡量一个地方的文明是否进入文明时代的必备条件。于是，所有的游牧民族聚居地几乎都无法具备这三个条件，即使是进入文明时期，游牧人依然没有城池。同时，中国人也无法证明自己的历史有五千年之古老。这个文明的定义变成了西方文明之外的文明之痛。依照这种观念，曾经游荡于中国北方和西方的游牧文明就成为历史的过客，而凉州在先秦之前恰恰处于这样的"黑暗"时期。现代以来，伴随着这样的所谓的"世界文明"的声音，中国的某些文化学者进入了两种桎梏。一种是打着开放引进旗号的自由主义观念，基本上完全接受西方的所有观念，美其名曰"与世界接轨"，不再顾及中国文化是否存在，甚至于全盘否定中国传统文化，而移来"先进"的西方文化拯救和发展中国，使全球一体化；另一种是保守主义，要么打着固守中国传统文化的旗号，要么打着马克思主义的旗号，反对一切西方文化，自说自话，只说自己的好，与整个世界对立。这两种观念显然都是走了极端。于是，便有了第三种观念，即在继承发展中国传统优秀文化的基础上，吸收一切外来文化，尤其是西方文化。马克思主义的中国化属于此，但它也走了一段曲折的探索之路，直到"十八大"以来确立了将马克思主义文化与中国传统文化相结合，同时，吸收一切人类优秀文化发展社会主义核心价值观，这是符合历史和文化发展规律的，同时也是今天整个人类发展所需要的胸襟，但这条道路依然很漫长，需要几代人来实现。鲁迅的拿来主义从本质上也属于此，是"拿来"而用，并非全盘照搬，与胡适是有区别的，但它给后世的影响似乎是反对一切传统文化而热烈迎接西方文化（原俄罗斯文化和日本的东洋文化从本质上都属于西方文化的范畴），故而鲁迅的遗产也是需要重新分析和判断的。新儒家代表学者钱穆的观念也是第三种观念的一种。他是站在中国传统文化的基础上，然后吸收世界优秀文化重新对中国文化进行论述的。当然，从现在来看，他对西方文化的吸收也只是很少的一部分，这说明他对西方文化并不是很熟悉。唐君毅等新儒家的世界主义是值得重新研究的。

钱穆先生谈文化，别开生面，为中国文化乃至世界文化重新研究文化开了新的局面。他是受到西方文化的影响，尤其是进化论思想的影响而生出新的研究方法。他是从地理环境学的角度出发而进行研究的。表面来看，这是进化论的思想，其实从他的各种论述来看，则仍然是一种整体性论述，只是地理环境学的视角恰恰与中国天人合一的生态思想相吻合，所以，这种思想便也有了世界性。他全然毫无欧洲中心主义的观念，而是代之以世界主义的包容心而进行的一种全新的观念。钱穆先生讲，从人类生存的地理环境来分析，人类文明不外乎三种。

一种是游牧文明，其"逐水草而居"，哪里有水草，便往哪里去，若是正好碰上别的族群在那里，便进行争夺。这确乎又是进化论式的人类战争。所以造成了游牧人"内中不足"的文化心理，他们急需要安定，急需要"流着奶与蜜的故乡"。一部《旧约》就是一部希伯来人不停的迁徙史。他们从美索不达米亚平原上的乌尔出发，不停地漫游，依照着亚伯拉罕的神"上帝"的指示而向着迦南之地而去。在漫长而艰难的迁徙中，他们与所有游牧民族一样，形成了游牧民族早期的思想，不停地要思考"我是谁"，"我从哪里来"，"我到哪里去"等问题，形成了人类最早的哲学思想和一些信仰。人类的记忆基本上都是从这个时候开始的。

从世界各地游牧文明的特征来看，其为人类文明提供了原始信仰、星象学和一些地理、自然知识，甚至最早的文字。如希伯来人的《旧约》与上帝信仰，中国的伏羲在率领族人迁徙之中创八卦和西王母信仰的萨满教，从伊朗高原上冲下来的游牧民族雅利安人侵略了印度河和恒河流域而创立了婆罗门教，而同样从伊朗高原上下来的另一支操着印欧语系的游牧民族则入侵了克利特岛，形成了早期的古希腊文明。但由于他们是"逐水草而居"，且有万物崇拜的信仰，所以不大重视修筑城池。

第二种文明则是前面述及的农耕文明。地球经历冰川期之后便进入海洋时期，然后海洋慢慢退却，高原突出，森林诞生，人类便开始繁衍。

大洪水时期正是海洋退潮之时,人类各地的史诗都记载了这一时刻。人类正是在这一刻进入文明时代。农耕文明大都是在大河边的淤泥(陆地)上诞生,气候宜人,且能群居和复制农业。它第一次使人类有了安居乐业的生活,所以礼仪、文字、陶器、铁器、国家等逐渐诞生,但与此同时也常常会遭遇外来侵略,所以战争不断。因为安定,所以形成了中庸思想、轮回观念和道法自然的思想,但同时其自身的弱点也慢慢突现,坐井观天、夜郎自大、小国寡民、安逸自在、不思进取等文化上的弱点是很容易形成,而这也正是其容易被外族打败的原因。

第三种是海洋文明。因为在岛屿上生存,耕地极少,也存在"内中不足"的困境,不得不向海洋索取,战争频仍,所以每个岛屿的人类早早地积聚在一起,形成国家,发展商业和农牧业,并不停地寻找新的殖民地。

钱穆先生在分析了三种文明后认为,游牧文明和海洋文明因其内中不足,在文化心理上形成了一种极强的侵略性,而农耕文明则容易满足,自给自足,乃人类追求的理想之境。游牧文明在后来基本上融入另外两种文明中,停止了其迁徙的脚步,而海洋文明则不断壮大,与其他文明不断融合,在海洋大发现之后开始进入殖民世界的进程,成为当今世界最为强势的文明。古代四大文明古国因皆为农耕文明,在后来的演进中,只有中华文明在与游牧文明的不断融合中保持了其主体特征,其他几大文明则消失或中断于游牧文明和海洋文明的冲击中。

之所以进行如此冗长的论述,是要对凉州先秦早期的文明进行一次新的考察和论述。

3

历史上,对凉州进行最为确切而生动的记载基本上到了汉武帝时代,也就是霍去病两次与匈奴大战之时。我们可以清晰地看到,在霍去病跃马河西之时,整个河西地区皆为匈奴生活的地区,属于游牧文明。那么之前呢?学者们发现,除《禹贡》和《史记》中记载其为九州之一的雍州之外，其他的内容便语焉不详。学者们在论述先秦时期的凉州文化时往往被"雍凉"二字所困之外，基本上无法揭开凉州的真面目。如果我们放下固有的中原文明中心说和欧洲中心主义的史观，那么，我们就可以依照历史的一些星光来重新演说中国西北部的历史。从今天来看，全球化的路径主要是以海洋为场域的，但是，在北宋之前，甚至到了蒙元时期，中国面向全球发展的路径还是古老的陆地。古丝绸之路是重要的历史向度。顺着这个路径往后看，凉州及其广阔的河西走廊便成为中国发展的重要地区。很多人以为，丝绸之路的开凿是汉武帝时代的事，先秦之时毫无作为，这都是中原文明中心说导致的误区。事实上，无论是汉武帝之后还是之前的中国，其自身的发展和与整个世界的交流，西北的草场仍然是古老的通道和场域。

神话是一个国家和民族最早的史诗与图腾。中国的神话起自昆仑。但昆仑到底在哪里？学界始终未有定论。自然也无法有定论。这与我们的文化观、历史观甚至政治观有关。有一种观点认为，昆仑山指的是祁连山，而中国人的先祖燧人氏最早生活在祁连山，开始观测天象，形成了最早的星象学。伏羲氏、黄帝之都据说最早都在昆仑之丘。但因为都是传说，史书上的记载玄之又玄，无法真正确信。如果我们把希伯来人的迁徙图以及月氏、匈奴人的迁徙图看一下，也确信我们的先祖在那时最早也过着游牧生活的话，那么，我们应当要相信他们是不断迁徙的，但起点应当是昆仑，一如希伯来人是从乌尔出发一样。

有人说根据昆仑山的一系列记载与祁连山的部分特征相似，比如《山海经》中记载"昆仑之北有水，其力不能胜芥，故名弱水"。比如《穆天子传》中穆天子所走路线确到过河西走廊，并称昆仑山上有玉，而祁连山上也有玉。还有如《史记》说黄帝西至空侗，而酒泉祁连山脉中确有一山名空侗。再如《史记》中所载尧、大禹所治天下最西边都是至于流沙之地，即尧流放三苗于三危，大禹所分九州之雍州之西至于黑水，所开九道最西至于弱水。因为这些原因认为祁连山之西有传说中的昆仑山，也是有一定根据的。当然，从现有的祁连山脉进行考察，很少发现对神山的崇拜遗迹。

另一说昆仑乃传说中当今昆仑山脉中的阿尼玛卿山等也有道理，至今当地人仍然有古老的崇拜，但是，那里又没有玉石。三说昆仑山乃今天新疆和田县的一座山，山上不仅有瑶池，山下还有一千多公里的和田玉，汉武帝将此封为昆仑。这些传说都有一定的道理，也可能是不同年代的人们在不同地点对昆仑山的记忆而形成的。

如果说传说中的昆仑山乃昆仑山脉中的某个"神山"，那么，可以断定我们的先人基本是从两条路线迁徙的。一条是沿着黄河迁徙，这与希伯来人的迁徙有类似之处。第二条是从新疆沿着草原迁徙，而祁连山北麓的河西走廊以及其东北景泰、靖远、银川、内蒙古等地和西北的新疆基本上属于广阔的草原。这是游牧民族最大的草场和王国。这可以从月氏、匈奴的迁徙图和自夏以来九州之一的雍州的地理上看出来，也可以从后世北方少数民族在此呼啸聚居和迁徙看出来，甚至也可以从成吉思汗的铁骑行走的路线图看出来。但第二条也可能在黄帝至尧及禹之时迁徙至祁连山脉。当然，从昆仑山脉上迁徙至祁连山脉也是顺理成章的，是符合地理纹脉的。至今，在祁连山南边的一些山脉中仍然有昆仑的崇拜遗迹。

故而，我们可以得出一个结论，到了《山海经》《穆天子传》《禹贡》《史记》等这些古籍产生时，昆仑已经成为一个华夏民族的文化记忆，一个不停地被祭祀的故乡，这样，昆仑也便会有好多个地方，而传说也就会相互混淆。但从这些典籍来看，昆仑与青藏高原上的昆仑山脉慢慢地脱离了关系，代之以祁连山、天山上的昆仑了。但关于新疆的天山的明确记载和疆土界定一直到了汉代，而祁连山脉的疆土界定则早在尧和大禹时就明确了。从各种古籍中得以证明，九州之一的雍州便是此地。

因此，我们从游牧民族的特征和人类学考古可以猜想，华夏族的先人定是从一个叫昆仑山的地方诞生并不停地迁徙，而《山海经》中的昆仑也可能只是迁徙过程中的一个居点，《穆天子传》中的昆仑不管是祁连山还是天山，仍然只是其迁徙中的一个相对长久的居点。试图将其固执地定位于阿尼玛卿山或祁连山或天山都是不可取的。至于这些地方的民俗、祭祀山祠等都会随着迁徙而迁徙的。此外，从如今人类学、语言学的考古发现，早期北方民族大多信仰萨满教，而信仰天则是其基本的信仰，匈奴和华夏民族共同都有对天的信仰，也说明其在文化上都有交融，或是有共同的出处。假如综合今天地理学、人类学、语言学、考古学及古籍所述，祁连山脉及其以北的广阔草场更有可能是我们先祖的游牧之地。

这是由祁连山和黄河决定的地理形态。这块地理自古以来就是一个整体。而从大禹分封的雍州将姑臧确定为州治或政治文化中心之一就可以清晰地看出来，在此之前，在三皇五帝之时，姑臧就是这片地理的中心，而到夏之后的漫长岁月里，或名休屠、或名武威、或名姑臧的凉州始终都是这一地理的中心。古羌人、月氏人、匈奴人以及许许多多在历史上未曾留下族名的民族都曾在此居住、繁衍和迁徙，他们基本上都将凉州作为都城、中心。从昆仑山上迁徙而来的华夏各族一部分沿着黄河向中下游而去，终于在中原地区停留下来，另一部分则放牧于这广阔的原野，留下了古老的传说，西王母一族便是一支。

4

从《山海经》的传说来看，西王母是生活于三皇五帝时期，《山海经》中的西王母是"其状如人，豹尾、虎齿，善啸，蓬发戴胜，是司天之历及五残"。又云"王母之国在西荒。凡得道授书皆朝王母于昆仑之阙"。到《穆天子传》时，西王母已经变成一位美女："西王母为天子谣曰：白云在天，山陵自出。道里悠远，山川间之。将子无死，尚能复来。"甘肃省平凉市泾川县有王母宫，据传乃西汉时所建，为天下王母宫之祖庙，里面既有《山海经》中所描绘的形象，又有周穆王会见过的能歌善舞、居住于琼楼玉宇中的西王母形象。其实两者相差近两千年。《山海经》中的西王母生活于昆仑山上，其形象其实是流行于北方游牧民族中的萨满形象。萨满是巫师的别称。萨满教是人类原始宗教的一种，曾流传于我国东北到西北边疆的草原地区的一种宗教，东北的鄂伦春、鄂温克、赫哲和达斡尔族到20世纪还保存着这一信仰。迟子建的《额尔古纳河右岸》写的就是最后一个萨满的生活。据人类学家考古得知,萨满教通行的地区东起白令海峡,西迄斯堪的纳维亚拉普兰地区,涉及亚欧两洲北部乌拉尔—阿尔泰语系各族。很显然,这种原始宗教是游牧文明的一种文化。而传说中的西王母"豹尾、虎齿,善啸,蓬发戴胜"不就是萨满巫师的形象吗?其掌管着不死之药。

说起萨满教,又不得不提另一个中国人的文化现象,即最早的天干地支的来源。据学者考证,最早的十干曰:阏逢、旃蒙、柔兆、强圉、著雍、屠维、上章、重光、玄黓、昭阳,十二支曰:困顿、赤奋若、摄提格、单阏、执徐、大荒落、敦牂、协洽、涒滩、作噩、阉茂、大渊献。后简化或转换为现在我们熟悉的天干地支:十干为甲、乙、丙、丁、戊、己、庚、辛、壬、癸,十二支为子、丑、寅、卯、辰、巳、午、未、申、酉、戌、亥。很显然,被简化转换的天干地支与我们的汉语是统一的,但原来的天干地支名称则是我们不熟悉的。这就使我们联想到一些传说,比如说燧人氏、伏羲氏、黄帝都在昆仑之丘观察天象,目前的天干的传说是黄帝命大挠氏观察天象而创。而原始的萨满教所说也有天干的运用,或者说,在原始萨满教中也有天干地支的命名。目前我们无法得知原通古斯语系和阿尔泰语系最早关于天干地支的称呼是什么,但从华夏族和当时西北方游牧民族共同使用天干这一现象来看,我们也许可以得出一个猜想,即我们的先祖在昆仑之丘时,是与北方游牧民族融为一体的,至少与西王母族是一体的。《山海经》和后世很多史料都证明了这一点。

那么,我们是否可以进一步猜想,那些至今我们没有任何解释的天干地支的称呼也许就是在昆仑之丘时就有的,也许它并非我们汉藏语系,可能来自古通古斯语和阿尔泰语。恰好与西王母有过交往的黄帝又命大挠氏来创立天干。大挠氏会不会是借用西王母(萨满)所正在运用的一些关于天干的知识或名词来创立的呢?如果是,那么,关于天干的创立就是我们先祖在与外来文化的交流中创立的,而非我们在当时凭空创立的。这是不是一种巧合呢?这种猜想丝毫不污辱华夏文明的尊严,相反,它给予华夏文明与整个世界交流的一个机会。进一步讲,华夏文明并非后世一些文化学家所讲的那样是封闭的,恰恰相反,在中国的西北方,在伟大的丝绸之路开创之前，就一直是华夏文明与西北方游牧文明交流的一个大通道，而西王母便是一个最好的文化符号。

传说，黄帝之时，西王母曾经帮助黄帝打败蚩尤。《瑞应图》云："黄帝时，西王母献白玉环。"到了尧帝时，"尧身涉流沙地，封独山，西见王母"（《贾子修政篇》）。《易林明夷之萃》又云："稷为尧使，西见王母"。到了舜时，"舜以天德祠尧，西王母来献白环五块"（《尚书大传》）。可见西王母非一人，而是昆仑山上的一国之王。大禹时开九州，曾到过弱水流沙之地，将其以东至黄河之地封为雍州，大概也曾与西王母会合，但并没有在史料中记载下来。夏后期和商时以及周初，河西之地被西戎和古羌所占，再无西王母的记载。

直到周穆王之时，他才重新征西，获西戎五王，远至昆仑山，再与西王母会盟。如果说昆仑在酒泉一带的祁连山，那么周穆王此次征西，一是重新获得了尧与禹时的雍州之地；二是获得了当时的祭祀用品玉器，开通了玉石之路；三是与西王母会合，求长生不老之药，且与其结盟，开通与西域世界的通商之路。如果说昆仑在天山一路，那么，周穆王也必定要穿过千里走廊，到遥远的新疆去寻找西王母。从后来汉时月氏人的游牧图来看，敦煌和新疆地区曾长期为其所据，进一步说明其实河西走廊与新疆仍然属于一个地理文化板块。此时的西王母住在琼楼玉宇，能歌善舞，且有美酒美颜，但她与《山海经》中的西王母已经有了近两千年的距离。泾川王母宫将两种形象都雕塑了出来，但其实两个西王母相距将近两千年。

穆天子之后，西王母便只是生活在传说中，后世再没有出现过。似乎是西周末年，西戎再次脱离周王室。秦便是在收编部分西戎后发展起来的，但是河西之地并未在其范围之内。此时，这里是狄戎和月氏、匈奴人的游牧之地。

穆天子之后近千年时，汉武帝再次出兵，将匈奴大败于漠北，并将汉人移居于河西，连同戍边军队一起开垦此地，将河西人的生产方式转变为农耕文明。汉文化也由此传于河西，从此，河西之地才真正地成为中原农耕文明的一部分。汉武帝也与穆天子一样巡游各地，向西则巡游到空侗山，并将此处的王母宫封为天下王母崇拜之祖庭，将新疆能产和田玉的山命名为昆仑山。他的这一命名，不仅把华夏文明的版图明确扩大至新疆的和田，同时，也将西王母明确为华夏族人的先祖。也就是说，西王母族人曾经生活在凉州以东的平凉泾川，那里在当时也是游牧文明的边地，而其西边则至于新疆的和田一带。它属于雍州。所以，在先秦，凉州一带的文明始终以游牧文明为主，农业处于过渡之中，而以古羌人、狄戎人为主，有的学者考证西王母国是古羌国，但他们后来被月氏和匈奴所冲击，消失在历史之中。

现在让我们回头再来考证一下雍州与凉州的关系。《禹贡》和《史记》皆曰："黑水西河惟雍州。"此乃夏禹所封之九州之一，包括今宁夏全境及青海、甘肃、陕西、新疆部分、内蒙古部分。可见，整个西方和北方的游牧之地都是雍州之地。但到了商和周时，雍州就很小了，黄河以西的河西走廊及新疆不在其疆域之中，秦始皇统一六国时，陇西郡也不包括河西地区。说明在这段时期，河西之地一直被游牧民族统治。一直到汉武帝大败匈奴时，凉州及河西地区以及新疆地区又归于一统。

此时，便是霍去病跃马天山之时。当十九岁的霍去病在休屠城获得匈奴的祭天金人时，就已经取得了决定性的胜利。从某种意义上讲，祭天金人代表了匈奴人的信仰。休屠城大概就是长期进行祭祀的地方。有学者考证，休屠城在今武威城和民勤城中间的四坝乡。但另一说是休屠城即今天的凉州城，又名姑臧城。姑臧也是匈奴语，此城亦为匈奴人所筑。匈奴人把其北边的沙漠和戈壁都命名为腾格里，将南边的山命名为祁连。腾格里和祁连都是天的意思。匈奴人的信仰仍然是早期的萨满教，对天的信仰是最高信仰。所以，祭天金人所在地方应当是匈奴人的中心之一。夺得祭祀法器后，霍去病长驱直入漠北，在今内蒙古的狼居胥山举行了祭天封礼，在姑衍山举行了祭地禅礼，立碑纪念，兵逼瀚海，将匈奴对华夏的威胁彻底荡除。在信仰的层面，霍去病是彻底地战胜了匈奴。

然后，汉武帝在河西设四郡，武威郡始。武威，意即耀武扬威之地。凉州从此开始。

5

中国历史，从文化的角度大体可以分为三个阶段：第一阶段为秦之前，即先秦阶段，属于中国文化的政治制度创立阶段。神话繁衍，诸子兴起，百家争鸣，疆域扩张，礼制草创，文化始创。孔子将夏之前的历史视为公天下，夏之后的历史视为家天下。今天的历史学家也认同此说。第二阶段为秦汉至清末，属于大一统的封建制。汉武帝时，采用五经博士董仲舒的思想，以儒家为纲集百家之长而息五百年来诸侯争霸、百家争鸣之乱；以天人感应学说创立政体，君权神授，朝纲确立；以三纲五常匡正君臣伦理、家庭伦理和人的道德伦理；以五行学说演化天地四方，道法自然，使农耕文明完备而大兴焉。此后两千多年，皇帝轮流坐，但政制、人伦未尝变也，此所谓"天不变，道亦不变"。汉武帝和董仲舒之功，历史并未给予中肯的评价。他们在先圣基础上创立的政体人伦不但使中华文化源远流长，而且包容并蓄，自成一体，所谓"崖山之后无中华，明亡之后无中国"和清史研究中的种种异端邪说以及近现代以来对中国传统文化的灭绝论，不过是不明文化之真相，试图斩断中华文脉而已矣。呼唤！从华夏之初起，中国便是一个汉文化与北方、西方游牧文明融合的帝国，中华文明更是一个以汉文化为主，不断融合各种文化的大海，岂是简单的原始血脉论能断流的！第三个阶段为新文化运动至今的社会主义阶段。进化论、唯物论与西方文化、科技引入，天道始变、人道亦变。中国重新进入公天下的演化阶段，现在仍在创立阶段，各种艰难可想而知。

自夏始，中国进入家天下，国家控制在血缘关系之下，但是在此之前尧舜的禅让制沿袭了一种圣贤为王的习气，若是再说得好一些，就是德才兼备者得天下，但禹之儿子夏启之后成为世袭制，且此种世袭制与之前的禅让制的最大区别在于血缘内部争权夺利，相互杀伐。商也未能例外。周公试图减少这种杀伐和混乱局面，于是确立了宗法制，其中，男尊女卑和长子继承制由此开始。它不但在政治上明确规定女子尤其是后宫不再参与政治，在家庭内部男人为家长，且长子为家长、族长、诸侯之长和天下继承人。这种在夏和商的经验之上确立的礼制在周时已经被确立，但是，西周末年，天子弱，诸侯强，于是出现诸侯争霸的政治局面，同时，天子之礼乱，人心乱，于是，诸子崛起，纷纷立说，人心始乱。后世不断有人美化诸子时期，殊不知那正是民不聊生的乱世。世人美化民国时期大师辈出，却不道当时军阀混战，民生极艰。为强调一点，却置生民于不顾，此种论点实为诛心之说。事实上，从文化和人心的角度来讲，用《易经》的道理是最能说明问题的。家天下的极端便是专制，便往往是只顾血缘关系的顶端，而顾不了广大的民间。于是，便出现两极分化，最终导致社会动乱。此时，各诸侯和军阀便乘机重新洗牌。这是历代皇室最终没落而新的王朝又重新崛起的原因。一阴一阳谓之道。皇室以万民为天，则是"地天泰卦"，天下平衡、稳定，若是皇室以自身的利益为根本，离百姓越来越远，便是"天地否卦"，两极分化，最终天下大乱。周幽王只为褒姒一人之笑而将天下于不顾，西周终亡。此后的东周便是诸侯争霸时期，也是诸子崛起之时。

周礼在西周时被废，孔子以为这是西周乱象的原因，故而逆流而上，冒天下之大不韪，尊周公而倡周礼。从根本上来讲，孔子从礼的角度只是讲了其外部原因，即要让诸侯对天子行诸侯之礼，社会各阶层行自身的礼，天下将治。整部《春秋》和《礼》说的就是这个问题。那么君王怎么做呢？这就是仁。仁者爱人，君王要爱惜自己的臣民。仁是道德内核，礼是规章制度，内外兼顾。然而，君王如何为民？君王与民的关系如何？孔子在这一点上论述不充分，但在后期对《周易》"泰卦"的论述中已经表明了态度。孟子则明确地解决了这一问题，"民为贵，君为轻"，君以民为天。

然而，诸侯之旗猎猎，诸子之言灼灼，天下喧嚣，此起彼伏，你方唱罢我登场，何时为尽头？何时能安居乐业，自由自在地生活？故而强秦崛起，统一六国，中华一统，结束了诸侯争霸之乱局。但秦的问题有三：一是暴力统一下的国家内部存在着危险，这便是项羽所代表的力量；二是只顾自身家族的利益，不爱民，所以出现否卦所描述的现象，两极对立，民必将动乱，这就是陈胜、吴广所代表的力量；三是百家之书虽焚，但其言犹在，人心骚动，国家虽统一，但人心不服。在此三种力量在作用下，暴秦亡。汉帝国明白这一点，所以采用道家治国，修身养性，使民自治，结果呢，文景盛世埋下了新的问题：皇室中央的声音越来越弱，地方诸侯和豪强崛起，土地被兼并，大地主崛起，可国库空空，而且两极分化严重，国家面临动乱。如果我们总结前人的经验，那么，秦的胜利和统一六国是靠什么呢？主要是强大的军事力量，在治理国家方面则主要是法家治世。而汉初的文景之治使百姓富强，主要靠的是道家的思想。到了汉武帝时，这些问题都摆在了他的面前。更何况他在前面也主要是靠严酷的法家思想来打击诸侯豪强，吏治有了好转，皇家中央的力量也强大了，但是，仍然面临几个问题：一是如何真正地削藩，使国家长治久安，这需要一套制度；二是两极分化严重，民间面临动乱的可能，需要治理；三是匈奴侵扰边境，外患严重。

历史行进到这一步，自有其规律与命运。先前的思想都不灵了，怎么办呢？需要文化和制度创新。于是，汉武帝便向全国征求思想。董仲舒就是在这时候出现的。他也是应运而生。

董仲舒是五经博士，但他不仅通晓儒家的经典，而且还通晓百家的言说。比起孔子、孟子和荀子，他掌握的知识和思想要远远胜于先圣们。他的学生司马迁可证明这一点。司马迁在《史记》中暴露了他们师徒二人的雄心，他说，五百年出一个圣人，周公乃圣人，制礼作乐，天下安定了五百年，但五百年后礼崩乐坏，所以孔子出。孔子再一次崇周公之礼，至今又是五百年了。如今又是礼崩乐坏的时候，圣人快要出了。看得出来，他们共同崇尚的圣人仍然是周公，他们是儒家的传人。但是，他们不是原儒家，而是新儒家。儒家自孔子创立后的几百年来，经过百家争鸣，其自身的长短也被充分地讨论，同时，百家争鸣几百年，其各自的优长也凸显了出来。董仲舒和司马迁所面对的时代再也不是孔孟之时的时代了。那时，诸侯争霸，百家也争鸣，如今，国家统一，思想还能出自百家吗？自然不能了。时代有时代需要解决的主题。于是董仲舒上书自己的新儒家思想，重提儒家和百家，但以儒家为主体为核心，其他思想只能依附于儒家，这就是罢黜百家，独尊儒术。司马迁在《史记》

中进一步讲,儒家有自己的长处,但也有短处,其他各家也一样,所以取长补短,共同成就了一个大一统的新儒家。

他把儒家和道家、阴阳家等结合在一起,创立了新的礼制、君权神授说和天人感应思想。君权神授说一方面使君王的统治得到民间宗教、巫术的认可,巩固了皇权,但同时,天人感应说又限制了皇权,使"天"与"百姓"统一在一起,形成了君轻民贵的格局。新的礼制则是"三纲五常",在朝廷,君为臣纲,这便是孔子所倡导的周礼;在父子之间,父为子纲,使上下伦理分明;在家庭和各种政治活动中,夫为妻纲,男尊女卑,在朝廷,女人不能干政,以此彻底取消后宫专权的可能性,彻底杜绝汉以来太后专权的种种弊病,在家庭,丈夫是家长,女人则是各种家务的执行者。周公的宗法制从孔子到董仲舒得到了真正的制度性的继承和巩固。长子继承制也成为法典。而每一个人在社会生活中的纲常也得到了明确,这便是仁义礼智信五常。从朝廷到家庭到个人,都有了可以依循的纲常。

他又把儒家和法家结合起来,形成了"《春秋》决狱"的思想。此时的董仲舒已经不做官了,他也谨守礼制,从不妄谈朝廷大事,但是,汉武帝每逢大事都要请教他,有人将此记录下来就成了"《春秋》决狱"的法治思想。在董仲舒看来,光是依靠商鞅以来法家治世,则人心依然未被教化,人只是靠外在的律法而约束,这是不懂大道的原因。

他把农家、阴阳家等结合起来,形成了新的关于时间、耕作以及国家地理空间的格局。

凡此种种,足以说明,已经没有哪一种思想能够统摄当时的社会心理了,只能集百家之长形成大一统的思想,才符合当时的实际,而儒家思想因为是上承周公、孔孟,至董仲舒时已有上千年的传承了,其代表的也是上千年甚至可以追溯至伏羲氏,三皇五帝所创立的各种道德都在其承继之中,又怎能不是先秦上古中国历代先圣之治世经验呢?故而其自然成为中国政治思想的核心部分,何况周公以来的礼制思想就是解决当时社会各种矛盾的重要法宝。

孔子的思想在此时得到了真正的继承和发展,而百家只能融合于儒家，这才是真正的罢黜百家、独尊儒术。如果说没有董仲舒这种兼容并蓄、包容和合的大胸怀，儒家便不可能在历史上壮大起来，也许就断流于汉代，百家也便不知如何发展了。如果没有汉武帝的雄才大略，不知哪一代帝王才能做到这种一统天下。吞并六国容易，但治理六国百姓的心则难矣。董仲舒与汉武帝做到了。后世帝王再无创新，只是继承这种体制与思想罢了。这既是后世中国少有思想家出世的原因之一，也是中国文化再没有断流的原因之一。"五四"时人们并不知道董仲舒做了什么，也不去追问为何这么做，只是因为"罢黜百家，独尊儒术"八个字与西洋人提倡的民主和古希腊人所谓的百家争鸣对立而将其全盘否定了。一百多年来，也未曾有几人为董仲舒说句公道话。自然，也就没有对汉武帝和董仲舒公允的评价了。

6

那时，汉武帝二十二岁，董仲舒四十五岁。八年后，汉武帝以五行学说重新演运四方国土，国家首都为长安，其为土方，东南北仍然属于木火水三方，而此时的西方便成了河西之地，其为金方，于是改雍州为凉州，以其土地寒凉，五行属金行，故名也。凉州成为汉代十三州之一，领河西诸地，也包括今天的青海部分地区，而河东之地属司徒校尉，不属于任何一个州。至此，古雍州消失，凉州始。公元前81年，也就是凉州设立后四十五年时，在今兰州之地挖出金子，因其在西方，仍属五行中的金方，于是命名为金城。

如果说雍州更多的代表了当时中国西北方动荡不安的游牧文明，在自有神话开始至夏分九州，再至汉武帝西逐匈奴，它成为华夏文明与西域文明的缓冲地，时而是华夏地区的一部分，时而又成为西戎、月氏、匈奴的一部分，所以动乱频频，游民四荡，魑魅魍魉横行，"上帝不宁"，华夏不安，所以"命汉作凉"，"并连属国，一护彼都"，华夏从此安宁，那么，到了凉州之时，河西四郡的设立以及一系列移民、屯田政策，使凉州和河西逐渐变成了农耕文明，沃野千里，物丰民安，故有"金张掖""银武威"之美称。公元前102年，汉武帝再次派军攻破大宛城，夺得天马，终使西域各国俯首称臣。第二年，汉武帝便在新疆的轮台、渠犁等地驻兵屯田，新疆大变。当新疆天山南北也开垦出万里碧野之后，凉州与河西的千里良田便成为连接中原文明和西域文明的重要区域。也是因为屯田等生产方式的改变和此后数百年中原文明的浸润，这里成为华夏文明向西传播的重镇。

当年匈奴浑邪王带领四万多人投降，汉武帝授予其封号，命其继续留守凉州，并与凉州的驻兵们一起开垦土地。世代游牧的匈奴人从此安顿下来，慢慢地将以游牧业为主的生活方式转变为农耕为主的生活方式。这些匈奴人便成为凉州人的先祖。而那些戍边的士兵不仅带来了中原一带的文明、习惯、风俗，改变着匈奴人的风俗习惯，还与匈奴一起杂居在凉州，一同再造凉州。因为没有了匈奴侵扰，凉州及整个河西成了中国最边缘但也最安定、富庶的地方。东汉凉州牧窦融的高祖父曾为张掖太守，从祖父曾为获羌校尉，从弟曾为武威太守，所以他了解凉州及河西之地，他对兄弟们说："天下安危未可知，河西殷富，带河为国。张掖属国精兵万骑，一旦缓急，杜绝河津，足以自守，此遗种处也。"（《后汉书·窦融列传》）所以他请人向更始帝刘玄请求镇守河西之地，得到允准。后在汉光武帝刘秀时又积极响应，大破隗嚣，又被任命为凉州牧，功封安丰侯。在窦融治理凉州的十多年间，他采取了多种政策，尤其是宽容的民族政策，使河西之地经济繁荣，民族团结，一时之间农牧业闻名天下。早在汉武帝之前，在月氏、乌孙、羌人和匈奴的经营下，"河西畜牧为天下饶"，汉武帝又大力推进农业，到了窦融之时，更是双向并进，既鼓励原来的一部分游牧民族继续发展牧业，同时在地方郡一级设"农都尉"，在县一级设"田吏"，积极推进农业，当时河西地区所种植的农作物品种多达二十多个，其繁荣与中原可比。当他去洛阳晋见光武帝时，牛羊浩荡，蔚为壮观，世所罕见，仅拉车的马就达四千多匹。

在窦融为凉州牧时，凉州成为当时天下的商业中心。在丝绸之路开通之后，西域一带的小国都到中国来经商，除洛阳、长安之外，凉州当时是西域商人通向首都的最大都市。当时，其他地方的交易市场一天最多三市，但凉州因为商人众多，三市不足，只好开了夜市，所以只有凉州为四市。

窦融之后，对凉州做出大贡献的是张轨及其后人。此时已至魏晋。张轨与窦融来河西都有共同之处。窦融"图出河西"，一方面是其对战乱的避让，另一方面则是对河西的深刻把握。张轨本也是关陇籍人，对凉州及河西之地多有了解，另一方面在"八王之乱"后对动荡不安的政局也颇有规避之心，这可能是其受业师皇甫谧的影响，所以卜有一卦，名泰卦，再卜一卦，为观卦，喜道，可以去矣，于是上书要求去任凉州刺史。

张轨到，五凉时期启。

今日来看，张轨之所以开创凉州之治基本都是遵从了儒家的政治理念。首先是尚礼。《晋书》说张轨卜到泰卦和观卦后兴奋地说"霸者兆也"，当是以乱世贼者的心理来思忖的。张轨曾受当时大儒皇甫谧教诲，礼乐传统当然不可废。也是因为才学与德行受到贵族们的认可而被推举上去的。他到凉州后始终遵守着晋世之臣的礼节而不曾废，即使到死时仍然对后人叮咛："文武将佐咸当弘尽忠规，务安百姓，上思报国，下以宁家。"后世子孙基本上都遵守着这一礼节而不乱。这也许才是凉州中兴的大因。若是张轨据凉后有二心，则一定会兴兵作乱，凉州何有安宁耳？

有了这个定力后，他到凉州后做的第一件事便是"举贤良"，以忠、义、节作为选举标准，受到士子们认同，任用宋配、阴充、氾瑗、阴澹等名士为官，一时文人受到重用。第二件事便是办学校，"始置崇文祭酒，位视别驾。征九郡胄子五百人，立学校以教之，春秋行乡射之礼"（《晋书》卷86《张轨传》），学习礼仪和儒家经典，一时教育兴盛，文昌武兴。第三件事是收容中原及关中流民，包括大批士子。从"八王之乱"到"永嘉之乱"，北方受难，中州士人纷纷避难，逃至凉州，其中多有大户人家，于是，张轨便在武威设立武兴郡，专门收容这些中原和关中来的士人与流民，后又在西平郡（今青海西宁市）设晋兴郡，同样收容士人与流民。这些大户人家带来的不仅仅是财富，还有中原的文化。在当时，凉州独安一隅，成为天下福地。第四件事是大兴文化建设。有学者研究得出结论，张轨令主管文教的官吏详述凉州自建州以来的贤者；发掘高才硕学的经史家；表彰为国殉义的烈士义民以及各种在道德方面可嘉奖者。凉州百姓对此皆为欢喜拥戴。第五件事是经营西域，使其成为凉州的附属地。早在三国曹魏之时，西域各国便是凉州的管辖之地，后来失控。张轨之时，凉州靠自身之力经营西域，实为艰难，但仍使西域各国臣服凉州，来献贡品。凡此五件事，一直持续了多代人，使凉州成为河西与西域的中心。

因为此，陈寅恪先生才在其《隋唐制度渊源略论稿》中述道："秦凉诸州西北一隅之地，其文化上续汉、魏、西晋之学风，西开（北）魏、（北）齐、隋、唐之制度，承前启后，继绝扶衰，五百年间延绵一脉，然后始知北朝文化系统之中，其由江左发展变迁输入者之外，尚别有汉、魏、西晋之河西遗传。"而"隋唐之制度虽极广博纷复，然究析其因素，不出三源……又西晋永嘉之乱，中原魏晋以降之文化转移保存于凉州一隅，至北魏取凉州，而河西文化遂输入于魏，其后北魏孝文、宣两代所制定之典章制度遂深受其影响，故此（北）魏、（北）齐之源其中亦有河西之一支派，斯则前人所未深措意，而今日不可不详论者也"。这是凉州文化第一次被史家如此中肯地评价。

其实，魏晋以来凉州边陲的这种文化之盛，除了张轨及其子孙后世几代的贡献之外，还有一个人的贡献也是不可低估的，那便是吕光。

7

吕光在正史中一般被当作晋朝的对立面来树立的，其所在的前秦也被称为"伪秦"，故而历代史家从未将其贡献正面来评价，然而，在今天重新来看，他对凉州的贡献是很大的。吕光之前，前秦已经派大军收复凉州，结束了前凉张氏九代七十六年的独立经营权，使其臣服于前秦，但西域未服。这就成了前秦皇帝苻坚的一大梦想。

建元十九年（383年）正月，苻坚派大将吕光征讨西域，并迎接当时西域的思想领袖鸠摩罗什。前秦皇帝苻坚给了他七万大军，可是，他走的时候，并非只带士兵，还有很多谋臣，这些都是当时在长安的著名文人。史称，吕光率将军姜飞、彭晃、杜进、康盛等总兵七万，铁骑五千，以陇西董方、冯翊祁抱、武威贾虔、弘农杨颖为四府佐将。前面几位主要是武将，后面几位则主要是有名望的文职人员。这些人后来都成了建设凉州的重要士人。此外，吕光得西域诸国，东返时"以驼二万余头致外国珍宝及奇伎异戏，殊禽怪兽千有余品，骏马万余匹"，这是集西域诸国之宝。史官大概忘了，其实，吕光还带来了西域的歌舞，这便是发展到唐代时逐渐完善的霓裳羽衣舞。吕光所带来的七万大军，后来逐渐融入当地，这也是自汉武帝以来再一次以中原之血脉与凉州的多民族的大融合。

这里要讲一个史学家们未曾注意的问题。吕光在凉州遇到的最大困难便是遭遇儒家传统的反抗，频频屠杀凉州名士。我在拙作《鸠摩罗什》中重点探讨了这一点，也虚构了很多人物来反映凉州当时的文脉之盛。吕光来之前，张氏经营七十多载，重点是儒家教化，礼乐之道深入人心。换句话说，张氏九世一直奉晋朝为宗，其意识形态为儒家文化。吕光及其皇帝苻坚乃北方游牧民族，信奉的信仰多是萨满教或佛教，在意识形态方面与儒家文化不同。所以，吕光到凉州后的最大问题便是与这种文化传统对抗和融和。对抗时杀了许多凉州名士，激起文人士子们对他的仇恨，这也是凉州士子们宁肯拥戴张轨第十世传人张大豫的原因。融和则是多方面的。一方面，他开始利用儒家的传统，起用段业等士人来维护其统治；另一方面，也以儒家的宗法制传统多用氏族人为官僚，抑制凉州本土人的势力。但到后来，在文化上还是基本上被凉州固有的儒家文化传统所同化。可见凉州文脉已盛已深。

吕光之后，北凉、南凉、西凉分别崛起。除西凉外，其余四凉都定都姑臧。张氏九代对姑臧的经营，使其在匈奴古城的基础上扩大了若干倍，成为当时整个西北最大最繁荣的都市之一。

北魏之时，凉州是除洛阳之外与大同并列的大都市。凉州人士不断被派往山西，比如修建佛寺就多用凉州人。这再一次证明，中国北方的草原地带与河西之地以及西域是一个整体。他们无论从哪里出发，黄河以西以北的草场都是他们驰骋的疆场。

唐时，帝国强盛，设立了安西都护府，疆域抵达天山南北、葱岭以西阿姆河，与大食（阿拉伯）分疆而治。帝国势力空前，此时的凉州，只是帝国经略西域的一个重镇，但是其作用在日后显得越来越重要。如果隋朝没有打败吐谷浑夺得凉州及整个河西，西域就无法跨越。汉时的匈奴遁亡了，但突厥势力与匈奴不相上下，甚至比匈奴还要强大，因为匈奴时还有月氏、乌孙牵制匈奴，可此时隋朝只能面对强大的突厥。隋文帝杨坚采取的对策在汉武帝的基础上进行了改革。既然没有月氏、乌孙交相呼应，于是就从其内部做政治工作，使其瓦解为东、西突厥国。然后再一一进行打击。从隋朝到唐朝，经过近八十年的征战，帝国才将突厥国彻底摧毁，建立了安西四镇。

此时的凉州，不仅成为整个唐帝国将士去西域建功立业的必经之地。文人的胸腔里也怀着满腔的血性，吐纳出的诗歌也充满了武气，这便形成了慷慨激昂、雄浑大气、波澜壮阔的边塞诗，边塞诗犹以《凉州词》为最。同时，凉州也成为西域及阿拉伯人通往长安的国际大都市。他们长途跋涉，终于来到了繁华的凉州，眼见的尽是"胡人半解弹琵琶"，于是，异乡也成了故乡。唐时的凉州，从过去的地理和政治经略西域变成了经济经略西域。唐太宗成了天下的可汗，"东土大唐"也成为整个西域及阿拉伯、印度人眼里的天朝上国。

在整个唐朝，除了长安的繁华、自由和万国来贡之外，能尽显大唐为国际交流都市的也便是凉州了。它的西边，则是佛经成山的敦煌。而在张掖焉支山下的皇家马场，隋炀帝曾在这里接见过万国来使。整个河西，是天朝与整个世界息息相关的呼吸大道，白银和歌舞日夜相继。如果那时能登上月球，向着地球张望，也许河西走廊是整个欧亚大陆上灯火通明的黄金飘带。它就系在帝国向西挥洒的双臂之上。

那时，帝国是向西而视的，因为世界荡漾在西方。那时，帝国沉浸在英雄之梦中。只要其向东转身，则往往是沉溺于情欲之时，或闭关锁国之时。凉州就跳动在帝国英雄的胸膛。一旦凉州失守，则帝国梦断残阳。中原只是它的卧室。而这一点，往往只是极少数的帝王才能体会到，大多数平庸之帝和芸芸众生则浑然不觉。江山浩荡之时，凉州与河西走廊仿佛脊梁一样挺立在帝国的中央。山河破碎时，凉州则吹奏一曲凄婉的羌笛，成为他国的属地，与帝国隔河相望。

8

北宋之后的西夏，仍然是沿着草原游牧的痕迹，占领了雍凉古地。凉州再次成为夏都银川之外的第二大都市。与北魏时期何其相似！从隋时的统一到西夏占领中国西北部，大致五百年光阴。奇巧的是，从夏禹分封九州以来，几乎是每隔五百年便会失去雍凉之地，那时，中国与世界的交流被切断，而那时也往往是乱世之时。然后，几乎又是五百年之后，它又重回华夏版图。这种分分离离直到汉武帝时才有了明确的历史记忆和历史痛苦，也是从那时起，凉州的每一次与帝国的分离都恰好是帝国被撕裂之际，而凉州从前凉时期种下的儒家传统的种子使凉州始终拥有一种记忆：它是华夏中国的一部分。所以中原乱世之时，凉州及河西安定，且始终面晋称臣。一旦它拥兵自重，自立为王之时，也是其丧乱之时。仔细推敲之下，此乱真在孔子所强调的礼乐之乱。

北宋之后，因为帝国虚弱，丝绸之路被阿拉伯人阻断，帝国之疆域在西域不断收缰，版图不断缩小。曾经英雄的帝国此时文弱得再无能力控制凉州及河西之地，而失去凉州也便无力经略西域，只好在江南一隅寄托哀思，隔江犹唱后庭花，直至崖山之恨。但草原上埋藏着一股蛮荒之力，鼓荡着远古以来的英雄之气，于是，草原民族此起彼伏，终于蒙古族统一了草原，控制了凉州，然后猎猎旌旗和野蛮铁骑直扑西域。西夏、西辽、花剌子模、大理、吐蕃……逐一被破，大蒙古国的势力延伸至西亚和北亚地区，最远达到了东欧和埃及。

凉州成为其关键所在。成吉思汗及其子孙不仅以其为出发点远抵东欧，而且从这里可以轻易地渡河而至东南，南宋随风而散，最为重要的是，在这里，成吉思汗的孙子阔端与吐蕃宗教领袖萨迦班智达·贡嘎坚赞会盟，使西藏纳入中国版图，也是在这里，野蛮的蒙古人开始信仰藏传佛教，一心向善，改变了心性。表面上看，凉州平静如海，但从历史的狂澜之中可以辨出，它曾经是历史的山峦。

也是因为这个原因，元至元十五年（1278年），元世祖在我的家乡建立永昌府，置永昌路，同时降西凉府为州。其时，永昌路属甘肃行省，辖领西凉州和庄浪县。写到这里，我也突然明白，在我的家乡，人们说起永昌府时有一种无端的自豪在里面，仿佛可以与凉州城相提并论。以前不知道，现在明白了。原来这是王爷的属地。我的一位姨姨嫁到了永昌府西北的齐家湖。我曾问母亲，为什么叫齐家湖呢，那里并没有水啊？母亲说，听老人讲，那是王爷饮马的地方，原来有很大很大的一个湖。大概这是从13世纪开始流传至今的记忆，已经七百多年了。

明朝虽也有鸿鹄之志，也曾经略西域，但最终因为伊斯兰东进一时路绝而产生艰难之情状，明初西路大军统帅冯胜在永昌大败元军之后，一路西进，颇为顺利，但多为空城，再至西域，遭遇当时强大的阿富汗帝国和伊斯兰信仰的抵抗，感到昔日西域之地已为他化，故而生出畏惧之心，拨马而还。他之后，放弃西域之声不绝于朝堂。此外，明朝推翻蒙古政权而最终迁都北京，生出"天子守国门"的豪情，似乎东北成了中国的重心，而遥远的西北便成为其可有可无的边陲。这种思想从明时以来一直持续到当代。清时清军入关是从东北南下，民国和共和国建立之初中国共产党与共产国际的联系也是在东北。西北一时耽于昏沉，被风沙渐渐掩埋。

历史的维度发生了极大的转折。汉时太史公曾言："夫作事者必于东南，收功实者常于西北。"这大概说的是宋之前的中国大势。宋之后，丝绸之路绝断，中国与世界的交往开始转向他方，一方是东北，另一方则是东南。元、清两代皆为东北来的少数民族统治中国，共和国建立前后也与苏联关系甚密。而东南沿海则是西方文化与经济的港口。中国发展的端口在不断地增加，而原有西北端口已然生锈。经济凋敝，政治荒芜，文化昏沉，人才凋零，这是西北尤其是河西及以西地区普遍的境遇。

9

　　武威文庙可以说是明清时代西北地区文化发展的一个象征。由于蒙元统治，使曾经昌盛至极的儒家文脉受到极大的创伤。其实，早在北宋时期，张载等一众文士已经看到，在东汉开始引入的佛教在魏晋时期有与儒家争锋的种种势头，而在唐朝李世民、武则天的信仰下，以及玄奘等僧众的努力下，佛教一度有超越儒家正统的情境，这可以从唐代高僧编辑的《广弘明集》的序言中看得出来。儒家的经典多遭批驳、讥讽与遮蔽，直到北宋时张载才有"继往圣之绝学"的志向。此绝学为何物？从"北宋五子"专攻的经典来看，基本上就是四书五经。《周易》则是他们专攻的绝学。从《周易》中，理学精神渐出。所以，从历史和文化的角度来看，所谓理学就是宋时的新儒学，是新的历史条件下对儒学的新的发挥。但是，这种精神还没有来得及认真实践就被蒙元铁骑踩碎了。将近百年的蒙元统治，是游牧文明与农耕文明的又一次融合，但最终以农耕文明为核心。元朝大德十一年（1307 年）成宗尊孔子为"大成至圣先师"。及至明朝"驱除鞑虏"的民族主义精神召唤下，以农耕文明为基础的汉家儒家文明被重点强调，且比过往历史更重视道德的教化。四书五经在科举考试中被确立为教科书，三教逐渐融合归一，儒家则居中。孔孟之教得以空前重视。在前朝的基础上，明朝大力扩建孔庙和书院。武威的文庙就是在明正统四年（公元 1439 年）建立的，后经历代扩建，被誉为"陇右学官之冠"。

　　然而，武威文庙的正门却在近六百年来始终未能打开过。每一次去文庙，我们走的都是东侧的一个大门。讲解员带领我们参观古柏、瞻仰孔子且欣赏过西夏碑和"斯文主宰""书城不夜"等古匾后，就把我们领到了棂星门前，然后还让我们踏上状元桥。在状元桥上，无论是什么时候，都能看见人们在两边的石栏上留下美好的愿望，尤其是春夏之间、高考之前，很多年轻的学子都会来这里把一条红布绑在石栏上，那里寄托着他们毕生的梦想。但往往在最后，讲解员会告诉你，在状元桥南面有一堵墙，名为"万仞宫墙"，庄严肃穆地立在那里，讲解员伤感地说，这里其实是文庙真正的大门，但这个大门必须是要出了状元才能打开的，可是，几百年来凉州没有出过一个状元，所以我们只能走偏门。每次我听到这里时都生出无限的慨叹。

是凉州和河西人笨吗？再一查资料，整个甘肃自科举考试以来未曾出过一个状元。唐时的状元很少，但宋明之后多了起来，也无甘肃的福分。再看全国的状况，明清两代全国出了二百零四个状元，但仅仅苏州就有三十四个。有人做过统计，明清时江南进士占全国数量比例高达近百分之十五，而苏州府最多。苏州园林何能不有？吴越之地何能不秀？故而苏州文庙，被称为江南学府之冠。而南京的夫子庙也被称为全国四大文庙之一。

中国有句古话，"风水轮流转"，考察文化的繁盛地也是如此。"禹兴于西羌，汤起于亳，周之王也以丰镐伐殷，秦之帝用雍州。"太史公讲的是政治，而文化也大抵如此。夏时文化繁荣之地主要在黄河上游，此乃中华文化的主要源头，神话与伏羲八卦在此时已经流传很广，且五行思想已经运用于日常；商时已经到了中游之地，中华文化此时已经渐成集合之势，故而今日看到的典籍里，中原成了中华文化的起源之地，其实这多少有些不顾常识；到周时至春秋已至下游，儒家文化由此起焉；汉唐之时开辟了另一条河流，即丝绸之路文化运河，于是，文化繁荣于长安及其以西的河西走廊；宋之后又是另一条大江大河，即长江流域数百年的繁荣，杭州、南京、上海、苏州等地依次盛开；元明清之时，东北又被点亮，北京成为中国的文化中心；改革开放四十年以来，沿海之地因为与西方文明接壤，于是海边之城次第亮起。至此，文化发展的风水已经基本轮了一遍。

假如从这个情况来看，宋元明清文化繁荣之地主要在江南，而西北之地荒凉至极。整个西北竟然一个状元都未曾出过。怎不令人扼腕慨叹！

然而，即使如此，从五凉时代及至清末，儒家文明始终在坚持不懈地向西挺进，最初与西来的佛教文明相对、相融，使其成为中华文明的一部分；后来又与伊斯兰文明接壤并相互融合。而凉州便成为儒家文明向西传播并融通西来文明的重镇。尽管明清时期兰州已经成为甘肃首府，作为古凉州的武威已经不再是中心,但是,武威的文脉之盛还是其他地区无法相比的。有人作过研究,明清两代甘肃进士共有四百五十三人,其中明代一百六十一人,清代二百九十二人,而清代武威就占了六十五名进士,四百七十八位举人。这一切都有赖于武威有座文庙。或者说,武威文庙的昌盛也显示了武威人对文化的重视,尤其是对儒家文明的崇尚。

独具一格的凉州贤孝显示了武威人崇尚儒教的显著特征。"贤孝"二字,皆为儒家文化的中心词汇。贤是君子人格升华,而孝则是儒家文化礼的核心内容。贤孝所唱的内容基本上都是以古代戏曲中的一些故事为基础改编的,还有一些是原创,融入了道教和佛教的善恶因果报应观念,弘扬的则是儒家所提倡的仁义礼智信等核心思想。这一地方文化的显著特征说明了武威文化中儒家文化的厚重。有一个现象也许能说明这一特征。在当今西北文学中,陕西文学的主体部分是乡土文学,甘肃文学的主体也是乡土文学,但以武威和庆阳为盛。庆阳是农耕文明的发祥地,其文化相比武威的文化来讲,多少有些狂野,武威的文明则显示出一种阔雅。这与五凉时代至今武威一直是儒家文化在西北的重镇有关。

从武威往西,也曾有过永昌书院、沙州书院等,但仍然屹立于当代的儒家文化遗存,则莫过于武威文庙了。在永昌、张掖、敦煌,现在能看到的最多的遗存则是佛教遗迹,儒家文化的痕迹越往西就越淡。到新疆就很少能看到类似于武威文庙的教化之地了。

从某种意义上讲,武威便是中国儒家文化的西疆卫士。如果没有了武威,河西走廊便只剩下单纯的佛教,而西域之地便只剩下伊斯兰信仰了。然而,兰州往西,其地域几乎是中国的一半。

10

从上述可以看出,在上古,凉州是从雍州说起,东至大同,包括今天内蒙古、山西、陕西、宁夏的一部分,西至流沙之地的敦煌乃至天山,南至甘肃天水、青海西宁,北至大漠,凉州是其中心之一。在中古,凉州主要指河西走廊,其中心在凉州,东至兰州,西至敦煌。敦煌只是凉州文化西边的码头。而在今天，凉州主要指以武威为中心的周边地区。我们今天所讲的凉州是放大了的武威或古代的姑臧。因为20世纪初敦煌的发现使敦煌突显为国际显学，从而今天便有了敦煌学、敦煌文化这个概念，甚至于还出现大敦煌的概念，整个古凉州的文化以及西域文化都被统在这个范畴之中。凉州缩减为一个很小的地域范畴，凉州文化便无从说起。

但敦煌文化从核心内容来看，是以佛教文化为中心，凉州文化则主要以儒家文化为中心，其次是佛教文化，再次是道教文化，还有伊斯兰文化。凉州文化是一个大融合的文化，从这一特性来看，它与中原文化更为接近。这是凉州文化与敦煌文化之间本质的差异。然而，如此一说并非要弱化佛教在凉州文化中的重要作用，而是要强调，除了儒家的礼乐教化之外，佛教信仰极大地影响着凉州人的精神生活，尤其是明清以来儒释道三教合一之后，凉州人已经不分哪是儒家的，哪是佛教、道教的。比如贤孝，你可以说它是儒家的，它里面主要是对儒家孝道和仁义礼智信的宣扬；也可以说是道家的，里面处处都有鬼和神仙；还可以说是佛教的，每个故事都是善恶因果报应。再比如，凉州的丧葬礼仪也融合了儒释道三教。

如果说儒家更多地在我们的精神世界里构筑了文明的秩序，明确人在各种现实生活中要遵守的一系列行为规范，使人变成了文明的人，高尚的人，有道德的人，有信仰的人，那么，佛教则更多地明确人死后要往哪里去，或者说告诉我们"我从哪里来"，又"往哪里去"。玄奘在其《大唐西域记》中明确说，他到西天取经主要是解决中国人的生死之教。

不错，在前面我们已经述及，从三代圣人到周公、孔子、孟子以及董仲舒等，都提倡礼仪道德，教人如何向善爱人，如何行孝，如何忠义为人，但唯独没有讲清楚这样做了会怎么样。没有讲清楚人有没有灵魂。没有讲人死后去了哪里。孔子提倡最多的是祭祀，其中对天地和先祖的祭祀是很重要的，但先祖若存在，其灵魂是否永存？同时，先祖的善恶之行对后世又有什么影响，等等。

儒家和道家虽然都奉《易经》为首经，通《易经》者，能知天地大道，能知吉凶祸福，孔子又为《易经》注入一种儒家的道德伦理教化，教人常行君子之道，则可不必占卜即能获得福报，但是，做了君子又能怎么样呢？那样做有什么好处吗？如果人死后都结束了，何必要克己复礼，何必要弘毅？做一个小人或恶人也许得到的会更多，那么，为什么要做君子？儒家给出的理论是天道如是，人道亦如是。可是，天永远存在，而人呢？人会永恒吗？人如何摆脱死亡？

这便是佛教和道教在解决的问题。道教认为人可以不死，能变成神仙。从凡人到神仙，是实现了人的永恒，摆脱了死亡。但是，成为神仙似乎有两种路径，一种是修炼之后飞升成仙，身体还是那个身体，但可以不死了。这种说法至今被凡人怀疑。因为其他所有的宗教以及科学都告诉我们，人的肉体是注定要死亡的，但它是否以另一种形态而存在，则是道教没有完全解决的问题，或者说没有告诉大众的秘密。另一种是做了善事或种种好事在死后成为神仙。这种方法是人间立神的主要方法。每读《史记》，都能看到在夏商周时代，每到一个时代中兴之时，便是祭祀先祖之时，同时也有为先圣立庙的行动。这便是圣人或圣王成神之时，只是这些神无人祭祀，也便从世间消失。三国时的诸葛亮、关羽后世都有庙存在，成了神，一直祭祀至今。常山赵子龙在民间也有庙宇祭祀，但没前二者那样广泛。在一些地方，关帝神后来又演变为财神，代替了前一代财神赵公明。

但在佛教看来，成为神仙还不够，还不能解决现世和来世的所有问题，尤其是安顿现世，比如，现世的所有善恶怎样才能换算为永恒，这一点儒家没有回答，道家也没有理清楚，但佛教提出"因果报应，毫厘不差"的轮回观念，直到所有的恶转变为善，这才能够达到佛的境界，才能得到永恒。这就要求世人不要作恶，你此时的恶必然会有报应，即使这一世得不到报应，在来世或来世的来世必然得到报应，同样，所有的善也将得到回报。这种回报还不仅仅应在自己身上，也应在后代身上，这就与中国人的家族观念连在了一起，是佛教中国化的一个方面。佛教在进入中国后，在与儒家和道家不断地融合过程中，也改造了自身，逐渐地认同儒道两家的理念、方法，有效地解决了中国人生死、日常中的一系列问题，成了中国化的佛教。

而佛教在这种中国化的进程中，凉州起到了关键性的作用。一是鸠摩罗什在武威驻锡十七年对大乘佛教的翻译与传播，二是萨迦班智达和八思巴将藏传佛教通过武威向蒙古族传播信仰。佛教有三个大派，一是汉传佛教，主要是通过丝绸之路和海路传播，以大乘佛教为主；二是藏传佛教，主要是通过藏地进行传播，后传向中国内地；三是南传佛教，主要是在中国的南方和东南亚传播，以小乘佛教为主。三大派有两大派的传播主要是通过武威，可见，武威在汉唐及宋元时代不仅是政治经济的一个中心，而且也是文化在西北的一个中心。

佛教是由释迦牟尼在公元前6世纪于尼泊尔创立，其时的目的有三：一是彻底解决人与众生的轮回之苦，找到了觉悟的无上法门；二是创新已有的知识和观念，重新确立世界观、方法论，是古印度思想、知识的集大成者；三是反抗当时婆罗门教的不平等观念，提出众生平等的观念，解放人类和众生。这在当时的古印度是划时代的。佛陀实现涅槃后的数百年间，佛教传遍印度次大陆。佛陀在世时，是佛教发展的第一个阶段。阿育王时代是佛教传播的第二个阶段，阿育王把佛舍利分为八万四千枚，希望在全世界各地建立八万四千座佛塔，让佛教造福于人类。贵霜帝国时代是佛教传播的第三个阶段，佛教向东传播至中国。魏晋时代的鸠摩罗什至唐时的玄奘时代是佛教发展的第四个阶段，佛教在印度渐渐地失去信众，但在中国繁荣了起来。这一阶段一直持续到清朝时，完成了佛教的中国化历程。

佛教到底是从什么时候传入中国的，至今有各种说法，比如有学者认为秦始皇时期已经有禁止建寺的法令，说明那时已经传入中国；再比如，有人认为，汉武帝时通西域，开丝绸之路，佛教最早在河西走廊传入，武威的莲花山寺就是那时建立的；还有人认为周时佛教已经在中国民间传播；等等。各种说法都有一定的根据。至于官方接受佛教，已经到了汉明帝登基第七年了，即公元65年。他做了一个梦，梦见一个大金人，头顶有光环。第二天有大臣说，这是西方的佛陀在托梦，想到东方来。于是，汉明帝刘庄便命二博士带领人马去西方寻求佛陀。他们在月氏山下遇到了摄摩腾和竺法兰,将其二人带到中国,天子将其安置于白马寺。佛教开始进入官方许可的宗教。三百多年过去,佛教在民间传播甚广,但是,因为翻译家要么是印度来的只懂梵语不太懂汉语的高僧,要么是只懂汉语不懂梵语的高僧,各种谬误便不免产生,同时,对佛教的误解也处处存在。此时,急需一个既精通汉语又精通梵语的高僧来重新把过往翻译的佛经谬误纠正过来。

鸠摩罗什便是三百年来第一个这样的人,且此后也几乎再无这样的人出现,空前绝后,天生此人也。但是,假若没有在凉州的十七年,也不可能造就如此杰出的一位高僧。

11

鸠摩罗什自称是龙树的传人,且是最重要的传人。在鸠摩罗什生活的时代,他所在的国家龟兹信仰的还是小乘佛教。他的母亲——龟兹的公主也是小乘佛教的信仰者,他的父亲大概也是,所以他从小接受的便是小乘佛教。在他七岁时,便跟随母亲出家到佛寺里修习,很快便把所有的小乘佛经学完了,于是,母亲便带着他去了北印度,而在那里,他又把其他的小乘佛教经典学完了。十二岁那年,他在沙勒国遇到了莎车王子须利耶苏摩,遇到了大乘佛教。鸠摩罗什很快就精通了大乘佛法。回到龟兹,他便开始传播大乘佛教。二十岁之前,他已经闻名西域。此后,声名越来越大,三十多岁时成为整个西域佛教界的精神领袖。

就在那时,前秦皇帝苻坚发动十万大军攻破襄阳,获得当时北方佛教界的领袖道安和尚。苻坚以为他获得了整个北方民族信仰的佛教界的最高精神领袖,谁知道安却说,佛教界真正的精神领袖在龟兹,名鸠摩罗什。此时,苻坚也正有意重新收复西域诸国,于是,便派大将吕光率兵七万攻伐西域,迎请鸠摩罗什。当吕光收复西域诸国,带着鸠摩罗什回国的路上,听说苻坚已死,便听从了鸠摩罗什的话留在了凉州。前凉就此建立。吕光虽不信佛教,但他知道鸠摩罗什的分量,便将鸠摩罗什留在凉州,直到他死。

现在一般史书，包括很多佛教著作中，都称鸠摩罗什被吕光留在凉州的十七年是很大的遗憾，甚至谴责吕光没有弘扬佛教，使鸠摩罗什在凉州几乎无所作为，但人们都忘了，如果没有这十七年，鸠摩罗什何以能精通汉语？更有甚者说，如果没有这十七年，鸠摩罗什何以对龙树所弘扬的大乘佛教有深刻的理解与体认。所以，事情可以反过来说，正是因为鸠摩罗什被吕光留在凉州十七年，所以有时间精研龙树的大乘佛法，才写出了《龙树传》和其他一些有关龙树的著作；也正是因为这十七年，鸠摩罗什才有时间学习汉语、研读中国儒道两家的经典，尤其是道家经典。我曾认真地研读过他与后秦皇帝姚兴等的通信，叹服于鸠摩罗什精妙的文采和对汉语的精熟。如果你不知道他是一位西域来的高僧而去读那些信件，你一定会认为这是一位才华卓绝的大才子、大学问家。也是在凉州，鸠摩罗什收下他的第一个弟子僧肇。

但如此多的因缘还不够，还在等待另一个因缘，即后秦皇帝姚兴的出现。相比于前秦皇帝苻坚来说，姚兴是真正的信仰佛教。苻坚的意识形态中，有佛教的，比如他动用武力迎请道安和鸠摩罗什，想用佛教的思想来影响当时的国民，但也有儒家的，比如他重用王猛，想用儒家的思想来改造自己的民族精神，但在姚兴的意识形态中，儒家虽然也存在，但佛教的成分要远比儒家大得多，他称佛教乃"御世之宏则"，而且他自己就无比坚信佛教。所以，我在认真研读那时的文献时发现，后世对当时的中国有一个大的误解，这便是认为，即使当时的中国分裂为若干个小国家，但仍然认为国家的意识形态是汉武帝时确立的儒家思想。这是一个巨大的误解。当时的中国从大的思想形态来看，退守到南方的晋朝自然是儒家意识形态，这使接受了儒家教化的凉州张氏集团虽然一直孤悬于西北，但仍然坚称自己是晋世之臣。而北方是少数民族入主中原，他们信仰的是佛教或拜火教、萨满教，到姚兴时期，主要是佛教。所以，北方和南方的意识形态是不同的。这就能够解释清楚为什么苻坚和姚兴都要花大力气迎请道安和鸠摩罗什，也就明白为什么鸠摩罗什被拜为国师的原因了。绝不是一般文人们所想象的浪漫故事。它仍然是政治的一部分。

姚兴的出现，就像孔雀王朝阿育王一样，类似于佛教的护法王一样。鸠摩罗什传播佛法的因缘也就在姚兴的接应下实现了。所以，我们可以说，如果只有鸠摩罗什，即使他再有伟大的理想抱负和天才，也是无济于事的，一如他遭遇吕光一样无所作为。他们两个必须相遇才会做出改变中国文化历史的事业。

当八百佛家弟子看到皇帝姚兴和国师鸠摩罗什站在中央，姚兴拿着过往高僧们翻译的佛经，而鸠摩罗什则拿着梵文的佛经，两人一一对照，并你来我往地商议确定用优美的汉语翻译佛经的时候，弟子们是欢喜的。因为他们第一次知道了历史的谬误，也第一次领略了正确的教义。

整个尘世是喧嚣的，或是混沌的，但这里光明显现，智慧照彻宇宙。佛教发展的第四个时代终于来临了，再也不在尼泊尔，也不在南印度，也不在北印度，而来到中国，或者说是北中国。那是公元401年。之前的三百多年甚至是序曲与准备期，此时才真正地奏响交响乐。众生歌唱，灵魂舞之蹈之，眼见光明，心生智慧。而这样一场交响乐一直奏到了唐宋，甚至蒙元时期。

鸠摩罗什在凉州精通的汉语使他在一夜间创造了无穷的词汇，比如"世界""脑海""未来""爱河""大千世界""想入非非"等。有人说他是龙树菩萨的唯一再传弟子，这话虽然有些绝对，但是，他在凉州研究龙树并为龙树作传，使他对龙树和大乘佛法有了比以往更为精深的认识。他在凉州的世俗生活使他对中国人的世俗生活、政治生活以及精神生活有了深刻的把握，所以他才能找到那么多精妙的词汇，才能把握如何在中国大地上进行传法的各种法门，也正是因为这些体会和认识，才使他在后秦的政治生态中如鱼得水，被尊为中国历史上第一个国师。也正是因为对中国文化的深刻把握，才使他成为当时中国佛教界的领袖，其实，何止是中国，他当时是整个世界佛教界的领袖。在他驻锡长安之时，中国各地的僧侣络绎不绝地来投奔罗什门下，西域各地的高僧也纷纷前来中国与罗什会合。在长安，罗什翻译了经律论传九十四部、四百二十五卷，后来这些经典成就了中国的多个宗派，其中"三论"为三论宗主要依据；《法华经》为天台宗主要依据；《阿弥陀经》为净土宗所依"三经"

之一,《成实论》为成实学派主要依据。鸠摩罗什遂成为中国佛教八宗之祖,其在凉州收的第一个弟子僧肇被誉为"解空第一",影响也极为深远,尤其在日本有着极大的影响。

所以,从这一意义上来讲,凉州是佛教中国化的第一站,是佛教在中国传播的预备地,也是佛教在世界传播史上第四个时期的开启之地。因为凉州乃丝绸之路上的重镇,所以当时的凉州,是中国北方除长安之外重要的佛经翻译中心之一,很多僧人都曾在此驻锡译经,一时形成风气。鸠摩罗什的时代,凉州据说佛寺已多,最有名的是铁佛寺和莲花山寺,一代高僧佛图澄曾在这里大修莲花山寺。后世凉州的佛教与儒家、道家融合,在凉州和河西走廊影响极大。如果从21世纪当下的情形来观察,凉州武威的佛教文化虽然深厚,但儒家文化的影响似乎更大,而越往西看,甘州、肃州的儒家文化越来越淡,到敦煌时就几乎剩下佛教文化的遗址了。曾经敦煌一带的书院也影响极大,但随着时代的变迁,那些书院只是深藏于历史的记忆深处了。

我曾在长久的观察中发现,也许是地处大西北的原因,西方的现代性思想虽然也曾浸淫西北,但比起东部地区来说要缓慢得多。凉州的武威人在20世纪80年代至世纪末还保持着浓厚的儒家伦理思想,直到新世纪来临才大规模地在城市化、工业化、市场化以及信息化进程中变迁。但是,这种儒家伦理思想中又深植着佛教思想。我在《鸠摩罗什》一书中曾写到我祖母。她十二岁开始信佛,吃素,虽然从不念经,从不进寺院,从不上香拜佛,但是她的整个精神都是佛教的。在我童年和少年甚至青年时,一位嫁到远方的堂姐每次回娘家经过我家门口时,都会对我们兄弟们说,大奶奶太好了,那时我们都快饿死了,她一见我们就把碗里的汤喝一口,把稠的给我们吃,我们才活了下来。很多人都曾对我说,大奶奶行下善、积下德着呢,所以你们弟兄们能考上大学。到现在为止,我们去给爷爷奶奶上坟,碰到村里或附近村子里的老人,都说,哟,你们都来给大奶奶上坟来了?好,你们能有今天,可都是大奶奶行的善积的德啊!他们从来不会赞扬我们在学习上多刻苦,似乎这一点并不重要,重要的是人要行善。联想到贤孝中宣扬的善有善报恶有恶报的因果报应思想，我一直觉得，凉州及至整个中国传统文化给我们今天留下的就是一个善根。一千多年来，凉州人就是在这种行善的轮回中活着。他们不仅为自己，也为后代子孙。我常常想，这是一种多么伟大而又崇高的根器。我没在其他地方长久地生活过，没办法深刻体会其他地方的精神，但就凉州来讲，其文化传统养成了向善的根脉。

那些矗立于凉州大地上的佛寺、道观、文庙，无论是已经毁掉的万千寺庙，还是仍然保存着的诸如鸠摩罗什寺、百塔寺、天梯山石窟、大云寺、海藏寺、莲花山寺、恒沙寺、雷台观、文庙、魁星楼等，都在见证凉州古代的教化传统。

12

如果说鸠摩罗什是以汉传佛教来影响中国文化的伟大高僧，那么，后来在凉州武威传教的萨迦班智达和八思巴便成为以藏传佛教来影响中国历史进程的伟大高僧。

成长于大漠、习惯于马背上斗争以及雄心勃勃的成吉思汗家族是游牧民族侵略性最为突出的代表。他们的同类代表还有亚历山大大帝和罗马帝国的缔造者，甚至于说，秦国也是代表之一。按照钱穆先生的观点，这些代表者突出地表现了游牧民族的野蛮特性，他们的强大与伟大功绩往往与野蛮、血性、残暴联系在一起，虽然他们的后世子孙以他们为榜样，但其实他们代表的不是文明。文明是他们的后来者在与土著们或原来的文明交融时的产物，是他们的野蛮性得以节制的中庸之道。

成吉思汗在马背上的成功来自于草原深处埋藏的野蛮力量，来自于洪荒岁月积聚起来的强大动力，它残暴、专制、血流成河，毫无同情心，只有原始的占有欲，所以他们所到之处都是哀鸿遍野、白骨累累。但是，他们慢慢地发现，也许对于草原民族来说，那样的专制与统一是有用的，而对于大地文明的中华民族却是面和心不和。事实上，即使是浪迹于北方草原上的游牧民族，也在等待一场文明的浸淫，以遏制他们疯狂掠夺的血性。没有血性，便是文弱，这正是南宋的性格，但是，光有血性，便是野蛮，这正是北方民族的性格。唯有中庸，才是文明。衰老的成吉思汗看到，帝国的版图越来越辽阔，已经超越了古往今来一切帝王，但是，这仅仅是开始，他非常清楚，没有统一的信仰，这辽阔的帝国也只是一盘散沙。

在成吉思汗活着的时候，他可能尝试过很多种宗教，比如他所信奉的古老的萨满教，比如中原的道教，但事实上，随着帝国版图的扩张，伊斯兰教也在他的视野之内，此后还与汉传佛教、藏传佛教、基督教一一相遇，所以，在他与其子孙的信念中，宗教不再是唯一的，只要不影响到政权，宗教可以多元共存。但是，在他死后的几十年中，他的子孙却选择了信仰佛教，而且是藏传佛教。而这一切的发生，是从凉州开始的。

1227年，成吉思汗去世，他的儿子们遵循着他的遗训，秘不发丧，一举灭了西夏和金国。他的后继者窝阔台不是他的儿子中最英雄的人，却是最有政治头脑的战略家。一个有政治头脑的人是不会用蛮力的，他会用智慧来处理一切国家事务。所以，如果说成吉思汗是英雄的话，窝阔台便是智者。他开始考虑用文化来治理天下。而在他所接触的所有的文化中，他最终还是选择中国的儒家文化。他任用耶律楚材为中书令，广用汉法，开科取士，并包容重用汉人文士。他认同耶律楚材说的"天下可马上得之，不可以马上治之"。这是蒙古帝国走向文明的一个开始。

窝阔台有四个儿子，其中一个叫阔端，被册封为西凉王，封地便是西夏故地，驻屯凉州，其治下地区包括今甘肃、西藏、青海、宁夏、内蒙古西部、新疆东南部分、陕西全境。后来，西藏地区被收回。如果西藏不算在其中，其他地方合起来正好就是大禹时期的雍州。这是历史非常吊诡的地方，它正好显示出地理与历史文化有其自身的规律与特征。凉州成了这一地区的中心。

在凉州，阔端先派一支队伍深入西藏，这支队伍在西藏遭遇了僧侣们的抵抗，但他们立刻开始调查研究西藏的问题，最后得出一个结论，必须以军事加宗教的方式来统一。而在当时，阔端的军队已经几面围攻了西藏，西藏自身也是危在旦夕。在此情况下，当阔端于1244年下书召请当时为宗教领袖的萨班来商议和平解决西藏问题时，年迈的萨班带着年幼的侄子八思巴来到凉州，签订了盟约，史称凉州会盟。从此，西藏正式归入帝国的版图。

但这只是历史的开始，只是显性的外在的政治属性，其文化的精神的信仰的属性在后期才发挥真正的作用。当萨班在凉州传教之时，凉州已经成为一个汉传佛教和藏传佛教融合的地方，甚至藏传佛教一时炽热，远远超过了自鸠摩罗什以来的汉传佛教。当时的海藏寺、莲花山寺都改为藏传佛教之地。百塔寺以及城南还建有一些藏传佛教寺院。而在凉州以外，很多地方也发生了这样的变化，如肃南的马蹄寺。现在凉州人还把肃南以南的地方叫皇城，是因为当时永昌王在那里建有避暑宫殿。这说明凉州人的宗教信仰从萨班来到凉州后发生了很大的变化，当然，事实上在后来也远没有汉传佛教那样根深蒂固。但是，它对远在北京的皇室产生了巨大的影响。

在人们讨论凉州会盟的时候，一般都关注阔端与萨班，很少关注到八思巴，但八思巴对于中国文化的影响远远超过萨班。八思巴与鸠摩罗什均属于在文化层面上改变中国文化的重要人物。凉州是他们重要的学习基地和中转站。八思巴十岁从西藏出发，来到凉州，在这里，他与鸠摩罗什一样，学习了汉文化与蒙古文化，这为他以后成为大元帝师奠定了文化基础。据传，八思巴三岁就会口诵真言、心咒修法，被称为"八思巴"，意即"圣者"。十七岁时成为萨迦派教主。十八岁那一年，忽必烈召见他，并与忽必烈结缘。二十三岁时，忽必烈主持召开了佛道两家的辩论大赛，结果，八思巴获胜，从此结束了佛道两教持续八百年的争辩。二十五岁时，八思巴成为国师。三十五岁那年，八思巴对忽必烈进行第二次灌顶，使元朝的信仰确立为藏传佛教。此后，八思巴还创立了文字，为蒙古帝国立下了不朽功勋。

今天，我们重新回首历史时，应当看到，如果没有八思巴在凉州的近十年生涯，他就不可能站在历史的峰顶改变文化的潮流。整个北方的草原民族，本来笃信的是古老的萨满教，但萨满教在信仰方面存在诸多不完善的地方，所以，后来一部分民族信了佛教。藏传佛教是印度佛教与苯教的结合体，主要以密宗为主。汉传佛教是以显宗为主。也许萨满教天然地与藏传佛教有着某种联系，所以蒙古民族最终能够放弃自身的信仰而在众多信仰中选择藏传佛教。在政治上，则倾向于儒家文明传统。不管怎么说，无论是藏传佛教，还是汉传佛教，其在教化上是一致的，都是教人一心向善，相信因果报应。所以，整个蒙元时代就在进行儒释道三者的融合。从文化的角度来看，虽然政权被外族拥有，而自宋以来自觉进行的儒释道合流则并没有中断。从这个角度来讲，蒙古帝国当然是中华文明的继承者。如果说，当时没有八思巴的积极融入蒙元政治的行动，则西藏危矣，同时，蒙古帝国的精神流向就会转向另一个方向。是八思巴，一个青年喇嘛，从凉州出发改变了蒙古人的心性。今天的蒙古人，强壮的身子里蕴藏的是蛮荒草原给予他们的深沉动力，而一颗心则盛满了善良，这都是信仰的力量。

13

地理学家发现，中国文明时代的气候可以分为四个时期。第一时期是夏商周时期，即公元前 3000 年至公元前 1100 年之间。当时北方气候湿润，很多动物在此栖息，很多植物也在此生根发芽。但此后慢慢发生变化。到宋元之间，有一次气候变化，被地理学家称为第四个温暖期，他们发现大象生存的地理范围，逐渐由淮河流域移到长江流域以南，如浙江、广东、云南等地。就是在这次气候变化之后，整个北方的生存条件变得寒冷起来，很多生物要么向南迁移，要么逐渐消失。人也一样，也在悄悄地南迁。这是不易觉察的变化。其实，说到底，人乃天地间一生物耳，并不能真的超越于动物界或生物界。大概这与地理学家发现的另一个现象有关，即珠穆朗玛峰每年仍然在上升之中，整个西北便也仍然在不停地向上生长。海拔在上升，气候便自然变冷。也可能正是这样一种地理环境的变化，导致了地理学上所讲的胡焕庸线的发生。

在中国的地图上，从黑龙江省黑河市到云南省腾冲画一条直线，将中国分为两部分。它的东南方仅 36% 的国土上居住着 96% 的人口，这里的地貌以平原、水网、丘陵、喀斯特和丹霞地貌为主，是农耕文明的栖息地。它的西北方占有64%的土地，却仅供养4%的人口。这里的地貌是以草原、沙漠和雪域高原为主，自古是游牧民族的天下，是游牧文明的浩荡之地。其实，它的西北方，基本就是大禹时的九州之一雍州之地。

也就是说，这一地区在五千年的文明进程中因为气候的影响而发生了很大的变化，其主要原因除了以上所讲的几点外，还有一个原因，就是缺水。水制约着整个西北的发展。然而，整个西北又制约着整个中国的发展。这里的昆仑山是中国神话的发源之地，自然也是中国文化的元气所在之地；这里是伏羲文化的开启之地，中国古老的天干地支等历法算术皆在此衍生；这里是《黄帝内经》的诞生之地，古老的中医思想在此产生；这里曾有一条玉石之路，然后才是汉唐开辟的黄金大道——丝绸之路；这里曾是佛子向东教化的圣地，也是老子隐身的宝地；这里曾是大禹起家之地、周朝稼穑之乡，是西王母的故乡、黄帝问道的天路，是汉武帝征服天下、隋炀帝接见万国使者、唐太宗成为全世界的天可汗、铁木真成为成吉思汗的古战场，多少英雄的故事在此上演，多少历史的笔墨在此激昂……

今天，若从历史上寻找文化自信，恐怕也只有西北。丝绸之路，不仅是中国重新打开世界的一把钥匙，也是解决今天中国现实诸多问题的一条途径。当然，我们还可以重新站在古老的丝绸之路上观察世界。所以说，丝绸之路可以是世界观，可以是方法论。英国牛津大学的历史学家弗兰科潘最近出版了一部著作轰动了世界，即《丝绸之路：一部全新的世界史》。这是全球学术史在丝绸之路研究方面的一个成果。美国学者斯塔夫里阿诺斯早在二十年前出版的《全球通史》就第一次厘清了一个问题，即公元1500年之前的历史是陆地文明的时代，文明都是在陆地上展开。这便是明代中叶发生的事情。那时，中国人虽然发现了海洋，但并未意识到新世界将从此展开，这是中国的文化所决定的。但欧洲人此时发现了新大陆，于是，开始疯狂地掠夺，将那里都变成他们的殖民地。很多文化由此而灭绝。昼夜动荡不息的茫茫海洋开始决定人类的命运。它将原始之力都赋予了欧洲。中国则在大海边浑然不觉地熟睡着。

不仅如此，明朝还早早地将陆地文明的界限封死，这便是嘉峪关的诞生。嘉峪关是古凉州的西界。也就是说，整个河西走廊成了帝国的边疆，成了一个死胡同。它不再是汉唐时代的交流之地，而成了一堵墙。被称为世界风库的安西，一年之内只有几天不刮风，其余时间都是大风弥漫。风裹挟着沙漠上的沙粒从河西走廊的西边一直往东席卷而来。但这场风沙直到1993年才被命名为沙尘暴。事实上，它从来就有，但汉唐时代的英雄们似乎并不在乎它们，所以，即使有李白的"长风几万里，吹度玉门关"的诗句，但人们并未将其当成真的现实存在，而从明清开始，风沙才被人们看得清楚。

此时，大海上碧波涌动，千帆相竞。公元1500年之后的历史是海洋文明的时代。斯塔夫里阿诺斯的认识与钱穆惊人地相似。欧罗巴的金号在奥林匹斯山上吹响，在欧洲大陆和美洲山谷间回落。文艺复兴、殖民新大陆并全球殖民、资本主义涌起。一场欲望的盛宴在全球上演。

古老的中华帝国闭关锁国，在四合院里过着歌舞升平的小日子。他未曾意识到已经错过了全世界。到了清代之时，那些一生不婚、矢志不渝的传教士终于瞒天过海地来到中国，把地球仪摆到了大清皇帝的面前。第一次，中国人意识到世界的辽阔和不可知，但几千年以来的文化惯性并没有让中国人惊醒。即使他的邻居，其实是弱小的附属者日本，在脱离中华文化的影响而开始面向欧洲时，中国人才第一次意识到了世界的大动荡，但帝国的掌门人并未觉醒。直到这个邻居突然间以枪炮打开国门时，有人才意识到一场三千年未有之大变局已然来临，但帝国的行动缓慢。文化的衰老已经显露无遗，但要撬动这场翻天覆地的革命则要迟至20世纪。

此时的凉州是中国的大后方，是边地。大海远在天边。丝绸之路已经被黄沙掩埋。但有一件事使河西走廊重新走向世界舞台。这便是敦煌藏经洞的发现和被盗。当斯坦因、伯西和把"抢"去的敦煌壁画在欧洲展出时，那精美、艳丽的色彩和陌生的画面将欧洲人极大地震撼了。同时被震撼的则是中国的知识界。一边是征服者的狂欢，一边是屈辱的泪水。于是，一群被伤了心的知识分子——王国维、陈寅恪、罗振玉、陈垣、常书鸿等——开始面向河西，并发出沉重的呼吁。他们纷纷开始研究敦煌经卷、流沙坠简、楼兰古国……后来，敦煌脱离了河西文化圈即凉州文化圈而自成一体，并成为国际显学。但究其本来，它其实是大凉州文化圈的一部分。

凉州再次被发现是与铜奔马有关。但它其实也是一段被不断阐释的过程，并没有惊人的故事与人物。后来它虽然成为整个国家的旅游标志而飞越海洋和蓝天，但它的内涵并没有更多人去解读，更少建构。新时期以来，改革开放迎来了旅游业的发展。国外的文化学者与国内的政府要人、艺术家、学者凡是到甘肃，都基本上要坐着汽车一站站把河西走廊看个够。敦煌是惊人的，但凉州的文物最多。据说甘肃省博物馆百分之六十以上的文物出自凉州。

在"一带一路"建设的今天，凉州不言而喻被推到了历史的前台，但是，凉州如何定义？凉州的内涵与外延如何阐释？凉州是一个行政概念，还是自有体格的文化概念？凉州对中国文化的贡献在哪里？凉州能给予世界什么？这都是必须思考和回答的。

我如此冗长地叙述凉州的古往今来，盖因凉州人也。除了凉州人外，张掖人、酒泉人、敦煌人不会再肩荷凉州这一文化概念。自然，在今天，凉州人、张掖人、酒泉人、敦煌人都拥有一个浩大的称呼，河西人。再往大一些古一些说，当然是凉州人。所以，凉州天然地拥有重新叙述凉州文化的使命，不能再等别的什么人来做。往远一些说，凉州应当重新构建"凉州文化"，使凉州拥有厚重的文化内核，而这正是凉州继绝兴灭、续接传统、继往开来的资源与动力。这才是凉州的文明。

古代中国真正的地理中心是中原，是周公勘定的周天子待的地方。这个地方就叫中国。

它的八方就是八卦方位。兰州、河西走廊及整个中国的西北，都在乾位。

《山海经》曰："昔者，共工与颛顼争为帝，怒而触不周之山，天柱折,地维绝。天倾西北,故日月星辰移焉;地不满东南,故水潦尘埃归焉。"

《黄帝内经》也把这一自然规律引入了人体。相关经文曰:"天不足西北,故西北方阴也,而人右耳目不如左明也。地不满东南,故东南方阳也,而人左手足不如右强也。"即天气在西北方是不充分的,所以西北方属阴;此对应于人体,则人之右耳右目就不如左边的耳聪目明。而地气在东南方是不充盈的,所以东南方就属阳;此对应于人体,人之左侧手足也就不如右边的灵活了。

图书在版编目（CIP）数据

西行悟道 / 徐兆寿著． -- 北京：作家出版社，2021.7
ISBN 978-7-5212-1413-0

Ⅰ.①西… Ⅱ.①徐… Ⅲ.①散文集-中国-当代 Ⅳ.①I267

中国版本图书馆CIP数据核字（2021）第070371号

西行悟道

作　　者：徐兆寿
责任编辑：田小爽
装帧设计：弋　舟　白　丁
出版发行：作家出版社有限公司
社　　址：北京农展馆南里10号　　邮　　编：100125
电话传真：86-10-65067186（发行中心及邮购部）
　　　　　86-10-65004079（总编室）
E-mail: zuojia@zuojia.net.cn
http://www.zuojiachubanshe.com
印　　刷：中煤（北京）印务有限公司
成品尺寸：152×230
字　　数：287千
印　　张：25.25
版　　次：2021年8月第1版
印　　次：2021年8月第1次印刷
ISBN 978-7-5212-1413-0
定　　价：68.00元

作家版图书，版权所有，侵权必究。
作家版图书，印装错误可随时退换。